Von Victoria Holt sind unter dem Pseudonym Philippa Carr
als Heyne-Taschenbücher erschienen:

Das Schloß im Moor · Band 01/5006
Geheimnis im Kloster · Band 01/5927
Der springende Löwe · Band 01/5958
Sturmnacht · Band 01/6055
Sarabande · Band 01/6288
Die Dame und der Dandy · Band 01/6557
Die Erbin und der Lord · Band 01/6623
Die venezianische Tochter · Band 01/6683
Im Sturmwind · Band 01/6803
Die Halbschwestern · Band 01/6851
Im Schatten des Zweifels · Band 01/7628
Der Zigeuner und das Mädchen · Band 01/7812

Von Victoria Holt sind als Heyne-Taschenbücher erschienen:

Die geheime Frau · Band 01/5213
Die Rache der Pharaonen · Band 01/5317
Das Haus der tausend Laternen · Band 01/5404
Die siebente Jungfrau · Band 01/5478
Der Fluch der Opale · Band 01/5644
Die Braut von Pendorric · Band 01/5729
Das Zimmer des roten Traums · Band 01/6461
Der scharlachrote Mantel · Band 01/7702

PHILIPPA CARR

DIE ERBIN UND DER LORD

Roman

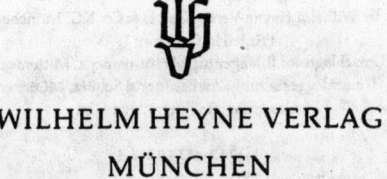

WILHELM HEYNE VERLAG

MÜNCHEN

HEYNE ALLGEMEINE REIHE
Nr. 01/6623

Titel der englischen Originalausgabe
THE ADULTRESS
Deutsche Übersetzung von Hilde Linnert

8. Auflage

Copyright © 1982 by Philippa Carr
Copyright © der deutschen Ausgabe 1986
by Wilhelm Heyne Verlag GmbH & Co. KG, München
Printed in Germany 1993
Umschlagfoto: Bildagentur Mauritius/Bach, Mittenwald
Umschlaggestaltung: Atelier Ingrid Schütz, München
Gesamtherstellung: Ebner Ulm

ISBN 3-453-02218-1

Inhalt

I

Ein Hilferuf

Ich habe mich jedesmal gewundert, wenn sich Menschen, die ihr Leben lang die gesellschaftlichen Spielregeln eingehalten haben, plötzlich von Grund auf änderten und sich auf einmal anders gaben als bisher. Es war für mich daher beinahe ein Schock, als ich erkennen mußte, daß ich in das gleiche Fahrwasser geriet, und da das sicherlich auch für alle, die mich kannten, ein Schock gewesen wäre, mußte ich mein Abenteuer geheimhalten. Dafür gab es natürlich auch praktische Gründe.

Oft habe ich darüber nachgedacht, wie so etwas ausgerechnet mir widerfahren konnte, und ich habe nach Entschuldigungen gesucht. Ist es möglich, daß der Teufel von einem Menschen Besitz ergreift? Mittelalterliche Mystiker waren dieser Ansicht. War es innerer Zwang? War es der Geist eines längst Verstorbenen, der in meinen Körper schlüpfte und mich veranlaßte, gegen alle meine Grundsätze zu handeln? Warum versuche ich überhaupt, mein Gewissen zu beruhigen? Es gibt im Grunde nur eine vernünftige Erklärung: Daß ich mich selbst nicht gekannt hatte, bis die Versuchung an mich herangetreten war.

Alles begann an einem Tag im Frühjahr, der sich in nichts von allen anderen Tagen meiner schon zehnjährigen Ehe mit Jean-Louis Ransome unterschied. Unser Leben war friedlich und angenehm verlaufen. Jean-Louis und ich waren meist einer Meinung; wir kannten einander seit unserer Kindheit und waren zusammen aufgewachsen, denn meine Mutter hatte ihn kurz vor meiner Geburt in ihre Obhut genommen; er war damals vier

Jahre alt. Seine Mutter war Französin und hatte ihn meiner Mutter überlassen, als er sich entschieden geweigert hatte, mit ihr und ihrem zweiten Mann in eine andere Gegend zu übersiedeln.

Alle Welt war überzeugt gewesen, daß wir einmal ein Paar werden würden, und unsere Heirat hatte daher allgemeine Befriedigung ausgelöst. Vielleicht war alles zu leicht und zu glatt gegangen, und wir waren deshalb ein so normales, konventionelles Ehepaar geworden.

Ich weiß noch, wie ich im Blumenzimmer stand und die gelben Narzissen, die ich kurz zuvor im Garten gepflückt hatte, in Vasen arrangierte. Der Garten ging unmerklich in den Wald über und war ein bißchen verwildert, aber gerade das gefiel Jean-Louis und mir. Um diese Jahreszeit stand die ganze Wiese voller Narzissen; ich liebte ihr leuchtendes Gelb, in dem ich einen Vorboten des Sommers sah. Ich verteilte sie überall im Haus; im Grunde bin ich ein Gewohnheitsmensch und tue vieles nur deshalb, weil ich es immer schon getan habe.

Ich bewunderte gerade, wie gut sich die Narzissen in einem Tafelaufsatz aus grünem Glas ausnahmen, als ich das Geräusch von Pferdehufen und dann Stimmen hörte.

Irritiert blickte ich auf. Ich hatte nichts gegen Besucher, aber es wäre mir lieber gewesen, wenn ich schon mit dem Arrangieren der Blumen fertig gewesen wäre.

Sabrina und Dickon kamen auf das Haus zu, also nahm ich ein Tuch, trocknete mir die Hände ab und ging ihnen entgegen.

Sabrina ist die Cousine meiner Mutter – eine auffallend schöne Frau, die vor langer Zeit in dramatische Ereignisse verstrickt war. Sie ist um zehn Jahre älter als ich, muß also damals etwa vierzig gewesen sein. Man sah ihr ihr Alter nicht an, obwohl gelegentlich ein gequälter Ausdruck in ihre Augen trat und sie ins Leere starrte, als blicke sie in die Vergangenheit. Sie hatte immer bei uns gewohnt, und meine Mutter hatte Mutterstelle an ihr vertreten. Dickon war Sabrinas Sohn, und sie hing meiner Meinung nach viel zu sehr an ihm. Er war erst nach dem Tod seines Vaters zur Welt gekommen.

»Zippora«, rief Sabrina. Ich habe mich oft gefragt, warum ich ausgerechnet diesen Namen bekommen habe, denn ich bin die einzige Zippora in der ganzen Familie. Als ich meine Mutter fragte, warum sie ihn gewählt habe, erklärte sie: »Ich wollte etwas Besonderes. Der Name gefiel mir, und dein Vater hatte natürlich nichts dagegen.« Ich fand heraus, daß es sich um einen Namen aus dem Alten Testament handelt, und war enttäuscht, weil das Leben der biblischen Zippora genauso ereignislos verlaufen war wie mein eigenes. Anscheinend bestand ihr ganzes Verdienst darin, daß sie Moses geheiratet und ihm zahlreiche Kinder geboren hatte. Ich unterschied mich nur dadurch von ihr, daß meine Ehe – zu Jean-Louis' und meinem Kummer – kinderlos geblieben war.

»Zippora«, fuhr Sabrina fort, »deine Mutter möchte, daß ihr zum Abendessen hinüber kommt. Ginge es noch heute? Sie möchte etwas mit euch besprechen.«

»Ich glaube schon«, antwortete ich, während ich sie umarmte. »Hallo, Dickon.«

Er erwiderte meinen Gruß eher kühl. Für meine Mutter und für Sabrina war er der Mittelpunkt ihres Lebens. Ich fragte mich manchmal, was aus ihm werden würde. Er war erst zehn Jahre alt; vielleicht würde er sich ändern, wenn er in die Schule eintrat.

»Kommt weiter«, sagte ich, als wir am Blumenzimmer vorbei kamen.

»Ach, du hast die Narzissen arrangiert«, meinte Sabrina lächelnd. »Ich hätte es mir denken können.«

Anscheinend bin ich wirklich ein Gewohnheitstier.

»Hoffentlich habe ich dich nicht bei dem Ritual gestört«, fuhr sie fort.

»Nein, natürlich nicht. Ich freue mich, euch zu sehen. Macht ihr einen Spazierritt?«

»Ja, und wir wollten nur auf einen Augenblick bei dir vorbei-schauen.«

»Möchtet ihr ein Glas Wein und die Spezialkekse unserer Köchin?«

»Wir wollen nicht so lange bleiben.«

Aber Dickon unterbrach sie. »Ja, bitte, ich hätte gern ein paar Kekse.«

Sabrina lächelte zärtlich. »Dickon hat eine Vorliebe für diese Kekse. Wir müssen uns einmal das Rezept geben lassen.«

»Die Köchin hütet ihre Rezepte eifersüchtig.«

»Du kannst ihr ja befehlen, es uns zu geben«, meinte Dickon herausfordernd.

»Oh, das würde ich nie wagen.«

»Du mußt Zippora also öfter besuchen, wenn du Kekse essen willst, Dickon«, schloß seine Mutter.

Die Erfrischung wurde gebracht. Dickon verschlang alle Kekse – sicherlich zur Freude der Köchin. Sie war auf Komplimente geradezu versessen. Wenn man sie lobte, war sie den ganzen Tag über guter Laune; hingegen genügte die Andeutung einer Kritik, um das Leben in der Küche zur Hölle werden zu lassen, wie eines der Dienstmädchen behauptete.

»Es klingt, als hätte meine Mutter etwas Wichtiges zu besprechen«, bemerkte ich.

»Schon möglich. Es geht um einen Brief von Onkel Carl – du weißt ja, Lord Eversleigh.«

»Ach so. Was will er denn?«

»Er macht sich Sorgen um Eversleigh, weil er keinen Sohn hat, der den Landsitz erben könnte. Es ist wirklich merkwürdig, daß es keinen direkten Nachkommen gibt. Das heißt, keinen männlichen Nachkommen, Mädchen gibt es ja genügend in der Familie. Ein Jammer, daß Onkel Carl keinen Sohn hat.«

»Doch, ich glaube, er hatte einen, aber der starb bei der Geburt.«

»O ja, das ist so lange her – die Mutter des Kindes starb ebenfalls. Es war ein schrecklicher Schlag für Onkel Carl, den er angeblich nie ganz überwunden hat. Er heiratete nie wieder, obwohl er Mätressen hatte, soviel ich weiß. Aber das alles ist vorbei, der alte Mann macht sich jetzt Sorgen wegen eines Erben und ist dabei auf dich verfallen.«

»Ausgerechnet auf mich! Was ist denn mit dir? Du bist doch älter als ich.«

»Deine Großmutter Carlotta war älter als meine Mutter Damaris, also stehst du wahrscheinlich vor mir in der Erbfolge. Außerdem würde er mich nicht in Betracht ziehen. Angeblich war er verärgert, als ich diesen verdammten Jakobiten heiratete.«

»Die Jakobiten waren tapfer«, mischte sich Dickon ein. »Wenn ich erwachsen bin, werde ich auch ein Jakobit.«

»Zum Glück dürfte dieser Unsinn jetzt vorbei sein«, antwortete ich. »1745 ist ein Schlußstrich darunter gezogen worden.«

Ich bereute diese Worte sofort, da ja Sabrina ihren Mann bei Culloden verloren hatte.

»Ich hoffe es auch«, sagte sie jedoch ganz ruhig. »Nun, Tatsache ist, daß Onkel Carl dich sprechen will, zweifellos, um dich als Erbin einzusetzen. Er schrieb an deine Mutter, die natürlich vor dir an der Reihe wäre, aber sie ist ja die Tochter des Erzjakobiten Hessenfield.«

»Es wimmelt geradezu von Jakobiten in unserer Familie«, murmelte Dickon.

»Folglich bleibst nur du übrig«, fuhr Sabrina fort. »Onkel Carl schätzte deinen Vater sehr, vor allem, weil er einmal für König Georg kämpfte. Damit müßte seiner Meinung nach die Begeisterung für König Jakob II. bei dir ausgelöscht sein. Und jetzt möchte deine Mutter, daß ihr sie besucht, damit wir die ganze Angelegenheit gemeinsam besprechen und zu einem Entschluß gelangen.«

»Jean-Louis könnte den Besitz im Augenblick nicht verlassen.«

»Es würde sich nur um einen kurzen Besuch handeln. Denk jedenfalls darüber nach und komm heute abend herüber.«

»Ich würde gern nach Eversleigh fahren«, warf Dickon ein.

Seine Mutter lächelte ihn verliebt an. »Dickon möchte alles, was er sieht, nicht wahr, Dickon? Eversleigh ist nicht für dich bestimmt, mein Sohn.«

»Das kann man nie wissen«, murmelte Dickon verschmitzt.

»Sprich mit Jean-Louis darüber«, sagte Sabrina zu mir, »und

wir werden uns dann eingehend damit befassen. Deine Mutter wird dir den Brief zeigen, damit du dir ein Bild machen kannst.«

Ich begleitete sie hinaus und kehrte zu den Narzissen zurück.

Jean-Louis und ich gingen zu Fuß vom Verwalterhaus, in dem wir wohnten, nach Clavering Hall hinüber. Ich hatte Jean-Louis von Carls Brief erzählt, und er wirkte leicht beunruhigt. Er war als Verwalter des Clavering-Besitzes glücklich, weil das Gut nicht zu groß war und alles reibungslos lief. Jean-Louis liebte Veränderungen gar nicht.

Wir gingen Arm in Arm. Jean-Louis meinte, daß es für uns schwierig wäre, Clavering ausgerechnet zum jetzigen Zeitpunkt zu verlassen. Wir sollten lieber später reisen, wenn es weniger Arbeit gab.

Ich war ganz seiner Meinung – wie immer. Wir führten eine sehr glückliche Ehe, und deshalb ist meine Handlungsweise umso unbegreiflicher.

Der einzige Wermutstropfen in unserem Glück war die Tatsache, daß wir keine Kinder hatten. Meine Mutter hatte mit mir darüber gesprochen, weil sie wußte, daß ich deswegen unglücklich war. »Es ist traurig«, gab sie zu. »Ihr wäret so gute Eltern. Aber vielleicht ergibt es sich noch, vielleicht müßt ihr nur ein bißchen Geduld haben.«

Jedoch die Zeit verging, und wir hatten immer noch kein Kind. Ich hatte beobachtet, wie sehnsüchtig Jean-Louis manchmal Dickon ansah. Auch er neigte dazu, den Jungen zu verwöhnen. Vielleicht kam es daher, daß er das einzige Kind in der Familie war.

Mir war Dickon gleichgültig, und ich versuchte nie, meine Gefühle ihm gegenüber zu analysieren. Erst später begann ich über meine Haltung ihm gegenüber nachzudenken, suchte Gründe und fand nur Entschuldigungen. War es möglich, daß ich auf ihn eifersüchtig war? Meine Mutter, die ich beinahe genauso innig liebte wie seinerzeit meinen strahlenden Vater, hatte sehr viel für Dickon übrig – vielleicht sogar mehr als für mich, ihr eigenes Kind. Das hing mit der uralten Romanze zusammen, die sie mit Dickons Vater erlebt hatte – aber dennoch hatte nicht sie, sondern Sabrina ein Kind von ihm bekommen.

Als wir das Haus meiner Mutter betraten, erwartete sie uns schon. Sie umarmte mich zärtlich; sie zeigte sich mir gegenüber immer sehr liebevoll. Aber weil sie so sicher war, daß ich immer das tun würde, was man von mir erwartete, machte sie sich nie Sorgen um mich und beschäftigte sich nie sehr lange mit mir.

»Es ist sehr lieb von euch, daß ihr gekommen seid, Zippora und Jean-Louis«, begrüßte sie uns.

Jean-Louis küßte ihr die Hand. Er war meiner Mutter immer sehr dankbar gewesen und benützte jede Gelegenheit, es ihr zu zeigen.

Immerhin war sie es gewesen, die ihn davor bewahrt hatte, gemeinsam mit seiner Mutter Clavering Hall verlassen zu müssen. Seine Mutter konnte kein sehr angenehmer Mensch gewesen sein, denn sie war in eine geheimnisvolle Mordaffäre verwickelt gewesen. Aber auch das lag schon viele Jahre zurück.

»Ich möchte dir Lord Eversleighs Brief zeigen«, begann meine Mutter. »Es ist sehr merkwürdig, daß er dir Eversleigh hinterlassen will.«

»Ich kann es nicht recht glauben. Es gibt sicherlich einen anderen Erben.«

»Wir haben einander nach dem Tod deiner Urgroßeltern etwas aus den Augen verloren. Und dabei war Eversleigh einmal der Mittelpunkt der Familie. Seltsam, wie sich die Verhältnisse ändern.«

Es war wirklich seltsam. Überhaupt hatte sich vieles geändert, als mein Vater plötzlich aus meinem Leben verschwunden war. Damals gab es eine Zeit, in der sich in meiner Umgebung aufregende Ereignisse abspielten. Als mein Vater starb, war ich zehn Jahre alt; das war jetzt zwanzig Jahre her, aber einen Mann wie ihn kann man nicht vergessen. Ich hatte ihn über alles geliebt. Er verzärtelte mich nie so wie meine Mutter. Er hatte gern gelacht, hatte nach Sandelholz gerochen und war immer elegant gekleidet gewesen – ein richtiger Dandy. Ich hatte ihn für den am besten aussehenden Mann der Welt gehalten. Fünf Minuten mit ihm waren mir wichtiger als all die liebevolle Fürsorge und Zuneigung meiner Mutter. Er hatte mich nie gefragt, ob ich brav lerne, er war nie auf die Idee gekommen, daß ich mich erkälten könnte. Er hatte mir oft von seinen Erlebnissen am Spieltisch erzählt. Er war nämlich ein Spieler und ich hatte seine Spielleidenschaft verstanden. Er hatte mich behandelt, als wäre ich einer seiner Freunde und nicht seine kleine Tochter. Oft ritt er mit mir aus. Wir schlossen Wetten um kleine Beträge ab. Er wettete zum Beispiel mit mir, daß ich einen Kiesel nicht über eine bestimmte Entfernung werfen könne, und setzte sorglos alles Mögliche ein – seine Krawattennadel, einen Ring, eine Münze –, was er gerade zur Hand hatte. Meine Mutter hat diese Wetten gehaßt. Mehr als einmal hat sie gesagt: »Du wirst das Kind zu einer ebensolchen Spielernatur erziehen, wie du es bist.«

Ich hatte gehofft, daß es ihm glücken würde. Ich wollte unbedingt in allem genauso sein wie er. Er war fröhlich und besaß einen unwiderstehlichen Charme, der seiner leichten Lebensart entsprang. Ihn konnte nie etwas erschüttern; er hatte bei den Wechselfällen des Lebens immer nur die Schultern gezuckt und hatte später dem Tod gegenüber die gleiche Einstellung gezeigt. Ich wußte nicht, warum er an jenem Morgen in den Tod gegangen war – aber ich konnte es mir denken.

Dieses Ereignis traf uns wie ein Keulenschlag, obwohl sich schon vorher eine Katastrophe angekündigt hatte. Das hatte ich, ohne es zu wollen, aufgeschnappt. Ich wußte, daß Vater ums Leben gekommen war, weil er »die Ehre meiner Mutter verteidigt hatte«, wie die Diener sich zuflüsterten. Das kam daher, daß ein Mann gestorben war und man in seinem Schlafzimmer einen Gegenstand gefunden hatte, der meiner Mutter gehörte – ein Hinweis darauf, daß sie zum Zeitpunkt seines Todes bei ihm gewesen sein mußte.

Damit war ein Abschnitt meines Lebens zu Ende. Für ein zehnjähriges Mädchen ist ein solches Ereignis sehr schwerwiegend. Wir zogen aufs Land – obwohl das nichts Neues für mich war, weil wir immer einen Teil des Sommers in Clavering Hall verbracht hatten; es gehörte zum Besitz meines Vaters.

Es war eine schreckliche Zeit gewesen, und umso schrecklicher für mich, weil ich nicht alles wußte. Sabrina war auch in die Geschichte verwickelt, denn sie sagte einmal zu meiner Mutter: »O Clarissa, ich bin an all dem schuld.« Und ich wußte, daß sie diejenige war, die sich im Schlafzimmer des Toten befunden hatte.

Das alles war äußerst verwirrend, und wenn ich Fragen stellte, sagte mir Nanny Curlew – die ich von Sabrina übernommen hatte –, daß man kleine Kinder sehen, aber nicht hören soll. Ich wurde daraufhin vorsichtig, denn Nanny Curlew kannte schauerliche Geschichten über unfolgsame Kinder. Wenn sie lauschen und Dinge hören, die nicht für sie bestimmt sind, bekommen sie lange Ohren, so daß alle wissen, was sie getan haben; und wenn Kinder Grimassen schneiden oder schmollen oder gar die Zunge herausstrecken, sind sie plötzlich »wie vom Schlag getroffen« und bleiben ihr Leben lang so. Da ich ein logisch denkendes Mädchen war, widersprach ich: Ich hatte nie jemanden mit riesigen Ohren oder heraushängender Zunge gesehen. »Warte nur«, hatte sie drohend gemeint und mich so streng angeschaut, daß ich eilig zu einem Spiegel lief, um mich davon zu überzeugen, daß meine Ohren nicht gewachsen waren und daß meine Zunge sich noch immer an ihrem Platz befand.

Irgendwer hat behauptet, daß die Zeit alle Wunden heilt, und das stimmt, denn wenn sie sie auch nicht immer heilt, so schwächt sie doch die Erinnerung ab und lindert den Schmerz. Nach einiger Zeit gewöhnte ich mich daran, daß mein Vater nicht mehr da war, und begann, Freude am Landleben zu finden. Schließlich hatte ich meine Mutter, hatte Sabrina, Jean-Louis und die furchteinflößende und allmächtige Nanny Curlew. Ich tat, was man von mir erwartete, und stellte selten Fragen. Einmal sagte Sabrina zu meiner Mutter: »Zippora hat dir wenigstens noch nie Kummer bereitet, und ich könnte schwören, daß sie es auch nie tun wird.« Zuerst freute ich mich über diese Bemerkung, aber später stimmte sie mich nachdenklich.

Dann wurde ich erwachsen und besuchte Tanzveranstaltungen, und bei einer davon bewies Jean-Louis, daß er eifersüchtig sein konnte, weil ich mich seiner Meinung nach zu sehr für den Sohn eines Landedelmannes interessierte. Kurz darauf beschlossen wir zu heiraten, aber Jean-Louis wollte damit warten, bis er nicht mehr unter dem Dach meiner Mutter lebte. Er arbeitete auf dem Gut und war sehr tüchtig. Tom Staples sagte, er wisse gar nicht, wie er ohne Jean-Louis zurechtkommen würde. Dann erlitt Tom Staples gänzlich unerwartet einen Herzanfall und starb. Also wurde der Verwalterposten frei, und Jean-Louis trat Toms Nachfolge an. Er bewirtschaftete das Gut, zog in das Verwaltergebäude ein, und damit gab es keinen Grund mehr für uns, die Heirat hinauszuschieben.

All das hatte sich vor über zehn Jahren, also 1745, abgespielt. Die Dinge nahmen erst wieder eine dramatische Wendung, als die Jugendliebe meiner Mutter zurückkehrte. Er war dreißig Jahre zuvor nach Virginia deportiert worden, weil er an dem Aufstand des Jahres 1715 beteiligt gewesen war. Ich war damals gerade jung verheiratet und in mein Glück so eingesponnen, daß ich die Zusammenhänge nur undeutlich erfaßte – daß der heimgekehrte Dickon der seinerzeitige Verehrer meiner Mutter war, von dem sie ihr Leben lang geträumt hatte, sogar während ihrer Ehe mit meinem Vater, diesem wunderbaren Mann. Zu ihrem Leidwesen verliebte sich Dickon in Sabrina, heiratete sie, und die Frucht ihrer Liebe war der kleine Dickon.

Meine arme Mutter! Jetzt weiß ich erst, wie sehr sie damals gelitten haben muß. Nach der Schlacht von Culloden und dem Tod von Dickons Vater kehrte Sabrina zu meiner Mutter zurück. Dann kam Dickon zur Welt – das war vor zehn Jahren, und seither leben Sabrina und meine Mutter miteinander in Clavering Hall. Jetzt erst, seit meinem eigenen Erlebnis, begreife ich, daß sie in dem Kind den Mann wiedergefunden haben, den sie beide verloren hatten.

Wahrscheinlich war es ein Trost für sie. Aber ich nehme an, daß es sich auf Dickons Charakter nachteilig auswirkte.

Nun, Jean-Louis und ich führten in all den Jahren eine gute Ehe. Unser Leben wurde kaum von äußeren Ereignissen beeinflußt; die Kriege in Europa, an denen unser Land beteiligt war, berührten uns nicht. Die Jahreszeiten folgten unveränderlich aufeinander, nach dem düsteren Karfreitag kam der fröhliche Ostersonntag, wir feierten Sommerfeste – wenn das Wetter schön war, im Freien, wenn es schlecht war, in der Halle unseres Hauses –, beim Erntedankfest bemühte sich jedes Gut, die schönsten Früchte und Gemüse vorzuweisen, und zu Weihnachten fanden die üblichen Vergnügungen statt. So verlief unser Leben.

Bis zu dem Tag, an dem die Botschaft aus Eversleigh Court eintraf.

Meine Mutter hängte sich bei mir und Jean-Louis ein.

»Ich habe nur die Familienmitglieder eingeladen, damit wir in Ruhe darüber sprechen können. Nur Sabrina, ihr beide und ich. Ich hoffe sehr, Jean-Louis, daß du dich freimachen und mit Zippora nach Eversleigh reisen kannst.«

Daraufhin zählte Jean-Louis eine Unzahl von Problemen auf, die die Verwaltung des Guts mit sich brachte. Es war sein Lieblingsthema, weil es für ihn das Wichtigste auf der Welt war. Er redete sich in Begeisterung und erklärte, es würde ihm sicherlich sehr schwer fallen, sich auf einige Zeit von seiner Arbeit zu trennen.

Wir gingen in die Halle – ein sehr schöner Raum, der der Mittelpunkt des Hauses war. Es war übrigens ein großes Haus, das für eine große Familie gedacht war. Meine Mutter hätte es sicherlich gern gesehen, wenn Sabrina wieder geheiratet und mit ihren Kindern in Clavering Hall gelebt hätte.

Doch es sah so aus, als würde Sabrina nie wieder heiraten. Auch auf meine Mutter traf das zu, obwohl sie noch sehr jung gewesen war, als mein Vater starb. Aber beide hatten Dickon den Älteren zu ihrem Gott erhoben und beteten ihn an – er war der Held aus der Jugendzeit meiner Mutter. Paradoxerweise liebte sie ihn immer noch, obwohl er ihr untreu geworden war und Sabrina zur Frau genommen hatte. Wenn er nicht bei Culloden den Heldentod erlitten hätte – wäre er dann auf dem Piedestal stehengeblieben? Aber das fragte ich mich erst später; damals sah ich das Leben mit den Augen der anderen. Ich versuchte nie herauszubekommen, was sich hinter dem Vorhang der Konvention verbarg.

Der junge Dickon kam den beiden verlassenen Frauen wie ein Geschenk des Himmels, er hatte ihrem Leben neuen Inhalt gegeben. Er half ihnen über ihren Kummer hinweg; indem sie ihn umhegten, hatten sie wieder jemanden, den sie anhimmeln konnten.

Ich fühlte mich in Clavering Hall genauso zu Hause wie im Verwalterhaus. Ich war hier inmitten der kostbaren Möbel und der geschmackvollen Tapeten und Vorhänge aufgewachsen, die davon Zeugnis ablegten, wie sehr mein Vater alles Schöne geliebt hatte.

Ich blickte zu den beiden eleganten Treppen hinüber, die in den Ost- und Westflügel führten. Ein so großes Haus für so wenige Menschen! Einmal hatte ich Jean-Louis gegenüber erwähnt, daß meine Mutter hier nie allein leben könnte, falls Sabrina noch einmal heiraten sollte; dann würde uns wohl nichts anderes übrig bleiben, als zu ihr zu ziehen. Jean-Louis hatte mir, wenn auch nur zögernd, zugestimmt, denn ihm gingen sein eigenes Haus und seine Unabhängigkeit über alles. Jean-Louis ist ein sehr zurückhaltender, sehr gütiger Mann, und deshalb ist das, was ich getan habe, umso tadelnswerter.

Wir saßen im Eßzimmer beim Abendessen. Meine Mutter hatte nach dem Tod meines Vaters nichts im Haus verändert, nicht einmal das Spielzimmer, obwohl es seither keine Kartenpartien mehr gab. Nur gelegentlich spielten meine Mutter und Sabrina mit den Nachbarn Whist, wenn sie zu Besuch kamen, aber niemals um Geld. Manche Leute bezeichneten meine Mutter deshalb als puritanisch, aber wir kannten sie besser.

Jetzt saßen wir auf den geschnitzten und vergoldeten japanischen Stühlen um den Eichentisch mit der geschnitzten Leiste, der in Frankreich für einen Höfling von Ludwig XV. angefertigt worden war, wie mir mein Vater erzählt hatte.

Der Butler stand beim Büffet und schöpfte die Suppe in die Teller, die ein Mädchen auf den Tisch stellte; da ging die Tür auf, und Dickon kam herein.

»Dickon«, sagten meine Mutter und Sabrina gleichzeitig in dem Ton, den ich so gut kannte – ein bißchen ärgerlich, vorwurfsvoll und doch voll nachsichtiger Bewunderung für seine Kühnheit. Genauso hätten sie sagen können: Natürlich darf er das nicht, aber was dem Kind nicht alles einfällt, unserem kleinen Liebling!

»Ich möchte mein Abendessen«, erklärte er.

»Dickon«, bemerkte meine Mutter, »du hast erst vor einer Stunde gegessen. Solltest du nicht schon im Bett sein?«

»Nein.«

»Warum nicht?« fragte Sabrina. »Es ist Schlafenszeit.«

»Weil ich hier sein will«, erklärte Dickon hartnäckig.

Der Butler sah in die Suppenterrine, als gäbe es dort etwas Interessantes zu entdecken, das Dienstmädchen war mit einem Teller in der Hand unentschlossen stehengeblieben und wußte nicht, wo sie ihn abstellen sollte.

Ich hatte erwartet, daß Sabrina ihren Sohn ins Bett stecken würde. Stattdessen sah sie meine Mutter hilflos an, und diese zuckte die Schultern. Dickon glitt auf einen Stuhl – er hatte gesiegt. Zweifellos hatte er gewußt, wie die Machtprobe ausgehen würde. Mir war klar, daß sich diese Szene nicht zum ersten Mal abspielte.

»Nun ja, vielleicht dieses eine Mal, was meinst du, Sabrina?« fragte meine Mutter beinahe schmeichelnd.

»Eigentlich solltest du nicht hier sitzen, Liebling«, erklärte Sabrina.

Dickon lächelte sie verführerisch an. »Nur dieses eine Mal.«

»Servieren Sie weiter, Thomas«, ordnete meine Mutter an.

»Ja, Mylady.«

Dickon warf mir einen triumphierenden Blick zu. Er wußte,

daß ich mit diesen Erziehungsmethoden nicht einverstanden war, und freute sich, weil er mir zeigen konnte, wer hier der Herr im Haus war.

»Ja, und jetzt muß ich euch Carls Brief zeigen«, sagte meine Mutter. »Ich hoffe, Jean-Louis, daß du es schaffen wirst, bald abzureisen.«

»Zu dumm, daß es ausgerechnet um diese Zeit sein muß.« Jean-Louis runzelte die Stirn. Er wollte meine Mutter nicht enttäuschen, denn es war nicht zu übersehen, wie großen Wert sie darauf legte, daß wir bald nach Eversleigh fuhren.

»Der junge Weston hat sich doch ganz gut eingearbeitet, oder?« fragte Sabrina.

Der junge Weston war einer unserer Angestellten. Er war ein vielversprechender junger Mann, aber Jean-Louis hing so sehr an dem Besitz, daß er unglücklich war, wenn er nicht selbst alles beaufsichtigen konnte. Weder er noch ich hatten das Bedürfnis, längere Zeit in London zu verbringen, und das wirkte sich auf das Gut natürlich sehr günstig aus.

»Er ist noch nicht so weit«, widersprach Jean-Louis daher.

Meine Mutter griff nach der Hand meines Mannes.

»Ich weiß, daß du es irgendwie möglich machen wirst.« Das gab den Ausschlag – Jean-Louis würde es möglich machen.

Weil meine Mutter jetzt sicher war, daß Jean-Louis mit mir fahren würde, begann sie alte Erinnerungen aufzufrischen.

»Ich bin schon so lange nicht mehr in Eversleigh gewesen. Ob es sich sehr verändert hat?«

Sabrina fügte hinzu: »Ich nehme an, daß auch Enderby noch genauso aussieht wie früher. Was für ein merkwürdiges Haus. Angeblich spukt es dort.«

Ich wußte nur andeutungsweise über Enderby Bescheid. Es lag in der Nähe von Eversleigh Court, und die beiden Häuser gehörten zusammen, weil meine Großmutter Carlotta Enderby geerbt hatte. Aber vorher hatte sich dort eine Tragödie abgespielt – jemand, der nicht zu unserer Familie gehörte, hatte dort Selbstmord begangen.

Sabrina erschauerte und fuhr fort: »Ich glaube nicht, daß ich Enderby wiedersehen möchte.«

»Gibt es dort wirklich Gespenster?« fragte Dickon.

»Es gibt überhaupt keine Gepenster«, griff ich ein. »Das reden sich die Menschen nur ein.«

»Woher willst du das wissen?«

»Gesunder Menschenverstand.«

»Ich mag Gespenster«, erklärte er und erteilte damit mir und meinem gesunden Menschenverstand eine Abfuhr. »Ich möchte, daß es dort Gespenster gibt.«

»Dann werden wir uns welche besorgen«, lachte Jean-Louis.

»Ich bin in Enderby glücklich gewesen«, sagte meine Mutter. »Ich kann mich noch daran erinnern, wie ich aus Frankreich dorthin kam und wie wunderbar es war, daß ich im Kreis einer Familie leben durfte, die mich liebte . . . und es war jahrelang mein Zuhause . . . mit Tante Damaris und Onkel Jeremy.«

Sie dachte offensichtlich an die schreckliche Zeit in Frankreich, als ihre Eltern plötzlich gestorben waren – angeblich waren sie vergiftet worden –, und sie in der Obhut eines französischen Dienstmädchens zurückgeblieben war, das nach der Auflösung des Haushalts auf der Straße Blumen verkaufte.

Meine Mutter hatte mir oft davon erzählt. Sie erinnerte sich an ihre Mutter Carlotta, die Schönheit in der Familie, die wilde Carlotta.

»Es wird dich bestimmt interessieren, das alles zu sehen, Zippora«, sagte sie.

»Wir werden doch nicht länger als ein paar Wochen dort bleiben müssen, oder?« fragte Jean-Louis.

»Ich glaube nicht. Der alte Mann muß sehr einsam sein, er wird sich sicherlich über euren Besuch freuen.«

Dickon hörte gespannt zu. »Ich fahre statt euch hin.«

»Nein, mein Liebling«, wies ihn Sabrina zurecht. »Du bist nicht eingeladen.«

»Aber er ist mit dir verwandt, und deshalb auch mit mir.«

»Ja, aber er hat Zippora eingeladen.«

»Ich könnte sie anstelle von Jean-Louis begleiten.«

»Nein«, widersprach Jean-Louis, »ich muß mich um Zippora kümmern.«

»Sie braucht niemanden, der sich um sie kümmert. Sie ist alt genug.«

»Jede Dame braucht einen Kavalier, der sich um sie kümmert, wenn sie eine Reise unternimmt«, griff meine Mutter ein.

Dickon beschäftigte sich gerade so intensiv mit dem Wildbraten, daß er nicht antwortete.

Jean-Louis fand, es wäre am besten, wenn wir in drei Wochen abreisten. Bis dahin konnte er alle notwendigen Anordnungen treffen, und wenn wir nicht länger als zwei Wochen in Eversleigh blieben, sollten sich eigentlich keine Schwierigkeiten ergeben.

Meine Mutter lächelte ihm zu. »Ich habe gewußt, daß du es möglich machen wirst. Danke. Ich schreibe Carl sofort. Vielleicht könntest du ein paar Zeilen hinzufügen, Zippora.«

Ich erklärte mich dazu bereit.

Dickon gähnte. Er hätte schon längst schlafen müssen, und als Sabrina ihm vorschlug, zu Bett zu gehen, protestierte er nicht.

Meine Mutter und ich verließen das Eßzimmer, um den Brief zu verfassen. Im ehemaligen Spielzimmer stand ein Schreibtisch, und ich wandte mich dorthin.

»Möchtest du nicht lieber in die Bibliothek kommen? Sie ist gemütlicher«, schlug meine Mutter vor.

»Nein, ich habe das Spielzimmer immer schon gemocht.«

Als ich mich an den Schreibtisch setzte, trat meine Mutter neben mich und strich mir über das Haar. »Du siehst deinem Vater so ähnlich. Helles, beinahe goldenes Haar, leuchtend blaue Augen – und du bist auch beinahe so groß wie er. Der arme Lance. Ein vergeudetes Leben.«

»Er starb als wahrer Edelmann.«

»Allerdings. Er hat sein Leben genauso vergeudet wie sein Vermögen.«

»Ich erinnere mich daran, wie mein Vater in diesem Zimmer saß. Er war hier am glücklichsten.«

Meine Mutter runzelte die Stirn, und ich begann mit meinem Brief. Er war nur kurz: Ich dankte Onkel Carl für die Einladung und teilte ihm mit, daß mein Mann und ich ihn in drei Wochen besuchen würden. Das genaue Ankunftsdatum würden wir noch bekanntgeben.

Kurz darauf gingen Jean-Louis und ich nach Hause.

Wir hatten den ersten Juni als Reisetermin festgesetzt. Wir wollten reiten und drei Reitknechte mitnehmen.

»Kutschen sind viel gefährlicher«, meinte meine Mutter, »weil es so viele Wegelagerer gibt. Es ist wesentlich leichter, eine schwerfällige Kutsche zu überfallen; aber so sind die drei Reitknechte und Jean-Louis ein guter Schutz für dich.«

Lord Eversleigh schrieb uns noch einen Brief. Seine Freude hatte etwas Rührendes. Als Sabrina den Brief las, sagte sie: »Er liest sich beinahe wie ein Hilferuf . . . oder so ähnlich.«

Ein Hilferuf! Eine seltsame Vorstellung. Ich las den Brief noch einmal, entdeckte aber nichts Derartiges in ihm; ein alter Mann, der zu lang von seinen Verwandten getrennt gewesen war, freute sich darauf, sie wiederzusehen.

Sabrina zuckte die Schultern. »Jedenfalls ist er froh, weil du kommst. Der arme alte Mann fühlt sich offensichtlich einsam.«

Eine Woche vor unserer Abreise saß ich im Garten und arbeitete an einer Stickerei, als ich Stimmen hörte. Ich erkannte Dickons herrischen Tonfall, legte den Stickrahmen beiseite, trat zu den Büschen und sah hinüber. Dickon befand sich in Begleitung von Jake Carter, dem Sohn eines Gärtners, der gelegentlich seinem Vater bei der Arbeit half. Er war genauso alt wie Dickon, und die beiden steckten oft beisammen. Es war anzunehmen, daß Dickon den Jungen schamlos tyrannisierte, und ich war gar nicht sicher, daß Jake ihn mochte. Wahrscheinlich hatte ihm Dickon alles Mögliche angedroht, wenn Jake nicht bei seinen Streichen mitmachte, und meine Mutter und Sabrina waren ja wirklich in Dickon so vernarrt, daß sie dem Jungen alles glaubten, was er über die Dienstleute erzählte.

Die beiden Jungen befanden sich bereits in einiger Entfernung vom Garten, aber ich sah, daß sie einen Eimer trugen; außerdem hatte Jake ein in Papier gewickeltes Paket in der Hand.

Die beiden schlugen die Richtung zu Hassocks Farm ein, die an unseren Besitz grenzt. Die Hassocks waren gute Farmer, und Jean-Louis schätzte sie sehr. Sie hielten ihre Scheunen und Hecken in Ordnung, und der alte Hassock sprach oft mit Jean-Louis darüber, wie man den Ertrag der Felder steigern könnte.

Ich setzte mich wieder zu meiner Stickerei, ging aber bald in die Vorratskammer hinauf, um die Behälter für die Erdbeeren bereitzustellen. Ich wollte noch vor meiner Abreise dafür sorgen, daß die Früchte gepflückt und eingelegt wurden.

Etwa eine Stunde später stürzte eines der Mädchen in mein Zimmer.

»O Mistress«, rief sie, »bei Hassocks brennt es. Der Herr ist gerade hinübergeritten.«

Ich lief ins Freie; eine der Scheunen brannte lichterloh. Einige Dienstleute gesellten sich zu mir, und wir gingen gemeinsam durch den Garten und über Hassocks Felder zur Scheune.

Dort war alles in hellem Aufruhr; die Menschen liefen durcheinander und schrien einander zu, aber sie schienen das Feuer unter Kontrolle zu bekommen.

Eines der Mädchen schrie auf, und da sah ich, daß Jean-Louis auf dem Boden lag und einige Männer versuchten, ihn auf einen Fensterladen zu legen.

Ich lief hinüber und kniete neben ihm nieder. Er war blaß, aber bei Bewußtsein und lächelte mich an.

Einer der Männer sagte: »Der Herr hat sich wahrscheinlich das Bein gebrochen. Wir bringen ihn nach Hause ... vielleicht könnten Sie inzwischen den Arzt holen lassen.«

Ich war bestürzt. Die Scheune war nur noch ein Haufen verkohlter Balken, aus denen gelegentlich eine zuckende Flamme hervorschoß. Der bittere Brandgeruch reizte zum Husten.

»Ja, rasch«, sagte ich. »Bringt ihn nach Hause. Und einer von euch holt den Arzt.«

Einer der Diener machte sich auf den Weg, und ich wandte mich Jean-Louis zu.

»Ein schweres Unglück«, meinte einer von Hassocks Arbeitern. »Sieht aus, als hätte jemand in der Scheune Feuer gelegt. Der Herr war als erster drin; dann stürzte das Dach ein und erwischte ihn am Bein. Ein Glück, daß wir in der Nähe waren und ihn herausziehen konnten.«

»Seht zu, daß ihr rasch ins Haus kommt«, sagte ich. »Könnt ihr ihn auf dem Fensterladen überhaupt transportieren?«

»Etwas Besseres haben wir nicht, Mistress. Der Doktor wird es schon wieder in Ordnung bringen.«

Jean-Louis' Bein war merkwürdig abgewinkelt – es schien wirklich gebrochen zu sein. Zum Glück konnte ich in einer Krise die Ruhe bewahren, meine Gefühle und Ängste beherrschen und das Notwendige tun.

Ich wußte, daß wir den Bruch vor dem Transport fixieren mußten und beschloß, es zu versuchen, obwohl ich von solchen Dingen keine Ahnung hatte. Ich schickte ein Mädchen um einen Spazierstock und um Leinenstreifen, die wir zum Bandagieren verwenden konnten.

Die Männer hatten Jean-Louis sehr vorsichtig auf die improvisierte Tragbahre gelegt, und ich ergriff seine Hand. Er litt sichtlich große Schmerzen, aber es war typisch für ihn, daß er vor allem mich beruhigen wollte.

»Mir geht es gut«, flüsterte er. »Es ist nichts Besonderes . . .«

Dann wurden der Spazierstock, den ich zum Schienen benützen wollte, und ein in Streifen gerissenes Laken gebracht. Meine Helfer hielten Jean-Louis' Bein vorsichtig fest, während ich die Bandagen um Bein und Stock wickelte. Dann trugen die Männer Jean-Louis in sein Bett, und der Arzt traf beinahe gleichzeitig mit ihm ein.

Es sei ein einfacher Bruch, sonst nichts, meinte der Arzt. Er beglückwünschte mich zu meiner raschen und zweckmäßigen Hilfeleistung; dadurch hatte ich verhindert, daß aus dem einfachen Bruch ein komplizierter wurde.

Ich blieb bei Jean-Louis, bis er einschlief. Dann erinnerte ich mich an die entsetzlichen Augenblicke, als ich ihn für tot gehalten hatte, und an die Verzweiflung, die mich daraufhin ergriffen hatte. Was hätte ich ohne Jean-Louis angefangen?

Kurz nachdem er eingeschlafen war, trafen meine Mutter, Sabrina und Dickon ein.

Die beiden Frauen waren sehr aufgeregt und wollten genau wissen, wie sich alles abgespielt hatte.

»Wenn man bedenkt, daß er schwer verletzt sein könnte . . . und alles nur wegen Hassocks Scheune.«

»Er hat selbstverständlich alles unternommen, um das Feuer zu löschen«, verteidigte ich ihn.

»Er hätte Hilfe holen sollen«, meinte Sabrina.

»Jean-Louis hat bestimmt das Richtige getan«, wiederholte ich.

»Aber er hätte dabei ums Leben kommen können!«

»Daran hat er nicht gedacht«, meinte meine Mutter. »Er versuchte einfach, das Feuer zu löschen. Wenn er es nicht getan hätte, hätten die Flammen auf das Feld übergegriffen, und Hassock hätte sein Korn verloren.«

»Besser das Getreide als Jean-Louis«, widersprach Sabrina.

»Hat man eine Ahnung, wie das Feuer entstanden ist?« fragte meine Mutter.

»Man wird es schon noch herausbekommen«, antwortete ich.

Sie sah mich ernst an. »Damit sind deine Reisepläne für Eversleigh ins Wasser gefallen.«

»Ach, richtig, das habe ich vollkommen vergessen.«

»Der arme alte Carl wird sehr enttäuscht sein.«

»Vielleicht könntest du an meiner Stelle fahren, Sabrina«, schlug ich vor. »Nimm Dickon mit!«

»O ja«, rief Dickon, »ich möchte nach Eversleigh.«

»Kommt nicht in Frage«, widersprach Sabrina. »Wir wären dort nicht willkommen. Ihr dürft nicht vergessen, daß ich die Frau des verdammten Jakobiten bin und daß Dickon sein Sohn ist.«

»Warten wir ab«, meinte meine Mutter. »Zunächst muß Jean-

Louis' Bein in Ordnung kommen. Und wenn das Feuer aus grober Fahrlässigkeit entstanden ist . . .«

»Wer käme denn auf so eine Idee?« fragte ich.

»Vielleicht war es ein dummer Streich«, meinte Sabrina.

In diesem Augenblick kamen zwei von Hassocks Arbeitern herein. Sie trugen einen Gegenstand, der wie die Überreste eines Eimers aussah; drinnen lagen ein paar Stücke verkohltes Rindfleisch.

»Wir wissen, wie der Brand ausbrach«, sagte einer von ihnen. »Jemand, der nicht viel davon verstand, wollte Fleisch braten, indem er in diesem Eimer ein Feuer anzündete; das hier sieht aus wie eine Art Rost.«

»O Gott!« rief ich. »War es vielleicht ein Landstreicher?«

»O nein, Mistress, ein Landstreicher hätte sich geschickter angestellt. Jemand muß in dem Eimer ein Feuer angezündet haben, das dann irgendwie außer Kontrolle geriet. Der Kerl bekam Angst und lief davon.«

»Was ist mit diesem Eimer? Wo stammt er her?«

»Nein, Mistress, aber wir werden versuchen, es herauszubekommen.«

Ich verbrachte eine unruhige Nacht. Ich schlief auf dem schmalen Sofa im Ankleideraum neben unserem Schlafzimmer. Die Tür stand offen, so daß ich es hören mußte, wenn Jean-Louis aufwachte. Er lag in unserem großen Bett, sein Bein war eingerichtet, und ich hätte erleichtert sein müssen, weil ihm nichts Schlimmeres zugestoßen war.

Zu meiner Überraschung war ich tief enttäuscht, weil ich meinen Besuch in Eversleigh aufschieben mußte, wahrscheinlich sogar für lange Zeit, denn Jean-Louis würde die weite, anstrengende Reise sicherlich nicht sofort unternehmen können, sobald der Bruch geheilt war.

Ich hatte oft an Eversleigh Court gedacht und hätte gern Enderby gesehen, das Haus, das eine so wichtige Rolle in unserer Familiengeschichte spielte. Mir war gar nicht klar gewesen, wie sehr ich mich auf das Abenteuer gefreut hatte.

Ich schlief schlecht, wachte mitten in der Nacht auf und versuchte zu ergründen, was mich geweckt hatte. Schließlich fand ich es heraus: Ich hatte geträumt, daß ich die Reise allein unternommen hatte. Und warum eigentlich nicht?

Je länger ich darüber nachdachte, desto durchführbarer schien mir diese Idee. Natürlich würde sie allgemein mißbilligt werden – denn junge Frauen reisen nicht allein. Aber erstens war ich keine junge Frau mehr, und zweitens würde ich natürlich nicht allein reiten. Ich würde, wie vorgesehen, die drei Reitknechte mitnehmen; der einzige Unterschied wäre dann, daß Jean-Louis nicht bei mir sein würde.

Diese Gedanken regten mich so auf, daß ich nicht mehr einschlafen konnte, sondern Pläne schmiedete, wie ich meine Reise nach Eversleigh ohne die Begleitung von Jean-Louis bewerkstelligen konnte.

Am nächsten Morgen herrschte allgemeine Aufregung, weil die Spur des Brandstifters zu uns führte. In einem der Schuppen im Garten fehlte ein Eimer, und obwohl das in der Scheune gefundene Exemplar verkohlt und verbeult war, konnte es unschwer als unser Eigentum identifiziert werden.

Hassock hatte erklärt, daß er den Übeltäter halbtot prügeln würde, wenn er ihn erwischte, denn dieser unbesonnene Streich hatte ungeheuren Schaden angerichtet.

Nachdem man herausgefunden hatte, woher der Eimer stammte, war es nur noch eine Frage der Zeit, bis man den Bösewicht fassen würde. Am frühen Nachmittag tauchte Ned Carter bei mir auf, mit seinem Sohn Jake im Schlepptau.

Jakes Gesicht war bleich und angstverzerrt, und auf seinen Wangen sah man Tränenspuren.

»Das ist der Schlingel, der an allem schuld ist, Mistress«, sagte Carter. »Er hat es zugegeben. Er nahm den Eimer, um sich Fleisch zu braten. Aber wo hatte er das Fleisch her? Das möchte ich wissen. Ich kann ihn prügeln, so viel ich will, er sagt es nicht. Aber ich werde es schon noch herausbekommen. Ich habe ihm ohnehin gesagt, wenn er so weitermacht, landet er demnächst auf den Galeeren oder am Galgen.«

Jake Carter tat mir leid. Er war noch ein Kind und er hatte fürchterliche Angst.

Dann erinnerte ich mich daran, wann ich ihn zum letzten Mal gesehen hatte – da war er nicht allein gewesen. Natürlich! Ungefähr eine Stunde, bevor das Feuer ausgebrochen war.

Damit war mir klar, daß nicht Jake die Idee gehabt hatte, das Fleisch und den Eimer zu stehlen. Sein Komplize hatte ihn dazu gezwungen.

Ich fragte: »War jemand bei dir, Jake, als du in die Scheune gingst?«

»Nein, Mistress, ich war allein. Ich wollte nichts Böses tun, nur das Fleisch braten.«

»Wo hast du das Fleisch hergehabt?«

Er schwieg. Aber er mußte nicht sprechen, ich konnte mir auch so vorstellen, wie sich das Ganze abgespielt hatte.

»Antworte der Dame«, sagte Ned und versetzte dem Jungen eine Ohrfeige, so daß er an die gegenüberliegende Wand flog.

»Warte mal, Ned«, fuhr ich dazwischen. »Laß dir Zeit. Schlag den Jungen erst, wenn ich meine Fragen gestellt habe.«

»Aber er hat es getan, Mistress. Er hat es ja praktisch schon zugegeben.«

»Einen Augenblick. Ich möchte mit ihm nach Clavering Hall gehen.«

Jake sah aus, als wolle er jeden Augenblick davonrennen, und ich war jetzt meiner Sache sicher.

»Komm«, sagte ich, »wir gehen sofort.«

Meine Mutter war sehr überrascht, als ich mit Ned Carter und seinem verschreckten Sohn bei ihr einmarschierte.

»Was ist denn los?« rief sie.

»Ist Dickon hier?« fragte ich.

»Er ist mit Sabrina ausgeritten. Warum?«

»Ich muß mit ihm sprechen.« Zum Glück kamen er und Sabrina im selben Augenblick herein.

Dickon verriet sich sofort, weil er so verdutzt darüber war, daß die Carters vor ihm standen.

Er wandte sich zur Tür. »Ich habe mein . . .« Er unterbrach sich, weil ich ihm den Weg verstellte.

»Einen Augenblick noch«, nagelte ich ihn fest. »Angeblich hat Jake den Brand in Hassocks Farm verursacht. Aber ich glaube nicht, daß er dabei allein war.«

»Ich glaube es schon«, widersprach Dickon.

»Nein, ich glaube, er hatte einen Mitschuldigen, und das warst du.«

»Nein«, rief Dickon. Er ging zu Jake hinüber, der sich verängstigt duckte. »Hast du vielleicht Märchen erzählt?«

»Er hat dich gar nicht erwähnt«, mengte ich mich ein.

»Aber Zippora, mein Liebling«, intervenierte meine Mutter, »warum zerbrichst du dir wegen solcher Dinge den Kopf? Wie geht es dem armen Jean-Louis?«

Ich ließ mich jedoch nicht beschwichtigen, denn jede Ungerechtigkeit empörte mich so sehr, daß meine heftigen Reaktionen schon einige Male die Menschen um mich überrascht hatten. »Ich zerbreche mir den Kopf darüber, warum Jake Carter wegen etwas bestraft wird, das er nur getan hat, weil er dazu gezwungen wurde.«

»Nein, nein«, widersprach Jake. »Ich habe es getan. Ich habe das Feuer im Eimer angezündet.«

»Ich sehe mal nach Vesta«, verkündete Dickon. »Ihre Jungen müssen jeden Augenblick zur Welt kommen.«

»Du wirst noch einen Augenblick warten, bevor du sie besichtigst«, entschied ich. »Zuerst wirst du uns erzählen, wer das Fleisch aus der Speisekammer gestohlen und Jake um den Eimer geschickt hat, wer mit ihm in die Scheune gegangen und mit ihm davongelaufen ist, als das Feuer außer Kontrolle geriet.«

»Warum fragst du ausgerechnet mich?« Dickons Ton war aufsässig.

»Weil ich zufällig die Antwort auf alle diese Fragen kenne: du bist der wahre Schuldige.«

»Das ist eine Lüge.«

Ich ergriff ihn am Arm, und er funkelte mich haßerfüllt an. Ich erschrak darüber, daß ein so junger Mensch solch heftiger Gefühle fähig war.

»Ich habe dich gesehen«, sagte ich. »Es hat keinen Sinn zu leugnen. Ich sah dich mit dem Eimer – du hast ihn nämlich getragen. Jake hielt ein Paket in den Händen, und ihr gingt zu Hassocks Anwesen hinüber.«

Es folgte tiefe Stille.

Dann bequemte sich Dickon zu einem Geständnis. »Es war ja nur ein Spiel. Wir wollten die Scheune nicht in Brand setzen.«

»Aber ihr habt es getan. Außerdem hast du Jake dazu gezwungen, dich zu begleiten, und hast dann ihm die ganze Schuld in die Schuhe geschoben.«

»Wir kommen selbstverständlich für den Schaden auf«, mischte sich Sabrina ein.

»Natürlich«, antwortete ich, »aber damit ist die Angelegenheit noch nicht erledigt.«

»O doch«, widersprach Dickon.

»O nein. Du mußt Ned Carter noch erklären, daß seinen Sohn keine Schuld trifft.«

»Ach, so viel Lärm um nichts«, war Dickons Antwort.

Ich sah ihn unverwandt an. »Ich würde es nicht als ›nichts‹ bezeichnen. – Du kannst jetzt gehen, Ned. Und denk daran, daß Jake nichts dafür kann, sondern gegen seinen Willen mitmachen mußte. Mein Mann wird sicherlich verärgert sein, wenn er erfährt, daß du den Jungen bestraft hast.«

Als sie gegangen waren, herrschte Schweigen in der Halle.

Dickon pflanzte sich vor mir auf, sah mich starr an und sagte: »Das werde ich dir nie vergessen.«

»Ich auch nicht, Dickon.«

»So, und jetzt sehe ich nach Vesta.« Damit lief er hinaus.

»Alle Jungen machen in seinem Alter irgendwelche Dummheiten«, bemerkte Sabrina.

»Das stimmt. Aber wenn man sie dabei erwischt, dann schiebt

kein anständiger Junge die Schuld auf einen anderen, noch dazu, wenn der keine Möglichkeit hat, sich zu verteidigen.«

Meine Mutter und Sabrina ertrugen es nicht, wenn man ihr geliebtes Kind kritisierte, aber sie wußten nicht, was sie darauf erwidern sollten.

Und dann hörte ich mich zu meiner Überraschung sagen: »Ich habe beschlossen, nächste Woche wie vorgesehen nach Eversleigh zu reiten.«

»Aber Jean-Louis . . .« begann meine Mutter.

»Kann mich natürlich nicht begleiten. Er hat hier die beste Pflege, also spielt es keine Rolle, wenn ich ihn allein lasse, noch dazu nur für kurze Zeit. Es würde Lord Eversleigh sicherlich schwer treffen, wenn ich nicht käme.«

Ich glaube, damals hat mein zweites Ich von mir Besitz ergriffen.

Die Familie widersetzte sich meinem Entschluß heftig. Meine Mutter erklärte, daß sie keine ruhige Minute haben würde, bis ich wieder sicher zu Hause sei, und Sabrina schloß sich ihr an. Es hätte noch nie so viele Wegelagerer gegeben wie gerade jetzt, behaupteten sie einhellig.

Dickon fügte hinzu: »Wenn du dich weigerst, dein Geld herzugeben, schießen sie dich tot.«

Wahrscheinlich wäre er über eine solche Entwicklung sehr erfreut gewesen, denn seit der Affäre mit dem Brand herrschte eine gewisse Spannung zwischen uns.

Jean-Louis reagierte genauso, wie ich erwartet hatte. Er fügte sich ins Unvermeidliche und war bestrebt, mir alle Hindernisse aus dem Weg zu räumen. Er humpelte durch das Haus und ließ sich in einem Leiterwägelchen auf dem Gut herumfahren; es wäre zu schlimm für ihn gewesen, an dem Geschehen auf Clavering nicht teilnehmen zu können.

»Ich habe das Gefühl, daß ich fahren muß«, hatte ich ihm erklärt. »Der Brief des alten Mannes wirkte irgendwie merkwürdig. Sabrina fand, er klänge wie ein Hilferuf. Wahrscheinlich ist diese Auslegung zu phantasievoll, aber andererseits liegt wirklich etwas Eigenartiges in ihm.«

»Ich mache mir vor allem wegen der Reise Sorgen. Wenn ich nur sicher sein könnte, daß dir nichts zustößt . . .«

»Ach, Jean-Louis, so viele Leute unternehmen Reisen. Wir erfahren eben nur von den Unglücksfällen, aber nie von den Tausenden, die heil davongekommen sind.«

»Bestimmte Straßenabschnitte sind sehr gefährlich . . . dort halten sich oft Wegelagerer versteckt.«

»Wir werden sie meiden; außerdem bin ich ja nicht allein.«

»Deine Mutter ist absolut dagegen.«

»Ich weiß. Sie erlebte als Kind einen Überfall und hat ihn nie vergessen. Mir wird schon nichts zustoßen, Jean-Louis.«

»Du möchtest unbedingt fahren, nicht wahr?«

»Ja.«

»Ich verstehe dich.« Das tat er wirklich – er erriet oft meine Gedanken, bevor ich sie ausgesprochen hatte. Vielleicht hatte er damals das Gefühl, daß mein Leben zu eintönig verlief, daß ich das Bedürfnis nach Abwechslung hatte. Doch weil er ein aktiver Mensch war, grübelte er nicht darüber nach, welche Gefahren mir drohten, sondern sorgte dafür, daß die Reise so sicher wie möglich verlief.

»Du wirst sieben Reitknechte mitnehmen«, erklärte er. »Sie werden zurückreiten, sobald sie dich heil abgeliefert haben, und dich wieder abholen, wenn du Eversleigh verläßt. Das sollte als Schutz ausreichen.«

Ich küßte ihn voll überströmender Liebe.

»Also?« fragte er.

»Ich habe den besten Mann der Welt.«

Er machte sich mit Feuereifer an die Vorbereitungen und besprach die Reiseroute genau mit mir.

Es war ein herrlicher Junimorgen, als wir aufbrachen; die Sonne war eben erst aufgegangen, aber es würde sicherlich ein klarer Tag werden. Wir kamen gut voran, und meine Vorfreude

31

wuchs. Um uns blühte alles; weiße Schmetterlinge saßen auf blauen Kornblumen; die Bienen summten um die roten Blüten des Klees; Gänseblümchen, Dotterblumen, Himmelschlüssel und Pimpernellen leuchteten im Gras.

Wir sollten unterwegs zweimal übernachten, und Jean-Louis hatte dafür gesorgt, daß die Wirtshäuser Zimmer für uns reservierten.

Ich schlief in der ersten Nacht nicht sehr gut. Ich war zu aufgeregt, und deshalb war ich schon auf den Beinen, als die ersten Streifen der Morgenröte am Himmel auftauchten.

Auch der zweite Tag verging rasch und reibungslos, und nach einer kurzen Nachtruhe näherten wir uns am dritten Tag endlich unserem Ziel.

Wir sollten gegen vier Uhr nachmittags in Eversleigh eintreffen, aber als wir bei einem Gasthaus Mittagsrast hielten, stellten wir fest, daß eines der Pferde ein Hufeisen verloren hatte. Ich überlegte, ob ich die Verzögerung in Kauf nehmen und warten sollte, bis das Pferd wieder beschlagen war, oder ob ich mit nur sechs Begleitern weiterreiten sollte.

Da ich meiner Mutter versprochen hatte, mich nur in Begleitung aller Reitknechte auf den Weg zu machen, beschloß ich zu warten.

Es dauerte jedoch länger als angenommen, denn der Hufschmied war zu einem der Landedelleute in der Umgebung geholt worden. Er hatte zwar versprochen, bald wieder zurück zu sein, aber es wurde doch vier Uhr, bis er eintraf.

Er tat zwar sein Möglichstes, aber es dauerte noch eine Weile, bis wir wieder unterwegs waren. Deshalb dämmerte es schon, als wir Eversleigh erreichten.

II

Jessie

Ich war vor langer Zeit in Eversleigh Court gewesen und erinnerte mich undeutlich daran. Als ich ein Kind war, hatten wir Weihnachten dort gefeiert, denn es war immer das Stammhaus der Familie gewesen. Als meine Mutter nach dem Tod meines Vaters nach Clavering Hall übersiedelte, stellte sie diese Besuche ein, und ich hatte das alte Haus seither nicht wiedergesehen. General Eversleigh, der meine Mutter sehr gern gehabt hatte, hatte eine Zeitlang den Besitz verwaltet, aber nach seinem Tod war Carl, Lord Eversleigh, zurückgekehrt – ich wußte nicht, wo er sich inzwischen aufgehalten hatte – und hatte sich in Eversleigh niedergelassen.

Ich war sehr aufgeregt. Während der Reise hatte ich versucht, mich an alles zu erinnern, was ich von der Familie wußte, die in dem großen Haus gelebt hatte. Noch interessanter war natürlich das geheimnisumwitterte Enderby, und ich wollte es so bald wie möglich aufsuchen. Aber zunächst mußte ich mich einmal mit Eversleigh befassen.

Das Tor in der hohen Mauer stand offen, und wir ritten in den Hof ein. Im Haus blieb es still, doch hinter einem Fenster sah ich einen Lichtschimmer.

Ich war überrascht, weil die große Haustür nicht geöffnet wurde; schließlich wurden wir erwartet, und man mußte das Geräusch der Hufe auf dem Kies gehört haben.

Wir warteten einige Augenblicke, doch kein Stallknecht tauchte auf und das Haus blieb dunkel.

»Weil wir so spät kommen, haben sie uns wahrscheinlich nicht mehr heute erwartet«, meinte ich. »Läutet die Glocke, dann wissen sie, daß wir hier sind.«

Einer der Knechte saß ab und zog am Klingelstrang. Ich erinnerte mich daran, wie ich als Kind das gleiche getan und dann fasziniert dem Ton der Glocke gelauscht hatte.

Die Glocke verklang, und es wurde still. Ich begann mich unbehaglich zu fühlen. Das war nicht der Empfang, den ich aufgrund von Lord Eversleighs Briefen erwartet hatte.

Endlich ging die Tür auf, und in ihrem Rahmen erschien eine junge Frau. Ich konnte sie nicht deutlich ausmachen, aber sie wirkte wie eine Schlampe.

»Was wollen Sie?« fragte sie.

»Ich bin Mistress Zippora Ransome«, antwortete ich. »Lord Eversleigh erwartet mich.«

Die Frau sah mich verständnislos an. Ich hatte den Eindruck, daß sie geistig zurückgeblieben war und versuchte, an ihr vorbei in die Halle zu sehen. Aber in der Halle brannte kein Licht; die einzige Beleuchtung war die Kerze, die sie abgestellt hatte, als sie die Tür öffnete.

Einer der Reitknechte hielt mein Pferd, während ich abstieg und zur Tür ging.

»Lord Eversleigh erwartet mich. Bring mich zu ihm. Wer führt den Haushalt?«

»Mistress Jessie.«

»Dann hole bitte Mistress Jessie. Ich werde in der Halle auf sie warten. Wo sind die Ställe? Meine Reitknechte sind müde und hungrig. Gibt es jemanden, der ihnen helfen kann, die Pferde zu versorgen?«

»Ja, Jethro. Ich werde jetzt Mistress Jessie holen.«

»Schön, aber beeil dich. Wir haben eine lange Reise hinter uns.«

Sie wollte mir die Tür vor der Nase zuschlagen, aber ich drückte sie auf und trat in die Halle.

Das Mädchen schlurfte davon, nachdem es die Kerze auf dem langen Eichentisch abgestellt hatte.

Anscheinend gingen hier wirklich merkwürdige Dinge vor. Ich mußte an Sabrinas Feststellung denken: »Ein Hilferuf.« Das schien zu stimmen.

Ich schrak zusammen, weil am oberen Ende der Treppe eine Gestalt aufgetaucht war. Es war eine Frau, die in der hocherhobenen Hand einen Leuchter hielt – wie eine Figur aus einem Bühnenstück. Im flackernden Kerzenlicht sah sie überraschend gut aus. Sie war groß, rundlich, aber wohlgeformt, und an ihrem Hals glitzerten Diamanten. Diamanten glitzerten auch an ihren Handgelenken und an ihren Fingern – eine ganze Menge Diamanten.

Würdevoll kam sie die Treppe herab.

Sie trug eine reichgelockte, sehr helle, beinahe blonde Perücke, und eine Locke fiel ihr auf die linke Schulter. Ihr Reifrock umgab sie wie eine Glocke; er war aus pflaumenblauem Samt und vorne ausgeschnitten, so daß man das elegante, mit Blumen bestickte, malvenfarbene Unterkleid sah. Sie war offensichtlich eine Dame, und ich konnte mir nicht vorstellen, was für eine Rolle sie in dem Haushalt spielte. Als sie näherkam, erkannte ich, daß das Rot ihrer Wangen zu leuchtend war, um natürlich zu sein; unter den leicht hervorquellenden blauen Augen trug sie ein Schönheitspflästerchen und ein weiteres neben dem grellrot geschminkten Mund.

Ich stellte mich vor. »Ich bin Zippora Ransome. Lord Eversleigh hat mich aufgefordert, ihn zu besuchen. Er wußte, daß wir heute eintreffen würden. Wir sind allerdings etwas spät dran, weil eines unserer Pferde ein Hufeisen verloren hat.«

Die Augen der Frau verengten sich; sie sah mich verständnislos an, und ich fuhr hastig fort: »Ich nehme an, daß ich erwartet werde.«

»Ich weiß nichts von alledem«, antwortete die Frau. Sie sprach sehr geziert, und wenn nicht ihre Kleidung gewesen wäre, hätte ich sie für die Haushälterin gehalten.

»Ich erinnere mich nicht, von Ihnen gehört zu haben«, sagte ich. »Vielleicht könnten Sie . . .«

»Ich bin Mistress Stirling, aber die Leute nennen mich Mistress Jessie. Ich sorge seit zwei Jahren für Lord Eversleigh.«

»Sie sorgen . . .«

Sie lächelte beinahe verächtlich. »Ich bin eine Art Hausdame.«

»Ach so. Und er hat Ihnen nicht gesagt, daß er mich eingeladen hat?«

»Kein Wort.« Ihre Stimme klang nicht mehr ganz so vornehm. Sie ärgerte sich offensichtlich über das Versäumnis und war auch ein bißchen mißtrauisch.

»Die Situation ist peinlich«, stellte ich fest. »Vielleicht könnte ich mit Lord Eversleigh sprechen.«

Sie überlegte sichtlich. »Sie behaupten, daß Sie Mistress Ransome sind?«

»Ja, seine nächste Verwandte – das heißt, eigentlich ist es meine Mutter. Lord Eversleigh ist der Sohn meiner Ururgroßmutter. Die Verwandtschaft reicht weit zurück.«

»Und er hat Ihnen geschrieben?«

»Ja, mehrere Briefe. Er forderte mich auf, ihn zu besuchen, er drängte sogar darauf. Deshalb nahm ich die Einladung an und wurde heute hier erwartet. Bitte bringen Sie mich zu ihm.«

»Ich habe ihn schon für die Nacht zurechtgemacht. Sie wissen ja, daß er sehr alt ist.«

»Ja, das weiß ich. Aber er erwartet mich und wird sich wundern, warum ich noch nicht da bin.«

Sie schüttelte den Kopf. »Stellen Sie sich lieber darauf ein, daß er die Einladung vollkommen vergessen hat. Deshalb dürfte er mir auch nichts davon gesagt haben. Er ist nicht immer bei klarem Verstand, verstehen Sie?«

»Nun ja, ich weiß ja, daß er sehr alt ist – ach Gott, vielleicht hätte ich gar nicht kommen sollen.«

Sie legte mir die Hand auf den Arm – vertraulich, als wäre sie meine Freundin und nicht die Haushälterin. Ich begann zu ahnen, daß sie andeuten wollte, sie sei keine gewöhnliche Haushälterin.

»Nein, das dürfen Sie nicht sagen«, widersprach sie beinahe

schalkhaft. »Ich werde jetzt ein Zimmer für Sie herrichten lassen, und wahrscheinlich hätten Sie auch gern etwas zu essen.«

»Allerdings, und meine Reitknechte auch. Es sind insgesamt sieben.«

»Allerhand. Ein richtiges Gefolge.«

Sie wirkte jetzt viel entspannter, wie jemand, der sich unvermutet einer schwierigen Situation gegenübersieht und sich endlich die richtige Vorgangsweise zurechtgelegt hat.

»Schön, dann erteile ich jetzt die entsprechenden Anordnungen, wir bringen Sie unter, und morgen früh können Sie mit Seiner Lordschaft sprechen.«

»Sollte man ihm nicht doch sagen, daß ich angekommen bin?«

»Wahrscheinlich schläft er jetzt schon wie ein Kind. Wissen Sie was, ich werde einmal nachsehen – nur zur Tür hineingucken, und wenn er wach ist, sage ich es ihm. Wenn er schläft, wollen Sie doch sicherlich nicht, daß ich ihn wecke.«

Ihr Benehmen hatte sich vollkommen geändert; sie war nicht mehr überrascht, sondern gab sich familiär, beinahe herablassend. Sie benahm sich, als wäre sie die Dame des Hauses, aber keine wirkliche Dame hätte sich so benommen wie sie. Ich hörte ein leises Geräusch, drehte mich rasch um, sah zur Treppe und glaubte, oben eine Bewegung wahrzunehmen. Allerdings war ich meiner Sache nicht sicher, weil der Kerzenschein nicht weit reichte. Wir wurden beobachtet, es war nur die Frage, von wem. Seit ich das Haus betreten hatte, war ich auf alles gefaßt.

»Zuerst müssen Sie aber etwas zu essen bekommen«, meinte die Frau. »In der Küche werden sie allerdings schon alles weggeräumt haben. Sie hätten zum Abendessen hier sein sollen, dann hätten wir Sie ordentlich bewirtet. Aber ich werde schon etwas auftreiben, und inzwischen ein Zimmer für Sie zurechtmachen lassen. Lassen Sie mir nur ein wenig Zeit, dann bekommen Sie und ihre Reitknechte etwas zwischen die Zähne und ein schönes, weiches Bett. Ist es Ihnen so recht?«

»Danke. Ich werde den Reitknechten sagen, daß sie die Pferde in den Stall führen sollen.«

»Nein, bleiben Sie nur hier. Ich kümmere mich schon darum.«
Sie rief: »Jenny! Moll! Wo steckt ihr denn? Kommt sofort her,
ihr faulen Dinger.«

Sie lächelte mich an. »Man darf sie nicht aus den Augen lassen,
sonst bringen sie überhaupt nichts weiter. Das Haus würde bald
verlottern, wenn ich nicht wäre.«

Jetzt sprach sie rasch und ungezwungen, wie ihr der Schnabel
gewachsen war.

Zwei Mädchen kamen herein.

»Also, ihr beiden«, fuhr Mistress Jessie fort, »macht ein
Zimmer für diese Dame bereit. Sie besucht Seine Lordschaft – der
es nicht für nötig gehalten hat, uns davon zu erzählen – wahrscheinlich hat er wieder einmal darauf vergessen, der Arme. Du
gehst zu den Ställen hinüber, Moll, und rufst Jethro. Er soll die
Pferde versorgen, den Männern ein Nachtlager und etwas zum
Essen beschaffen. Morgen früh bringen wir dann alles in Ordnung. Und Sie, Mistress . . ., wie sagten Sie doch gleich, war Ihr
Name?«

»Mistress Ransome.«

»Also, Mistress Ransome, wenn Sie bitte im Wintersalon
warten wollen, so lasse ich Ihnen eine Mahlzeit servieren, während man Ihr Zimmer vorbereitet. Du meine Güte, was für ein
Durcheinander, und er hätte mir nur eine Andeutung machen
müssen.«

Sie führte mich in ein Zimmer, an das ich mich erinnerte – hier
pflegten wir zu essen, wenn nicht viele Leute bei Tisch waren. Ja,
wir hatten es als Wintersalon bezeichnet.

Mir war nicht sehr wohl zumute, als ich mich setzte. Alles
verlief ganz anders, als ich es mir vorgestellt hatte.

Natürlich, redete ich mir ein, wäre der Empfang anders
ausgefallen, wenn das Pferd nicht das Hufeisen verloren hätte und
wir zu einer vernünftigen Tageszeit eingetroffen wären. Dann
wäre Lord Eversleigh noch wach gewesen und hätte mich so
empfangen, wie es sich gehörte. Schließlich war dieser Besuch
seine Idee gewesen. Verzögerungen während einer Reise kamen

häufig genug vor – schon ein kleines Mißgeschick konnte dazu führen. Wahrscheinlich hatte er uns erst am nächsten Tag erwartet. Dennoch war es merkwürdig, daß er keine Vorbereitungen für unseren Aufenthalt getroffen hatte.

Eines der Mädchen trat ein und zündete den Armleuchter an.

Ich fragte sie: »Sind Sie schon lange hier?«

»Ungefähr zwei Jahre, Mylady.«

»Genauso lang wie Mistress Stirling.«

»Ja, ich bin kurz nach ihr gekommen. Die meisten von uns wurden damals eingestellt.«

Damit verließ sie das Zimmer wieder. Als Mistress Stirling kam, wurde also neues Personal eingestellt. Die Situation wurde immer seltsamer.

Ein Dienstmädchen brachte ein Tablett mit kaltem Braten und einem Stück Pastete herein.

Mistress Stirling, die ich in Gedanken nur noch Jessie nannte, deckte den Tisch; ich war sehr hungrig, aber noch neugieriger. Als das Mädchen gegangen war, setzte sich Jessie mir gegenüber an den Tisch, stützte die Arme auf und starrte mich an, während ich aß.

»Wann hat Ihnen Seine Lordschaft geschrieben?« fragte sie.

»Vor ein paar Wochen. Eigentlich schrieb er meiner Mutter.«

»Ihrer Mutter . . . um Sie einzuladen.« Sie kicherte nervös. »Erwähnte er auch, warum er Sie hier haben wollte?«

»Wir sind ja miteinander verwandt. Wahrscheinlich tat es ihm leid, daß wir nicht öfter zusammenkommen.«

Ein Mann steckte den Kopf zur Tür herein.

»Sie haben nach mir geschickt, Mistress Jessie?«

»Ach ja, Jethro. Diese Dame besucht Seine Lordschaft. Sie ist mit ihm verwandt.«

»Ich bin eine seiner nächsten Verwandten«, warf ich ein. »Zippora Ransome . . . früher hieß ich Clavering.«

»Ach du meine Güte«, rief der alte Mann, »wenn das nicht Miss Zippora ist. Ich erinnere mich gut an Sie, wie Sie zu Weihnachten hierherkamen . . . und manchmal auch im Sommer. Ich weiß noch, was für ein braves kleines Mädchen Sie damals waren.«

Ich war erleichtert. Die Situation normalisierte sich. Jetzt erinnerte ich mich auch an ihn, Jethro, der für die Pferde zuständig gewesen war. Ich hatte mich immer gut mit ihm verstanden, weil ich Pferde liebte.

»Ach, Jethro«, rief ich und reichte ihm die Hand.

»Es tut gut, Sie wiederzusehen, Miss Zippora. Ist Jahre her . . . Und jetzt sind Sie verheiratet; mein Gott, wie die Zeit vergeht. Und Sie besuchen Seine Lordschaft?«

»Jethro«, unterbrach ihn Jessie, »du solltest dich um die Unterbringung der Reitknechte kümmern. Haben sie etwas zu essen bekommen?«

»Ich habe sie in die Küche geführt, aber es gab nur noch Brot, Käse und Ale, also habe ich sie auf morgen vertröstet.«

»Und weißt du auch schon, wo sie schlafen werden?«

Jethro nickte.

»Vielleicht können wir morgen noch ein wenig plaudern, Mistress Zippora.«

Er sah mich ernst an, und infolge des merkwürdigen Empfangs hatte ich den Eindruck, daß er mir etwas sagen wollte.

Jethro verließ das Zimmer, und Jessie murrte.

»Er bildet sich etwas darauf ein, daß er schon so lange im Haus ist, der komische Kauz; er ist davon überzeugt, daß wir ohne ihn verraten und verkauft wären. Seine Lordschaft hält große Stücke auf ihn, obwohl ich nicht recht weiß, warum.«

»Wir alle mochten ihn, soweit ich mich erinnern kann. Mir fallen, seit ich hier bin, überhaupt sehr viele Dinge wieder ein.«

»Jetzt ruhen Sie sich erstmal schön aus. Ich habe zu Seiner Lordschaft hineingeschaut, aber er schläft friedlich. Wenn wir ihn aufwecken, würde er nicht einschlafen können und wäre morgen sehr schlechter Laune.«

»Ist er . . . sehr . . . gebrechlich?«

»O Gott, nein. Er ist nur schwach und braucht jemanden, der immer um ihn ist. Das ist meine Hauptaufgabe. Schmeckt Ihnen die Pastete? Eigentlich sollte man sie essen, solange sie warm ist.«

Ich lobte die Pastete.

»Ich achte immer auf gutes Essen«, erklärte mir Jessie stolz. »Wenn Sie fertig sind, lasse ich Ihnen heißes Wasser hinaufbringen, und dann können Sie sich aufs Ohr legen.«

Ich gab gern zu, daß ich mich nach dem Bett sehnte.

Jessie sah mich wohlwollend an, aber ich traute dem Frieden nicht ganz, denn ihre Augen glitzerten arglistig. Ich konnte es nicht erwarten, mich am nächsten Morgen etwas genauer mit den merkwürdigen Zuständen zu beschäftigen, die hier herrschten.

Jessie führte mich persönlich in mein Zimmer, und dabei erinnerte ich mich immer besser an das Haus. Es hatte seinerzeit geradezu großartig gewirkt, aber von dem alten Glanz war nicht viel übrig.

Jessie stieß eine Tür auf.

»So, da wären wir. Es ist alles hergerichtet.« Sie trat ans Bett und schlug die Decke zurück. »Die Wärmepfanne ist auch da. Ich darf die Mädchen nicht aus den Augen lassen, sonst würden sie uns bald auf der Nase herumtanzen. Aber zum Glück habe ich Augen wie ein Falke. Seine Lordschaft sagt immer wieder zu mir: ›Ich wüßte gar nicht, was ich ohne dich tun würde, Jess.‹ Er anerkennt wenigstens, was ich leiste.« Sie benahm sich immer ungezwungener und versetzte mir von Zeit zu Zeit einen leichten Rippenstoß, während sie sprach. Ich mochte das gar nicht und hätte sie am liebsten fortgeschickt, aber andererseits wollte ich möglichst viel von ihr erfahren.

Das Zimmer enthielt ein Himmelbett, einen Schrank und einen Frisiertisch mit Spiegel.

»Das heiße Wasser ist auch schon da. Sie müssen es nicht fortbringen lassen, wenn Sie fertig sind. Das wird das Mädchen morgen früh besorgen.«

»Danke.«

»Schön, dann ist ja alles in Ordnung. Schlafen Sie gut.«

»Danke.«

Sie versetzte mir noch einen freundschaftlichen Stoß und verschwand.

Ich sah mich in dem Zimmer um und fühlte mich unbehaglich. In dem Türschloß steckte kein Schlüssel, was mich nervös machte. Ich hatte das Gefühl, daß ich in dieser seltsamen, spannungsgeladenen Atmosphäre kein Auge zutun würde. Jedenfalls war ich auf alles mögliche gefaßt.

Warum behielt Lord Eversleigh eine Frau wie Jessie im Haus? Noch dazu in einer so einflußreichen Stellung, denn sie benahm sich, als wäre sie hier die Herrin. Und warum hatte er ihr nicht gesagt, daß er mich eingeladen hatte?

Ich war zwar körperlich erschöpft, wälzte aber so viele Gedanken im Kopf, daß der Schlaf sich sicherlich nicht einstellen würde.

Ich versuchte, zum Fenster hinauszusehen, aber draußen war es zu finster. Zum Glück waren meine Sachen schon heraufgebracht worden, also packte ich sie aus und legte mir alles zurecht, was ich für die Nacht brauchte.

Dann wusch ich mich und zog mich aus. Ich nahm die Wärmepfanne aus dem Bett und legte mich hin; ich versank beinahe in den weichen Federbetten. Aber jedesmal, wenn ich einnicken wollte, fuhr ich hoch und lauschte. Mir stand offenbar eine sehr unruhige Nacht bevor.

Etwa eine Stunde später hörte ich leise Schritte vor meinem Zimmer. Ich sah zur Tür; meine Augen hatten sich an die Dunkelheit gewöhnt, und die Wolken hatten sich verzogen, so daß es etwas heller war. Daher erkannte ich deutlich, daß sich die Klinke bewegte.

»Kommen Sie herein«, rief ich.

Die Klinke bewegte sich nicht mehr. Ich setzte mich auf; mein Herz klopfte wild. Dann glaubte ich Schritte zu hören, die sich rasch entfernten. Ich lief zur Tür und sah hinaus, aber niemand war zu erblicken.

Der Zwischenfall hatte mir den letzten Rest von Schläfrigkeit vertrieben; ich lag mit offenen Augen im Bett und horchte.

Etwa eine halbe Stunde später hörte ich wieder Schritte. Diesmal glitt ich aus dem Bett und stellte mich neben die Tür.

Ja, die Schritte machten vor meinem Zimmer halt und die Klinke wurde langsam hinuntergedrückt. Diesmal sprach ich nicht, sondern preßte mich an die Wand und wartete.

Ich hatte Jessies stattliche Gestalt erwartet, aber zu meiner Überraschung schlich ein Mädchen ins Zimmer, das nicht älter als zehn Jahre sein konnte. Sie ging geradewegs zum Bett und holte erstaunt Luft, als sie feststellte, daß es leer war. Inzwischen hatte ich die Tür geschlossen, mich an sie gelehnt und fragte: »Was willst du denn?«

Sie fuhr herum und starrte mich mit weit aufgerissenen Augen an. Wenn ich ihr nicht den Weg versperrt hätte, wäre sie bestimmt davongelaufen.

Meine Angst war verschwunden. Statt einer drohenden Erscheinung hatte ich es mit einem neugierigen kleinen Mädchen zu tun.

»Nun«, fragte ich noch einmal, »warum besuchst du mich ausgerechnet um diese Zeit? Es ist nämlich ziemlich spät.«

Sie antwortete nicht, sondern blickte eigensinnig auf ihre bloßen Füße hinunter, die unter dem Nachthemd hervorguckten.

Ich trat auf sie zu. Sie sah mich entsetzt an, und ich war davon überzeugt, daß sie im nächsten Augenblick zur Tür stürzen würde.

»Da du schon einmal in meinem Zimmer bist, solltest du mir eigentlich auch erklären, was du hier suchst, meinst du nicht?«

»Ich . . . ich wollte Sie nur sehen.«

»Wer bist du?«

»Evalina.«

»Und was tust du in diesem Haus? Wer sind deine Eltern?«

»Wir leben hier. Eigentlich ist es ja Mamas Haus.«

In diesem Augenblick begriff ich und sah auch die Ähnlichkeit. »Du bist also Jessies Tochter?«

Sie nickte.

»Aha, und du lebst hier im Haus deiner Mutter?«

»In Wirklichkeit gehört es Lordy.«

»Wem?«

»Dem alten Mann. Lord Eversleigh ist sein richtiger Name. Aber wir nennen ihn immer Lordy.«

»Wir?«

»Meine Mama und ich.«

»Ich verstehe. Und er hat euch wahrscheinlich sehr gern, wenn er euch in seinem Haus wohnen läßt und euch erlaubt, ihn Lordy zu nennen.«

»Er würde ohne uns nicht zurechtkommen.«

»Sagt er das?«

Sie nickte wieder.

»Warum bist du in mein Schlafzimmer geschlichen?«

»Ich sah Sie kommen.«

»Ich habe dich auch gesehen, du standest oben auf der Treppe.«

»Sie konnten mich nicht sehen!«

»O doch. Du müßtest überhaupt etwas vorsichtiger sein, denn du hast dich auch jetzt erwischen lassen.«

»Werden Sie mich verraten?«

»Das werde ich erst wissen, wenn ich mit dem Verhör fertig bin.«

»Mit dem was?« Sie sah mich ängstlich an.

»Ich werde dir ein paar Fragen stellen, und für dich hängt sehr viel davon ab, wie du sie beantwortest.«

»Meine Mutter würde sehr zornig sein – das ist sie oft. Sie würde mir vorwerfen, daß ich mich nicht zuerst davon überzeugt habe, daß Sie schon schlafen.«

»Wenn ich dich nicht erwischt hätte, wäre also alles in Ordnung.«

Sie sah mich erstaunt an. »Natürlich«.

»Eine merkwürdige Einstellung.«

»Sie sprechen so komisch. Warum sind Sie hergekommen? Um uns bei Lordy Schwierigkeiten zu machen?«

»Ich bin gekommen, weil Lordy – wie du ihn nennst – mich eingeladen hat.«

»Meine Mutter ist deshalb böse auf ihn. Sie kann nicht verstehen, wieso er Sie eingeladen hat, ohne es ihr zu sagen. Sie will alles mögliche wissen – wer den Brief überbracht hat und so weiter. Wahrscheinlich wird es einen fürchterlichen Krach geben.«

»Warum sollte Lord Eversleigh nicht Menschen, die er sprechen will, in sein Haus einladen können?«

»Er sollte Mama zuerst fragen.«

»Ist deine Mutter hier Haushälterin?«

»Na ja, das ist alles ganz anders.«

»Wieso?«

Sie kicherte. Ihr Gesicht hatte den unschuldigen Ausdruck verloren und wirkte jetzt durchtrieben. Sie war zwar jung, aber sie schien in vielen Belangen Bescheid zu wissen, vor allem, was die Beziehung zwischen ihrer Mutter und Lord Eversleigh betraf. Mein Verdacht wurde zur Gewißheit.

Dieses Kind war offensichtlich gewohnt zu lauschen, zu spionieren; es war so neugierig, daß es sogar nachts sein Bett verließ, um den Besuch in Augenschein zu nehmen, der seine Mutter so sehr aus der Fassung gebracht hatte.

Ich ging auf diesen Punkt nicht weiter ein; das obszöne Lachen des Mädchens hatte mir alles gesagt, was ich wissen wollte, und ich hatte keine Lust, mit ihr über diese zweifelhafte Beziehung zu sprechen.

»Jetzt muß ich gehen«, meinte sie. »Gute Nacht. Eigentlich sollten Sie schon längst schlafen.«

»Das wäre zweifellos für dich angenehmer gewesen, nicht wahr? Wolltest du auch mein Gepäck untersuchen?«

»Ich wollte nur einen Blick darauf werfen.«

»Jetzt bist du nun einmal da und wirst erst gehen, wenn ich es erlaube. Wie lang wohnst du schon hier?«

»Etwa zwei Jahre.«

»Bist du glücklich?«

»Es ist hier sehr schön. Anders als . . .«

»Als dort, wo du vorher warst. Wo war das?«

»In London.«

»Wo ist dein Vater?«

Sie zuckte die Schultern.

»Ich hatte nie einen richtigen Vater, nur Onkel. Aber keiner blieb lange.«

Ich war angewidert. Das Kind bestätigte mir, was ich angenommen hatte. Jessie war eine leichtfertige Frau, der es irgendwie gelungen war, Lord Eversleigh an sich zu fesseln. Wie hatte sie es nur geschafft? Ich konnte mir nicht vorstellen, daß auch nur einer meiner anderen Vorfahren auf sie hereingefallen wäre. Sie hätten sie keine Stunde unter ihrem Dach geduldet.

»Wie bist du hierhergekommen?«

Sie sah mich verständnislos an; offensichtlich wußte sie es wirklich nicht. Sie erzählte mir nur, daß sie in der Nähe von Covent Garden gewohnt hatten und daß ihre Mutter Zimmer vermietete. »An Leute vom Theater. Meine Mama ist auch einmal aufgetreten.«

Bei dieser Erinnerung lag ein sehnsüchtiger Ausdruck auf ihrem Gesicht, und ich meinte: »Dir hat dieses Leben anscheinend besser gefallen als das jetzige.«

Sie zögerte. »Hier gibt es immer etwas Gutes zu essen . . . und Mama geht es besser . . . und Lordy wüßte ohne uns weder aus noch ein.«

»Sagt er das?«

»Er sagt es Mama immerzu, weil sie ihn immerzu fragt.«

»Wo ist dein Schlafzimmer?«

Sie zeigte vage in die Höhe.

»Und wo schläft deine Mutter?«

»Bei Lordy natürlich.«

Ich war entsetzt – genau das hatte ich vermutet. Wer weiß, was der nächste Tag alles bringen würde.

»Mir wird kalt«, jammerte Evalina.

Ich fror auch; außerdem hatte ich genug erfahren.

»Dann ist es besser, wenn du jetzt auf dein Zimmer gehst.«

Sie lief zur Tür.

»Ich brauche einen Schlüssel für meine Tür.«

»Ich werde ihn zurückbringen.«

»Also du hast ihn.«

Sie nickte lächelnd und sah in diesem Augenblick kindlich übermütig aus.

»Hast du ihn vielleicht mitgenommen, damit du dich jederzeit in mein Zimmer schleichen kannst?«

Sie blickte, immer noch lächelnd, zu Boden.

»Befindet sich der Schlüssel jetzt in deinem Zimmer?«

Wieder ein Nicken.

»Dann bring ihn mir sofort!«

Sie zögerte. »Wenn ich es tue, verraten Sie mich dann nicht?«

In ihrem Gesicht lag ein gieriger Ausdruck – sie erinnerte sehr an ihre Mutter.

»In Ordnung. Bring mir den Schlüssel und dein Besuch bei mir bleibt unser Geheimnis. Nur rate ich dir, es nicht noch einmal zu versuchen.«

Sie nickte und schlüpfte zur Tür hinaus. Kurz darauf kehrte sie mit dem Schlüssel zurück.

Ich versperrte meine Tür, und weil ich mich jetzt sicher fühlte, schlief ich tief und traumlos bis zum Morgen.

Eines der Mädchen weckte mich; es brachte mir heißes Wasser. Die Sonne schien zum Fenster herein, und in ihrem Licht erkannte ich, wie schäbig das Zimmer aussah.

»Guten Morgen«, sagte ich, »wie heißt du?«

»Moll. Mistress Jessie sagt, Sie sollen runterkommen, wenn Sie fertig sind.«

»Danke.« Sie musterte mich neugierig und verschwand.

Ich stand sofort auf; heute würde ich herausbekommen, was hier wirklich gespielt wurde, und ich konnte es kaum erwarten, meinen Onkel kennenzulernen. Lordy! Der Spitzname sprach Bände; sicherlich hatte Jessie ihn erfunden.

Als ich ins Eßzimmer kam, war Jessie bereits anwesend. Sie trug einen reich bestickten Morgenrock aus lila Batist. Obwohl sie weniger Schmuck angelegt hatte als am Abend zuvor, war es noch immer viel zu viel. Ihre Schminke war im grellen Sonnenschein, der weit weniger schmeichelte als Kerzenlicht, viel deutlicher zu sehen.

Sie begrüßte mich mit überströmender Freundlichkeit. »Da sind Sie ja. Ich hoffe, Sie haben gut geschlafen. Du meine Güte, Sie müssen gestern wirklich erschöpft gewesen sein.« Sie machte keinen Versuch mehr, vornehm zu wirken, und mir gefiel ihre jetzige Art besser – sie war natürlicher. »War das Bett in Ordnung? Ich fürchte, daß die Mädchen sich beeilt haben, als sie es machten, und Sie wissen ja, wie Dienstboten heutzutage sind.«

Ich beruhigte sie; mein Bett war in Ordnung gewesen, und ich hatte sehr gut geschlafen. »An ein fremdes Bett muß man sich immer erst gewöhnen.«

»Da bin ich ganz Ihrer Meinung.« Sie lachte schrill und versetzte mir spielerisch einen Rippenstoß.

»Was würden Sie heute denn gern essen? Wir haben keinen Besuch erwartet und deshalb können wir Ihnen nicht allzu viel bieten; aber es wird sich sicherlich etwas finden lassen, das Ihnen schmeckt.«

Der Frühstückstisch war reichlich gedeckt: Fisch und Fleischpasteten. Ich war nicht hungrig und begnügte mich mit einem Stückchen Fisch. Jessie saß mir gegenüber, wie am Abend zuvor.

»Ach, Sie essen ja wie ein Vögelchen«, bemerkte sie. Sie hatte offensichtlich schon gefrühstückt, konnte aber der Versuchung nicht widerstehen, nahm sich ein Stück Pastete und aß es mit sichtlichem Vergnügen; als sie fertig war, leckte sie sich schmatzend die Finger ab.

»Wann werde ich Lord Eversleigh sehen können?« fragte ich.

»Darüber wollte ich gerade mit Ihnen sprechen. Der Arme fühlt sich morgens nie sehr wohl; er braucht einige Zeit, um auf die Beine zu kommen. Er ist eben kein Jüngling mehr, obwohl er sich sehr gut gehalten hat.« Ihre Augen blitzten, während sie anscheinend in Erinnerungen schwelgte, und wenn nicht der Tisch zwischen uns gewesen wäre, hätte sie mir sicherlich wieder einmal einen Rippenstoß versetzt.

»Ich bin sicher, daß er mich sofort sehen will, sobald er von meiner Anwesenheit erfährt.«

»Da haben Sie bestimmt recht. Lassen wir ihm also noch ein bis zwei Stunden Zeit, gut? Ich werde Sie verständigen, wenn er so weit ist. Sagen wir so gegen elf Uhr.«

»Ich freue mich schon darauf.«

Sie stand auf. »Ich nehme an, Sie werden jetzt auspacken wollen. Sie könnten aber auch im Garten spazierengehen. Er wird Ihnen sicherlich gefallen. Kommen Sie aber nicht zu spät zurück, Sie wissen ja, elf Uhr.«

Ich ging zunächst auf mein Zimmer, packte meine restlichen Sachen aus und begab mich dann, ihrem Rat folgend, in den Garten. Aber auch hier bemerkte man deutlich die mangelnde Pflege; der Garten sah genauso verwahrlost aus wie das Haus.

Um elf Uhr kam ich von meinem Spaziergang zurück; Jessie erwartete mich schon in der Halle.

»Seine Lordschaft ist sehr aufgeregt und möchte Sie sofort sehen.«

Ich folgte ihr die Treppe hinauf. Erinnerungen an meine Kindheit kehrten wieder; ich wußte, daß wir in das Elternschlafzimmer gingen. Meine Mutter und ich hatten dort meine Urgroßmutter besucht, als sie krank war.

Jessie öffnete ohne viel Umstände die Tür, und ich folgte ihr.

Im Himmelbett saß ein alter Mann. Sein Gesicht war gelblich, und er hatte kaum noch Fleisch auf den Knochen; wenn nicht die großen, lebhaften braunen Augen gewesen wären, hätte man ihn für einen Leichnam halten können.

»Da ist die kleine Dame, Lordy.«

Die leuchtenden Augen waren auf mich gerichtet, und eine magere Hand streckte sich mir entgegen.

»Zippora! Du bist es wirklich, Clarissas Tochter. Also bist du doch gekommen!«

Ich ergriff seine Hand und drückte sie. Seine Augen schimmerten feucht. Hier war ich wenigstens willkommen.

»Sie ist gekommen, weil du sie eingeladen hast, Liebster«,

mischte sich Jessie ein. »Und du hast mir kein Wort davon gesagt. Das war nicht sehr nett von dir. Sie ist vergangene Nacht in der Dunkelheit hier eingetroffen . . . und nichts war für sie vorbereitet. Wenn du es mir mitgeteilt hättest, hätte ich einen Staatsempfang für sie veranstaltet.«

Er lächelte mir beinahe maliziös zu. »Jessie betreut mich sehr gut.«

»Und ob!« bestätigte Jessie. »Obwohl du es nicht immer verdienst, du schlimmer Lordy.«

Er lächelte mich an. Wollte er über etwas Bestimmtes mit mir sprechen? Wenn ja, sicherlich nicht in Jessies Gegenwart.

»Ich freue mich so sehr, dich kennenzulernen«, sagte ich.

»Und dein Mann?«

»Er konnte nicht mitkommen. Eine Scheune in unserer Nähe geriet in Brand, er beteiligte sich an den Löscharbeiten und brach sich dabei ein Bein.«

»Du bist also allein gekommen?«

»Nein, in Begleitung von sieben Reitknechten.«

Er nickte. »Das war sehr freundlich von dir.«

Seine dunklen Augen waren sehr ausdrucksvoll; er wollte mir bestimmt etwas zu verstehen geben.

»Erzähl mir«, fuhr er fort. »Wie geht es deiner Mutter – sie war immer ein so liebes Mädchen. Und dein Vater . . . sein Tod war so tragisch. Er war ein echter Edelmann. Und Sabrina . . .«

»Es geht allen gut.«

»Ein Jammer, daß Sabrina diesen verdammten Jakobiten geheiratet hat; aber wir haben es ihnen ja gezeigt, was?«

Jessie hatte sich ans Bett gesetzt, doch dann stand sie auf, ging zum Tisch, auf dem eine Schale mit Konfekt stand, nahm ein Stück, setzte sich in einen Stuhl und begann genüßlich zu lutschen. Ich nahm an, daß die Süßigkeiten für sie hingestellt worden waren und daß sie mir deutlich zu verstehen geben wollte, wer das Zimmer mit dem armen alten Mann teilte. Die Vorstellung, wie beide in einem Bett lagen, wäre komisch gewesen, wenn das Ganze nicht einen so tragischen Hintergrund gehabt hätte. Sie lächelte uns freundlich zu, aber hinter diesem Lächeln lauerte die gespannte Aufmerksamkeit eines Wachhundes. Sie war mißtrauisch und zornig darüber, daß mein Onkel mich ohne ihr Wissen hatte kommen lassen. Ich fragte mich, wie weit er unter ihrem Einfluß stand. Anscheinend verfügte er noch über eine gewisse Autorität, aber sie hatte zweifellos viel zu reden.

»Lordy wird immer noch ganz wild, wenn es um die Jakobiten geht«, stellte sie fest.

Ich zog die Brauen hoch und blickte sie an. Warum schickte er dieses unverschämte Weib nicht aus dem Zimmer?

Er bemerkte meinen fragenden Blick und erwiderte ihn mit einem beinahe um Verzeihung bittenden Lächeln. Er wollte ganz bestimmt unter vier Augen mit mir sprechen – warum befahl er ihr nicht zu verschwinden?

War es möglich, daß er Angst vor ihr hatte? Eine zu allem entschlossene, kräftige Frau, eine von ihr ausgesuchte Dienerschaft und ein reicher, gebrechlicher alter Mann, der den größten Teil des Tages im Bett verbrachte.

Die Situation war eindeutig; aber ich verstand nicht, warum er so fügsam war.

»Mistress Jessie scheint eine gute Haushälterin zu sein«, bemerkte ich.

Sie lachte schallend. »Mehr als das, was, mein Liebling?«

Er lachte ebenfalls, und an seinem Gesichtsausdruck merkte ich, daß er sie mochte.

»Gehst du nie aus?« fragte ich.

»Nein, ich bin schon Ewigkeiten nicht mehr fort gewesen. Monatelang, nicht wahr, Jessie?« Sie nickte. »Ich komme die Treppe nicht mehr hinunter. Es ist ein Jammer.«

»Er ruht sich am Nachmittag aus, nicht wahr, Liebling? Nach dem Essen decke ich ihn warm zu, dann macht er sein kleines Nickerchen, und danach ist er wieder frisch und munter.«

Jessie stöberte in der Schale mit Konfekt. »Das Marzipan ist aus«, bemerkte sie. »Und ich habe den Mädchen doch gesagt, daß sie welches nachfüllen sollen.«

Einen Augenblick lang war ihr Gesicht wutverzerrt, und der sanfte Ausdruck wie weggewischt, aber sie riß sich sofort wieder zusammen und lächelte. Wenn sie schon wegen des Konfekts so sehr in Zorn geraten konnte, wie reagierte sie dann, wenn es um etwas Ernstes ging? Mir wurde immer klarer, daß ich in eine sehr merkwürdige, gefährliche Situation geraten war.

Sie ging zur Tür und rief »Moll!« Das war die Gelegenheit, auf die wir gewartet hatten. Die ausgemergelte alte Hand ergriff die meine. »Sprich mit Jethro! Er wird dir sagen, was du tun sollst.«

Das war alles, denn sie kam schon wieder von der Tür zurück.

»Diese Mädchen«, schimpfte sie. »Sie sind das Geld nicht wert, das man ihnen bezahlt.«

»Wie soll ich dich eigentlich nennen?« fragte ich schnell, als setzte ich ein Gespräch fort. »Unsere Verwandtschaft ist ja reichlich kompliziert.«

»Warte mal. Meine Eltern waren Edwin und Jane, und Edwin war der Sohn von Arabella und Edwin. Arabella heiratete in zweiter Ehe Carleton. Ihre Kinder waren Priscilla und Carl, der General wurde. Priscilla hatte eine uneheliche Tochter, Carlotta; dann heiratete sie und gebar Damaris. Carlotta bekam ebenfalls eine uneheliche Tochter.«

Jessie begann zu lachen. »Jetzt weiß ich wenigstens, wieso du so ein Schlimmer bist, Lordy.«

Er beachtete sie nicht und fuhr fort. »Und Carlottas Tochter war deine Mutter Clarissa. Ich glaube, du nennst mich am besten Onkel Carl, was meinst du?«

»Schön, dann bleibt es also bei Onkel Carl.«

Kurz darauf kam Moll mit weiterem Konfekt herein. Jessie stürzte sich gierig darauf, und Onkel Carl benützte die Gelegenheit, um den Namen Jethro zu wiederholen.

Wir unterhielten uns noch eine Weile, dann verabschiedete ich mich. Jessie strahlte – sie wußte ja nicht, daß ich endlich einen Hinweis erhalten hatte.

Kurz nachdem ich Onkel Carl verlassen hatte, wurde das Mittagessen aufgetragen. Es handelte sich um ein üppiges Mahl, das im Eßzimmer eingenommen wurde. Es bestand aus Suppe, Fisch, dreierlei Fleisch und Pasteten. Jessie schien eine Schwäche für Pasteten zu haben. Als ich das Eßzimmer betrat, saß sie bereits mit dem Kind am Tisch, das mich vergangene Nacht besucht hatte.

»Meine Tochter Evalina«, stellte sie mir die Kleine vor.

Evalina machte einen Knicks. Sie sah jetzt sehr sittsam aus; wahrscheinlich hatte sie gewaltigen Respekt vor ihrer Mutter.

»Sie hilft mir im Haushalt, nicht wahr, mein Kleines?«

Evalina sah mich halb herausfordernd, halb bittend an. Offensichtlich hatte sie Angst, ich könnte ihren nächtlichen Besuch bei mir erwähnen.

»Du bist deiner Mutter sicherlich eine große Hilfe.«

Sie atmete erleichtert auf und lächelte mir dankbar und verschwörerisch zu.

Jessie beschäftigte sich so eifrig mit dem Essen, daß zu meiner Erleichterung kein richtiges Tischgespräch zustande kam.

»Ich habe Lordy das Tablett mit seinem Essen schon hinaufgebracht. Ich muß immer darauf achten, daß es nichts schwer Verdauliches ist, er hat einen sehr empfindlichen Magen. Aber das Roastbeef heute war genau das Richtige für ihn. Nach dem Essen schläft er dann bis fünf Uhr nachmittags. Ich lege mich auch gern ein bißchen aufs Ohr; dann kann ich wieder die halbe Nacht munter bleiben. Wie halten Sie es, Mistress Ransome?«

»Ich halte kein Mittagsschläfchen – aber ich bleibe auch nicht die halbe Nacht auf.«

Sie lachte.

Evalina beobachtete mich verstohlen und beteiligte sich nicht an der Unterhaltung. Ich war froh, als die Mahlzeit vorüber war. Es war mir sehr angenehm, daß Jessie sich schlafen legte und ich fragte mich, ob sie meinem Onkel im Himmelbett Gesellschaft leistete.

Ich wartete in meinem Zimmer, bis es im Haus ruhig geworden war, dann ging ich unverzüglich durch den Garten zu den Ställen. Als ich um die Ecke bog, sah ich zwei Häuschen vor mir;

auf einem der Zäune saß ein Junge. Er sah mich neugierig an, und ich fragte: »Kennst du Jethro?« Er nickte. »Wo wohnt er?«

Er zeigte auf das zweite Häuschen.

Ich bedankte mich und öffnete Jethros Gartentür.

Er mußte mich erwartet haben, denn als ich den Weg hinaufging, hörte ich seine Stimme: »Kommen Sie nur herein, Mistress Zippora.«

Ich betrat ein dunkles Zimmer, das mit Möbeln vollgeräumt war; über der Tür war ein Hufeisen befestigt.

»Lord Eversleigh sagte mir, ich soll dich aufsuchen, Jethro«, erklärte ich.

»Das stimmt. Ich bin sozusagen der einzige Mensch, den er hier hat.«

»Wie meinst du das?«

»Na ja, sie hat die Hosen an. Was Jessie will, das geschieht. So liegen die Dinge.«

»Es ist schrecklich. Ich hatte keine Ahnung, wie es hier aussieht. Diese Frau . . .«

»Das Ganze ist gar nicht so ungewöhnlich. Ein Mann wie Seine Lordschaft . . . Sie müssen schon entschuldigen, Mistress Zippora, aber es ist nicht das erste Mal, daß so etwas geschieht.«

»Kann man sie denn nicht fortschicken? Er müßte sie ja nur entlassen.«

»Das würde Seine Lordschaft nie tun. Er hängt an ihr. Sie ist seine Geliebte . . . sie müssen den Ausdruck schon verzeihen, Mistress Zippora.«

»Du willst damit sagen, daß sie ihn beherrscht.«

»Sie hat ihn in der Hand, Mistress. Er will, daß sie bleibt, und genau das will sie auch. Er weiß, daß sie ihr Schäfchen ins Trokkene bringt, aber es macht ihm Freude, ihr dabei zu helfen.«

»Ein sehr ungewöhnlicher Zustand.«

»Ja, wissen Sie, er war immer hinter den Weibern her, und man kann nicht erwarten, daß er sich im Alter noch ändert.«

»Aber irgend etwas muß ihn bedrücken. Er hat mir zugeflüstert, daß du mir etwas sagen wirst.«

»Ach ja, ich soll Ihnen sagen, daß er unter vier Augen mit Ihnen sprechen will – ohne daß Jessie dabei ist. Sie sollen das irgendwie bewerkstelligen.«

»Ich könnte einfach in sein Zimmer gehen, und er müßte nur darauf bestehen, daß wir allein bleiben. Warum sollte er seiner Haushälterin nicht befehlen, den Raum zu verlassen?«

»Weil Jessie keine gewöhnliche Haushälterin ist. Sie wäre nie damit einverstanden, und er will sie keinesfalls in Wut bringen. Nein, Mistress, Sie müssen ihn aufsuchen, wenn Jessie nicht zu Hause ist. Zum Glück ist sie ein Gewohnheitsmensch, und sie wird in etwa einer halben Stunde das Haus verlassen.«

»Woher willst du das wissen?«

»Weil sie es jeden Tag tut.«

»Sie hat mir erzählt, daß Lord Eversleigh jeden Nachmittag bis fünf Uhr schläft und daß sie es ihm nachmacht.«

»Sie liegt vielleicht im Bett – aber nicht zum Schlafen... wenn Sie mir die offenen Worte verzeihen, Mistress Zippora.«

»Die ganze Situation ist so widerwärtig, daß ich dir nichts übelnehme, Jethro.«

»Nach dem Essen deckt sie Seine Lordschaft warm zu und befiehlt ihm zu schlafen. Um halb zwei ist sie schon unterwegs zu Amos Carew, in den sie verschossen ist. Er hat sie nämlich hierhergebracht. Wahrscheinlich war es eine abgekartete Sache zwischen den beiden.«

»Das heißt, daß Amos Carew ihr Liebhaber ist. Wer ist er überhaupt?«

»Der Gutsverwalter. Seine Lordschaft könnte nicht auf ihn verzichten. Amos hat Jessie als Haushälterin eingeführt, und kurz darauf betreute sie nicht nur den Haushalt, sondern auch Seine Lordschaft. Sie ist sehr energisch, hat die meisten Diener entlassen; nur ich und noch ein paar andere, die in eigenen Häuschen wohnen, sind geblieben. Die neue Dienerschaft hat sie persönlich ausgesucht. Aber ich muß ihr eines lassen – sowohl Seine Lordschaft als auch Amos Carew sind sehr zufrieden. Sie halten beide sehr viel von ihr.«

»Entsetzlich!«

»Vielleicht für eine Lady wie Sie. Aber er will mit Ihnen sprechen, und das geht nur, während sie bei Amos Carew ist. Gehen Sie einfach in sein Zimmer. Er wird wahrscheinlich schlummern, aber sofort wach sein, wenn Sie ihn anreden. Dann wird er Ihnen sagen, was er von Ihnen will, warum er Sie hierher kommen ließ; ich glaube nicht, daß er Jessie loswerden will, er will nur nicht in ihrer Gegenwart darüber sprechen.«

»Dann gehe ich jetzt zu ihm.«

»Es ist noch ein bißchen zu früh, Mistress. Warten Sie, bis sie in Carews Haus ist. Von meinem Schlafzimmerfenster aus sehen wir hinüber. Sie bleibt meist zwei geschlagene Stunden bei ihm; es ist am besten, wir gehen jetzt hinauf und passen auf.«

Wir stiegen ins Schlafzimmer hinauf, das zwei Fenster hatte. Von dem einen aus sah man tatsächlich das Herrenhaus.

Jethro hatte zwei Stühle zum Fenster gestellt und erklärte mir die Lage. »Rechts vom Herrenhaus befindet sich das Haus, in dem der Verwalter wohnt. Schon zur Zeit meines Vaters und meines Großvaters waren die Verwalter dort untergebracht. Vor einigen Jahren bekam Carew diesen Posten. Er war ein lustiger Kerl, den alle mochten, vor allem die Mädchen. Etliche haben sich wohl Hoffnungen darauf gemacht, als seine Frau in das Haus einzuziehen, aber er ist nicht der Typ, der heiratet. Bald nachdem er Fuß gefaßt hatte, brachte er Jessie hierher. Sie wurde sehr schnell die Geliebte Seiner Lordschaft, und sie hat es sehr geschickt verstanden, sich unentbehrlich zu machen. Er schenkte ihr Schmuck und schöne Kleider und überließ ihr die Leitung des Haushaltes vollkommen. Aber er ist ein alter Mann . . . kurz, sie hat es immer auch mit Amos getrieben. So ist es eben.«

»Je mehr ich darüber erfahre, desto widerlicher wird das Ganze.«

»Weil Sie eine wirkliche Lady sind, aber solche Dinge passieren immer wieder. Es ist nur ein Jammer, daß Seine Lordschaft in so etwas geraten ist. Aber passen Sie auf, sie muß jeden Augenblick auftauchen.«

»Dann laufe ich hinüber und gehe sofort in Lord Eversleighs Zimmer.«

»Richtig, und er erklärt Ihnen, was er will. Wenn es etwas ist, wobei ich Ihnen helfen kann, dann sagen Sie es mir nur.«

»Was ist das dort drüben für ein Haus?«

»Das ist Enderby.«

»Ach, ja, ich erinnere mich daran.«

»Es war immer schon ein merkwürdiger Ort.«

»Wer wohnt jetzt dort?«

»Es hat vor einiger Zeit den Besitzer gewechselt. Die neuen Eigentümer verkehren nicht mit ihren Nachbarn; gelegentlich bekommen sie Besuch, meist Ausländer.«

»Es gibt Häuser, über die immer Geschichten im Umlauf sind.«

»Angeblich spukt es dort. In Enderby haben sich wahre Tragödien abgespielt. Jemand soll dort ermordet und im Garten begraben worden sein.«

»Soweit ich mich erinnere, hat das Haus immer düster gewirkt.«

»Da, sehen Sie, Mistress Zippora, da ist sie. Sie benützt die Bäume als Deckung, aber sie muß doch ein Stück über die Wiese gehen. Zum Glück ist so viel von ihr da, daß man sie kaum übersehen kann.« Er kicherte. »Heute wird sie Amos allerhand zu erzählen haben.«

Ich beobachtete sie gespannt. Sie trat ins Haus, ohne anzuklopfen – augenscheinlich wurde sie erwartet.

»Ich laufe jetzt zurück«, sagte ich. »Danke, Jethro. Ich komme bald wieder vorbei.«

»Ist schon recht, Mistress. Gehen Sie nur geradewegs in sein Zimmer und machen Sie sich nichts draus, wenn er schläft. Wecken Sie ihn, er will unbedingt mit Ihnen sprechen.«

Ich betrat leise das Haus und ging die Treppe hinauf. Als ich die Tür zu Onkel Carls Zimmer öffnete, saß er im Bett und erwartete mich.

Seine Augen leuchteten auf, als er mich sah.

»Du hast mit Jethro gesprochen.«

»Ja. Er hat mir gesagt, wann ich mit dir allein sein kann.«

»Jessie schläft. Sie legt großen Wert auf ihr Nachmittagsnik-kerchen.«

Seine Augen glänzten übermütig, und ich hatte den Eindruck, daß er über ihre Besuche beim Verwalter Bescheid wußte. Aber vielleicht bildete ich es mir auch nur ein, denn ich hätte mir früher nie träumen lassen, daß es solche Zustände gibt.

»Es ist sehr lieb von dir, daß du gekommen bist. Und ich bin eigentlich froh darüber, daß du allein bist, weil dein Mann mich vielleicht nicht so ohne weiteres verstehen würde.«

»Da bin ich zwar anderer Meinung, aber jetzt möchte ich doch wissen, was ich eigentlich verstehen soll.«

»Komm, setz dich ans Bett, damit ich dich besser sehen kann. Du siehst Clarissa ähnlich, sie war immer so lieb und freundlich. Meiner Meinung nach sind die Frauen immer das Rückgrat der Familie. Männer haben Schwächen, aber die Frauen sind stark. Nun, wir müssen zur Sache kommen. Ich möchte, daß du mir hilfst, mein Testament zu machen.«

»Oh!«

»Ja, es geht um die Formalitäten. Ich muß Papiere unterzeich-nen, und die Anwälte müssen ins Haus kommen. Das ist unter den gegebenen Umständen ziemlich schwierig.«

»Du meinst wegen Jessie.«

»Ja, ihretwegen.« Er hob die Hand. »Ich weiß, was du sagen willst: Ich soll Jessie entlassen.«

Ich nickte.

»Das ist etwas, das du nicht verstehen kannst. Du hast immer ein behütetes Leben geführt, hattest gute Eltern und jetzt einen braven Ehemann. Nicht allen geht es so gut wie dir. Unser Leben ist nicht immer so angenehm verlaufen, und wir sind auch nicht immer umgängliche Leute gewesen.«

»Du willst mir erklären, daß Jessie eine besondere Stellung in diesem Haushalt einnimmt, und daß es deshalb nicht leicht ist, sie loszuwerden.«

»Wenn ich sie aus dem Haus weise, muß sie gehen. Das ließe sich machen.«

»Und du willst, daß ich sie durch die Anwälte hinauswerfen lassen soll.«

»Aber nein, keinesfalls. Ich möchte nicht ohne Jessie leben, ich wüßte gar nicht, wie ich ohne sie zurechtkommen sollte. Nein, es geht nur um das Testament.«

»Und dennoch . . .«

»Ich habe dich ja gewarnt, daß es dir schwerfallen wird, mich zu verstehen. Ich war immer hinter den Weibern her, seit meinem vierzehnten Lebensjahr. Ich könnte mir ein Leben ohne Frauen nicht vorstellen. In meinem wilden Leben hat es immer Frauen gegeben – vor meinem zwanzigsten Geburtstag hatte ich schon ein Dutzend Geliebte gehabt. Es tut mir leid, wenn ich dich damit schockiere, aber anders kannst du mich nicht verstehen. Ich möchte Jessie nicht verärgern, sie bedeutet mir sehr viel. Außerdem hängt mein Wohlergehen von ihr ab, daher möchte ich Schwierigkeiten vermeiden. Aber sie kann Eversleigh nicht bekommen, das steht fest. Meine Vorfahren würden zornentbrannt aus ihren Gräbern steigen und mich heimsuchen, wenn ich in dieser Absicht zur Feder griffe. Immerhin besitze auch ich Familienstolz. Eversleigh gehört nun einmal den Eversleighs. Die Linie darf nicht abreißen.«

»Ich beginne dich zu verstehen, Onkel Carl.«

»Gut. Du hast bestimmt von meiner Frau Felicity gehört. Ich war vierzig, als ich sie kennenlernte, und ich liebte sie sehr – sie war zweiundzwanzig. Wir verbrachten fünf Jahre miteinander. In dieser Zeit war ich ein anderer Mensch, ein vorbildlicher Ehemann, der gar nicht auf die Idee kam, einen Seitensprung zu machen. Dann wurde sie schwanger, und ich war im siebenten Himmel. Sie starb bei der Geburt, und das Kind starb mit ihr. Ich stürzte jäh in tiefste Verzweiflung.«

»Ich habe davon gehört, Onkel.«

»Solche Tragödien ereignen sich oft. Nun ja, was sollte ich tun? Ich zwang mich, meiner Verzweiflung Herr zu werden und führte wieder das Leben, das ich bis zu meiner Verheiratung geführt hatte. Frauen ... ich konnte nicht ohne sie sein. Mein Namensvetter, General Carl, war keineswegs mit meinem Lebenswandel einverstanden. Ich hätte nach Leighs Tod den Besitz übernehmen sollen, und jetzt mußte er ihn leiten, weil ich London nicht verlassen wollte. Aber er war der geborene Soldat und hatte eigentlich für das Landleben nicht viel übrig. Dann starb er, und ich begann wieder einmal ein neues Leben. Ich sah ein, daß es meine Pflicht war, zurückzukommen, und das Gut wuchs mir bald ans Herz. All die Ahnen in den gerahmten Bildern werden mit der Zeit ein Teil deiner selbst. Ich begann, auf Eversleigh stolz zu sein, und begriff, was es bedeutete, daß das alte Haus all die Jahre im Besitz unserer Familie geblieben war. Ich engagierte einen guten Verwalter, nämlich Amos Carew, und der brachte Jessie ins Haus. In Jessie fand ich das, was mich immer schon an Frauen angezogen hatte – Verstehen ohne Worte. Wir wollten beide das gleiche, wir waren in vielem einer Meinung. Du kannst das nicht begreifen, Kind, denn du bist anders. Jessie und ich hatten von Anfang an das Gefühl, alte Freunde zu sein. Ich verdanke ihr viele schöne Stunden.«

»Sie leitet den Haushalt.«

»Sie ist ja auch die Haushälterin.«

»Aber anscheinend untersteht ihr alles.«

»Du meinst, auch ich.«

»Na ja, schließlich kann ich nur zu dir kommen, wenn sie schläft.«

»Nur, weil ich sie nicht unnötig aufregen will. Ich will nicht, daß sie von diesem Testament erfährt.«

»Sie nimmt sicherlich an, daß sie dieses Haus einmal erben wird.«

»Das ist möglich. Natürlich wird es nie soweit kommen, aber ich will sie jetzt nicht aus der Fassung bringen. Deshalb mußt du einen Weg finden, um die Anwälte hierherzubringen. Du müßtest in die Stadt fahren und ihnen alles genau erklären; ich werde dir aufschreiben, was ich festlegen möchte, und du bringst es ihnen. Dann könnten sie einmal an einem Nachmittag mit den Zeugen hierherkommen, und ich unterschreibe vor ihnen.«

»Das ließe sich machen.«

»Jessie darf es nicht erfahren. Sie wäre wütend.«

Ich schwieg, und er legte seine Hand auf die meine. »Denk nicht schlecht von Jessie. Sie ist nun mal so, wie sie ist, und sie ist mir sehr ähnlich. Sie macht mir das Alter erträglich, ich wüßte nicht, was ich ohne sie anfangen sollte. Ich kenne sie sehr gut und kann mir vorstellen, wie jemand wie du sie sehen muß. Trotzdem bitte ich dich um deine Hilfe. Ich will dir dieses Haus hinterlassen, weil du Carlottas Enkelin bist. Carlotta war das lieblichste Wesen, das ich je kannte. Deine Mutter war zwar die Tochter des Schurken Hessenfield, eines der bedeutendsten Jakobiten jener Zeit, aber Carlotta war ein wunderbares Geschöpf – schön, wild, leidenschaftlich. Ich habe sie nie vergessen. Irgendwie erinnerst du mich an sie; wahrscheinlich sind es deine Augen, die so tiefblau, beinahe violett sind. Sie wollte irgendeinen Tunichtgut heiraten, in den sie sich verliebt hatte. Sie trafen einander heimlich in Enderby – dann verschwand er auf sehr mysteriöse Weise. Später liefen eine Menge Gerüchte um; angeblich wurde er ermordet, und sein Leichnam liegt irgendwo in Enderby begraben. Ach, es wurde viel über sie geredet. Ich denke oft an sie, während ich so im Bett liege. Sie war so voller Leben und Schönheit. Und sie starb so jung, sie muß erst Anfang zwanzig gewesen sein. Ich bin alt, es fällt mir nicht schwer abzutreten, denn ich habe mein Leben hinter mir. Aber jemand, der in der Blüte seiner Jugend stirbt, der noch das ganze Leben vor sich hätte . . . Ich frage mich, ob so jemand nicht versucht, zurückzukommen und sein Leben fortzusetzen . . . Wahrscheinlich hältst du mich für einen verschrobenen alten Mann, und du hast vermutlich recht damit. Wenn ich hier so liege, habe ich eben zu viel Zeit zum Nachdenken.«

»Jetzt bin ich erst richtig froh darüber, daß ich deiner Einladung gefolgt bin.«

»Und du wirst mir diesen Dienst erweisen? Unauffällig?«

»Ich werde tun, was ich kann. Schreib mir bitte auf, was du willst, und ich übergebe den Anwälten den Brief, damit sie die nötigen Schritte unternehmen. Die Zeugen werden wahrscheinlich hier unterschreiben müssen; wen könnte man dazu nehmen? Jethro vielleicht . . .«

»Nein, nicht Jethro, ich werde ihn im Testament bedenken, und soviel ich weiß, darf kein Erbe als Zeuge unterschreiben. Es muß jemand Unbeteiligter sein. Frage deswegen die Anwälte.«

»Zunächst mußt du einmal die Anweisungen schreiben, und ich bringe sie den Anwälten, damit sie das Testament aufsetzen. Dann können wir über die Zeugen nachdenken. Gibt es hier irgendwo Papier und Tinte?«

»Im Schreibpult.«

Ich brachte es ihm, und er begann zu schreiben.

Inzwischen setzte ich mich ans Fenster, denn ich hielt es für denkbar, daß Jessie früher zurückkehrte – meine Anwesenheit im Haus mußte ihr verdächtig vorkommen. Außerdem war auch noch Evalina da, die ich für eine erfahrene Spionin hielt.

Ich überdachte die seltsame Lage, in der ich mich befand, und fragte mich, was geschehen wäre, wenn Jean-Louis mich begleitet hätte. Sicherlich hätte er die ganze Angelegenheit in die Hand genommen.

Onkel Carl schrieb zügig, und außer dem Kratzen der Feder auf dem Papier hörte man keinen Laut. Die Wanduhr tickte vor sich hin, und die ganze Szene hatte etwas Unwirkliches an sich.

Als ich zum Bett hinüberblickte, lächelte er mir zu.

»Ich bin fertig, meine Liebe. Du mußt es zu Rosen, Stead und Rosen bringen, ihnen sagen, daß es sich um mein Testament handelt, und dann werden sie alles Weitere übernehmen. Sie haben ihr Büro in der Stadt, auf der Hauptstraße.«

Ich nahm die Papiere entgegen.

»Komm, setz dich an mein Bett«, forderte er mich auf. »Erzähl mir von deinem Mann. Er verwaltet Clavering, soviel ich weiß.«

»Ja, seit dem Tod des früheren Verwalters vor zehn Jahren. Damals haben wir auch geheiratet.«

»Eversleigh ist ein sehr großer Besitz, und Carew ist ein guter Verwalter. Aber ich halte es für besser, wenn der Besitzer sich selbst aktiv an der Leitung des Guts beteiligt. Dadurch wird es viel mehr zu einer Familienangelegenheit. Die großen Güter in England sind immer von den großen Familien bewirtschaftet worden, die sich für ihre Pächter und Arbeiter verantwortlich fühlen. Als ich das endlich begriffen hatte, war es zu spät, Zippora. Meine Leute trauern meinem Vorgänger nach. Ich habe meine Pflichten vernachlässigt, das ist mir heute klar.«

»Aber du hast einen guten Verwalter und du versuchst, deine Angelegenheiten in Ordnung zu bringen.«

Er nickte. »Ich war ein Taugenichts, ein alter Sünder.«

Ich machte ihn darauf aufmerksam, daß Jessie bald auftauchen würde, denn es war schon ein Viertel vor vier.

Ich beugte mich über ihn und küßte ihn auf die Stirn. Wenn ich nicht wollte, daß Jessie mich mit den Papieren in der Hand antraf, mußte ich jetzt gehen. »Ich werde mich darum kümmern«, sagte ich, »und wieder zu dir kommen, wenn du allein bist.«

Er lächelte mir zu, und ich verließ das Zimmer.

Zunächst mußte ich die Papiere verstecken. Ich überlegte eine Zeitlang und beschloß dann, sie in der Tasche eines sehr weiten Rocks zu verbergen, der im Schrank hing. Es würde ohnehin nur für kurze Zeit sein, weil ich sie so rasch wie möglich zum Anwalt bringen mußte.

Als Jessie ins Haus zurückkehrte, saß ich schon am Fenster; sie sah sehr vergnügt aus, hatte also einen angenehmen Nachmittag verbracht. Ich stellte mir vor, wie sie ihrem Geliebten von meinem Eintreffen erzählte. Allmählich wurde das Bild deutlich. Jessie sorgte für ihre alten Tage vor, Lordy half ihr dabei, und Amos befriedigte ihre übrigen Bedürfnisse. Da sie sehr schlau war, war ihr sicherlich klar, daß ihre Stellung nicht von Dauer sein konnte, und daher versuchte sie zweifellos, diese sehr angenehmen Lebensumstände möglichst lange auszudehnen.

Während ich noch so vor mich hin sinnierte, klopfte es, und

Jessie kam herein. Sie war sehr sorgfältig gekleidet; anscheinend hatte sie die Stunde, die seit ihrer Rückkehr vergangen war, damit verbracht, sich schön zu machen. Sie lächelte über das ganze Gesicht – sie hatte augenscheinlich keine Ahnung davon, was während ihrer Abwesenheit vorgefallen war.

»Das Abendessen nehmen wir um Viertel nach sechs ein«, teilte sie mir mit. »Ich gehe um sechs zu Lordy hinauf, um mich davon zu überzeugen, daß er alles hat, was er braucht, bevor ich mich selbst zu Tisch setze. Das Tablett für ihn ist schon bereit . . . können Sie also bald ins Eßzimmer kommen? Es gibt ein Spanferkel, und das schmeckt am besten, wenn es frisch aus dem Ofen kommt.«

Ich versprach ihr, pünktlich zu sein, und sie versetzte mir wieder einen sanften Stoß.

»Ich merke schon, Sie sind eine von den ganz Pünktlichen. Ich habe nie die Leute leiden können, die gutes Essen kalt werden lassen, weil sie sich immer verspäten. Haben sie einen angenehmen Nachmittag verbracht und sich ein bißchen unterhalten?«

In ihre Augen trat ein forschender Blick, während sie auf meine Antwort wartete. Mich überlief ein Schauder. Diese Frau war wesentlich raffinierter, als ich angenommen hatte, und ich mußte mich beherrschen, um nicht zum Schrank hinüberzusehen.

»Ich habe einen sehr angenehmen Nachmittag verbracht, danke«, antwortete ich kühl. »Und Sie?«

»Ebenfalls. Es gibt nichts Besseres als ein kurzes Nickerchen am Nachmittag.«

Ich nickte schweigend.

»Schön, wir sehen uns also beim Abendessen wieder.« Damit verschwand sie.

Ich verstand nicht, wie Onkel Carl eine solche Frau ertragen konnte. Aber die Menschen waren nun einmal nicht alle gleich.

Um Punkt Viertel nach sechs ging ich in den Wintersalon. Jessie und Evalina waren schon da.

»Das Spanferkel schmeckt ihm«, berichtete Jessie. »Ich freue mich immer, wenn er mit dem Essen zufrieden ist.«

Wir setzten uns; zum Glück war Jessie so sehr mit dem Essen beschäftigt, daß sie nicht so viel sprach wie sonst.

»Mögen Sie Jahrmärkte, Mistress Ransome?« fragte Evalina.

»O ja.«

»Wir haben zwei im Jahr. Einer ist nächste Woche.«

»Das ist wirklich interessant.«

»Der Lärm«, murrte Jessie. »Und was für ein Durcheinander. Farmer Brady jammert wochenlang über den Abfall, den sie zurücklassen. Der Jahrmarkt findet auf dem Gemeindeanger statt, der an Bradys Felder grenzt. Er hat nichts dafür übrig. Die Menschen kommen von weit und breit hierher.«

»Ich mag den Jahrmarkt«, widersprach Evalina. »Es gibt dort Wahrsager. Glauben Sie an Wahrsager, Mistress Ransome?«

»Ich glaube ihnen, wenn sie etwas Gutes prophezeien, aber ich will ihnen nicht glauben, wenn sie etwas Schlechtes vorhersagen.«

»Das ist nicht sehr klug von Ihnen. Wenn ein Wahrsager Ihnen etwas Schlechtes ankündigt, sollte es Ihnen als Warnung dienen.«

»Was für einen Sinn hat es denn, wenn es ohnehin in den Sternen steht?«

Evalina sah mich mit großen Augen an. »Sie glauben also nicht an Ahnungen?«

»Das habe ich nicht gesagt. Aber wenn ein Wahrsager die Zukunft prophezeit, die einem bestimmt ist – wie kann man ihr dann entgehen?«

Jessie hörte einen Augenblick lang auf zu kauen. »Die Diener werden ausnahmslos hingehen und sich wahrscheinlich den ganzen Tag dort aufhalten.«

»Werden Sie ihn sich auch ansehen, Mistress Ransome?« fragte Evalina.

»Wann findet er statt?«

»Ende nächster Woche. Die Schausteller kommen am Donnerstag und bleiben bis Samstag abend.«

Bildete ich es mir nur ein, oder beobachteten mich beide genau?

»Ich weiß es noch nicht«, antwortete ich. »Ich kann jedenfalls nicht lang bleiben. Mein Mann hätte mich ja begleitet, wenn er sich nicht das Bein gebrochen hätte. Deshalb muß ich bald zurückreisen, Sie verstehen das sicherlich.«

»Ich verstehe Sie sehr gut, Liebste«, meinte Jessie. »Sie wollten Ihren alten Onkel besuchen . . . und Sie haben ihm damit wirklich unglaubliche Freude bereitet . . . aber gleichzeitig machen Sie sich wegen Ihres Mannes Sorgen.«

»Wir werden ja sehen, wann ich abreisen muß.«

Jessie lächelte mich strahlend an.

»Mir ist alles recht, was Sie beschließen. Mir tut nur leid, daß ich nichts von Ihrer Ankunft gewußt und sie so unvorbereitet empfangen habe. Was werden Sie sich von mir gedacht haben!«

»Ach, ich habe dafür Verständnis«, beruhigte ich sie.

»Dann ist ja alles in Ordnung«, sagte Jessie. »Ich nehme mir noch ein Stückchen Spanferkel – wie steht es mit Ihnen?«

Nach der Mahlzeit stand ich auf und erklärte, ich wolle noch durch den Garten schlendern, bevor ich zu Bett ging.

»Wahrscheinlich spüren Sie immer noch die lange Reise«, meinte Jessie.

Sie hatte vermutlich recht, aber ich hatte so viel zu überdenken, daß ich nicht schläfrig war. Ich ging zunächst auf mein Zimmer, setzte mich ans Fenster und ließ meinen Gedanken freien Lauf. Ich hatte das Gefühl, aus der normalen in eine merkwürdige, verschrobene Welt versetzt worden zu sein.

Sabrina hatte einen Hilferuf aus Onkel Carls Brief herausgelesen. Irgendwie handelte es sich tatsächlich um einen Hilferuf, obwohl sich der alte Mann nicht in physischer Gefahr befand. Meiner Meinung nach war Jessie jeder Gemeinheit fähig, um das zu erreichen, was sie wollte; so lange jedoch Onkel Carl kein Testament zu ihren Gunsten machte – sogar sie mußte einsehen, daß das angesichts des riesigen Besitzes undenkbar war –, war es für sie besser, ihn am Leben zu erhalten, denn sie konnte dieses luxuriöse Dasein nur führen, so lange er lebte. Aber es war ungeheuerlich, daß er sein Testament nur heimlich aufsetzen konnte. Er hatte Angst vor seiner Haushälterin – schön, sie war ein bißchen mehr als nur eine Hausangestellte. Unglaublich, in was für eine Lage sexuelle Abhängigkeit einen Menschen bringen kann!

Ich hatte vor, die Sache mit dem Testament so rasch wie möglich zu erledigen. Dann wollte ich heimreisen und die ganze Angelegenheit mit Jean-Louis besprechen. Vielleicht konnte ich ihn dazu bringen, mit mir nach Eversleigh zu fahren, um sich selbst ein Bild von der Lage zu machen. Wenn wir tatsächlich das Gut erbten, bedeutete das für uns eine grundlegende Umstellung; da Eversleigh größer war als Clavering, müßten wir hierher übersiedeln. Das würde sicherlich ganz im Sinn von Onkel Carl sein.

Ich war nicht so sicher, daß Jean-Louis darüber sehr glücklich sein würde.

Außerdem fand ich, daß Onkel Carl unbedingt von dieser Megäre befreit werden mußte. Aber wie sollte man jemanden retten, der offensichtlich nicht gerettet werden wollte?

Ich schlüpfte in meinen Mantel und ging in den Garten. Als ich zum Haus zurückblickte, fragte ich mich, ob man mich vom Fenster aus beobachtete. Der Gedanke jagte mir einen Schauer über den Rücken. Ja, ich würde sehr froh sein, wenn ich Eversleigh hinter mir hatte und mich wieder auf der Heimreise befand. Vielleicht konnte ich alles klarer sehen, wenn ich ein bißchen Abstand gewann. Schließlich handelte es sich nur um einen alten Mann, der in seiner Jugend ein Tunichtgut gewesen war, und um eine sinnliche Haushälterin, die möglichst alles zusammenraffte, was ihr in die Finger kam, und sich gleichzeitig einen Liebhaber hielt, um ihre sexuellen Bedürfnisse zu befriedigen.

Ein unappetitliches Verhältnis, aber trotz allem nicht ungewöhnlich. Sicherlich waren diese Zustände nicht dazu angetan, einer vernünftigen Frau – für die ich mich hielt – das Gefühl zu geben, sie befände sich in Gefahr.

Ich wollte von den Fenstern wegkommen, die mich wie

neugierige Augen beobachteten, schritt durch den Garten und hinaus auf die Felder.

Es war ein angenehmer Abend. Die Sonne ging gerade unter – eine große rote Kugel am westlichen Himmel. Die Wolken glühten in feurigem Rot, das am Rand zu Rosa verblaßte. Dieser Sonnenuntergang versprach einen warmen Tag.

Mir fiel Carlotta ein, die so jung gestorben war und an die Onkel Carl noch immer dachte. Sie mußte ihn tief beeindruckt haben. Sie war zu einer Art Familienlegende geworden; alle sprachen von ihrer Schönheit und hofften, daß kein Mädchen ihr nachgeraten würde. Anscheinend war dieser Wunsch bis jetzt in Erfüllung gegangen. Carlotta war eine einmalige Persönlichkeit gewesen.

Merkwürdig – vor vielen Jahren war Carlotta über diese Felder und Wiesen gegangen. Sie hatte sich mit ihrem Geliebten in Enderby getroffen – bis er ermordet und sein Körper irgendwo verscharrt wurde.

Plötzlich merkte ich, daß ich unterwegs nach Enderby war.

Es war nicht weit – nicht einmal zehn Minuten zu Fuß. Ich wollte bis zum Haus gehen und dann umkehren. Vielleicht würde mich die Nachtluft schläfrig machen; ich konnte leicht zurück sein, bevor es wirklich finster war.

In einiger Entfernung erhob sich das Haus – ein schattenhaftes Gebäude im schwindenden Licht, denn die Sonne war inzwischen unter dem Horizont versunken.

Dann erreichte ich den ehemaligen Rosengarten. Inmitten des Unkrauts standen noch einige blühende Büsche. Angeblich spukte es hier. Irgendwo in diesem Teil des Gartens lag Carlottas ermordeter Liebhaber begraben. Der Garten war seinerzeit von einem Zaun umgeben gewesen, der jedoch längst umgefallen war. Ich weiß nicht, wie ich auf die Idee kam, über die zerbrochenen Latten zu steigen, aber ich tat es.

Die Luft war regungslos, kein Windhauch war zu spüren, und die Stille war überwältigend. Ich machte ein paar Schritte und sah dann etwas, das ich für eine Erscheinung hielt.

Ich war so erschrocken, daß ich verzweifelt nach Luft schnappte. Ein paar Meter vor mir stand wie aus dem Boden gewachsen ein Mann.

Er sah großartig aus. Ich hatte auf dem Land nicht oft Gelegenheit, mit eleganten Männern zusammenzukommen, aber mein Vater war immer sehr sorgfältig gekleidet gewesen, und daher erkannte ich sofort, wie modisch der Anzug des Mannes war.

Er trug einen lose geschnittenen Rock aus rostrotem Samt, dessen Manschetten beinahe bis zu den Ellbogen reichten, darunter eine reich bestickte Weste, die eine weiße Krawatte und eine Menge Rüschen sehen ließ. Auf seinem Kopf saßen eine weiße Lockenperücke und ein Zweispitz.

Als er ein paar Schritte auf mich zu machte, wäre ich am liebsten davongelaufen, aber meine Beine versagten mir den Dienst.

»Sind Sie ein lebendiger Mensch?« fragte er unvermittelt. »Oder eines der Gespenster, die hier spuken?«

Er nahm den Hut ab und verbeugte sich höflich. Obwohl sein Englisch ausgezeichnet war, hatte es einen leichten Akzent.

Ich stammelte: »Das gleiche fragte ich mich in bezug auf Sie. Sie schienen aus dem Erdboden aufzutauchen.«

Er lachte. »Ich habe das Täschchen für mein Monokel verloren.« Er schwenkte das Monokel. »Das ist mir sehr unangenehm, denn ich bezweifle, daß ich hier eines zu kaufen bekomme. Deshalb lag ich auf den Knien . . . und erblickte plötzlich eine Erscheinung.«

Ich stimmte in sein Lachen ein. »Diese logische Erklärung ist wirklich beruhigend.«

Ein Duft von Sandelholz streifte mich. Ich kann es nicht erklären, aber von dem Augenblick an, als ich ihn sah, erfaßte mich eine Erregung, die mir völlig fremd war. Ich war plötzlich eine andere geworden, die ruhige, vernünftige Zippora gab es nicht mehr.

»Ich fürchte, ich muß vorläufig meine Suche einstellen.« Er blickte zum Himmel empor.

»Ja, es wird bald so dunkel sein, daß man überhaupt nichts mehr sieht.«

»Wir haben zunehmenden Mond, und der Himmel ist klar. Aber das Gras steht so hoch, daß es vernünftiger ist, das Tageslicht abzuwarten.«

Nach einer kurzen Pause sagte ich: »Gute Nacht. Ich muß jetzt nach Hause. Viel Glück noch bei der Suche!«

Er war um mich herumgegangen, als wolle er mir den Weg verstellen.

»Wo sind Sie zu Hause?«

»Ich wohne zur Zeit in Eversleigh Court. Lord Eversleigh ist mein Onkel, und ich bin zu Besuch bei ihm.«

»Also sind wir beide Besucher. Auch ich bin nur *en passant* hier.«

»Wo wohnen Sie denn?«

»In der Nähe – in Enderby.«

»Oh, in Enderby.«

»Angeblich spukt es dort. Mein Gastgeber kümmert sich allerdings nicht um diese Geschichten; was halten Sie davon?«

»Ich nehme Gespenstergeschichten nicht ernst.«

»Sie haben einen langen Heimweg vor sich.«

»Es ist nicht so schlimm.«

»Und Sie dürfen so spät noch allein ausgehen?«

Ich lachte ein bißchen verlegen, denn die Begegnung verwirrte mich. »Ich bin kein junges Mädchen mehr, sondern eine verheiratete Frau.«

»Und Ihr Mann läßt zu . . .«

»Mein Mann ist nicht mitgekommen. Ich statte hier nur einen kurzen Besuch ab und werde bald wieder heimkehren.«

»Dann müssen Sie mir gestatten, Sie jetzt nach Eversleigh Court zu begleiten.«

»Danke.«

Er reichte mir die Hand, als ich über den umgestürzten Zaun stieg. »Die Latten könnten in der Dunkelheit gefährlich sein.«

»Nachts kommen kaum Menschen hierher. Sie haben Angst.«

»Dann sind wir ja tapfer, was?«

»Als Sie so plötzlich auftauchten, fühlte ich mich keineswegs sehr tapfer«, gestand ich.

»Und als ich Sie sah, war ich ganz aufgeregt. ›Endlich ein Gespenst‹, sagte ich mir. Aber ich muß Ihnen gestehen, ich bin sehr froh darüber, daß Sie aus Fleisch und Blut sind – es ist doch viel interessanter als das Zeug, aus dem Gespenster gemacht sind.«

Ich stimmte zu. »Sie besuchen also den Eigentümer von Enderby«, fuhr ich fort. »Ich kenne ihn nicht, das Haus hat öfter den Besitzer gewechselt.«

»Meine Freunde befinden sich zur Zeit nicht hier. Sie haben mir erlaubt, hier zu wohnen, solange ich mich in England aufhalte, und ihre Dienerschaft steht mir ebenfalls zur Verfügung.«

»Und Sie bleiben nur kurz?«

»Ein paar Wochen.«

»Sie sind geschäftehalber hier?«

»Ja.«

»Ist Enderby nicht etwas zu abgelegen, wenn man geschäftlich in England zu tun hat?«

»Es entspricht meinen Bedürfnissen.«

»Angeblich ist es ein düsteres Haus.«

»Vielleicht, aber ich muß feststellen, daß ich sehr angenehme Nachbarn habe.«

»Wen denn?«

Er blieb stehen, legte mir die Hand auf den Arm und lächelte mich an. Seine blendend weißen Zähne blitzten.

»Eine entzückende Dame, die für mich immer mein ganz persönliches Gespenst bleiben wird.«

»Ach, wir sind ja eigentlich keine Nachbarn; Zugvögel wäre der richtige Ausdruck.«

»Auch das könnte ein interessanter Aspekt sein.«

»Sie kennen also niemanden in Eversleigh Court? Weder Lord Eversleigh noch die Haushälterin?«

»Keinen von beiden.«

»Seit wann wohnen Sie in Enderby?«

»Seit einer Woche.«

»Ich bin erst vorgestern angekommen.«

»Dann ist es ein glücklicher Zufall, daß wir einander so bald kennengelernt haben.«

Ich zog vor, auf diese Bemerkung nicht weiter einzugehen.

Erleichtert und zugleich etwas enttäuscht bemerkte ich, daß wir den Garten von Eversleigh erreicht hatten.

»So, da wären wir schon«, sagte ich. »Haben Sie Dank für Ihre Begleitung . . . ich weiß nicht, wie Sie heißen.«

»Gerard d'Aubigné.«

»Oh, Sie sind Franzose?«

Er verbeugte sich.

»Wahrscheinlich sagen Sie sich jetzt, daß ich angesichts der Spannung zwischen unseren Ländern eigentlich nicht hier sein sollte.«

Ich zuckte die Schultern. »Ich interessiere mich nicht für Politik.«

»Das ist gut. Dürfte ich auch erfahren, wie Sie heißen?«

»Zippora Ransome.«

»Zippora. Was für ein schöner Name!«

»Für ihn spricht nur, daß Moses' Frau so hieß.«

»Zippora«, wiederholte er.

»Gute Nacht.«

»Ich muß Sie noch durch das Gebüsch geleiten.«

»Das ist wirklich nicht nötig.«

»Ich wäre dann beruhigter.«

Wir schwiegen, bis wir die Rasenfläche erreichten. Dann drehte ich mich um und sagte entschieden: »Gute Nacht.« Ich konnte mir lebhaft Jessies Reaktion vorstellen, wenn er mich bis zum Haus brachte.

»Au revoir«, antwortete er, ergriff meine Hand und küßte sie.

Ich lief über den Rasen zum Haus.

Ich war so verwirrt, daß ich überhaupt nicht an Onkel Carls

Testament dachte; erst nach einiger Zeit fiel es mir wieder ein. Ich überzeugte mich sofort, daß sich die Papiere noch in meinem Rock befanden.

Es war eine merkwürdige Begegnung gewesen. Ich mußte immerzu an ihn denken. Ein Franzose! Wahrscheinlich war das die Erklärung für seine Eleganz und sein überaus galantes Benehmen.

Ich zog mich langsam aus, obwohl ich hellwach war. Der Spaziergang hatte mich keineswegs schläfrig gemacht. Plötzlich empfand ich Sehnsucht nach Clavering, wo es so friedlich war und sich nichts Unerwartetes ereignete.

Ich versperrte die Tür, ging ans Fenster und zog die Vorhänge zurück, weil ich mich gern vom ersten Tageslicht wecken ließ. Er stand auf dem Rasen und blickte zum Haus herauf. Als er mich erkannte, verbeugte er sich. Ich starrte ihn regungslos an. Dann legte er die Finger auf die Lippen und warf mir eine Kußhand zu.

Ich blieb noch einen Augenblick stehen, dann drehte ich mich um und trat vom Fenster zurück.

Obwohl ich versuchte, mich zu beherrschen, zitterte ich am ganzen Körper.

Ich löschte die Kerze und ging zu Bett, konnte aber nicht einschlafen. Die Ereignisse des Tages gingen mir immer wieder durch den Sinn. Mir fiel ein, daß ich unbedingt am nächsten Tag zum Anwalt mußte. Aber mein nächtliches Abenteuer hatte mehr Gewicht als das Gespräch mit Onkel Carl; immer wieder rief ich mir alle Einzelheiten ins Gedächtnis.

Schließlich stand ich auf und trat ans Fenster. Vielleicht erwartete ich tatsächlich, daß er noch unten stand. Selbstverständlich war er schon gegangen.

Ich legte mich wieder hin, schlief aber erst gegen Morgen ein.

III

Begegnung auf Enderby

Am nächsten Morgen legte ich mir einen Schlachtplan zurecht. Ich würde meinen Onkel um elf Uhr besuchen, damit Jessie nicht mißtrauisch wurde. Am Nachmittag wollte ich dann die Anwälte aufsuchen. Dadurch hatte ich die Möglichkeit, Onkel Carl um elf Uhr wissen zu lassen, wann ich seinen Auftrag auszuführen gedachte.

Jessie und Evalina hatten bereits gefrühstückt, als ich hinunterkam, das hinderte Jessie aber nicht daran, mir Gesellschaft zu leisten und sich noch einmal zu bedienen.

»Ich nehme an, daß Sie Lordy wieder um elf Uhr besuchen wollen«, meinte sie.

»Das stimmt.«

»Es ist für ihn wirklich eine Freude; er ist so aufgekratzt, seit Sie hier sind. Ich bemühe mich natürlich, ihn zu unterhalten, aber Sie wissen ja, wie das ist. Manchmal ist er müde, und dann schweifen seine Gedanken ab.«

Das glaubte ich ihr nicht recht; wahrscheinlich war es nur eine Vorsichtsmaßnahme.

Um elf Uhr saß ich jedoch an Onkel Carls Bett und erwähnte beiläufig, daß ich mir am Nachmittag die Stadt ansehen wollte.

»Es ist ein Fußmarsch von einer guten halben Stunde«, warnte mich Jessie.

»Wollen Sie nicht lieber die Kutsche nehmen?«

»Ach nein.« Ich wollte vermeiden, daß ihr der Kutscher hinterbrachte, wo er mich abgesetzt hatte. »Ich gehe lieber zu

74

Fuß, schwelge in Erinnerungen und entdecke die Stätten meiner Kindheit wieder.«

»Natürlich, das sehe ich vollkommen ein.«

Onkel Carl drückte mir die Hand, um mir zu zeigen, daß er mich verstanden hatte.

Ich wartete nicht, bis Jessie im Verwalterhaus verschwunden war, sondern machte mich sofort nach dem Mittagessen auf den Weg in die Stadt.

Die Straße führte an Enderby vorbei, und ich war eigentlich nicht sehr überrascht, als ich Gerard d'Aubigné gegenüberstand. Irgendwie hatte ich sogar erwartet, daß er nach mir Ausschau halten würde.

Er wirkte bei Tag genauso elegant wie in der Dämmerung, auch wenn er jetzt einen braunen Samtrock trug.

Er verbeugte sich. »Ich gestehe, daß ich Ihnen aufgelauert habe.«

»Und warum?«

»Weil ich das dringende Bedürfnis empfand, mein reizendes Gespenst bei Tageslicht zu sehen. Ich wurde das schreckliche Gefühl nicht los, daß ich alles nur geträumt habe.«

»Haben Sie geträumt, daß Sie unseren Rasen unbefugt betreten haben?«

»Was spielt eine kleine Übertretung schon für eine Rolle, wenn sie einer guten Sache dient. Ich mußte mich davon überzeugen, daß Sie sicher nach Hause gelangt sind. Und wohin möchten Sie jetzt?«

»Eigentlich erledige ich etwas für meinen Onkel und gehe deshalb in die Stadt.«

»Ein weiter Weg.«

»Nicht so schlimm – etwa eine halbe Stunde.«

»Ich habe eine Idee. Meine Gastgeber haben mir einen eleganten kleinen Zweispänner zur Verfügung gestellt, in dem zwei Personen und eventuell noch ein Kutscher Platz haben. Ich werde Sie in die Stadt fahren.«

»Das ist sehr freundlich von Ihnen, aber nicht notwendig.«

»Angenehmes muß nicht immer notwendig sein. Ich wäre verzweifelt, wenn Sie es mir abschlagen. Ich habe die Kutsche zwei- oder dreimal benützt; sie ist wirklich sehr bequem. Kommen Sie mit mir in den Stall, ich spanne ein, und wir sind in der halben Zeit in der Stadt. Sie werden ausgeruht an Ihr Geschäft gehen können.«

Ich zögerte, und er faßte mich sofort am Arm und zog mich zum Haus.

Das Geheimnis von Enderby schien mich in Bann zu schlagen – oder war es Gerards Gegenwart? Ich hatte mich noch nie so erregt, so erwartungsvoll gefühlt, als würde ich etwas Ungewöhnliches erleben.

Selbst im hellen Sonnenschein wirkte Enderby düster. Im Stall befand sich kein Bediensteter, und ich war darüber erstaunt, wie geschickt Gerard die Pferde anschirrte.

Die beiden braunen Stuten stampften ungeduldig, und er tätschelte ihnen die Hälse.

»Ist schon gut, ihr merkt auch, daß es sich heute um etwas Besonderes handelt.«

Dann half er mir in den Wagen, setzte sich auf den Platz des Kutschers und ergriff die Zügel.

Wir rollten rasch dahin; ich hatte mich zurückgelehnt und lauschte verträumt dem Hufgeklapper. Von Zeit zu Zeit griff ich in die Tasche, um mich davon zu überzeugen, daß die Papiere noch da waren.

Vor einem Gasthaus hielt er an, und wir stiegen ab. Er erkundigte sich nach meinem Ziel und schlug mir dann vor, mich dorthin zu begleiten. Wenn ich mein Geschäft mit den Anwälten beendet hatte, sollte ich ins Gasthaus kommen, und er würde mich nach Eversleigh zurückfahren.

Ich war damit einverstanden, und er begleitete mich zum Büro von Rosen, Stead und Rosen.

Ein älterer Kanzlist begrüßte mich; als ich ihm erklärte, daß ich von Lord Eversleigh käme und mit Mr. Rosen sprechen wolle, führte er mich sofort in den Empfangsraum. Leider war Mr.

Rosen senior einige Tage vom Büro abwesend – in dringenden Angelegenheiten –, aber sowohl Mr. Stead als auch der junge Mr. Rosen würden mir sicherlich behilflich sein.

Der junge Mr. Rosen – der mir gar nicht so jung vorkam, er mußte schon Mitte der Vierzig sein – erschien bald darauf, und als er erfuhr, weshalb ich gekommen war, führte er mich in sein Büro und überflog die Anweisungen, die Onkel Carl mir mitgegeben hatte. Er nickte. »Ich verstehe. Mein Vater wird es sehr bedauern, daß er nicht selbst mit Ihnen sprechen konnte. Er ist für alles zuständig, was Lord Eversleigh betrifft; aber das Testament stellt uns vor keine besonderen Probleme. Ich werde Ihren Onkel selbst aufsuchen und einen Schreiber mitnehmen, der als Zeuge unterschreiben kann. Wann wäre es ihm angenehm?«

Verlegen antwortete ich: »Oh, Sie können nicht ins Haus kommen. Das ist kaum möglich.«

Er sah mich erstaunt an, und ich fuhr fort: »Lord Eversleigh will nicht... daß die Leute im Haus erfahren, daß er dieses Testament gemacht hat. Deshalb hat er mich kommen lassen – damit ich es für ihn erledige. Sind Sie über die Verhältnisse auf Eversleigh Court im Bild?«

Jetzt wurde er verlegen. »Soviel ich weiß, wird der Besitz gut verwaltet und es gibt eine Haushälterin.«

Ich fand, daß wir keine Zeit mit Andeutungen verlieren sollten. »Wissen Sie über die Beziehung zwischen Lord Eversleigh und der Haushälterin Bescheid?«

Er hüstelte. »Na ja...«

»Zwischen den beiden besteht eine sehr enge Bindung. Ich weiß nicht, ob sie sich wegen des Erbes Hoffnungen macht, aber Lord Eversleigh will, daß das Gut im Besitz der Familie bleibt.«

»Natürlich, es wäre ja undenkbar...«

»Gleichzeitig möchte er aber seine Haushälterin nicht verletzen. Anscheinend hängt er sehr an ihr.«

»Ich verstehe. Deshalb will er nicht, daß sie etwas von diesem Testament erfährt.«

»Genau.«

»Und er ist offensichtlich nicht in der Lage, persönlich hierherzukommen, um zu unterschreiben.«

»Leider nicht. Das Testament kann nur in Eversleigh unterschrieben werden. Ich habe noch keine Vorstellung davon, wie wir das bewerkstelligen können. Es muß auf jeden Fall während der Abwesenheit der Haushälterin geschehen.«

»Wenn Sie mir eine bestimmte Zeit angeben könnten . . .«

»Ich muß es mir überlegen; wahrscheinlich müßte es an einem Nachmittag sein. Inzwischen können Sie ja das Testament aufsetzen, und ich werde die Angelegenheit noch einmal mit Lord Eversleigh besprechen. Ich nehme an, daß Ihnen die Situation recht merkwürdig vorkommt.«

»Meine liebe Dame, in meinem Beruf stehen wir ununterbrochen merkwürdigen Situationen gegenüber. Mir wäre es am liebsten, wenn mein Vater sich mit dieser Angelegenheit befaßt. Er betreut die Interessen von Lord Eversleigh und weiß über die Vorgänge im Haus besser Bescheid als ich.«

»Aber er ist nicht da.«

»Nein, ich erwarte ihn jedoch morgen zurück. Er wird sicherlich einen Ausweg aus unseren Schwierigkeiten finden.«

»Danke.«

»Vielleicht könnten Sie übermorgen wieder bei uns vorbeisehen. Bis dahin ist das Testament abgefaßt, und Sie werden mit meinem Vater darüber sprechen können.«

Damit war ich einverstanden.

Als wir uns verabschiedeten, fragte er mich, ob ich in die Stadt geritten wäre. »Es ist eine ganz schöne Strecke bis Eversleigh«, meinte er.

Ich erzählte ihm, daß ein Nachbar mich mit dem Wagen in die Stadt gebracht hätte und mich auch wieder nach Hause fahren würde. Damit gab er sich zufrieden, und ich machte mich auf den Weg zum Gasthaus.

Gerard d'Aubigné erwartete mich schon und berichtete mir sofort, daß er sich erlaubt habe, zwei Krüge Apfelwein für uns zu bestellen. »Sie backen gerade frischen Kuchen – wie mir die

Wirtin versichert hat –, und ich nahm an, daß Ihnen eine kleine Stärkung vor der Heimfahrt guttun würde.«

»Das war eine gute Idee.« Er führte mich in die Gaststube, wo der Kuchen und zwei Krüge Apfelwein bereits auf dem Tisch standen.

»Haben Sie alles erledigen können?«

»So ziemlich.«

»Das klingt nicht sehr überzeugend.«

»Natürlich sind noch etliche Fragen offengeblieben.« Der Apfelwein war kühl und stieg mir zu Kopf; aber vielleicht war es auch nur seine Gegenwart – jedenfalls erzählte ich ihm zu meiner eigenen Überraschung die ganze Geschichte.

»Das alles klingt so absurd, wenn man im hellen Tageslicht darüber spricht.«

»Es klingt keineswegs absurd. Selbstverständlich kann Lord Eversleigh den Besitz nicht Jessie hinterlassen, und selbstverständlich will er nicht, daß sie erfährt, daß er ihn jemand anderem hinterläßt. Das ist absolut verständlich.«

»Aber es ist so lächerlich. Er ist ein Pair, ein wohlhabender Mann . . ., und er hat Angst vor seiner Haushälterin.«

»Er hat Angst davor, sie zu verlieren, das ist etwas ganz anderes. Ich habe Angst, daß Sie genauso plötzlich verschwinden, wie Sie aufgetaucht sind, aber ich habe sicherlich keine Angst vor Ihnen«, erklärte Gerard.

»Inzwischen sollten Sie aber schon wissen, daß ich eine gewöhnliche Sterbliche bin.«

»Eine außergewöhnliche Sterbliche. Und jetzt erzählen Sie mir von Ihrem Leben mit dem guten Ehemann, der Sie leider nicht begleiten konnte.«

Er hörte mir sehr aufmerksam zu, als ich meine gewohnte Zurückhaltung aufgab und ihm von meinem wunderbaren Vater erzählte, der bei einem Duell getötet worden war, von unserem friedlichen Leben auf dem Land, von meiner Ehe mit dem Gefährten meiner Kindheit, die die ganze Verwandtschaft erwartet und gebilligt hatte.

»Tun Sie immer, was man von Ihnen erwartet?«

»Eigentlich schon.«

»Dann müssen alle sehr zufrieden mit Ihnen sein – aber das Wichtigste wäre, daß Sie selbst zufrieden sind, nicht wahr?«

»Alles hat sich zu meinem Besten gefügt.«

Er zog die Augenbrauen hoch und lächelte merkwürdig; eigentlich war ich froh darüber, daß ich dieses Lächeln nicht deuten konnte.

»Und wie steht es mit Ihnen?« fragte ich.

»Ach, ich tue zweifellos auch, was man von mir erwartet. Leider erwartet man nicht nur Gutes von mir.«

»Sie sind in Frankreich zu Hause. Wo?«

»Mein Zuhause liegt auf dem Land – ein kleiner Ort, einige Meilen von Paris entfernt. Aber ich verbringe die meiste Zeit in Paris, vor allem bei Hof.«

»Sie dienen dem König.«

»In Frankreich dienen die Höflinge nicht so sehr dem König als seiner Mätresse. Die Dame beherrscht uns alle, das heißt, wir müssen jede ihrer Launen erfüllen, wenn wir nicht die Gunst des Königs verlieren wollen. Sie ist dem König übrigens treu; sie ist keineswegs so temperamentvoll wie Ihre Jessie.«

»Wer ist die Dame?«

»Jeanne Antoinette Poisson, Marquise de Pompadour.« In seinem Ton lag eine gewisse Verbitterung.

»Anscheinend mögen Sie die Dame nicht sehr.«

»Man mag die Pompadour nicht, man bemüht sich nur, sie nicht zu verärgern.«

»Das überrascht mich. Sie sehen nicht so aus, als wären Sie unterwürfig, als würden Sie jemandem gehorchen, den Sie offensichtlich nicht sonderlich schätzen.«

»Ich habe den Wunsch, meinen Platz bei Hof zu bewahren. Ich möchte nicht von einer Tätigkeit ausgeschlossen werden, die ich für sehr interessant halte.«

»Sie meinen den Hof.«

»Ich meine die Staatsaffären.«

»Sie sind also vorsichtig.«

»Nicht mehr als nötig. Gelegentlich gehe ich ganz gern ein Risiko ein.«

»Hoffentlich sind Sie kein Hasardeur.« Ich sah plötzlich meinen Vater vor mir, der tödlich verwundet ins Haus getragen wurde.

Er legte seine Hand auf die meine. »Sie sehen besorgt aus.«

»Nein, natürlich nicht, es geht mich ja nichts an.« Und ich setzte hinzu: »Sind Sie in diplomatischer Mission hier?«

»Ich bin hier, weil es unter Umständen länger dauern kann, bis ich wieder die Möglichkeit habe, herzukommen. Falls es zum Krieg zwischen unseren Ländern kommt . . .«

»Zum Krieg?«

»Alle Anzeichen deuten darauf hin.«

»Was für ein Krieg?«

»Vielleicht kommt es nicht so weit, aber die Spannungen zwischen Friedrich von Preußen und Maria Theresia von Österreich werden immer größer.«

»Warum sollte dieser Krieg uns betreffen . . . also Ihr Land und meines?«

»Weil wir Franzosen auf der Seite Maria Theresias stehen und weil Ihr König Georg mehr Deutscher als Engländer ist. Bestimmt wird er Friedrich unterstützen, und damit kommt es zum Krieg.«

»Ich vermute, Sie sind in geheimem Auftrag hier?«

»Ach, endlich erwecke ich Ihr Interesse.«

»Stimmt meine Vermutung?«

»Ich werde mit ja antworten, weil Sie mich dann für eine geheimnisumwitterte, schillernde Persönlichkeit halten.«

»Und wenn meine Vermutung nicht zutrifft?«

»Sie erwarten doch nicht, daß ich Ihnen diese Frage wirklich beantworte?«

Dann wechselte er unvermittelt das Thema. »Wenn Sie übermorgen wieder in der Stadt zu tun haben, fahre ich Sie natürlich wieder.«

»Oh, danke.«

»Eigentlich sollten wir uns jetzt überlegen, wie wir das mit den Unterschriften bewerkstelligen können«, sagte er dann.

»Anscheinend halten Sie meine Aufgabe für genauso schwierig wie die Ihre.«

»Das stimmt. Wahrscheinlich verstehen wir einander deshalb so gut. Gleich und gleich . . . so heißt es doch.«

Wir plauderten weiter, bis mir klar wurde, daß die Zeit wie im Flug vergangen war. Ich erhob mich, denn ich wollte zurück sein, bevor Jessie wieder im Haus war.

Auch während der Heimfahrt saß ich neben ihm, so nahe, daß unsere Arme einander berührten, und ich wurde von Gefühlen überflutet, wie ich sie noch nie zuvor empfunden hatte.

Wir vereinbarten eine bestimmte Zeit, zu der er mich am zweitnächsten Tag in die Stadt bringen würde. Das Problem mit den Unterschriften hatten wir jedoch noch immer nicht gelöst.

»Verzweifeln Sie nicht«, tröstete er mich. »Ich könnte mich mit meinem Kammerdiener ins Haus schleichen. Ich würde Ihnen nicht raten, einen der Diener in Eversleigh ins Vertrauen zu ziehen. Jeder kann Jessies Spion sein.«

Wir lachten darüber, weil er die ganze Sache wie einen riesigen Spaß darstellte. Er sprach mit hohler Stimme über die Verschwörung, dachte sich die unwahrscheinlichsten Komplikationen aus, und wir kamen auf die wildesten Vermutungen.

Viel zu früh erreichten wir Eversleigh.

»Ich sehe Sie also übermorgen«, stellte Gerard fest, »außer, Sie unternehmen morgen einen Spaziergang nach Enderby . . .«

Ich zögerte. »Ich muß mit meinem Onkel sprechen. Bleiben wir lieber bei übermorgen. Wir müssen vorsichtig sein.«

Er legte einen Finger auf die Lippen. »Seien Sie vorsichtig, der Feind könnte uns auf der Spur sein.«

Wir lachten wieder, und ich war so glücklich wie nie zuvor.

Ich benahm mich nicht so zurückhaltend wie sonst einem Fremden gegenüber. Das hätte mich warnen sollen, aber ich kannte mich ja selbst nicht.

Am nächsten Tag traf ich nicht mit ihm zusammen. Nachdem wir uns getrennt hatten, verflog meine euphorische Stimmung, und das Testament meines Onkels wirkte gar nicht mehr so lächerlich. Es war die unappetitliche Geschichte von einem alten Mann, der in eine jüngere Frau vernarrt und ihr so hörig war, daß er sie bestechen mußte, damit sie bei ihm blieb.

Langsam wurde mir bewußt, daß es nicht sehr vorsichtig von mir gewesen war, einem Unbekannten so viel anzuvertrauen. Aber wenn wir beisammen waren, hatte ich das Gefühl, ihn sehr gut zu kennen, er stand mir so nahe, war mir so vertraut.

Heute ist mir klar, wie naiv ich damals gewesen sein muß, weil ich nicht begriff, was mir widerfuhr.

Dennoch empfand ich ein gewisses Unbehagen und hielt mich am darauffolgenden Tag in unserem Garten auf, von dem aus ich ihn auch dann nicht hätte sehen können, wenn er vorbeigekommen wäre.

Am Vormittag saß ich wieder am Bett meines Onkels; Jessie war auch dabei, knabberte Konfekt und sah noch selbstgefälliger aus als sonst. Diesmal kam Besuch: Amos Carew. Ich hatte also Gelegenheit, ihn genau zu mustern.

Er hatte leuchtende schwarze Augen, einen lockigen Bart und dichtes, welliges Haar.

Mein Onkel hielt augenscheinlich große Stücke auf ihn.

»Da sind Sie ja, Amos. Das ist meine – wir wissen noch nicht genau, wie wir eigentlich verwandt sind, aber ihre Mutter ist meine nächste Verwandte, und deshalb bezeichnen wir uns als Onkel und Nichte. Das paßt auf jeden Fall, auch wenn es nicht ganz stimmt.«

»Ich freue mich, Sie kennenzulernen, Madam«, sagte Amos. Er ergriff meine Hand und drückte sie so kräftig, daß ich glaubte, er würde mir alle Knochen brechen.

»Ich habe schon von Ihnen gehört und freue mich ebenfalls, Sie kennenzulernen«, antwortete ich.

Er lachte. Ich stellte bald fest, daß Amos sehr oft lachte – je nachdem, herzlich, verächtlich, amüsiert. Es war vielleicht eine

Art Nervosität – aber nein, Amos war bestimmt nicht nervös. Vielleicht vorsichtig . . .

»Seine Lordschaft hat es gern, wenn ich von Zeit zu Zeit hereinsehe und ihm berichte, wie es um das Gut bestellt ist.«

»Ja, natürlich, das Gut ist doch sein Lebensinhalt.«

»Es ist natürlich für Seine Lordschaft schwer.« Wieder leises Lachen, diesmal mitfühlend. »Er ist sozusagen eingesperrt. Und dabei hielt er sich so gern im Freien auf, nicht wahr, Eure Lordschaft?«

»Ach ja, ich war gern draußen, ritt, fischte . . .«

»Ein richtiger Sportsmann, nicht wahr, Liebling?« Jessie sah Amos an, und die beiden wechselten einen vielsagenden Blick. Amos lachte wieder. Diesmal mischte sich in die Anerkennung für den Sportsmann Bedauern wegen seiner Behinderung.

»Ich möchte, daß Sie meiner Nichte gelegentlich das Gut zeigen, Amos.«

»Gern, Mylord.«

»Reiten Sie einmal mit ihr aus. Hast du Lust, Zippora?«

»O ja.«

»Du wirst einen Begriff davon bekommen, wie groß Eversleigh ist. Wesentlich größer als dein Clavering.« Er wandte sich an Amos. »Der Mann meiner Nichte hätte sie begleiten sollen, wurde aber durch einen Unfall daran gehindert. Nächstes Mal wird er mitkommen.«

»Ich freue mich schon darauf, Mylord.«

Ich hörte zu, während sie über das Gut sprachen. Onkel Carl informierte sich sehr genau und warf mir gelegentlich einen Blick zu. Das Gespräch interessierte mich, weil auch Jean-Louis oft mit mir über seine Probleme in Clavering sprach.

Als Amos sich verabschiedete, begleitete ihn Jessie zur Tür. Ich beobachtete die beiden im Spiegel und sah, daß sie ihm etwas zuflüsterte.

Es gibt hier wirklich eine Verschwörung, dachte ich. Dann lachte ich mich aus. Gerard hatte mich mit seinen scherzhaften Phantastereien angesteckt.

Nach dem Mittagessen verließ Jessie das Haus früher als sonst.

Ich ging ins Zimmer meines Onkels, um ihm zu berichten. Er erwartete mich schon sehnsüchtig; seine dunklen Augen funkelten vor Bosheit. Als ich mich über ihn beugte, um ihn zu küssen, ergriff er meine Hand.

»Setz dich, meine Liebe, und erzähle mir, was du erreicht hast; dann habe auch ich etwas zu erzählen.«

Ich berichtete also von meinem Besuch bei den Anwälten, von meinem Gespräch mit dem jungen Mr. Rosen, der jetzt das Testament aufsetzte, das ich am nächsten Tag abholen sollte.

Er nickte. »Das ist gut. Ach, die arme Jessie. Ich fürchte, sie wird einem Schlaganfall nahe sein. Aber es gibt keine andere Möglichkeit.«

»Sie kann doch nicht erwarten, daß sie einen so großen Familienbesitz erbt.«

Er lachte. »Du kennst Jessie nicht, sie hält nichts für unmöglich. Die arme Jess – ich fürchte, ich habe sie hereingelegt. Ich habe gestern etwas unterschrieben. Ich mußte sie glücklich machen.«

»Du hast etwas unterschrieben!«

Er grinste und legte warnend den Finger auf die Lippen. War es möglich, daß er wirklich nicht im Vollbesitz seiner geistigen Kräfte war?

»Siehst du, du hast mit Rosen gesprochen . . . deshalb macht es nichts aus, daß ich etwas für Jessie unterschrieben habe.«

»Ein Testament?«

»Etwas Ähnliches. Es war nicht ordentlich aufgesetzt, aber Jessie hat ja keine Ahnung davon. Ich habe ein mit gestern datiertes Papier unterschrieben, in dem ich ihr alles vermache . . . das Haus, das Gut . . . bis auf ein paar kleine Legate, die ich später einsetzen werde.«

Ich hatte das Gefühl, in ein Irrenhaus geraten zu sein.

»Onkel Carl!« rief ich verzweifelt.

»Jetzt sei doch nicht gleich böse. Ich wollte sie glücklich machen. Das Papier stellt sie zufrieden, sie wird aufhören, mir damit in den Ohren zu liegen, und es ist ungültig, sobald ich mein richtiges Testament vor dem Anwalt und Zeugen unterschrieben habe, denn dieses hebt alles Vorhergehende auf. Das muß Rosen unbedingt hineinnehmen.«

Ich lehnte mich verblüfft zurück.

Er sah mich beinahe bittend an. »Ich habe immer schon ein friedliches Leben geführt – man kann es sich sehr leicht mit ein paar Versprechungen erkaufen... man muß nur etwas in der Hinterhand haben. Ich habe Jessies Papier unterschrieben, sie ist glücklich, ich bin glücklich, wir alle sind glücklich. Ihr steht ein Schock bevor... aber erst, wenn ich ihn nicht mehr miterleben kann.«

Ich schwieg. Die Situation wurde immer grotesker.

Am nächsten Tag fuhr mich Gerard in die Stadt, und ich sprach diesmal mit Mr. Rosen senior. Er begrüßte mich herzlich und wollte mir unbedingt ein Glas Wein anbieten; weil ich jedoch annahm, daß ich ohnehin im Gasthaus wieder Apfelwein trinken würde, lehnte ich ab. Er hatte das Testament aufgesetzt, schüttelte ernst den Kopf über »die Situation in Eversleigh« und war entsetzt, als ich ihm erzählte, daß Onkel Carl »etwas« zu Jessies Gunsten unterschrieben hatte.

»Das Testament muß so bald wie möglich unterschrieben werden«, erklärte er. »Natürlich können wir jedes Dokument, das diese Frau vorlegt, anfechten, aber es ist am sichersten, wenn das Testament unterschrieben, gesiegelt und hier bei uns deponiert wird. Wenn ich bedenke, was Sie mir da erzählt haben, halte ich es für das beste, mit Ihnen nach Eversleigh zu fahren, wo mein Kompagnon als Zeuge unterschreiben kann.«

»Lord Eversleigh wäre zutiefst verzweifelt, wenn Sie so etwas tun. Ich weiß, daß es lächerlich klingt, aber wenn Sie ins Haus kämen, könnte der Schock unabsehbare Folgen haben. Er hängt wirklich an dieser Frau, und es ist sicherlich nur sein angeborener Familiensinn, der ihn veranlaßt, das Gut nicht ihr zu hinterlassen. Er ist von ihr abhängig. Es klingt widersinnig, und wenn ich es nicht selbst erlebt hätte, würde ich es nicht glauben. Lord Eversleigh verläßt sich darauf, daß ich mich ganz nach seinen Wünschen richte.«

Mr. Rosen war sehr ernst. »Wie rasch könnten Sie das Testament unterschreiben lassen und zu mir zurückbringen?«

»Ein Nachbar fuhr mich in die Stadt. Wenn ich ihn und einen seiner Diener in Lord Eversleighs Zimmer schmuggeln kann, so daß das Testament unterschrieben wird, könnte ich es Ihnen morgen bringen.«

»Glauben Sie, daß Sie es schaffen?«

»Ich werde es versuchen.«

»Also schön . . . obwohl es nicht in Ordnung ist und mir überhaupt nicht gefällt. Er hat etwas für diese Frau unterschrieben. Wenn sie skrupellos ist, befindet er sich in einer gefährlichen Situation.«

»Sie meinen, sie . . .« Ich sah ihn entsetzt an, und er fuhr fort: »Ich behaupte nicht, daß sie es auf sein Leben abgesehen hat. Aber unter diesen Umständen, bei einer Frau ihrer Art, die sich nicht von moralischen Überlegungen leiten läßt, könnte es gefährlich sein. Es ist ein sehr seltsamer Fall. Von Zeit zu Zeit erfahre ich, was sich in Eversleigh abspielt. Früher war es nie so, da hatte alles seine Ordnung. Sie wissen ja, daß das Testament von zwei Zeugen unterschrieben werden muß, die nicht zu den Begünstigten gehören. Und Sie wissen auch, daß Sie selbst zu den Erben gehören.«

»Ja, Lord Eversleigh sagte es mir.«

»Als Tochter von Lady Clavering sind Sie seine Erbin in direkter Linie, und Ihre Vorfahren würden keine Ruhe im Grab finden, wenn der Besitz an dieses vulgäre Geschöpf fällt.«

»Das wird nicht geschehen. Ich lasse das Testament unterschreiben und bringe es Ihnen morgen.«

Mr. Rosen senior schüttelte zweifelnd den Kopf. Seiner Ansicht nach verstieß das gegen die gesetzlichen Bestimmungen, und er wäre noch immer am liebsten mit mir nach Eversleigh gefahren.

Dennoch gelang es mir, ihn von diesem Vorhaben abzubringen. Ich kehrte ins Gasthaus zurück und erzählte Gerard, was vorgefallen war. Er war ebenfalls der Meinung, daß wir sofort zurückfahren sollten, ohne einen Imbiß einzunehmen. Er wollte seinen Kammerdiener oder einen anderen vertrauenswürdigen Diener holen, und das Testament konnte unterschrieben werden, bevor sich Jessie wieder im Haus befand.

Wenn wir uns beeilten, konnten wir es mit ein bißchen Glück gerade noch schaffen.

Wir jagten in gestrecktem Galopp zurück, und Gerard sprach von nichts anderem als von dem Testament und den Unterschriften. Es war sehr beruhigend für mich, daß er sich so bemühte, mir bei der Lösung meines Problems zu helfen.

Zuerst dachte ich, daß er die Situation dramatisierte, um mich zum Lachen zu bringen, aber allmählich begriff ich, daß er es völlig ernst meinte: eine skupellose Frau und ihr Liebhaber, ein vertrauensvoller alter Mann, der zwar nicht senil, aber doch etwas labil und nur zu bereit war, jeden Preis dafür zu bezahlen, daß er seine letzten Tage friedlich und angenehm verbrachte.

Gerard sah auf seine Taschenuhr. »Wir müßten kurz vor halb vier in Enderby einlangen. Ich hole meinen Kammerdiener, und wir fahren direkt nach Eversleigh. Dort schleichen wir die Treppe hinauf, lassen das Testament von Lord Eversleigh und uns beiden unterschreiben, und dann würde ich an Ihrer Stelle das Dokument sofort zu den Anwälten bringen.«

»Das kann ich aber auch morgen tun.«

»Selbstverständlich. Aber wenn ich bedenke, was für Menschen die übrigen Bewohner des Hauses sind, bin ich dafür, daß das Testament so rasch wie möglich bei den Anwälten hinterlegt wird; die Vorstellung, daß Sie es bei sich aufbewahren, beunruhigt mich außerordentlich.«

»Glauben Sie vielleicht, die beiden würden mich ermorden, um es in ihren Besitz zu bringen?«

»Mein Gott, das wäre ungeheuerlich. Ich könnte nie wieder froh sein.«

»Sie neigen wirklich zu Übertreibungen.«

»Ich bin ehrlich besorgt. Versuchen wir es.«

Er trieb die Pferde an, und kurz darauf erreichten wir Enderby.

Von da an ging alles unglaublich schnell. Es war ein atemberaubendes, tolles Abenteuer; Gerard nahm alles in die Hand, und ich bewunderte seine rasche, zielsichere Entschlossenheit.

»Sie tun, als handle es sich um einen diplomatischen Zwischenfall.«

»Ich bin ja schließlich Diplomat. Aber ich versichere Ihnen, daß es der rascheste und sicherste Weg ist, um die Angelegenheit zu erledigen.«

Es war ein Viertel vor vier, als ich die beiden Männer ins Schlafzimmer meines Onkels führte. Er war kaum überrascht, als ich sie ihm vorstellte und ihm erklärte, warum sie gekommen waren. Ich legte allen Beteiligten das Testament vor, sie unterschrieben, Gerard rollte das Dokument zusammen und behielt es bei sich.

Onkel Carl streichelte meine Hand: »Kluges Mädchen.«

»Und wir müssen jetzt raschest damit in die Stadt«, erklärte Gerard.

»Sie müssen vor allem sofort das Haus verlassen«, warnte ich.

»Ja«, pflichtete Onkel Carl bei, »bevor Jessie aufwacht.« Er lächelte und seine Augen blitzten. Er wirkte beinahe übermütig, und einen Augenblick lang fragte ich mich, ob das Ganze vielleicht nur eine Erfindung von ihm war. Ich konnte mir beim besten Willen nicht vorstellen, daß Jessie sich wirklich Hoffnungen auf Eversleigh Court machte.

Vielleicht spielten wir alle nur Rollen in einer Posse, die sich der alte Mann ausgedacht hatte, um etwas Abwechslung in sein eintöniges Leben zu bringen.

Aber auch wenn dem so war, mußten wir jetzt weiterspielen; also verabschiedeten wir uns von ihm und gingen die Treppe hinunter.

Als wir die Halle betraten, tauchte Evalina aus einem Korridor auf.

»Oh«, rief sie, »haben wir Besuch?«

»Das ist die Tochter unserer Haushälterin«, erklärte ich Gerard.

Evalina war zu uns getreten und lächelte Gerard an.

Er verbeugte sich, drehte sich um, und ich begleitete sie zur Tür.

Als die Kutsche abgefahren war, kehrte ich in die Halle zurück. Evalina erwartete mich.

»Ich wußte nicht, daß wir Besuch hatten«, sagte sie. »Aber ich weiß, wer sie sind; sie wohnen in Enderby.«

Ich ging an ihr vorbei. Sie sah mich neugierig an, als warte sie auf eine Erklärung. Natürlich hatte ich nicht die Absicht, sie ihr zu geben; es war eine Unverschämtheit, daß die Tochter der Haushälterin mich wegen eines Besuchs zur Rede stellte.

In meinem Zimmer trat ich sofort ans Fenster und sah Jessie, die gerade zurückkam. Evalina würde ihr sicherlich von den Besuchern erzählen; zum Glück war Gerard schon zu den Anwälten unterwegs.

Beim Abendessen herrschte eine leicht gespannte Atmosphäre. Jessie langte, wie immer, herzhaft zu, dann lächelte sie mich gewinnend an und sagte: »Evalina hat mir erzählt, daß die Leute aus Enderby heute hier waren.«

»Nur ein gut nachbarlicher Besuch.«

»Sie sind vorher noch nie hier gewesen.«

»So?«

»Wahrscheinlich haben sie erfahren, daß Sie hier sind. Sie haben Lordy noch nie besucht.«

Ich zuckte die Schultern.

»Einer von ihnen hat sehr gut ausgesehen«, mischte sich Evalina ein.

»Hm«, murmelte ich.

Jessie war mißtrauisch und neugierig; dieser Besuch gab ihr sichtlich zu denken.

Ich begab mich sofort nach dem Abendessen auf mein Zimmer. Wenn Gerard tatsächlich das Testament bei den Anwälten deponiert hatte, hatte ich meine Aufgabe erfüllt. Der Gedanke, daß das Dokument sich in sicherem Gewahrsam befand und daß ich nicht mehr dafür verantwortlich war, gab mir meine Ruhe wieder.

Dennoch konnte ich mich nicht entschließen, zu Bett zu gehen. Ich wurde das Gefühl nicht los, daß etwas Unheimliches in dem Haus vor sich ging. Vielleicht hatte auch Onkel Carl es bemerkt und deshalb so auf die Abfassung des Testaments gedrängt.

Das Bedürfnis, das Haus zu verlassen, wurde übermächtig, also warf ich meinen Mantel um und schlich mich hinaus. Ich ging beinahe automatisch nach Enderby. Ich wollte mit Gerard sprechen, mich davon überzeugen, daß er das Testament zu den Anwälten gebracht hatte.

Enderby wirkte im Mondlicht noch unheimlicher als bei Tag. Es sah so ungastlich aus, daß ich am liebsten kehrtgemacht hätte. Der Wind rauschte in den Bäumen, und wenn ich meiner Phantasie freien Lauf ließ, hörte ich ihn sagen: »Geh weg, geh weg.« Sollte ich ihm gehorchen? Ich konnte am nächsten Tag in die Stadt gehen und mich bei den Anwälten nach dem Testament erkundigen; wenn es sich in ihrem Besitz befand, stand meiner Abreise nichts mehr im Weg. Sollte ich Mitleid mit Onkel Carl haben, weil er sich in einer so prekären Situation befand? Eigentlich nicht, denn er hatte sich das alles selbst eingebrockt und war offensichtlich mit dem Stand der Dinge zufrieden.

Wenn er wollte, konnte er Jessie und Amos jederzeit hinauswerfen. Es würde sich sicherlich ein anderer Verwalter finden, und auch eine gute, fleißige Haushälterin mußte aufzutreiben sein, so daß in dem Haus wieder die alte Ordnung einkehrte.

Während ich so in Gedanken versunken war, ging die Tür auf, und ein Mann kam heraus.

Er sah mich erstaunt an, und ich sagte schnell: »Ich würde gern mit Monsieur Gerard d'Aubigné sprechen, falls er zu Haus ist.«

Er führte mich in die Halle und ließ mich dann allein.

Enderby hatte zweifellos Atmosphäre. Die große Halle mit der gewölbten Decke und der Galerie schien voller Schatten, in denen Gespenster lauerten. Jemand hatte einmal gesagt, daß das Glück hier nie lange geweilt habe. Ich wußte, daß die Kindheit meiner Mutter glücklich gewesen war; aber das war wahrscheinlich die einzige Periode, in der die Bewohner des Hauses ein normales Leben geführt hatten.

Als ich aufblickte, sah ich Gerard die Treppe herunterkommen. Er lief mit ausgestreckten Armen auf mich zu, ergriff meine Hände und küßte sie.

»Ich habe Sie erwartet.«

»Wieso?«

»Sie wollen sich vergewissern, nicht wahr? Die Ungewißheit plagte Sie – Sie fragten sich, ob es richtig war, daß Sie mich mit dieser Aufgabe betrauten. O Zippora, habe ich Ihnen nicht bewiesen, daß ich sogar mein Leben für Sie aufs Spiel setzen würde?«

»Sie haben eine Vorliebe für dramatische Szenen. Haben Sie das Testament abgeliefert?«

»Bei Mr. Rosen senior persönlich. Er las es durch, billigte es, und jetzt befindet es sich in seiner Obhut.«

»Ich danke Ihnen.«

Er lächelte ironisch. »Sie können mir wirklich vertrauen.«

»Das weiß ich. Ich war nur ein wenig besorgt. Wir haben uns über das Ganze lustig gemacht, aber plötzlich habe ich das Gefühl, daß es gar nicht so komisch ist.«

»Darf ich Ihnen eine kleine Stärkung anbieten?«

»Nein, ich habe gerade zu Abend gegessen. Außerdem muß ich zurückgehen.«

»Ach, bleiben Sie doch noch ein bißchen.« Er hatte meine Hand ergriffen und zog mich an sich.

Das Haus schien mir zuzuflüstern, mich vollkommen gefangenzunehmen, und ich hatte Angst. Mir fiel alles ein, was ich jemals über Enderby gehört hatte. War es eine Ahnung? Vielleicht.

»Nein«, erklärte ich entschieden. »Ich wollte nur hören, daß alles in Ordnung ist.«

Er sah enttäuscht aus. »Dann begleite ich Sie.«

Als wir das Haus verließen, überkam mich ein Gefühl der Erleichterung.

»Ich weiß gar nicht, wie ich Ihnen für alles danken soll, das Sie für mich getan haben«, meinte ich.

»Sie müssen sich nicht bedanken. Ich würde für Sie alles tun, was Sie verlangen.«

»Sind Sie nicht etwas voreilig? Sie können ja gar nicht wissen, was ich verlangen würde.«

»Je schwieriger die Aufgabe, desto mehr würde es mich freuen, sie zu lösen.«

»An Ihren Antworten merkt man, daß Sie gewohnt sind, am französischen Hof Konversation zu machen.«

»Das ist schon möglich, aber das, was ich Ihnen sage, meine ich ernst.«

»Ich bin Ihnen jedenfalls dankbar. Und da damit meine Aufgabe erfüllt ist, werde ich wieder abreisen.«

»Bitte sagen Sie das nicht.«

»Aber ich muß unbedingt nach Hause zurück.«

»Noch nicht. Mein Gefühl sagt mir, daß die Angelegenheit noch nicht erledigt ist.«

»Glauben Sie, daß sich mein Onkel in Gefahr befindet?«

»Es wäre denkbar. Die Frau ist habgierig und glaubt, daß sie das Gut erben wird. Das einzige Hindernis, das zwischen ihr und dem Besitz steht, ist der gebrechliche alte Mann. Die Versuchung ist groß. Glauben Sie, daß Jessie ihr widerstehen kann?«

»Ich weiß nicht. Sie scheint ihn recht gern zu haben.«

»Sie hat ihren Liebhaber. Vielleicht wollen die beiden Eversleigh gemeinsam übernehmen.«

»Es wäre wahrscheinlich besser, wenn Jessie von dem Testament erfährt; damit sie weiß, daß das Papier, das er für sie unterschrieben hat, wertlos ist. Unter diesen Umständen hätte sie nichts davon, sein Leben zu verkürzen, wie Mr. Rosen sich ausdrückt. Im Gegenteil, sie würde ihn am Leben erhalten, um möglichst lang dieses angenehme Dasein zu genießen und inzwischen noch möglichst viel beiseite zu schaffen.«

»Das klingt vernünftig. Solange Sie da sind, befindet sich Lord Eversleigh in Sicherheit. Sie würde nichts unternehmen, was Sie bemerken könnten. Deshalb müssen Sie bleiben. Ihre Aufgabe ist noch nicht erfüllt.«

»Ich könnte ja Onkel Carl sagen, daß er Jessie über das Testament informieren muß.«

»Aber erst in einiger Zeit, nicht sofort. Erst muß er die Aufregungen des heutigen Tages überwunden haben.«

»Sie haben recht. Es tut mir leid, daß ich Sie in all das mit hineingezogen habe.«

»Es hat meinem Aufenthalt hier erst die richtige Würze verliehen.«

Wir hatten das Gebüsch erreicht.

»Gute Nacht«, sagte ich.

Er ergriff meine Hand und hielt sie lange in der seinen. Sein Lächeln war rätselhaft; am liebsten wäre ich bei ihm geblieben.

Es hätte mir eine Warnung sein müssen.

Als ich das Haus betrat, erblickte ich als erstes Evalina. Sie lief an mir vorbei die Treppe hinauf. Oben drehte sie sich um und sah mich beinahe boshaft an.

Das Mädchen steckt doch wirklich überall, dachte ich.

Als ich mein Zimmer betrat, bemerkte ich sofort, daß einige Dinge nicht mehr auf ihrem Platz lagen. Als ich den Schrank öffnete, wurde mein Verdacht zur Gewißheit.

Ich versperrte meine Tür und ging sehr nachdenklich zu Bett.

Evalina hatte von ihren Beobachtungen erzählt, und Jessie hatte offensichtlich Verdacht geschöpft. Ich war froh, daß Gerard das Testament zu Rosen gebracht hatte. Wenn ich es behalten hätte, hätte es derjenige, der mein Zimmer durchsucht hatte, bestimmt gefunden.

In der Nacht plagte mich ein Alptraum. Ich befand mich in Enderby, und plötzlich kamen von allen Seiten Gespenster auf mich zu. Eines von ihnen war Gerard. An seiner Kleidung klebte Erde, und er war leichenblaß.

Er hielt etwas in der Hand – eine Papierrolle – Onkel Carls Testament.

Er begann zu lachen, es klang so böse, und er sah mich starr mit seinen leuchtenden Augen an.

Dann rief jemand: »Gefahr . . . fliehe, solange es noch möglich ist.«

Ich fuhr aus dem Schlaf hoch. Der Traum war entsetzlich realistisch gewesen.

Ich starrte in die Dunkelheit. Wer ist Gerard eigentlich? fragte ich mich. Was wußte ich schon von ihm? Wenn ich die letzten Tage überdachte, war mein Verhalten unerklärlich. Ich hatte Freundschaft mit einem Fremden geschlossen, ihm nach wenigen Stunden die Geheimnisse meiner Familie anvertraut und ihm das Testament übergeben.

Ich mußte den Verstand verloren haben. Die alte Zippora in mir klagte ihr neues Ich an. Aber was hätte ich wirklich tun sollen? Ich hätte nach Hause schreiben, den Meinen die Situation schildern und sie um Rat bitten können. Wenn Jean-Louis auch nicht in der Lage war zu reisen, so hätte doch Sabrina kommen können.

Das hätte die alte Zippora getan. Die neue Zippora war in dem Augenblick zum Leben erwacht, als Gerard d'Aubigné wie ein Geist vor ihr aufgetaucht war.

Dann faßte ich einen Entschluß. Morgen würde ich die Anwälte aufsuchen und mich davon überzeugen, daß Gerard ihnen das Testament tatsächlich übergeben hatte.

Meine kritische Einstellung mir selbst gegenüber hielt bis zum Morgen an. Ich hatte bei dem Elf-Uhr-Besuch keine Gelegenheit, meinem Onkel einen Wink zu geben. Jessie beobachtete uns die ganze Zeit scharf. Am Nachmittag ging ich in die Stadt.

Mr. Rosen empfing mich sehr liebenswürdig, und ich fragte

ihn sofort, ob Monsieur Gerard d'Aubigné am Vortag das Testament abgeliefert habe.

»Selbstverständlich«, antwortete er. »Ein liebenswürdiger, sehr hilfsbereiter Gentleman. Jetzt müssen Sie sich keine Sorgen mehr machen, es ist alles in Ordnung.«

Ich schämte mich, weil ich Gerard mißtraut hatte.

Die Beschämung wuchs, als ich am Gasthaus vorbeikam und seinen Wagen erblickte.

Ich ging eilig die Straße entlang, als ich Pferdegetrappel hinter mir hörte.

Er hielt neben mir an und lächelte verschmitzt. »Sie hätten mir vertrauen können.«

Ich beschloß, offen mit ihm zu sprechen. »Ich mußte sichergehen.«

»Natürlich.«

Er half mir in den Wagen. »Und jetzt sind Sie zufriedengestellt.«

»Allerdings, und ich danke Ihnen aufrichtig für Ihre Hilfe.«

Der Tag, an dem der Jahrmarkt stattfand, war gekommen, ich hatte inzwischen Gerard jeden Tag getroffen. Ich mußte meinen Mangel an Vertrauen wiedergutmachen, und unsere Freundschaft hatte sich vertieft. Wahrscheinlich hatte er bemerkt, daß mich Gewissensbisse plagten, weil ich mich als verheiratete Frau so oft mit einem fremden Mann traf. Er wies immer wieder darauf hin, daß wir Zugvögel waren, daß es sich also bei unserer Bekanntschaft nur um ein flüchtiges Zwischenspiel in unserem Leben handelte. Unsere Wege würden sich bald trennen, aber es gab keinen Grund, warum wir nicht bis dahin angenehme Stunden miteinander verbringen sollten.

Dieser Gedankengang war sehr beruhigend. Ich rief ihn mir jedesmal ins Gedächtnis, wenn mir wieder einmal auffiel, daß meine Freundschaft mit diesem Mann zu eng wurde, daß ich mich viel zu sehr mit ihm beschäftigte.

Und so kam der Jahrmarkt heran.

Die ganze Gemeinde muß dort versammelt gewesen sein. Jessie wurde von Amos begleitet; Onkel Carl hatte darauf bestanden. Und nach dem Mittagessen verschwanden alle Bedienten, die noch im Haus waren, ebenfalls zum Festplatz.

Ich war mit Gerard verabredet. Wir trafen uns beim Gebüsch und schlenderten nach Enderby hinüber.

»Meine gesamte Dienerschaft ist ausgeflogen«, sagte er. »Eine ausgezeichnete Gelegenheit, Ihnen das Haus zu zeigen. Kennen Sie es schon?«

»Nein, es wurde verkauft, bevor ich auf der Welt war. Meine Mutter lebte als Kind hier, aber ihre Tante, die sie aufgezogen hatte, starb, und ihr Mann war verzweifelt. Er ertrank, und niemand wußte, ob es sich um einen Unfall oder um Selbstmord handelte.«

»Sehen Sie sich Enderby doch einmal an.«

»Ich habe geglaubt, Sie wollten den Jahrmarkt besuchen?«

»Ich habe es mir überlegt – es ist wahrscheinlich die letzte Gelegenheit für Sie, Enderby kennenzulernen.«

Er hatte meinen Arm ergriffen und zog mich mit sich. Ich erinnerte mich an meinen Traum, in dem mich etwas gewarnt hatte. Es war, als kämpften zwei Wesen in mir: das eine fühlte sich unwiderstehlich zum Haus hingezogen, das andere warnte mich davor, Enderby zu betreten.

Gerard öffnete die Tür und führte mich in die Halle mit der gewölbten Decke und der schönen Täfelung. Es war so still, daß mein Herz wie wild zu klopfen begann. Gerard legte mir den Arm um die Schultern, und ich wich zurück. Er sagte: »Sie sahen plötzlich so verletzlich aus, als müsse man Sie beschützen.«

Ich lachte, aber es klang nicht echt. »Ich bin durchaus imstande, selbst auf mich achtzugeben.«

»Das weiß ich. Sie tun immer das, was Sie wollen.«

Mein Blick war zur Galerie gewandert.

»Ja«, bestätigte er, »das ist einer der Orte, an denen es spukt. Die Diener weigern sich, allein auf die Galerie zu gehen. Kommen Sie, Zippora, wir fürchten uns doch nicht vor Gespenstern.«

Er ergriff meine Hand, und wir stiegen die Treppe hinauf.

Oben öffnete er eine geschnitzte Tür, die sich knarrend in den Angeln drehte.

»Kommen Sie«, flüsterte er, und wir betraten die Galerie.

»Hier oben ist es kälter«, stellte ich fest.

»Das kommt von den Gespenstern.«

Er legte mir die Hände ums Gesicht und sah mich an.

»Sie sind ein bißchen ängstlich. O ja, leugnen Sie es nicht, meine vernünftige, selbstsichere Zippora. Gestehen Sie es nur, Enderby beeindruckt Sie.«

»Beeindruckt es Sie denn nicht?«

»Ich mag es. Es ist kein gewöhnliches Haus, aber wer will schon ein gewöhnliches Haus haben! Wenn ich hier bin, frage ich mich, ob die Geister der Verstorbenen wirklich an die Orte ihrer Verbrechen oder ihrer Triumphe zurückkehren. Wer kann das sagen? Es ist ein Geheimnis, und das macht das Haus so aufregend. Finden Sie es nicht faszinierend?«

»O doch.«

Wir standen am Geländer und sahen in die Halle hinunter. »Sie ist voller Schatten«, sagte er. »Warum?«

»Wegen der Bäume und Büsche, die zu nahe am Haus stehen und zu hoch sind. Schneiden Sie sie weg, legen Sie rund um das Haus Rasen an, und es wird hell sein.«

»Aber vielleicht wären die Gespenster damit nicht einverstanden. Kommen Sie, ich zeige Ihnen die übrigen Räume.«

»Wo befinden sich die Besitzer?«

»Auf Reisen. Sie haben mir das Haus während ihrer Abwesenheit zur Verfügung gestellt.«

»Aber es ist so weit von London entfernt . . .«

»Das spielt keine Rolle. Viel wichtiger ist, daß es nahe bei Eversleigh Court liegt und ich Sie dadurch kennengelernt habe, Zippora.«

»Ich werde bald nach Clavering zurückkehren. Hier ist alles erledigt, und mein Mann vermißt mich sicherlich.«

»Vergessen Sie das jetzt, leben Sie dem Augenblick. Die

Vergangenheit ist voll von Bedauern über Versäumtes. Bedauern Sie nie etwas, Zippora. Und die Zukunft liegt in den Sternen. Deshalb ist es am besten, wenn man ganz dem Heute lebt.«

»Verallgemeinerungen stimmen nicht immer.«

Aber das Haus hatte mich schon in seinen Bann gezogen, ich hatte das Gefühl, nicht ich selbst zu sein. Wenn ich später versuchte, eine Entschuldigung für mich zu finden, redete ich mir ein, daß etwas von mir Besitz ergriffen hatte, als ich das Haus betrat.

Wir hatten die oberste Treppenstufe erreicht. Er öffnete eine Tür, und wir standen in einem Korridor.

»Wie still es hier ist«, bemerkte ich. »Es herrscht eine so merkwürdige Stimmung, als ob . . .«

»Vielleicht treiben sich die Gespenster heute im Haus herum. Ich glaube nicht, daß sie viel für die ewig schwatzenden Diener übrig haben. Sie bevorzugen die Stille.«

»Aber wir sind doch da.«

»Wir befinden uns auf einem Erkundungsgang, und die Gespenster wollen sicherlich beweisen, daß das Haus seinen Ruf zu Recht hat.«

Er öffnete eine Tür. Ich stand in einem Zimmer mit einem großen Himmelbett. Die Vorhänge waren aus weiß-goldenem Brokat.

Ich hatte den unheimlichen Eindruck, daß ich schon einmal hier gewesen war. Oder redete ich es mir später nur ein?

»Man hat mich in diesem Zimmer untergebracht«, sagte er. »Anscheinend werde ich als Ehrengast behandelt – es ist das Hochzeitszimmer.«

»Aber Sie haben ja keine Frau mit.«

Er hatte meine Hände ergriffen und sah mich unverwandt an. Ich versuchte, mich ihm zu entziehen, aber es gelang mir nicht.

Undeutlich entsann ich mich, daß ich schon von diesem Zimmer gehört hatte. Waren die Vorhänge nicht rot und aus schwerem Samt gewesen? Und dann waren sie durch weiß-goldenen Brokat ersetzt worden. Warum nur?

Gerard legte die Arme um mich und drückte mich an sich. Ich fühlte, wie sein Herz schlug. Ich liebte ihn, ganz anders, als ich Jean-Louis liebte. Es war ein Gefühl, das ich noch nie erlebt, von dem ich nur in Romanen gelesen hatte. Tristan und Isolde, Abelard und Heloise, die überwältigende Leidenschaft, für die die Menschen alles opfern.

»Zippora.« Noch nie hatte jemand meinen Namen so ausgesprochen. Ich trieb in seinen Armen durch die Unendlichkeit; wir hatten die Welt und ihre Konventionen weit hinter uns gelassen. Wir waren zusammen, wir gehörten zueinander, und nichts konnte die Leidenschaft zähmen, die uns erfaßt hatte.

Ich stammelte: »Nein . . . nein . . . ich muß gehen.«

Er lachte leise, während er mich entkleidete. Ich wehrte mich, aber nicht ernstlich. Verzweifelt versuchte ich mich daran zu erinnern, daß ich Zippora Ransome war, die Frau von Jean-Louis, mit dem ich in glücklicher Ehe lebte . . . meine Familie . . .

Es hatte keinen Sinn . . . ich war nicht bei ihnen, sondern in Enderby, bei meinem Geliebten.

Ja, er war mein Geliebter. Ich war mir vom ersten Augenblick an seiner ungeheuren Anziehungskraft bewußt gewesen. Es hatte keinen Sinn, Widerstand zu leisten. Ich ließ mich von seiner Leidenschaft mitreißen, und sie lehrte mich, daß ich eine zutiefst sinnliche Frau war.

Ich versuchte nicht mehr, ihn abzuwehren. Ich gehörte ihm, und er wußte es. Weil er die Frauen kannte, hatte er es vielleicht von Anfang an gewußt.

Nachher lagen wir nebeneinander auf dem Bett. Es war sehr still; aus der Ferne hörte man das Gelächter und das Geschrei des Jahrmarkts.

Meine Erinnerung an dieses Erlebnis würde für immer mit diesen Geräuschen verbunden bleiben.

Ich fuhr mir mit der Hand über das Gesicht – es war tränenfeucht. Wieso hatte ich geweint? Es waren Tränen des Glücks, aber auch der Scham.

Er zog mich an sich. »Ich liebe dich.«

»Ich liebe dich«, antwortete ich.

»Bist du glücklich, Zippora?«

»Ja und auch nein.«

»Es mußte geschehen.«

»Es hätte nicht dazu kommen dürfen.«

»Aber es ist doch geschehen.«

»O Gott«, betete ich laut. »Dreh die Zeit zurück, laß es wieder Nachmittag sein, laß mich in die entgegengesetzte Richtung gehen – fort von Enderby.«

Er liebkoste mich.

»Liebste, es mußte so kommen, ich habe es von Anfang an gewußt. Und es ist etwas, das uns niemand mehr nehmen kann. Ganz gleich, was sich daraus ergibt, es ist wert, daß man alle Folgen auf sich nimmt. Es gibt Menschen, die füreinander bestimmt sind, die zueinander gehören – es ist ihr Schicksal. Mach dir keine Vorwürfe, weil du plötzlich erwacht bist. Du hast viel zu lange geschlafen, geliebte Zippora.«

»Was habe ich getan? Mein Mann . . .«

»Komm mit mir. Du mußt ihm nie mehr gegenübertreten.«

»Mein Heim, meinen Mann, meine Familie verlassen . . .«

»Für mich.«

»Das könnte ich nicht, es wäre Verrat.«

»Wir gehören zusammen, Zippora. Wir könnten miteinander ein herrliches Leben führen.«

»Nein, ich muß fort. Wir dürfen einander nie wiedersehen. Ich muß den heutigen Nachmittag aus meinem Gedächtnis streichen; es hat ihn nie gegeben. Ich muß zu meinem Mann, meiner Familie zurück. Wir müssen vergessen . . .«

»Glaubst du, daß ich je vergessen kann? Kannst du es denn?«

»Es wird mich mein Leben lang verfolgen, ich werde nie wieder Frieden finden. Aber vielleicht wache ich sofort auf und merke, daß ich alles nur geträumt habe.«

»Du willst wirklich, daß das aufwühlendste Erlebnis, das dir je widerfahren ist, nur ein Traum bleibt?«

»Ich weiß nicht. Aber ich muß fort. Wenn jemand kommt

und mich hier findet . . .« Ich erhob mich halb, aber er zog mich aufs Bett zurück. Er lachte, und sein Lachen klang triumphierend.

Dann umarmte er mich wieder, und meine Entschlüsse lösten sich in nichts auf. Ich ertrank in einem Meer der Leidenschaft. Nichts anderes zählte.

Nachher blieb ich ermattet liegen und lauschte den Geräuschen des Jahrmarkts. Ich wußte, daß ich rettungslos verloren war.

Die Vorhänge um das Bett waren halb zugezogen, und das Sonnenlicht glitzerte auf ihnen.

Ich stand nicht auf. Ich blieb neben ihm liegen und hörte zu, wie er mir erklärte, daß wir beisammenbleiben würden. Wir konnten Ende der Woche nach Frankreich reisen. Er würde mich glücklicher machen, als ich mir je erträumt hatte. Er wußte, daß er mir eine neue Welt eröffnet hatte. Er hatte mir eine Seite meines Wesens gezeigt, von der ich bis jetzt nichts geahnt hatte. Ich war mit Jean-Louis glücklich gewesen und hatte ein zufriedenes Leben geführt. So konnte es nie wieder werden, denn Gerard hatte mich in das Reich der Erotik eingeführt, und ich würde mich immer nach diesem Liebeserlebnis sehnen.

Wie lange lagen wir dort? Ich wußte es nicht, ich hatte kein Zeitgefühl mehr. Über unserer Leidenschaft vergaß ich alles. Doch ich wußte, daß es spät wurde, und selbst er dachte daran. Die Diener würden jeden Augenblick zurückkommen.

Es blieb nichts anderes übrig, ich mußte gehen. Ich kleidete mich an; meine Stimmung schwankte zwischen Triumph und Herausforderung. Wenn ich den Nachmittag ungeschehen machen könnte – würde ich es jetzt tun? Nein, ich hatte etwas erlebt, das ich nie für möglich gehalten hätte. Ich wollte nicht darauf verzichten, noch nicht, ich wollte noch eine Weile in meinem magischen Netz eingesponnen bleiben.

Er umarmte mich wieder, küßte mich zärtlich, streichelte mein Haar, sagte mir, daß er mich liebe.

»Wir müssen möglichst bald wieder zusammenkommen und alles besprechen.«

»Ich fahre nach Hause zurück. Ich muß.«

»Das lasse ich nicht zu. Wann kann ich dich wiedersehen? Heute abend? Komm zu den Sträuchern!«

Schließlich willigte ich ein.

Wir gingen die Treppe hinunter. Das Haus wirkte jetzt anders, irgendwie befriedigt, als würde es uns auslachen. Meine Phantasie spielte mir wieder einmal einen Streich.

Er begleitete mich nach Eversleigh. Beim Abschied küßte er mich leidenschaftlich.

»Wir gehören zusammen«, erinnerte er mich. »Vergiß das nie.«

Ich riß mich von ihm los und lief ins Haus.

Auf dem Weg zu meinem Zimmer kam ich an Onkel Carls Tür vorbei und warf einen Blick zu ihm hinein. Er saß in seinem Stuhl und sah grotesk aus – mit der langen Nase, dem spitzen Kinn, der pergamentartigen Haut und den lebhaften dunklen Augen.

»Bist du auf dem Jahrmarkt gewesen, Carlotta?« fragte er mich.

»Carlotta ist tot, Onkel, ich bin Zippora.«

»Natürlich, natürlich, du siehst ihr so ähnlich ... Einen Augenblick lang lebte ich in der Vergangenheit.«

Ich war erschüttert. Man merkte es mir an. Er hatte unbewußt die Veränderung wahrgenommen und mich deshalb Carlotta genannt.

»Ist Jessie schon zu Hause?« fragte er.

»Sie ist wahrscheinlich noch auf dem Jahrmarkt.«

»Aber nicht mehr lang, darauf könnte ich schwören. Es ist Zeit fürs Abendessen.«

Ich ertrug den forschenden Blick seiner Augen nicht und ging auf mein Zimmer. Dort blickte ich in den Spiegel. Ja, ich sah anders aus, etwas an mir hatte sich verändert. Als leuchtete ich von innen her.

»Ich bin eine Ehebrecherin«, murmelte ich.

Mir fielen keine Entschuldigungen mehr ein – es gab ja auch

keine. Denn am nächsten Nachmittag lag ich wieder mit meinem Geliebten in dem Bett mit den Brokatvorhängen. Ich war schlau, denn ich sagte mir: Ich habe mich bereits an Jean-Louis, an meiner Ehre vergangen und gegen meine Grundsätze verstoßen, daran ist nichts mehr zu ändern. Was spielt es da für eine Rolle, ob ich wieder bei ihm bin, ob ich wieder diese leidenschaftliche Erregung empfinde? Ich bin bereits eine Ehebrecherin, und es ist gleichgültig, wie oft ich der Versuchung erliege.

Dieser Nachmittag war noch schöner als der vorhergehende. Vielleicht war es mir gelungen, mein Gewissen zu beschwichtigen. Ich hatte den Pfad der Untreue betreten – jetzt war es gleichgültig, wie weit ich ging.

Ich war in Gerard verliebt, und dieses Gefühl ließ sich nicht mit meiner Liebe zu Jean-Louis vergleichen. Jean-Louis war freundlich, rücksichtsvoll, zärtlich – kurz alles, was ich von einem Mann erwartet hatte, bevor ich Gerard kennenlernte. Vielleicht war Gerard weder so rücksichtsvoll noch so zärtlich wie Jean-Louis . . . ich wußte es nicht. Diese Tatsache erschreckte mich. Ich kannte diesen Mann überhaupt nicht, und dennoch konnte ich seiner körperlichen Anziehungskraft keinen Widerstand leisten.

Deshalb kehrte ich immer wieder zu dem weiß-goldenen Brokatbett zurück und machte die Erfahrung, daß ich mich selbst nie gekannt hatte. Ich war eine ausgesprochen sinnliche Frau; nachdem ich das anfängliche Entsetzen überwunden und mein Gewissen zum Schweigen gebracht hatte, gab ich mich meiner Leidenschaft hemmungslos hin.

Und während wir so auf dem Bett lagen, schienen die Geister dieses Hauses zu triumphieren, weil sie wußten, daß ich meinen Mann auf eine Art betrog, die ich nie für möglich gehalten hätte.

Ich dachte immerzu nur an eines: mit Gerard beisammen zu sein, mit ihm die Freuden der Liebe zu erleben. Ich war ein anderer Mensch geworden. Ich kannte mich selbst nicht mehr, aber wenn ich ehrlich war, mußte ich zugeben, daß ich diese Veränderung auf keinen Fall ungeschehen machen wollte.

Ich war vital und lebenslustig wie nie zuvor. Ich hatte mein ruhiges, gleichmäßiges Leben aufgegeben und Freuden kennengelernt, die mir bis jetzt fremd gewesen waren.

In den darauffolgenden Tagen kamen wir regelmäßig zusammen. Wir konnten uns natürlich nicht mehr im Haus aufhalten, aber es gab ein Häuschen, das zu Enderby gehörte und das zur Zeit unbewohnt war. Der Gärtner, der dort gelebt hatte, war plötzlich gestorben, und es wurde jetzt instandgesetzt, bevor sein Nachfolger einzog. Es standen Leitern herum, und überall lagen Hobelspäne. Aber die Einrichtung war vollständig vorhanden, und wir kamen jeden Abend nach dem Essen zusammen. Es wurde oft spät, ehe ich nach Eversleigh zurückkehrte.

Ich wußte, daß ich ein gefährliches Spiel trieb und daß ich mich verändert hatte. Manchmal merkte ich, daß sowohl Onkel Carl als auch Jessie mich scharf beobachteten. Beide hatten sicherlich mehr Erfahrung auf dem Gebiet der Erotik als ich und bemerkten die Auswirkung, die meine Erlebnisse auf mich hatten.

Onkel Carl nannte mich gelegentlich Carlotta, als wäre ich nicht mehr die Zippora, die er kennengelernt hatte; Jessie schien sich im geheimen über mich zu amüsieren.

Ich fragte mich, ob sie mit Onkel Carl oder mit Amos über mich sprach. Die Vorstellung war mir äußerst unangenehm, hinderte mich aber nicht daran, voller Vorfreude zu den Rendezvous mit meinem Geliebten zu eilen.

Ich wußte, daß es einmal ein Ende haben würde, daß ich nach Clavering zurückkehren mußte. Wir wußten es beide, und dieses Wissen steigerte unsere Leidenschaft.

Gelegentlich fuhren wir mit dem Wagen aus. Wir hielten in weit entfernten Wäldern, in die sicherlich niemand kam, der uns kannte, und liebten einander im Farnkraut unter den hohen Bäumen. Die Zeit, die uns blieb, war so kurz und ging so schnell vorbei; vielleicht waren wir deshalb so wild entschlossen, das Vergnügen bis zur Neige auszukosten. Wir ließen uns gehen; außer unserer wilden, leidenschaftlichen Liebe war nichts wichtig.

Er drängte mich ständig, bei ihm zu bleiben. Ich wußte, daß er zu den diplomatischen Kreisen am französischen Hof gehörte und daß er sich im Auftrag seines Königs in England aufhielt. Im Hinblick auf die Spannung zwischen unseren Ländern mußte er ein Spion sein; ich wußte, daß er Enderby zum Aufenthaltsort gewählt hatte, weil es abgelegen war, und daß er geheime Reisen an die Küste unternahm.

Anscheinend war ich nicht nur eine Ehebrecherin, sondern auch die Geliebte eines Staatsfeindes. Und dennoch, wenn ich einen Wunsch frei gehabt hätte, hätte ich mir gewünscht, mein bisheriges Leben auszulöschen und mit ihm von neuem zu beginnen.

Wir sprachen auch über Onkel Carls Testament. Er meinte: »Dein Onkel befindet sich in Lebensgefahr. Diese Frau besitzt ein Dokument, dank dessen sie überzeugt ist, die Erbin von Eversleigh zu sein. Es ist beinahe sicher, daß sie versuchen wird, ihr Erbe möglichst bald anzutreten.«

»Was soll ich deiner Meinung nach tun?«

»Sie muß erfahren, daß ein gültiges Testament beim Anwalt hinterlegt wurde.«

»Mein Onkel wird es ihr nie sagen.«

»Dann mußt du es tun. Im Augenblick besteht keine Gefahr für ihn, weil du hier bist. Wenn du aber abreisen solltest, ist sein Leben keinen Pfifferling wert. Sie muß es erfahren.«

»Sie würde ihn dazu bringen, ein neues Testament zu ihren Gunsten zu unterschreiben.«

»Dann mußt du ihr erklären, daß es ungültig wäre, denn nur ein von einem Anwalt aufgesetztes und von Zeugen unterschriebenes Testament ist rechtskräftig.«

»Das stimmt nicht ganz, nicht wahr?«

»Wahrscheinlich nicht. Ich kenne mich in den englischen Gesetzen zuwenig aus. Aber sie würde es glauben. Ich finde, daß man ihr deinen Onkel nicht auf Gedeih und Verderb ausliefern kann.«

Mehr sprachen wir über dieses Thema nicht, aber es ging mir nicht aus dem Sinn, und ich war besorgt. Ich hatte die Situation in Eversleigh vollkommen aus meinen Gedanken verdrängt und mich nur meinem Vergnügen hingegeben.

Eine Woche nach dem Jahrmarkt traf ein Bote aus Clavering mit einem Brief von meiner Mutter ein.

»Liebe Zippora,

ich freue mich, daß Du Deinem Onkel helfen konntest. Es muß für Euch beide schön gewesen sein, einander kennenzulernen, aber jetzt habe ich schlechte Nachrichten für Dich. Du solltest möglichst bald nach Hause kommen. Der arme Jean-Louis ist ohne Dich ganz verloren, und der Arzt macht sich seinetwegen Sorgen. Anscheinend hatte er sich nicht nur das Bein gebrochen, sondern sich auch am Rückgrat verletzt. Er kann nur mühsam gehen und muß stets einen Stock benützen. Du weißt, wie aktiv er immer gewesen ist; seine Behinderung bedrückt ihn daher sehr, und ich finde, daß Du bei ihm sein solltest.«

Ich ließ den Brief sinken. Eine Rückgratverletzung. Es war tragisch. Er war ein tatkräftiger Mann, der an ein Leben im Freien gewöhnt war. Er geht am Stock – wie schlimm war es wirklich? Meine Mutter war sicherlich bestrebt, mir die Neuigkeit schonend beizubringen.

Ich mußte sofort zu ihm zurückkehren und ihm mein Leben widmen. Ich mußte das schreckliche Unrecht sühnen, das ich ihm angetan hatte.

Ich las weiter:

»Du weißt, wie sehr er an Dir hängt, Du bist sein ein und alles. Er sehnt sich schrecklich nach Dir, und er braucht Dich gerade jetzt so sehr.«

Ich würde sofort heimreisen. Bedrückt dachte ich daran, daß ich tatsächlich mit dem Gedanken gespielt hatte, meiner Verantwortung zu entgehen und Gerard nach Frankreich zu folgen. Ich schämte mich zutiefst. Der Brief meiner Mutter hatte mir alles wieder ins Gedächtnis gerufen . . . die Freundlichkeit, die Geduld und die Liebe, die mir Jean-Louis, mein rechtmäßiger Ehemann, stets entgegengebracht hatte.

Ich war verderbt, verkommen, schlecht – eine Ehebrecherin.

Ich ging nach Enderby hinüber, wo Gerard mich bereits erwartete.

»Ich muß sofort Reisevorbereitungen treffen«, sagte ich ihm ohne Umschweife. »Jean-Louis hat bei seinem Unfall nicht nur ein gebrochenes Bein, sondern auch eine Rückgratverletzung davongetragen. Ich frage mich, ob er etwa gelähmt ist.«

Gerard sah mich ungläubig an.

»Ja, ich habe einen Brief von meiner Mutter erhalten«, fuhr ich fort. »Ich werde so bald wie möglich heimreisen.«

Er drückte mich an sich, und in mir stieg wieder das Verlangen auf. Ich konnte ihn nicht verlassen. Ich lehnte den Kopf an seine Brust und versuchte, mir eine Zukunft ohne ihn vorzustellen, die trostlosen Jahre, die vor mir lagen.

»Auch ich muß abreisen«, sagte Gerard.

»Damit ist es zu Ende.«

»Das müßte nicht sein. Es liegt ganz an dir.«

»Jean-Louis ist hilfsbedürftig.«

»Und was ist mit mir, mit uns?«

»Er ist mein Mann. Ich habe gelobt, in guten und schlechten Zeiten bei ihm auszuharren. Wäre ich doch nie hierhergekommen.«

»Bedaure es nicht . . . du hast geliebt und dadurch gelebt.«

»Ich werde es mein Leben lang bedauern.«

»Wann willst du reisen?«

»Noch diese Woche.«

Er neigte den Kopf, dann ergriff er meine Hand und küßte sie. »Zippora, falls du es dir jemals überlegen solltest . . .«

»Willst du damit sagen, daß du auf mich warten wirst?«

Er nickte. »Aber du bist ja noch nicht fort. Ich habe immer noch Zeit, dich zu überreden.«

Ich schüttelte den Kopf. »Ich bin schwach und verderbt gewesen, aber es gibt Dinge, die ich einfach nicht tun kann.«

Er glaubte mir offensichtlich nicht. Ich hatte mich ihm so bereitwillig hingegeben, daß er davon überzeugt war, ich würde mein bisheriges Leben für ihn aufgeben.

Doch er täuschte sich. Ganz gleich, was geschah, ich würde zu Jean-Louis zurückkehren.

Ich hatte beschlossen, Onkel Carl zu warnen. Jessie gegenüber erwähnte ich meine bevorstehende Abreise nicht, weil ich zuerst mit ihm sprechen wollte; also suchte ich ihn am Nachmittag auf, als wir vor ihrer Neugier sicher waren.

Er freute sich, mich zu sehen, und in seine Augen trat der mutwillige Ausdruck, den ich nicht deuten konnte. Manchmal fragte ich mich, wie weit sein Geist in die Vergangenheit zurückwanderte, denn er verwechselte mich immer öfter mit jener Carlotta, die anscheinend einen so starken Eindruck auf ihn gemacht hatte.

Erst jetzt, als ich im Begriff war abzureisen, wurde mir klar, was in diesem Haus geschehen konnte. Ein Hilferuf, hatte Sabrina gemeint. Irgendwie war es wirklich einer. Natürlich bat er nicht um Hilfe – obwohl er sich sicherlich der Gefahr bewußt war, die ihm drohte. Er verhielt sich wie ein Zuschauer im Theater, der amüsiert das seltsame Verhalten der Menschen beobachtet, obwohl er eigentlich einer der Hauptdarsteller des Dramas ist.

Vielleicht war er zu alt, um sich noch Gedanken zu machen, und solange Jessie für seine Bedürfnisse sorgte, verfolgte er interessiert, was sie als nächstes unternehmen würde.

Deshalb hatte ich mich entschlossen, offen mit ihm zu reden.

Zunächst erzählte ich ihm vom Brief meiner Mutter und knüpfte daran die Bemerkung, daß ich heimreisen müsse.

Er nickte. »Es tut mir leid, daß du uns so bald verläßt.«

»Ich werde wiederkommen . . . vielleicht mit Jean-Louis oder meiner Mutter oder mit Sabrina.«

»Das wäre schön. Ich hoffe, daß dir der Aufenthalt bei uns gefallen hat.«

»O ja, natürlich.«

Er lächelte. »Er hat dir jedenfalls gut getan, Carlotta.«

Ich sah ihn unverwandt an. »Ich bin Zippora.«

»Aber natürlich, ich war zerstreut. Meine Gedanken wandern

immer öfter in die Vergangenheit. Wahrscheinlich kommt es daher, daß du ihr ähnlich siehst. Ich bemerke es mit jedem Tag mehr.«

»Onkel Carl, ich muß dir etwas mitteilen, was du bestimmt nicht gern hören wirst. Aber glaube mir, daß ich dabei nur an dein Bestes denke.«

Er verzog amüsiert die Lippen.

»Mein liebes Kind, du bist so gut zu mir, so freundlich, so sehr auf mein Wohlergehen bedacht. Du hast dir wirklich große Mühe gegeben, meinen Wunsch zu erfüllen. Ich finde, daß dein französischer Gentleman reizend ist. Du bist doch auch dieser Meinung, nicht wahr?«

Ich spürte, wie mir das Blut in die Wangen stieg, und dachte: Woher kann er es wissen? Hat Jessie mit ihm über mich gesprochen?

»Es war sehr freundlich von ihm, mich in die Stadt zu bringen und sich als Zeuge für das Testament zur Verfügung zu stellen. Und genau darüber wollte ich mit dir sprechen, Onkel Carl.«

»Das Testament ist jetzt in Ordnung, ich habe meine Pflicht getan, Eversleigh wird der Familie erhalten bleiben.«

»Dennoch mußt du mich anhören. Du darfst nie wieder so ein Dokument unterschreiben wie jenes, das Jessie dir vorgelegt hat. Weißt du, wenn jemand annimmt, daß ihn ein großes Erbe erwartet, dann ist er zu sehr vielem bereit, um es in die Hände zu bekommen.«

Er lachte, ein hohes, schrilles Lachen. Wieder einmal fragte ich mich, wieviel er begriffen hatte und wieweit seine Vergeßlichkeit und seine Senilität nur gespielt waren.

»Du meinst Jessie?« fragte er.

»Es ist eine große Versuchung, vor allem für jemanden, der nie viel besessen hat und sich um seine Zukunft sorgt.«

»Jessie würde immer eine Stelle bekommen.«

»Zweifellos, aber eine solche Gelegenheit wie hier bietet sich ihr kein zweites Mal. Ich will ganz offen mit dir reden, Onkel Carl.«

»Ich bekomme immer Angst, wenn die Leute ganz offen mit mir reden wollen. Ich glaube kaum, daß man jemals ganz offen ist.«

»Ich möchte dich nicht verlassen, solange sich die Situation auf Eversleigh nicht grundlegend geändert hat.«

»Es ist ja alles in Ordnung. Rosen hat das Testament.«

»Aber Jessie weiß es nicht und glaubt, daß ihr einmal alles zufallen wird. Es war unüberlegt von dir, dieses Stück Papier zu unterschreiben.«

»Allerdings, aber ich war nie sehr klug.«

»Ich mache mir deinetwegen Sorgen. Ich könnte nicht abreisen, wenn ich befürchten müßte, daß du dich in . . .«

»Einer schwierigen Lage?«

»In Gefahr befindest. Jessie muß erfahren, daß du ein Testament gemacht hast und . . .«

»Und daß ihr mein Tod nicht viel nützen würde.« Er war doch überaus scharfsinnig.

»Ja«, bestätigte ich.

»Du bist ein braves Mädchen, und ich freue mich, daß das alles eines Tages dir gehören wird. Du wirst Eversleigh gut führen, und deine Kinder werden das Gut so leiten, daß unsere Vorfahren anerkennend dazu nicken werden.«

»Du scherzest, Onkel Carl.«

»Das ganze Leben ist ja ein Scherz oder eine Komödie. Ich habe das Theater immer geliebt und wäre selbst gern Schauspieler geworden. Ein Eversleigh auf der Bühne . . . das wäre etwas Unerhörtes gewesen. Aber damit wären die Vorfahren sicherlich nicht einverstanden gewesen. Also tat ich das Nächstbeste: ich saß in der Loge und sah zu. Das hat mir immer Spaß gemacht, Carlotta . . . ach nein, Zippora. Ich beobachte überhaupt gern, wie die Menschen sich verhalten, welche Rolle sie spielen.«

»Du willst damit sagen, daß du die Menschen manipulierst. Du schaffst eine bestimmte Situation und wartest ab, wie sie darauf reagieren.«

»Nein, soweit gehe ich nicht. Ich lasse zu, daß sich gewisse

Vorgänge abspielen, und sehe dabei zu. Gelegentlich greife ich allerdings ein, aber das liegt in der Natur der Sache.«

»Onkel Carl, Jessie muß erfahren, daß du ein Testament unterschrieben hast und daß es beim Anwalt liegt. Dann wird sie dich hegen und pflegen, weil sie die Vorzüge ihrer Stellung in diesem Haus nur genießen kann, solange du hier der Herr bist.«

»Du bist klug und außerdem gut zu mir.«

»Du erlaubst mir also, ihr reinen Wein einzuschenken?«

»Mein liebes Kind, ich sage den Menschen nie, was sie tun sollen. Das würde mir ja den ganzen Spaß verderben. Sie müssen sich so verhalten, wie es ihrem Wesen entspricht.«

Er war ein merkwürdiger Mensch, der so leben wollte, wie es ihm behagte. Er mußte früher überaus aktiv gewesen sein. Sicherlich hatte er nach dem Tod seiner Frau die Freuden des Daseins voll ausgekostet. Jetzt war er alt, konnte sein Zimmer nicht mehr verlassen und schuf sich selbst seine Schattenspiele.

Er wußte sehr viel über uns – daß Jessie nur auf ihren Vorteil bedacht war, daß Amos ihr Geliebter war, vielleicht auch, was zwischen Gerard und mir vorgefallen war. All das interessierte ihn sehr.

Er hinderte mich nicht daran, Jessie von dem Testament zu erzählen, weil dieses Verhalten meinem Wesen entsprach.

Nach dem geordneten Leben, das ich in Clavering geführt hatte, waren die Zustände in Eversleigh für mich unglaublich. Ich war in eine phantastische, melodramatische Welt geraten, in der die Sünde etwas ganz Natürliches war.

Die Menschen hier waren amoralisch, verfügten weder über das Pflicht- noch über das Ehrgefühl, die bis jetzt mein Leben bestimmt hatten. Aber ich hatte kein Recht, sie zu verdammen, denn ich war nun nicht besser als sie.

Am nächsten Morgen fragte ich Jessie, ob ich unter vier Augen mit ihr sprechen könne, und sie führte mich etwas überrascht in den Wintersalon.

»Ich habe einen Brief von meiner Mutter erhalten«, begann

ich. »Meinem Mann geht es nicht gut. Ich werde Ende der Woche abreisen.«

»Das tut mir leid. Sicherlich machen Sie sich große Sorgen um ihn. Haben Sie es Lordy schon gesagt?«

»Ja, aber ich muß noch etwas mit Ihnen besprechen.«

»Nur zu!«

»Ich möchte Gewißheit über Lord Eversleighs Gesundheitszustand haben.«

»Oh, er befindet sich bei bester Gesundheit.«

»Ich möchte die Meinung eines Arztes hören. Meine Familie erwartet sicherlich einen genauen Bericht, deshalb werde ich einen Arzt kommen lassen, der meinen Onkel von Kopf bis Fuß untersuchen soll.«

»Lordy wird nicht damit einverstanden sein.«

»Dennoch bestehe ich darauf.«

»Für sein Alter ist Lordy noch sehr gut beisammen.«

»Das möchte ich aus berufenem Mund hören.«

»Tun Sie, was Sie nicht lassen können.«

»Sie haben sich sicherlich gedacht, daß Lord Eversleigh mich aus einem bestimmten Grund kommen ließ.«

»Sie sind seine Verwandte – er wollte Sie kennenlernen.«

»Ja, aber er wollte noch etwas. Er hat ein Testament gemacht, das jetzt bei den Anwälten Rosen, Stead und Rosen in der Stadt deponiert ist.«

Ich beobachtete sie scharf. Sie blickte zu Boden, weil sie weder Zorn noch Unsicherheit erkennen lassen wollte.

»Sie führen hier ein sehr angenehmes Leben«, fuhr ich fort, »und es gibt keinen Grund, warum dieser Zustand nicht noch viele Jahre andauern sollte – solange Lord Eversleigh gesund und munter ist. Sie verstehen . . .«

Sie verstand. Unter der Schminke errötete sie heftig, denn ich hatte ihr gerade gesagt, daß ich ihr einen Mord zutraute.

Sehr rasch gewann sie ihre Selbstbeherrschung wieder. Sie war eine gute Schauspielerin, Onkel Carl wäre mit ihr zufrieden gewesen. »Oh, ich werde gut für ihn sorgen. Sie brauchen sich wirklich keine Gedanken zu machen. Er wird noch seinen hundertsten Geburtstag bei bester Gesundheit feiern.«

»Davon bin ich überzeugt; außerdem ist es ihm eine große Beruhigung, daß sein Testament ordnungsgemäß aufgesetzt und unterschrieben wurde. Ich habe dafür gesorgt, daß alles seine Richtigkeit hat. Sonst hätte es vielleicht Schwierigkeiten gegeben – Sie wissen ja, wie Anwälte sind. Aber dieses Testament haben sie selbst verfaßt, und deshalb wissen wir, daß es rechtsgültig ist.«

Sie haßte mich. Ihr Lächeln zeigte nur zu deutlich, wie sehr sie mich haßte. Ich war entschlossen, ein Gutachten des Arztes über den Gesundheitszustand meines Onkels einzuholen.

Ein Gutes hatte das Ganze: ich dachte wenigstens eine Zeitlang nicht an meine verzweifelte Lage.

Die Zeit verging, der Tag der Abreise rückte näher. Gerard wartete immer noch darauf, daß ein Wunder geschah.

Der Arzt kam und blieb etwa eine Stunde bei Onkel Carl. Dann erklärte er, daß Carls Organe zufriedenstellend funktionierten. Daß er nicht gehen konnte, war auf fortgeschrittenen Rheumatismus zurückzuführen. Bei guter Pflege konnte er noch viele Jahre leben.

Ich berichtete Jessie über diese Diagnose. Sie hatte sich vom ersten Schrecken erholt und war seither mir gegenüber besonders freundlich.

»Das ist wirklich eine gute Nachricht«, meinte sie denn auch. »Sie können sicher sein, Liebste, daß er alles bekommen wird, was er braucht.« Das glaubte ich ihr, denn wenn er starb, war es zu Ende mit ihrem angenehmen Leben. Wahrscheinlich würde sie eine ganze Herde Schäflein ins trockene bringen – aber das war Onkel Carls Angelegenheit.

Ob sie ihm Vorwürfe machte, weil er das Testament hinter ihrem Rücken aufgesetzt hatte, weiß ich nicht. Aber sie wußte, daß Onkel Carl kein Unfall zustoßen durfte, denn dann hatte sie mich auf dem Hals.

Ich hatte mich wirklich verändert, war nun kühner, sonst wäre ich nicht so leicht mit Jessie fertig geworden. Aber ich war auch toleranter, denn ich akzeptierte ihre Stellung in Eversleigh. Wie hätte ich sie auch verurteilen können . . .

Gerard war außer sich. Die Zeit verflog – in zwei Tagen würde ich auf dem Weg nach Clavering sein. Die Reitknechte, die mich begleiten sollten, waren in Eversleigh eingetroffen und die Reisevorbereitungen beinahe abgeschlossen.

Gerard und ich kamen noch immer zusammen; die Verzweiflung steigerte unsere Leidenschaft. Die drohende Trennung verlieh unseren Zusammenkünften eine Süße, die sie nie zuvor gehabt hatten.

Zwei Tage vor meiner Abreise ritt ich am Nachmittag zu dem Häuschen, das wir als Liebesnest benützten. Als ich eintraf, rief eine Stimme von drinnen: »Wer ist da?«

Es war nicht Gerards Stimme.

Eine junge Frau trat vor die Tür.

»Oh, Sie sind die Dame aus Eversleigh.«

Sie knickste respektvoll.

Ich überwand rasch meine Verblüffung; sie war offensichtlich die neue Pächterin.

»Ich sah, daß die Tür offenstand . . .«

»Es ist sehr freundlich von Ihnen, Mistreß, sich um uns zu kümmern. Ted und ich sind sehr froh, daß wir das Haus bekommen haben. Wir haben uns seit dem Tod von Barnaby darum bemüht. Und es ist wirklich schön instandgesetzt worden.«

»Ja, es sieht sehr hübsch aus.«

»Wir haben Glück gehabt. Ein Teil der Möbel ist noch gut zu gebrauchen. Wir haben bei meiner Mutter in sehr beengten Verhältnissen gewohnt; jetzt haben wir endlich genügend Platz. Wollen Sie sich den ersten Stock ansehen?«

Sie war so stolz auf ihr Haus, daß ich ihr den Wunsch nicht abschlagen konnte.

Also stieg ich hinter ihr die Treppe hinauf. Am Fenster hingen hübsche Chintzvorhänge.

Sie war meinem Blick gefolgt. »Ich habe sie heute morgen

angebracht. Erstaunlich, was für einen Unterschied Vorhänge und ein kleiner Teppich machen. Das Bett war schon hier.«

Ich betrachtete das Bett, auf dem ich so leidenschaftliche Stunden erlebt hatte.

Von unten kam ein Geräusch; das mußte Gerard sein. Ich lief zur Stiege, um ihn zu warnen, bevor er etwas Unüberlegtes sagte.

Ich rief hinunter: »Wer ist da? Ich sehe mir gerade das Haus an.«

Er starrte wortlos herauf.

Ich fuhr fort: »Ach, Sie sind es, Monsieur d'Aubigné. Ich unterhalte mich gerade mit der neuen Pächterin.«

Er verbeugte sich vor der hübschen jungen Frau, die darüber heftig errötete.

»Ich bitte um Entschuldigung, weil ich hier eingedrungen bin. Die Tür stand offen, und ich wollte nachsehen, was los ist, weil das Haus längere Zeit leergestanden hat.«

»Es wurde für uns hergerichtet, Sir.«

»Die beiden jungen Leute sind so glücklich, weil sie es bekommen haben. Es war sehr freundlich von Ihnen, mir das Haus zu zeigen.«

Sie knickste wieder.

Gerard verbeugte sich vor mir, sagte »Guten Tag«, und wir gingen in verschiedene Richtungen davon.

Kurz darauf befand sich Gerard an meiner Seite.

»Wir haben also unseren Rendezvousplatz verloren. Ich hatte mich so daran gewöhnt.«

»Wir waren sehr unvorsichtig; wie leicht hätte uns jemand entdecken können.«

»Wo sollen wir uns treffen? Wenn du mich wirklich am Freitag verläßt . . .«

»Ich muß es tun, Gerard.«

»Dann ist morgen unser letzter Tag. Wie soll ich ein Leben ohne dich ertragen?«

»Dasselbe frage ich mich.«

»Es gibt einen Ausweg.«

»Nein, Gerard, du mußt mich verstehen. Ich bin deine Geliebte gewesen, habe mein Ehegelübde gebrochen, Dinge getan, die ich nie für möglich gehalten hätte . . . aber das ist vorbei. Jean-Louis wird nie etwas davon erfahren. Ich werde zu ihm zurückkehren und versuchen, ihm eine gute Frau zu sein.«

Dann kam die letzte Nacht heran. Er wünschte sich so sehr, sie mit mir zu verbringen. Wenn das Häuschen noch unbewohnt gewesen wäre, hätte ich ihn dort getroffen und mich im ersten Morgengrauen nach Eversleigh zurückgeschlichen.

Obwohl ich wußte, daß Gerard verwegen und abenteuerlustig war, war ich keineswegs auf das gefaßt, was sich dann ereignete.

Ich wollte zeitig aufbrechen, so daß ich noch am gleichen Tag das Gasthaus erreichte, in dem ich auf der Herreise übernachtet hatte.

Ich ging also zeitig zu Bett. Von Onkel Carl hatte ich mich bereits verabschiedet, weil ich ihn nicht so früh wecken wollte; Jessie und Evalina wollten mit mir aufstehen.

Von Gerard hatte ich am Nachmittag Abschied genommen. Er hatte nicht mehr versucht, mich zu überreden; anscheinend hatte er die Zwecklosigkeit eingesehen.

Ich wollte gerade zu Bett gehen, als jemand an mein Fenster klopfte. Natürlich war es Gerard, der am Efeu heraufgeklettert war.

Ich öffnete das Fenster und lag im nächsten Augenblick in seinen Armen.

»Du hast doch nicht wirklich geglaubt, daß ich diese Nacht ohne dich verbringen würde?« fragte er.

Es war eine bittersüße Nacht. Das unerwartete Glück, mit ihm beisammen zu sein, die herzzerreißende Gewißheit, daß es das letzte Mal war – es war anders und neu.

Wir lagen nebeneinander und hörten, wie die Blätter der Bäume im sanften Nachtwind rauschten. Das Mondlicht fiel durchs Fenster. Ich wollte jeden dieser Augenblicke in meinem Gedächtnis bewahren, wie die Rosenblätter, die ich einst gepflückt und in meinem Gebetbuch gepreßt hatte.

»Du kannst mich nicht verlassen«, sagte er.

Ich schüttelte nur den Kopf.

Ich mußte im Morgengrauen aufstehen und die Reise antreten, die mich von meiner großen Liebe fortführte. Ich fragte mich, ob ich es schaffen würde, mit meiner Schuld zu leben, sie vor den anderen geheimzuhalten. Würde Jean-Louis merken, daß ich mich verändert hatte? Meiner Mutter und Sabrina würde meine Verwandlung bestimmt nicht auffallen, denn sie waren davon überzeugt, daß ich mich in guten Händen befand. Ihre ganze Aufmerksamkeit hatte immer nur Dickon gegolten.

»Verlaß mich nicht«, flüsterte Gerard. »Wenn du nach Clavering zurückkehrst, wirst du merken, wie einsam du ohne mich bist. Du wirst einsehen, daß wir zusammengehören.«

»Ich werde einsam sein und mich verzweifelt nach dir sehnen. Aber jetzt gehöre ich an die Seite meines Mannes.«

»Wir wissen nicht, was die Zukunft bringt. Ich habe dir hier die Adresse meines Schlosses in Frankreich aufgeschrieben. Dort kannst du mich jederzeit erreichen.«

Die Welt sah nicht mehr ganz so düster aus. Auch wenn ich morgen Eversleigh verließ, würde ich Gerard doch nicht für ewig verlieren.

»Ich werde immer auf ein Wiedersehen hoffen«, fuhr er fort. »Jeden Tag werde ich auf Nachricht von dir warten . . .«

In diesem Augenblick hörte ich eine Bewegung vor der Tür. Das Knarren einer Diele, das Gefühl, daß sich jemand in der Nähe befand. Ich setzte mich auf.

»Was ist los?« fragte Gerard.

Ich legte den Finger auf die Lippen und ging zur Tür. Zum Glück hatte ich sie versperrt. Ich bildete mir ein, rasche Atemzüge zu hören; jemand belauschte uns.

Dann knarrte wieder ein Brett, und ich wußte, daß jemand vorsichtig den Korridor entlangschlich.

Gerard sah mich fragend an.

Ich kehrte ins Bett zurück. »Jemand war da draußen; er muß uns sprechen gehört haben.«

»Wir haben nur geflüstert.«

»Dennoch weiß jemand in diesem Haus, daß ich nicht allein bin.«

»Die Haushälterin? Die wird den Mund halten.«

»Ich weiß es nicht.« Ich fühlte mich unbehaglich.

Der Morgen graute nur zu rasch; ich mußte mich fertigmachen. Gerard hielt mich fest und bat mich immer wieder, es mir zu überlegen.

Schließlich stieg er zum Fenster hinaus und kletterte am Efeu und an den Mauervorsprüngen hinunter.

Er blieb unten stehen und sah zu mir herauf, und ich konnte meinen Blick nicht von ihm losreißen. Ich wollte mir sein Bild für immer einprägen. Der Himmel wurde hell, ich ging hinunter. Die Reitknechte warteten schon.

Jessie und Evalina waren ebenfalls auf den Beinen. Sie beobachteten mich genau, und ich war überzeugt davon, daß eine von ihnen nachts vor meiner Tür gelauscht hatte. Eine von ihnen wußte, daß ich einen Liebhaber in meinem Zimmer gehabt hatte.

Die Heimreise verlief ohne besondere Zwischenfälle. Ich beachtete die Gegend, durch die wir ritten, überhaupt nicht, denn meine Gedanken waren bei Gerard.

Die Familie bereitete mir einen festlichen Empfang, und als Jean-Louis mir, auf einen Stock gestützt, entgegenhumpelte, bekam ich solche Gewissensbisse, daß ich in Tränen ausbrach. Er nahm gerührt an, daß es die Freude über das Wiedersehen war.

»Es war eine so endlos lange Zeit«, rief er. »Ich bin so glücklich, dich wiederzuhaben.«

»Und wie geht es dir, Jean-Louis? Was höre ich da von deinem Rückgrat?«

»Ach nichts, es ist nicht der Rede wert. Wenn ich zu schnell gehe, bekomme ich eine Art Hexenschuß, das ist alles.«

Ich spürte, daß er mich nur beruhigen wollte, und fühlte mich nur noch schuldbewußter.

Meine Mutter, Sabrina und Dickon erwarteten mich schon.

Die beiden Frauen umarmten mich liebevoll, während Dickon

um uns herumhüpfte. »Wie war es?« rief er. »Erzähl uns von Eversleigh. Wann wirst du es übernehmen?«

»Hoffentlich erst in vielen Jahren. Onkel Carl wird noch sehr lange leben.«

»Woher weißt du das?« fragte Dickon.

»Weil ich den Arzt kommen ließ und er Onkel Carl ein gutes Attest ausstellte.«

»Einen Arzt?« fragte Sabrina. »Ist er denn krank?«

»Nein, aber unter den gegebenen Umständen war es notwendig.« Meine Mutter lachte. »Du hast anscheinend eine sehr interessante Zeit verbracht.«

»Allerdings.«

»Du mußt uns alles erzählen.«

O nein, dachte ich, nicht alles.

Ich war wieder daheim. Es war, als kehrte ich aus einem Zauberreich in die banale Wirklichkeit zurück.

Sie erzählten mir, was während meiner Abwesenheit vorgefallen war; es wirkte so hausbacken und uninteressant.

»Mir sind die Wochen wie Jahre vorgekommen«, behauptete Jean-Louis.

Als ich dann in meinem Zimmer war, kam meine Mutter zu mir. Augenscheinlich wollte sie unter vier Augen mit mir sprechen.

»Jean-Louis?« fragte ich besorgt.

»Leider warst du nicht hier, als der Doktor erklärte, daß es eine Rückgratverletzung ist. Aber er weiß auch nichts Genaues. Und der arme Jean-Louis hält sich so tapfer; er tut, als wäre es nichts Schlimmes, aber er hat bestimmt Schmerzen. Gut, daß du wieder da bist; er hat sich so sehr nach dir gesehnt. Irgendwie hat er sich eingeredet, daß dir etwas zustoßen und er dich verlieren würde. Also, ich halte diese Berichte über Wegelagerer ja für reichlich übertrieben.«

»Du hast recht. Wir erfahren nie von den Tausenden Menschen, denen auf der Reise nichts zustößt; nur von den wenigen, die in Schwierigkeiten geraten.«

»Das habe ich ihm auch gesagt. Aber er hatte es sich in den Kopf gesetzt, daß etwas geschehen würde. Wahrscheinlich bedrückte ihn sein Leiden. Doch jetzt bist du zurück, Liebes, und damit ist alles wieder gut.«

Ich nahm also mein ruhiges Leben wieder auf. Ich stellte fest, daß Jean-Louis' Verletzung ärger war, als er zugeben wollte. Er litt offensichtlich oft Schmerzen, ohne es jedoch zu zeigen. Für ihn war im Augenblick das Wichtigste, daß ich wieder zu Hause war.

Meine Haltung ihm gegenüber hatte sich verändert; ich war zärtlicher und rücksichtsvoller als früher. Er bemerkte es und schrieb es seiner Behinderung zu.

Manchmal dachte ich nachts an Gerard, träumte von ihm. Der arme Jean-Louis, der es nie verstanden hatte, meine Leidenschaft zu wecken, war ein zärtlicher Liebhaber; aber im Geist erlebte ich immer wieder die leidenschaftlichen Stunden mit meinem Geliebten.

Und bald wußte ich: Ich war doch fruchtbar. Die Schuld – wenn man es so bezeichnen will – lag offensichtlich bei Jean-Louis. Ich war so sorglos gewesen, wir waren so oft zusammen gewesen, Gerard war ein so kraftvoller Mann, daß es an ein Wunder gegrenzt hätte, wäre ich nicht schwanger geworden.

Es war aber passiert, und ein paar Wochen nach meiner Heimkehr wußte ich mit Bestimmtheit, daß ich ein Kind erwartete, und es gab keinen Zweifel daran, wer der Vater war.

Da stand ich nun. Ich hatte nie gedacht, daß so etwas geschehen könne, weil ich mich für unfruchtbar gehalten hatte. Warum nimmt man eigentlich immer an, daß die Frau schuld ist, wenn ein Ehepaar kinderlos bleibt?

In meinem Fall traf es jedenfalls nicht zu.

Es gab nur eine Möglichkeit, wenn ich das Glück meiner Familie nicht gefährden wollte: Jean-Louis mußte glauben, daß es sein Kind war. Das würde sich ohne Schwierigkeiten bewerkstelligen lassen, vor allem, weil keiner meiner Angehörigen auf die Idee kommen würde, daß ich meinen Mann betrogen hatte.

Ich war drei Wochen abwesend gewesen. Es war ohne weiteres möglich, daß das Kind kurz vor meiner Abreise gezeugt worden war. Kein Mensch würde also beim Geburtsdatum Verdacht schöpfen.

Zuerst war ich ein wenig erschrocken, dann begann ich mich zu freuen. Ich hatte mich immer danach gesehnt, Mutter zu werden, und jetzt ging mein Wunsch endlich in Erfüllung. Das Kind würde den schrecklichen Kummer ein wenig lindern, den ich seit der Trennung von Gerard empfand. Und Jean-Louis würde sich so sehr darüber freuen, endlich Vater zu werden. Auch meine Mutter und Sabrina würden überglücklich sein, denn ihrer Meinung nach war der einzige Schönheitsfehler an meiner Ehe, daß ihr der Kindersegen fehlte.

Ich war die einzige, die wußte, daß es ein Kind der Liebe war. Es würde die Erinnerung an meine Sünde immer frisch erhalten.

Und wenn ich meiner Familie gestand, was ich getan hatte? Wenn ich ihnen sagte, wer der Vater meines Kindes war? Ich würde sie alle unglücklich machen. Nein, ich mußte die Täuschung aufrechterhalten.

Als ich Jean-Louis die Neuigkeit mitteilte, war er zutiefst gerührt.

»Du hast es dir ja immer gewünscht«, sagte ich, »das heißt, wir beide haben es uns gewünscht.«

»Du bist wunderbar«, antwortete er. »Du hast mich immer glücklich gemacht, und nun erfüllst du mir auch noch diesen Wunsch.«

Meine Mutter und Sabrina waren begeistert. Endlich ein Kind in der Familie!

Dickon zuckte die Schultern und tat, als interessiere es ihn nicht. »Babys sind schrecklich lästig«, erklärte er. »Sie schreien, und man muß ewig auf sie aufpassen.«

»Dickon, mein Liebling, du bist ja auch einmal ein Baby gewesen«, machte ihn Sabrina aufmerksam.

»Aber jetzt bin ich groß.«

»Das wird Zipporas Baby auch einmal sein.«

»Manchmal werden sie tot geboren«, meinte er hoffnungsvoll. »Früher hat man sie auf einem Hügel ausgesetzt, es waren die Römer oder die Stoiker oder so wer. Das war gut. Die Schwachen starben, und nur die Kräftigen blieben übrig.«

»Mein Baby wird jedenfalls auf keinem Hügel ausgesetzt werden«, erklärte ich. »Es wird im Kinderzimmer aufwachsen, wie es sich gehört.«

Dickon blickte mich finster an. Er hatte mir nie vergeben, daß ich ihn seinerzeit bei dem Scheunenbrand überführt hatte. Und dabei war der Brand schuld an Jean-Louis' Verletzung gewesen. Dennoch sprach nie jemand darüber, weil meine Mutter und Sabrina das Thema geflissentlich mieden.

Die Vorbereitungen für das Kind halfen mir, meinen Kummer zu vergessen. Ich hatte keine Zeit zum Grübeln, und das war gut.

Natürlich dachte ich oft an Gerard und an unser Zusammensein. Aber auch Onkel Carl fiel mir ein und wie er mich immer wieder Carlotta genannt hatte. War es wirklich nur Senilität gewesen?

Manchmal verlor ich mich in Phantastereien und redete mir ein, daß ich besessen war. Onkel Carl hatte von Carlotta gesagt: »Sie starb in der Blüte ihrer Jugend, sie hatte noch das ganze Leben vor sich.« Vielleicht war sie zurückgekehrt und hatte Besitz von meinem Körper ergriffen; und vielleicht war Gerard eine Reinkarnation ihres Geliebten von Enderby.

Eigentlich versuchte ich nur, mich mit diesen Überlegungen reinzuwaschen. Ich sagte: Ja, ich lernte ihn kennen, ich liebte ihn, ich gab mich ihm hin. Aber eigentlich war es nicht die vernünftige Zippora, die all das tat, sondern die tote, leidenschaftliche Carlotta.

Natürlich handelte es sich dabei um Hirngespinste, die nicht ernst zu nehmen waren. Ich hatte in Sinnlichkeit geschwelgt, Gerard hatte mich erweckt, mir gezeigt, wie ich wirklich war.

Sei vernünftig, ermahnte ich mich. Sieh den Tatsachen ins Auge. Du bist eine Ehebrecherin, die das Kind der Sünde unter dem Herzen trägt und es als das Kind ihres Mannes ausgibt.

Der Tag der Geburt kam. Es war ein kleines Mädchen, es war kräftig und gesund, und ich nannte es Charlotte.

Ich hatte zwar nicht den Namen Carlotta gewählt, aber einen sehr ähnlichen. Ein lebender Zeuge für die Zeit, da ich ein anderer Mensch gewesen war, da ich mich so verhielt, wie es meine tote Vorfahrin vielleicht getan hätte.

Da meine Mutter fand, Charlotte sei ein zu strenger Name, riefen wir das süße kleine Wesen Lottie.

IV

Enthüllung in der Scheune

Seit Lotties Geburt waren zwei Jahre vergangen. Ich betete sie an. Sie war das Kind, nach dem ich mich so lange gesehnt hatte. Sie hatte mir geholfen, die Trennung von Gerard zu ertragen.

Natürlich machte ich Augenblicke tiefster Depression durch, wenn mir meine Schuld wieder bewußt wurde, aber Jean-Louis' Freude an dem Kind half mir immer rasch darüber hinweg.

Ich hatte Onkel Carl nicht wieder besucht, obwohl ich oft davon sprach. Er schrieb mir Briefe, aus denen ich entnehmen konnte, daß alles in Ordnung war. »Jessie betreut mich liebevoll«, schrieb er, und ich konnte geradezu hören, wie er dabei kicherte.

Jean-Louis machte sich Sorgen wegen der politischen Entwicklung auf dem Kontinent, und ich beteiligte mich mehr als früher an den Gesprächen, weil Gerard ja im diplomatischen Dienst tätig war.

Immer wieder kam die Rede auf Madame de Pompadour, die die treibende Kraft hinter dem französischen Thron war. Jean-Louis hatte einen jungen Mann namens James Fenton als Verwalter eingestellt, und das war ein Hinweis darauf, daß er die Arbeitslast nicht mehr allein bewältigen konnte. James Fenton war ein guter Verwalter; außerdem hatte er in der Armee gedient und kannte sich in militärischen Belangen aus. Er behauptete immer, daß ein Krieg uns alle beträfe. In England neigte man zur Sorglosigkeit, weil die Kriege nicht auf unserem Grund und Boden ausgetragen wurden. Wir hatten die letzten kriegerischen Auseinandersetzungen und die damit verbundenen Zerstörungen während des Bürgerkriegs erlebt, und was auf dem Kontinent geschah, interessierte uns wenig.

Ich dachte oft über Gerards Rolle nach, denn sein Aufenthalt in England hing sicherlich mit der politischen Situation zusammen. Zweifellos hatte er sich darüber informiert, wie England auf die Ereignisse auf dem Kontinent reagierte, und vielleicht hatte er auch unsere Küstenbefestigungen ausspioniert und darüber berichtet.

Ich hörte James aufmerksam zu; er bemerkte mein Interesse und freute sich darüber. Jean-Louis, James und ich trugen oft hitzige Debatten über Recht und Unrecht und die möglichen Weiterungen des Konflikts aus.

»Die Pompadour regiert Frankreich«, behauptete James, »nicht so sehr durch ihren persönlichen Einfluß auf den König, sondern einfach, weil er zu faul zum Regieren ist. Er überläßt ihr gern die Staatsgeschäfte, und sie ist durchaus fähig, sie zu führen, aber vielleicht nicht immer zum Vorteil Frankreichs. Sie ist sehr klug, denn sie bewahrt sich ihre Macht über den König, indem sie alle seine Bedürfnisse befriedigt, bis zu den jungen Mädchen, die sie ihm ins Bett legt. Angeblich hat er eine Schwäche für sehr junge Mädchen. Der *Parc aux Cerfs* beweist es immerhin.«

Da ich noch nie vom Hirschpark gehört hatte, erklärte mir James, das sei eine Einrichtung, in der junge Mädchen aus allen Gesellschaftsschichten dazu erzogen würden, die sexuellen Wünsche des Königs zu erfüllen; die einzigen erforderlichen Voraussetzungen waren Schönheit und Sinnlichkeit.

Jean-Louis war es sichtlich unangenehm, daß solche Dinge in meiner Gegenwart zur Sprache kamen.

»Ich bedaure, daß ich diese Tatsachen erwähnen muß«, meinte James, »aber wenn Sie die Situation verstehen wollen, müssen Sie wissen, wieso die Pompadour so viel Macht hat.«

Es gab einen Pakt, der die *Alliance des Trois Cotillons* genannt wurde – das Bündnis der drei Unterröcke; dieser Ausdruck bezog sich auf den Vertrag zwischen Madame de Pompadour, Maria Theresia von Österreich und der Zarin Elisabeth von Rußland. Er war deshalb für uns wichtig, weil sofort nach seiner Unterzeichnung die Kriegserklärung erfolgte.

Gerards Heimat und die meine waren Feinde – sie waren es natürlich schon vorher gewesen, aber jetzt kämpften sie auf dem Schlachtfeld gegeneinander. Ich fragte mich, ob er vielleicht heimlich nach England zurückkehren würde. Eine Zeitlang hielt ich nach ihm Ausschau und wartete darauf, daß er plötzlich auftauchte. Natürlich geschah nichts dergleichen, und dann redete ich mir ein, daß das, was zwischen uns vorgefallen war, für ihn nicht so sehr viel bedeutete. War es nicht etwa so, daß er leidenschaftlich, dramatisch liebte ... und dann zur Nächsten weiterzog?

Diesen Gedanken schob ich immer sehr energisch von mir. Ich hatte mich schamlos aufgeführt, aber für mich war es wenigstens keine *petite passion,* keine flüchtige Laune, gewesen.

Ich hatte eine ausgezeichnete Nanny für Lottie engagiert. Sie war die Großnichte von Nanny Curlew, und wir alle waren davon überzeugt, daß sie die Familientradition hochhalten würde.

So war es auch; sie erwies sich als wahrer Schatz. Dickon hatte schon vor einiger Zeit verächtlich abgelehnt, sich weiterhin von einer Nanny betreuen zu lassen. Seither erhielt er gemeinsam mit Tom, dem Sohn des Vikars, im Pfarrhaus Unterricht und sollte demnächst auf eine Schule geschickt werden.

Lottie wurde von Tag zu Tag hübscher. Sie hatte dunkelblaue Augen und unglaublich lange, beinahe schwarze Wimpern. »Ihre Augen sind dunkler als deine«, stellte meine Mutter fest. »Sie sind violett, so wie die Augen meiner Mutter Carlotta.«

Solche Bemerkungen brachten mich regelmäßig aus der Fassung, und ich konnte nur hoffen, daß es meiner Mutter nicht auffiel.

Außerdem hatte Lottie dichtes, dunkles, beinahe schwarzes Haar.

»Sie sieht aus wie eine französische Puppe«, meinte Sabrina.

»Wieso französisch?« fragte ich.

»Nun, Jean-Louis war ja daran beteiligt, nicht wahr? Manchmal hat man den Eindruck, daß du die alleinige Urheberschaft beanspruchst.«

Ich mußte vorsichtig sein und mich nicht aus Unachtsamkeit verraten. Charlotte konnte ohne weiteres französisch aussehen – zum Glück gehörten ihr leiblicher und ihr offizieller Vater derselben Nation an.

Jean-Louis betete sie an, und sie liebte ihn innig. Es rührte mich jedesmal, wenn er sie auf den Schultern trug, denn er mußte dann auf seinen Stock verzichten, und das bereitete ihm Schmerzen. Sie begann schon zu sprechen, und dabei war ihr Lieblingswort Lottie; sie verwendete es am häufigsten. Sie schien anzunehmen, daß alles Lottie gehörte; sie war anspruchsvoll, an allem interessiert, was um sie vorging, und liebte Kinderreime. Wenn wir sie ihr aufsagten oder vorsangen, beobachtete sie unsere Mundbewegungen genau und versuchte, sie nachzuahmen. Sie war der Mittelpunkt unseres Lebens. Jean-Louis sagte einmal: »Ich kann noch immer nicht fassen, daß wir wirklich ein Kind haben. Manchmal träume ich, daß es nur Einbildung war, wache ganz verzweifelt auf ... und dann kommt sie herein.« Sie hatte sich nämlich angewöhnt, in aller Herrgottsfrühe in unserem Zimmer aufzutauchen.

Die Menschen redeten wohl über den Krieg, nahmen ihn aber nicht sehr ernst. Es hatte immer Kriege gegeben, und solange sie sich nicht in unserem Land abspielten, interessierten wir uns nicht sehr für sie. Wenn wir einen Sieg errangen, feierten wir ihn, wenn wir eine Schlacht verloren, gingen wir über die Niederlage hinweg. Wir erfuhren jedoch, daß Admiral Byng hingerichtet worden war. Er hatte Minorca an die Franzosen verloren und wurde des Verrats und der Feigheit beschuldigt. Das Volk war entsetzt und sprach eine Zeitlang von nichts anderem. Premierminister Pitt hatte versucht, beim König eine Begnadigung zu erreichen, aber vergebens, und so wurde der Admiral in Portsmouth auf dem Achterdeck seines Schiffes erschossen.

Jean-Louis war empört. »Das ist barbarisch und ungerecht.

Byng hat vielleicht infolge einer verfehlten Taktik versagt, aber deshalb darf er doch nicht hingerichtet werden.«

James Fenton behauptete, daß solche Hinrichtungen nicht der Gerechtigkeit, sondern anderen Zwecken dienten. Die Franzosen nahmen regen Anteil an diesem Ereignis; Voltaire behauptete, daß Byng nur gestorben war, »*pour encourager les autres*«. Andere wieder waren der Ansicht, daß Byng die Verantwortung gescheut hatte und erschossen worden war, damit seine Umgebung begriff, daß sich ein kriegführendes Land keine Zauderer leisten konnte.

Jedenfalls führte diese Affäre dazu, daß etlichen Leuten endlich klar wurde, was es bedeutete, im Krieg zu stehen.

»Welche Auswirkungen hat der Verlust von Minorca auf den Krieg?« fragte ich James.

»Die Franzosen werden stolz darauf sein, das ist alles.«

Bei solchen Gesprächen mußte ich immer an Gerard denken. Es war so merkwürdig, daß keiner von uns wußte, was der andere tat. Was er wohl sagen würde, wenn er erfuhr, daß er Vater war?

Als Lottie zwei Jahre alt war, konnte ich der Versuchung nicht mehr widerstehen, nach Eversleigh zurückzukehren.

Ich sprach mit meiner Mutter und Sabrina darüber. »Ich denke oft an Onkel Carl und seinen merkwürdigen Haushalt. Glaubt ihr nicht, daß ich ihn wieder einmal besuchen sollte?«

»Lottie ist noch etwas zu jung für eine Reise«, widersprach Sabrina.

»Ich würde sie hierlassen. Nanny kommt sehr gut mit ihr zurecht, und Jean-Louis ist nicht imstande, eine lange Reise durchzustehen, deshalb habe ich mir gedacht, ich könnte . . .«

»Du kannst auf keinen Fall allein reisen«, unterbrach mich meine Mutter.

»Ich habe es ja schon einmal getan.«

Während wir sprachen, kam Dickon herein. Er war beinahe dreizehn, sehr groß für sein Alter, überheblich und arrogant. Er war mir im Lauf der Jahre nicht sympathischer geworden.

»Ich werde dich begleiten«, erklärte er.

»Das ist nicht notwendig; die Reitknechte genügen.«

Aber Dickon hatte sich diese Reise in den Kopf gesetzt, und da meine Mutter und Sabrina immer Himmel und Hölle in Bewegung setzten, um ihm seine Wünsche zu erfüllen, kamen sie auf die Idee, daß Sabrina und er mich begleiten sollten.

Ich schrieb also an Onkel Carl und erhielt eine begeisterte Antwort. Er freute sich darauf, uns zu sehen; wir sollten so bald wie möglich kommen.

Es war Frühling – die beste Jahreszeit für eine Reise. Die Tage waren lang und das Wetter verläßlich.

Dickon und Sabrina genossen die Reise. Allerdings wollte Dickon, daß wir schneller ritten; die Reitknechte erklärten ihm, dies sei nicht möglich, da das Sattelpferd kein höheres Tempo durchhalten konnte. »Dann soll einer von euch mit ihm zurückbleiben«, meinte Dickon.

»Du weißt, daß wir beisammenbleiben sollen«, widersprach ich. »Man hat es dir oft genug erklärt!«

»Wegelagerer! Alle haben Angst vor Wegelagerern! Ich nicht.«

»Weil du noch nie mit welchen zusammengetroffen bist.«

»Ich würde sie in die Flucht schlagen.«

»Dickon!« ermahnte ihn Sabrina halb vorwurfsvoll, halb bewundernd; ich beachtete ihn einfach nicht.

Die Reise verlief ohne Zwischenfall, und diesmal trafen wir am frühen Nachmittag in Eversleigh ein.

Sabrina erinnerte sich gut an das Haus und schwankte zwischen Wiedersehensfreude und Wehmut. Wahrscheinlich fiel ihr vieles wieder ein, und manche dieser Erinnerungen waren nicht gerade angenehm. Sie hatte einen Teil ihrer Kindheit in Enderby verbracht, und bevor Onkel Carl Eversleigh übernommen hatte, war es ein sehr ordentlicher, gut geführter Besitz gewesen.

Jessie kam heraus, um uns zu begrüßen. Sie war etwas weniger auffallend gekleidet als bei meinem ersten Besuch – sie trug ein blaues Musselinkleid mit weißem Spitzenfichu und Spitzenmanschetten. Unter ihrem linken Auge prangte ein Schönheitspflästerchen – das war alles.

Evalina stand neben ihrer Mutter; sie war beinahe schon eine junge Frau. Wenn ich mich richtig erinnerte, war sie fünfzehn.

»Seine Lordschaft freut sich sehr über Ihren Besuch«, erklärte Jessie. »Er hat befohlen, daß ich Sie sofort nach Ihrer Ankunft zu ihm führe.«

Das klang ganz anders als vor drei Jahren. Anscheinend erteilte jetzt Seine Lordschaft die Befehle; damals war es zweifellos Jessie gewesen.

Evalina und Dickon begutachteten einander interessiert, aber Dickons Aufmerksamkeit galt vor allem dem Haus. Er war ungewöhnlich schweigsam, musterte seine Umgebung und war sichtlich beeindruckt.

»Ihre Zimmer sind bereit«, fuhr Jessie fort. »Außerdem würde ich gern wissen, ob Sie jetzt einen kleinen Imbiß zu sich nehmen oder bis zum Abendessen warten wollen.«

Sabrina zögerte, weil sie annahm, daß Dickon hungrig sein würde. Aber er war so mit seiner Umgebung beschäftigt, daß er ausnahmsweise nicht ans Essen dachte.

Also beschlossen wir zu warten.

»Wenn Sie mich dann zu seiner Lordschaft begleiten würden«, meinte Jessie.

Während unser Gepäck ins Haus getragen wurde, gingen wir zu Onkel Carl. Er saß in einem Stuhl am Fenster und sah genauso aus, wie ich ihn in Erinnerung hatte: pergamentartige, runzlige Haut und lebhafte, dunkle Augen.

Er drehte sich mit einem freudigen Ausruf zu uns um.

»Ihr seid da ... kommt doch herein, ich freue mich so. Du bist Sabrina, Damaris' Tochter, und da ist auch meine liebe Zippora.«

Er ergriff meine Hand und hielt sie fest. »Und das ...«

»Ist Richard, mein Sohn; wir nennen ihn Dickon«, antwortete Sabrina.

»Sehr gut, sehr gut. Hast du unseren Gästen einen Imbiß angeboten, Jessie?«

»Du hast doch selbst gesagt, daß ich sie sofort nach ihrem

Eintreffen zu dir bringen soll. Außerdem wollen sie auf das Abendessen warten.«

»Sehr gut, sehr gut. Bring Stühle, Jessie.«

Sie gehorchte lächelnd; die Steine in ihren Ohrringen blitzten.

»Kann ich noch etwas für Sie tun, bevor ich Sie allein lasse? Wenn Sie auf Ihre Zimmer gehen wollen, müssen Sie nur klingeln, dann lasse ich sofort heißes Wasser hinaufbringen. Sie werden sich sicherlich nach der langen Reise waschen und umziehen wollen.« Sie drohte Onkel Carl schalkhaft mit dem Zeigefinger: »Vergiß nicht, daß sie müde sind.«

»Nein, ich werde daran denken. Es war wirklich freundlich von euch, mich zu besuchen. Wollt ihr gleich auf eure Zimmer gehen?«

»In einer Weile«, sagte ich. »Es ist wunderbar, wie gut du betreut wirst.«

Seine leuchtenden Augen sahen mich an. »Jessie bemüht sich sehr um mich – danke.« Bildete ich es mir nur ein, oder hatte er mir zugezwinkert?

Das Gespräch drehte sich hauptsächlich um die Vergangenheit. Sabrina kannte sich besser aus als ich, weil sie älter war und hier gelebt hatte. Dickon stand auf und ging im Zimmer herum. Er betrachtete die Täfelung und den schönen alten Kamin genau.

Onkel Carl erkundigte sich nach Jean-Louis und bedankte sich für meine Briefe. Es war ein sehr konventionelles Gespräch; überhaupt schien alles ganz anders als bei meinem ersten Besuch. Nach einiger Zeit klingelte Dickon, und Jessie holte uns höchstpersönlich ab, um uns in unsere Zimmer zu führen. Sie benahm sich, wie es sich gehörte, und tat nur gelegentlich so, als wäre sie die Hausherrin.

Ich bekam das gleiche Zimmer wie vor drei Jahren und wurde von bittersüßen Erinnerungen übermannt. Ich trat an das Fenster, durch das Gerard hereingekommen war; hinter mir stand das Bett, auf dem wir unsere letzte Nacht verbracht hatten.

Es wäre besser gewesen, wenn ich die Reise nicht unternommen hätte.

Dann kam Sabrina herein, setzte sich aufs Bett und lächelte mich an.

»Ich hatte keinen so normalen Haushalt erwartet.«

»Ich auch nicht. Was hältst du von Jessie?«

»Zu auffallend, zu stark geschminkt.«

»Im Vergleich zu damals ist sie sehr zurückhaltend. Glaubst du, daß sie vornehm wirken will?«

»Vielleicht. Schließlich wird sie hier wirklich gebraucht. Sie leitet den Haushalt . . . und soweit ich es beurteilen kann, macht sie das nicht schlecht.«

»Ja, sie hat sich verändert.«

»Ach, wahrscheinlich wollte sie damals nur deutlich machen, wie sehr Onkel Carl auf sie angewiesen ist. Jetzt wissen es alle, und sie muß sich nicht mehr in Szene setzen. Wahrscheinlich war sie einmal Schauspielerin. Jetzt hat sie sich eben hier eingenistet.«

»Aber weißt du, daß sie Onkel Carl dazu gebracht hat, ein Dokument zu unterschreiben . . .«

»Ach, das ist lange her, und sie scheint sich mit ihrem Los abgefunden zu haben. Wir werden sie jedenfalls genau beobachten. Dickon ist übrigens von dem Haus fasziniert. Er will es morgen besichtigen.«

»Ich habe bemerkt, daß es ihn interessiert.«

»Er kann sich für alte Häuser wirklich begeistern. Er ist überhaupt gelegentlich sehr vernünftig. Ich weiß, daß du ihm die Geschichte mit dem Brand nicht verziehen hast . . . aber er darf auf gar keinen Fall das Gefühl haben, daß er an Jean-Louis' Unfall schuld ist, Zippora. Ich weiß, wie sehr Schuldgefühle ein feinfühliges Kind belasten können. Mir ist es selbst so gegangen.«

»Ich glaube nicht, daß irgend etwas Dickon belasten kann. Er denkt überhaupt nicht mehr daran.«

»Du siehst Dickon nicht richtig. Du findest, daß deine Mutter und ich ihn verwöhnen.«

»Ich kann deine Haltung verstehen; er ist ja dein Sohn.«

»Ich bin so stolz auf ihn; er wird seinem Vater immer ähnlicher.«

Die arme Sabrina; ihr Leben war wirklich tragisch verlaufen. Ich trat zu ihr und küßte sie.

»Ich fühle mich in meine Kindheit zurückversetzt«, fuhr Sabrina fort, »ich kenne das Haus in- und auswendig.«

»Dennoch würde ich vorschlagen, daß wir nicht länger als zwei Wochen hierbleiben.«

»Wir sind doch gerade erst angekommen, Zippora, und du willst schon wieder nach Hause zurückkehren? Gib zu, daß du dich nach Lottie sehnst.«

»Das stimmt, ich möchte bei ihr sein.«

»Du wirst sehen, du wirst dich daran gewöhnen und dich hier noch sehr wohl fühlen.«

Ich nickte, obwohl ich die Reise bereute.

Ich verbrachte eine unruhige Nacht. Einmal fuhr ich aus dem Schlaf hoch, weil ich mir einbildete, jemand hätte ans Fenster geklopft. Ich stand auf; unsinnigerweise hoffte ich, daß es Gerard wäre. Natürlich hatte ich das Klopfen nur geträumt.

Am nächsten Tag war ich eine Zeitlang mit Onkel Carl allein. Er lächelte mir bedeutungsvoll zu, als teilten wir ein Geheimnis.

»Es ist schön, daß du gelegentlich herkommst, Zippora, aber du müßtest es dir zur Gewohnheit machen. Du mußt dich mit Eversleigh befassen, denn einmal wirst du hier die Herrin sein. Du erinnerst dich doch an das Testament?«

»Natürlich.«

»Übrigens führe ich seit deiner Abreise ein sehr angenehmes Leben. Du hast damals mit Jessie gesprochen, nicht wahr?«

»Ich habe sie nur darauf aufmerksam gemacht, daß ihr Wohlergehen von dem deinen abhängt.«

Er lachte.

»Also das war's! Deshalb verwöhnt sie mich so und bemüht sich, mir alle Aufregungen fernzuhalten. Sie muß dafür sorgen, daß ich am Leben bleibe, nicht wahr?«

»Sie muß sich um dich kümmern. Du hast doch nicht wieder einmal irgendein Dokument unterschrieben?«

Er schüttelte den Kopf. »Nichts. Sie hat mich auch nicht darum gebeten. Du scheinst ihr drastisch auseinandergesetzt zu haben, wie die Dinge liegen. Du bist ein kluges Mädchen, Zippora, und wirst bestimmt Eversleigh eine gute Herrin sein.«

»Hast du noch immer den gleichen Verwalter?«

»Ja, ich wüßte nicht, was ich ohne Amos Carew anfangen sollte.«

»Dann ist ja alles in schönster Ordnung.«

Ich wunderte mich darüber, daß es ihm nichts ausmachte, eine Haushälterin zu haben, die ihn loswerden wollte – oder, um es deutlich auszudrücken, die bereit war, ihn zu ermorden. Wie konnte er diese Frau nur ertragen? Die einzige Erklärung war ihre sexuelle Anziehungskraft, die sie zweifellos besaß und die sie bedenkenlos einsetzte.

Dennoch war ich nicht mehr besorgt. Onkel Carl würde bis zu seinem letzten Augenblick gut behandelt werden.

Dickon besichtigte tatsächlich das Haus vom Keller bis zum Dach. Auf Jessies Vorschlag hin führte Evalina ihn herum. Er war begeistert und bat um die Erlaubnis, Amos Carew begleiten zu dürfen, wenn dieser die Runde auf dem Gut machte. Von diesem Ausflug kam er mit leuchtenden Augen zurück.

»Es ist dreimal soviel wert wie Clavering.«

Er steckte sehr oft bei Amos Carew, und die beiden schlossen sogar Freundschaft. Amos erzählte Sabrina, daß Dickon ein sehr aufmerksamer Beobachter sei und Amos sogar ein paarmal bei der Arbeit geholfen habe. Es schien ihm Spaß zu machen, und er besaß eine natürliche Begabung dafür. »Er begreift sofort, wie ein Problem angepackt werden muß«, behauptete Amos.

Sabrina war sehr stolz auf ihren Sohn. Es war das erste Mal, daß Dickon sich für eine Arbeit interessierte. Der Vikar hatte sich darüber beklagt, er sei ein sehr unaufmerksamer Schüler.

Sabrina und ich ritten oft gemeinsam aus, obwohl diese Ausflüge bei uns melancholische Erinnerungen auslösten. Sabrina mied den See in der Nähe von Enderby. Sie hatte als Kind dort beim Eislaufen einen Unfall erlitten und war von ihrer Mutter gerettet worden; aber angeblich hatte dieses Ereignis zum Tod ihrer Mutter geführt. Und dennoch lenkte sie ihr Pferd beinahe jedesmal nach Enderby, als zöge das Haus, in dem sie glücklos gelebt hatte, sie magisch an. Ich verstand sie sehr gut, denn mir ging es ebenso. Als wir einmal zu Fuß unterwegs waren, standen wir unvermittelt vor dem zerbrochenen Zaun.

»Es ist ein düsteres Haus«, sagte Sabrina. »Ich weiß nicht, warum wir so oft hierherkommen.«

»Weil es etwas Faszinierendes an sich hat.«

»Faszinierend und zugleich abstoßend.«

»Ich bin müde. Setzen wir uns.«

Wir setzten uns und lehnten uns an die Reste des Zauns.

»Warum sie eigentlich diesen Fleck nicht in Ordnung bringen?« fragte Sabrina. »Hier befand sich einmal der Rosengarten. Wenn ich hier sitze und es so still ist, habe ich das Gefühl, zurück in meine Kindheit versetzt zu sein.«

Ich nickte, denn ich erlebte den Abend wieder, an dem ich Gerard kennengelernt hatte.

»Dir wird Eversleigh ja eines Tages gehören, Zippora.«

»Falls Onkel Carl es sich nicht anders überlegt.«

»Warum sollte er?«

»Jessie könnte ihn herumkriegen.«

»Da müßte sie sich zuerst mit seinen Anwälten auseinandersetzen, und das würde ihr bestimmt nicht leichtfallen. Übrigens haben deine Mutter und ich eingehend über Dickon gesprochen.«

Als ich lächelte, fügte sie hinzu: »Ich weiß, wir reden meist über ihn.«

»Ihr hängt eben sehr an dem Jungen.«

»Nun ja, wir machen uns Sorgen, was aus ihm werden soll, wenn er einmal erwachsen ist; denn wenn du Eversleigh übernimmst, wird dich Jean-Louis hierher begleiten. Er kann nicht gleichzeitig Clavering verwalten, obwohl du auch dieses Gut erben wirst. Du bist eine reiche Frau, Zippora, dir fallen gleich zwei Landsitze in den Schoß.«

»Clavering gehört meiner Mutter, und sie ist noch nicht alt.«

»Ja, ich weiß, aber wir haben doch darüber gesprochen. All das muß geregelt werden, und es hat keinen Sinn, so zu tun, als wäre man unsterblich und könnte die Entscheidung weit hinausschieben. Deine Mutter hat gemeint, sie könnte Clavering Dickon hinterlassen – falls du damit einverstanden bist und Eversleigh wirklich bekommst.«

»Ach, so ist das.«

»Ja weißt du, er erbt ja nur das, was ich von meinem Vater bekommen habe, und der war keineswegs reich. Aber es käme ohnehin nur in Frage, wenn du Eversleigh übernimmst. Du kannst ja nicht an zwei Orten gleichzeitig sein.«

»Allerdings . . . Und was ist mit Jean-Louis?«

»Der würde bestimmt mit dir hierher ziehen.«

»Er hängt sehr an Clavering.«

»Ich weiß.«

»Er liebt das Gut. Er ist auf ihm aufgewachsen, genau wie ich, mit Ausnahme der Zeit, die ich in London verbrachte . . .«

Sabrina wandte sich ab. Sie ertrug es nicht, wenn der Tod meines Vaters erwähnt wurde.

Ich sprach schnell weiter. »Jean-Louis wird natürlich begreifen, daß wir nach Eversleigh übersiedeln müssen, wenn es einmal uns gehört. Ich werde mit ihm darüber reden.«

»Danke, Zippora. Wenn Dickon wirklich zum Gutsbesitzer geboren ist, wäre Clavering genau das Richtige für ihn.«

»Ja, es wäre die einzig denkbare Lösung, wenn und falls . . . Aber rechne nicht fest damit, Sabrina. Ich weiß, was für einen Eindruck du jetzt von Eversleigh hast: mein Onkel ist ein alter Mann, den eine fürsorgliche Haushälterin in einem gut geführten Haushalt betreut. Wenn sie sich ein paar Freiheiten herausnimmt, tun wir gut daran, sie zu übersehen, weil sie wirklich tüchtig und Onkel Carl mit ihr zufrieden ist. Nur – vor drei Jahren hat es ganz anders ausgesehen.«

»Aber jetzt ist alles in Ordnung. Jessie hat begriffen, was für sie gut ist, und sie wird Onkel Carl so lange am Leben erhalten wie möglich.«

Als wir aufstanden, kam eine Frau vorüber. Sie war Mitte dreißig, hatte ein frisches Gesicht und lächelte uns an.

»Guten Tag«, sagte sie zögernd.

Wir erwiderten den Gruß, und sie fuhr fort: »Ich habe Sie in den letzten Tagen öfter gesehen. Sie wohnen doch in Eversleigh, nicht wahr?«

Wir sagten ihr, wer wir waren, und sie erklärte: »Ich wohne in Enderby.«

Mein Herz begann wild zu pochen. Gerards Freunde – die Besitzer von Enderby, die ihm das Haus damals überlassen hatten. Vielleicht konnte ich etwas über ihn erfahren.

Sabrina sagte gerade: »Meine Eltern lebten in Enderby.«

»Oh, dann kennen Sie ja das Haus.«

»Wir konnten der Versuchung nicht widerstehen, einen Blick darauf zu werfen.«

»Kommen Sie doch mit mir und sehen Sie sich an, was wir daraus gemacht haben.«

Sabrina war genauso aufgeregt wie ich. »Das ist wirklich sehr freundlich von Ihnen.«

»Wir haben übrigens vor, ein paar Bäume fällen zu lassen, damit das Haus heller wird.«

»Meine Mutter tat das gleiche, als sie hier einzog.«

Die Frau führte uns liebenswürdig ins Haus.

Die Erinnerungen überwältigten mich. Ich hörte wieder die Geräusche des Jahrmarkts, sehnte mich schmerzhaft nach einem Zusammensein mit Gerard – ich wollte die Zeit zurückdrehen, die Treppe hinaufsteigen und das Schlafzimmer mit den weißgoldenen Brokatvorhängen betreten.

Sabrina blickte zur Galerie auf.

Unsere Gastgeberin lachte. »Ach, dort oben spukt es angeblich. Man machte uns darauf aufmerksam, als wir das Haus kauften. Aber ich habe keine Angst vor Gespenstern; wenn uns eines besuchte, würde ich ihm gern ein Glas Wein anbieten.«

»Und nachdem Sie jetzt in dem Haus leben, sind Sie noch immer der gleichen Meinung?«

»Ich habe noch kein Gespenst bemerkt. Vielleicht bin ich nicht ihr Typ.«

»Es hängt wahrscheinlich sehr viel davon ab, wie man sich zu ihnen stellt«, meinte ich. »Als ich das letzte Mal hier war, lernte ich jemanden kennen, der hier wohnte . . .«

In diesem Augenblick erschien ein Mann oben auf der Treppe.

»Wir haben Besuch, Derek«, verkündete seine Frau. »Die Damen kennen Enderby von früher, ist das nicht interessant? Komm herunter und begrüße sie. Das ist mein Mann, Derek Forster, und ich heiße Isabel.«

Er war genauso freundlich wie seine Frau.

»Ich lasse Ihnen nur schnell ein Glas Wein bringen«, sagte sie. »Bitte, führe die Damen inzwischen in den Wintersalon, Derek.«

Im Salon stellte uns Sabrina vor: »Ich bin Sabrina Frenshaw, und das ist Zippora Ransome, die Tochter meiner Cousine.«

»Ich freue mich, Sie kennenzulernen«, antwortete er.

Seine Frau gesellte sich zu uns. »Die Erfrischungen kommen sofort. Bitte, nehmen Sie doch Platz, Mistress –?« Sie sah Sabrina fragend an, und diese ergänzte »Frenshaw«.

»Mistress Frenshaw hat ihre Kindheit in diesem Haus verbracht.«

»Dann sind Sie –«

»Ich hieß damals Sabrina Granthorn. Die Tochter von Jeremy Granthorn, dem das Haus einmal gehörte.«

»O ja, wir haben davon gehört. Das ist wirklich interessant.«

»Auch Zipporas Mutter lebte eine Zeitlang hier, weil sie von meiner Mutter aufgezogen wurde.«

Ich brannte darauf, von Gerard zu sprechen, deshalb sagte ich: »Als ich meinen Onkel das letzte Mal besuchte, lernte ich einen Ihrer Freunde kennen, der hier wohnte.«

Sie sahen einander verständnislos an.

»Gerard d'Aubigné.«

Keine Reaktion.

»Sie hatten ihm doch das Haus überlassen, während Sie auf Reisen waren.«

»Wir waren nie auf Reisen und haben nie jemandem das Haus überlassen.« Dann lächelte Mr. Forster plötzlich. »Wir wohnen erst seit eineinhalb Jahren hier. Wann lernten Sie denn den Herrn kennen?«

Ich war erleichtert, denn ich hatte schon befürchtet, daß Gerard damals wirklich aus dem Grab auferstanden war.

»Vor drei Jahren.«

»Das ist zweifellos die Erklärung. Gerard d'Aubigné, sagten Sie? Der Name klingt französisch.«

»Er war Franzose.«

»Ich habe die Vorbesitzer nie kennengelernt. Sie hatten es sehr eilig, von hier wegzukommen, und ließen das Haus durch einen Makler verkaufen. Ihre ganze Art wirkte sehr geheimnisvoll, und es hieß, daß sie für die Franzosen gearbeitet hatten. Die Anwesenheit Ihres Franzosen scheint diese Version zu bestätigen.«

»Ich habe die Besitzer nie kennengelernt; soviel ich weiß, überließen sie ihm das Haus für einige Zeit.«

»Wahrscheinlich waren es Spione. Nun, das kann man von uns bestimmt nicht sagen, nicht wahr, Derek?«

»Nein, wir sind eher alltägliche Leute.«

»Und Sie mögen das Haus?« fragte ich.

»Es ist eigenartig«, erklärte Derek.

»Ich finde, es ist anders als alle Häuser, die ich bisher kennengelernt habe«, ergänzte Isabel.

»Wir bekamen es sehr günstig«, fuhr Derek fort. »Es wäre unvernünftig gewesen, nicht zuzugreifen. Mein Bruder bestand außerdem darauf, daß wir es kaufen, weil er eine Praxis in der Stadt eröffnen will. Er ist nämlich Arzt.«

»Das Haus macht jetzt einen anderen Eindruck«, stellte Sabrina fest. »Wahrscheinlich hängt die Atmosphäre von den Menschen ab, die hier wohnen.«

»Das ist wohl unvermeidlich.«

Der Wein und das Kleingebäck waren ausgezeichnet, und wir bedauerten beide, daß wir schon gehen mußten.

»Wie lange bleiben Sie?« fragte Isabel.

»Nicht lange. Vielleicht vierzehn Tage.«

»Lord Eversleigh ist sehr alt«, sagte Sabrina, »und freut sich, seine Verwandten bei sich zu haben.«

Ich fragte mich, ob in der Stadt über die Verhältnisse in Eversleigh geklatscht wurde; wenn ja, dann hatte Isabel sicherlich davon gehört.

»Er hat eine Haushälterin, die das Regiment führt«, erwähnte Isabel auch prompt. Ich hatte also richtig vermutet.

Wir verabschiedeten uns, und die Forsters forderten uns auf, doch wiederzukommen, sobald unsere Zeit es erlaubte. Sie würden sich immer über unseren Besuch freuen.

Auf dem Heimweg nach Eversleigh waren wir uns darüber einig, daß wir einen sehr angenehmen Vormittag verbracht hatten.

Ich beschloß, Jethro zu besuchen, und zwar dann, wenn er voraussichtlich allein war. Sofern Onkel Carl jemandem vertraute, zweifellos ihm.

Beim Mittagessen war Jessie wieder gesprächiger. Anscheinend hatte sie zuerst vorsichtig sondiert, was Sabrina für ein Mensch war, und hatte jetzt Respekt vor ihr. Sie aß nicht mit uns wie bei meinem ersten Besuch, sondern sorgte immer geschäftig dafür, daß wir wohl versorgt waren. »Man kann sich heutzutage wirklich auf niemanden verlassen«, war ihre ständige Redensart.

Als wir uns erhoben, meinte Sabrina, daß sie zu den Forsters hinüberschauen wolle. Sie empfand sichtlich das Bedürfnis, über die Vergangenheit zu sprechen. Ich hatte nicht die Absicht, sie zu begleiten, denn ich konnte von ihnen doch nichts über Gerard erfahren.

Als ich an Jessie vorbeiging, sah sie mich vielsagend an. »Sie sehnen sich sicherlich nach ihrer kleinen Tochter, Mistress Ransome.«

Ich nickte.

»Sie muß schon über zwei Jahre alt sein, denn sie kam ja ungefähr neun Monate nach Ihrem Besuch bei uns zur Welt.« Und sie versetzte mir einen leichten Rippenstoß.

Ich spürte, wie mir das Blut ins Gesicht stieg, und sah zu

Sabrina hinüber; zum Glück hatte sie nichts bemerkt. Also wandte ich mich wieder Jessie zu: »Ich werde ja bald wieder bei ihr sein.«

Damit verließ ich das Zimmer. Aber die Bemerkung hatte mich alarmiert. Was wollte Jessie damit sagen? Sie hatte mich vollkommen unbefangen angesehen, als ich mich ihr zugewandt hatte. Aber der Stoß? Nun ja, das war eine ihrer schlechten Gewohnheiten.

War ich überempfindlich? Ich war eine verheiratete Frau, und es war deshalb nichts Ungewöhnliches, wenn ich ein Kind bekam. Daß sie die neun Monate erwähnt hatte, konnte ein Zufall sein.

Ich suchte Jethro in seinem Häuschen auf.

»Ich habe mir schon gedacht, daß Sie zu mir kommen werden, Mistress Zippora«, begrüßte er mich.

»Ich mußte mit dir sprechen, Jethro. Wie ist die Lage jetzt?«

»Es sieht so aus, als wäre alles in Ordnung. Seine Lordschaft ist glücklich, Jessie spielt sich auf, als wäre sie die Hausfrau . . . was sie ja eigentlich auch ist.«

»Ich hatte den Eindruck, daß sie etwas mehr Respekt zeigt.«

»Ja, das stimmt. Außerdem betreut sie Seine Lordschaft vorbildlich.«

»Auch das ist mir aufgefallen, und ich glaube nicht, daß sie uns damit etwas vormachen will. Sie ist wirklich bestrebt, ihn so lange wie möglich am Leben zu erhalten.«

»Sie hat sich nach Ihrer Abreise verändert, Mistress Zippora. Ich weiß nicht, wie Sie es geschafft haben . . . aber irgendwie haben Sie sie beeinflußt.«

»Ich wies nur darauf hin, was für ein angenehmes Leben sie führen kann, solange Lord Eversleigh für sie sorgt.«

Jethros runzliges Gesicht verzog sich zu einem Grinsen.

»Nun, es hat gewirkt, und jetzt sind alle glücklich.«

Ich fragte mich, ob das auch auf Jessie zutraf, die eigentlich geplant hatte, Eversleigh in ihren Besitz zu bringen.

»Und was ist mit den Nachmittagsbesuchen bei Amos Carew?«

»Die finden immer noch statt, Mistress Zippora.«

»Ich werde bald wieder abreisen, Jethro. Kannst du mich über die Entwicklung auf dem laufenden halten?«

Er sah mich verlegen an, und ich begriff, daß ich taktlos gewesen war. Natürlich konnte er weder lesen noch schreiben. Deshalb fuhr ich fort: »Vielleicht könntest du einen Boten schicken. Kennst du jemand Geeigneten?«

Er wiegte zweifelnd den Kopf. »Ich werde mein möglichstes tun, Mistress Zippora.«

Dabei mußte ich es bewenden lassen.

Ich verließ Jethros Häuschen sehr nachdenklich, und da ich keine Lust hatte, ins Haus zurückzukehren, wanderte ich in die entgegengesetzte Richtung.

Ich war tief in Gedanken versunken. Ich stellte mir vor, wie ich mit Jean-Louis hier leben würde, während Dickon Clavering bewirtschaftete. Unser Leben würde sich dadurch grundlegend ändern. Ich würde mich sofort von Jessie trennen müssen, ganz gleich, wie sie darauf reagierte. Ihre Bemerkung über Lotties Geburtsdatum ging mir nicht aus dem Sinn.

Während ich meinen Gedanken nachhing, hatte ich nicht bemerkt, daß dunkle Wolken aufgezogen waren. Jetzt donnerte es, und ich eilte zum Haus zurück, um noch vor dem Gewitter im Trockenen zu sein. Als ich noch etwa eine Viertelmeile von Eversleigh entfernt war, begann es zu regnen. Nicht weit von mir sah ich eine Scheune, also lief ich hinüber und flüchtete mich hinein. Der Regen würde sicherlich bald aufhören.

In der Scheune war es finster, und es dauerte eine Weile, bis meine Augen sich an das Dunkel gewöhnt hatten.

Dann stellte ich fest, daß ich nicht allein war.

Sie lagen im Heu – ein Pärchen. Ich sah weg, denn sie waren halb nackt und hielten einander so eng umschlungen, daß ich sie zuerst für eine einzige Person gehalten hatte.

Dann erst erkannte ich sie: Dickon und Evalina. Ich wollte kehrtmachen und die Scheune verlassen, aber meine Füße gehorchten mir nicht.

Ich stammelte: »Dickon . . . Evalina . . .«

Dickon sah mich an; er hielt Evalina immer noch in den Armen. Sie wandte mir den Kopf zu.

»Schauen Sie mich nicht so an«, rief sie. »Sie sind auch nicht besser. Wer im Glashaus sitzt, soll nicht mit Steinen werfen!«

Mir wurde übel. Ich drehte mich um und lief in den Regen hinaus.

In meinen Schuhen stand das Wasser, meine Kleidung war völlig durchnäßt, und meine Haare klebten am Kopf, als ich in die Halle trat.

Jessie unterhielt sich gerade mit Sabrina.

»Mein Gott«, rief Jessie, »Sie sind ja durch und durch naß!«

»Du hättest den Regen abwarten sollen, Zippora«, tadelte mich Sabrina.

»Warum haben Sie sich nicht irgendwo untergestellt? Ziehen Sie die nassen Sachen aus und reiben Sie sich trocken. Soll ich Ihnen eine Tasse heiße Brühe bringen lassen?« schlug Jessie vor.

»Nein«, lehnte ich ab, »ich brauche nichts.«

Als ich die Treppe hinaufstieg, dachte ich: Nur rasch fort von hier!

Nachdem ich mich umgezogen hatte, ging ich in Sabrinas Zimmer.

»Ich möchte so bald wie möglich von hier fort«, erklärte ich heftig.

»Ich habe nichts dagegen«, antwortete sie. »Aber Dickon wird nicht einverstanden sein, er ist hier so glücklich.«

Dickon! dachte ich. Sprich nicht von Dickon! Ich sah immer noch sein Gesicht vor mir; er hatte mich in der Scheune geradezu unverschämt angestarrt.

Evalina würde ihm mein Geheimnis verraten. Wahrscheinlich war sie diejenige, die damals an meiner Tür gelauscht hatte.

Was wußte sie? Was hatte sie Dickon erzählt! Plötzlich bekam ich Angst wie nie zuvor in meinem Leben. Einige Stunden später traf ich sie und ihre Mutter in der Halle.

Sie sah mich herausfordernd an, als wollte sie sagen: Verrate mich ja nicht, oder ich zahle es dir heim. Es war eindeutige Erpressung, wie damals mit dem Türschlüssel.

»Mutter hat mir erzählt, daß Sie ganz durchnäßt nach Hause gekommen sind, Mistress Ransome. Haben Sie sich wenigstens umgezogen? Sie wollen sich doch nicht erkälten, nicht wahr?«

»Ich bin dir für deine Besorgnis dankbar.«

Zwei Tage später verließen wir Eversleigh. Sabrina hatte nichts dagegen, nur Dickon schmollte.

»Mir scheint, du hast dich in das Haus tatsächlich verliebt«, meinte seine Mutter zärtlich.

»Es gefällt mir«, antwortete Dickon. »Es gefällt mir sogar sehr.«

Während des Ritts fragte ich mich immerzu, was Evalina ihm erzählt hatte.

V

Erntedankfest

Seit unserer Rückkehr aus Eversleigh war über ein Jahr vergangen. Es war für das Land ein ereignisreiches Jahr gewesen, denn Georg der Zweite starb, und sein Enkel bestieg nach ihm den Thron. Georg der Dritte war zweiundzwanzig Jahre alt und stand unter dem Einfluß seiner Mutter und ihres Geliebten, Lord Bute. Man befürchtete allseits, daß diese Konstellation nichts Gutes für England verhieß.

Ich war so mit mir selbst beschäftigt, daß es mir gleich war, ob uns der zweite oder der dritte Georg regierte.

Ich war nicht wieder in Eversleigh gewesen. Manchmal hatte ich zwar ein schlechtes Gewissen, aber ich konnte mich nie dazu aufraffen. Die Vorstellung, Jessie und Evalina gegenüberzutreten, war so widerlich, daß ich immer neue Ausreden erfand. Im übrigen schrieb Onkel Carl öfter; er war zufrieden und wurde gut betreut; die letzte Feststellung hatte er unterstrichen. Was hatte das Leben schon einem alten Mann zu bieten, der nur noch zwischen Bett und Lehnstuhl hin und her wanderte?

Die Zeit verstrich schnell, und ich hatte die Hoffnung aufgegeben, Gerard jemals wiederzusehen. Ich dachte nicht mehr so oft an ihn, und allmählich kam mir das ganze Abenteuer unwirklich vor. Manchmal glaubte ich sogar, daß Lottie Jean-Louis' Tochter wäre. Sie war jetzt vier Jahre alt und wurde immer hübscher. Wahrscheinlich hält jede Mutter ihre Kinder für schöner und intelligenter als alle anderen, aber bei Lottie traf es wirklich zu. Die violetten Augen mit den dunklen Wimpern und das dunkle

Lockenhaar hätten schon genügt, um sie zur Schönheit zu stempeln. Sie war zart, hatte ein ovales Gesicht und ein schmales Kinn. Mitunter wirkte sie älter, als sie war. Sie war ein kleiner, übermütiger Kobold, nicht boshaft, doch immer zu Schabernack aufgelegt. Natürlich beteten wir sie an.

Meine Mutter, die sich nur undeutlich an ihre Mutter – die legendäre Carlotta – erinnerte, behauptete, daß Lottie ihr ähnlich sah.

Dickon hatte weder durch Worte noch durch Blicke jemals angedeutet, daß er über die Ereignisse in Eversleigh Bescheid wußte. Er spielte auch nie auf den Zwischenfall in der Scheune an; vielleicht hatte er Evalina nie gefragt, was ihre Äußerung damals zu bedeuten hatte. Wahrscheinlich fand er, daß er und Evalina nichts Ungehöriges getan hatten.

Seit dem Besuch in Eversleigh hatte er sich jedoch verändert. Er war ernst und nachdenklich geworden und hatte durchgesetzt, daß man ihn nicht auf eine Schule schickte.

Nun interessierte er sich für die Leitung des Gutes.

»Du mußt aber deine Bildung abschließen, mein Liebling«, redete ihm Sabrina zu.

»Das werde ich auch tun; ich werde weiterhin zum alten Faulkner gehen. Aber ich will hierbleiben. Ich will bei dir und bei Tante Clarissa sein.«

Ich war verblüfft, wie geschickt er sie behandeln konnte. Er war von Natur aus eher verschlossen, und seine Erklärung, er wolle bei ihnen bleiben, versetzte die beiden in solche Verzükkung, daß sie ihm alles zugestanden hätten.

Sie warfen einander verständnisvolle Blicke aus tränenumflorten Augen zu.

»Dann wollen wir es eben für ein Weilchen aufschieben«, beschloß meine Mutter. »Die Schule kann ruhig noch ein Jahr warten.«

Er war jetzt fünfzehn, sah aber aus wie achtzehn. Er war sehr rasch gewachsen und beinahe einen Meter neunzig groß. Er sah sehr gut aus, denn er hatte dichtes, hellblondes, gewelltes Haar und leuchtend blaue Augen; seine Zähne waren blendend weiß und sein Teint makellos; seine Gesichtszüge sahen aus wie gemeißelt – er hätte ohne weiteres ein griechischer Gott sein können. Eigentlich erinnerte er mich an Michelangelos David. Der einzige Schönheitsfehler war sein Gesichtsausdruck; wenn er kühl überlegte, dann sah er aus wie ein Fuchs, der listig, rücksichtslos und fest entschlossen war, sich über alles hinwegzusetzen, was ihm im Weg stand. Aber anscheinend war ich die einzige, die das bemerkte. Außerdem war er seit einiger Zeit körperlich zum Mann gereift. Er beobachtete die hübscheren Dienstmädchen scharf wie ein Fuchs, der sich an ein Huhn heranschleicht. Er entwickelte sich zu einem Mann, der sich jedes sexuelle Vergnügen zu verschaffen wußte. Dabei war sein Vater ein freundlicher, idealistischer Mensch gewesen, und Sabrina war von Natur aus gut. Aber durch die Nachsicht der beiden in Dickon vernarrten Frauen hatten sich seine negativen Eigenschaften ungewöhnlich stark entwickelt.

Doch zur Zeit arbeitete er zweifellos hart. Er hatte sich James Fenton angeschlossen, ritt mit ihm über Land und war über alles unterrichtet, was zwischen Verwalter und Pächtern vorging. Er steckte auch viel mit Jean-Louis zusammen, und das bedeutete, daß er beinahe jeden Tag zu uns herüberkam.

»Der Junge hat eine angeborene Begabung zum Gutsverwalter«, stellte Jean-Louis fest. »Ich war in seinem Alter genauso. Immer schon wollte ich Clavering bewirtschaften.«

»Die Änderung kommt nur etwas plötzlich«, warf ich ein. »Bis jetzt war er nicht sehr arbeitswillig.«

Meine Mutter und Sabrina waren natürlich begeistert und hielten ihn für ein wahres Wunderkind.

James Fenton war ein interessanter Gesprächspartner. Er hatte eine Zeitlang in Frankreich gelebt und wußte über das Land Bescheid. Jean-Louis bezeichnete ihn als sehr guten Verwalter und war froh, daß er sich auf ihn verlassen konnte, weil er selbst rasch ermüdete und ohne Stock überhaupt nicht mehr gehen konnte. Ich hegte den Verdacht, daß es ihm schlechter ging, aber er tat

meine diesbezüglichen Fragen immer nur mit einem Achselzuk-
ken ab.

Wir verbrachten eine sehr friedliche Zeit, und ich wiegte mich
schon in Sicherheit. Mein Leben mit Jean-Louis verlief reibungslos. Seit meinem Besuch in Eversleigh zeigte ich mich ihm
gegenüber sehr aufmerksam, und er war mir dafür aufrichtig
dankbar. Sicherlich nahm er an, daß meine Einstellung mit seiner
Behinderung zusammenhing. Er liebte mich zärtlich und versicherte mir immer wieder, wie sehr er an mir hing. Ich konnte
wirklich glücklich sein über einen solchen Ehemann. Manchmal
fragte ich mich, wie mein Leben mit Gerard verlaufen wäre –
wild, leidenschaftlich, stürmisch. Es wäre sicherlich zu Eifer-
suchtsszenen, Mißverständnissen, Streitigkeiten und anschließen-
den Versöhnungen gekommen. Und hätte unsere Liebe dieser
Belastung standgehalten? Konnte die heftige Leidenschaft, die
wir füreinander empfunden hatten, anhalten? Sicherlich hätte sie
einmal nachgelassen. Manchmal überlegte ich mir sogar, ob nicht
ein Teil ihres Reizes in der Tatsache bestanden hatte, daß sie
verboten war. Ich sehnte mich noch immer nach der Sinnenlust,
die ich mit Gerard geteilt hatte. Das gibt es nur einmal im Leben,
sagte ich mir. Du hast es gehabt, hast es überwunden und bist
mit einem blauen Auge davongekommen. Sei zufrieden!

Außerdem hatte ich meine Lottie – mein entzückendes,
übermütiges Kind, das so ganz anders war als ich in ihrem Alter.
»Du warst ein so braves kleines Mädchen, Zippora«, pflegte
meine Mutter zu sagen. Und so verging die Zeit.

»Es ist wirklich gut, daß sich Dickon so sehr mit dem Gut
beschäftigt«, sagte mir James Fenton. »Je älter er wird, desto
nützlicher macht er sich, und da Jean-Louis jetzt rasch ermüdet,
ist er mir wirklich eine große Hilfe.«

Dickon rechnete natürlich damit, daß Jean-Louis und ich eines
Tages nach Eversleigh übersiedeln würden und er dann Clavering
übernehmen würde. Deshalb sah er den Besitz jetzt mit ganz
anderen Augen.

Wenn Lottie zu Bett gebracht worden war, saßen an den

langen Sommerabenden Jean-Louis, James Fenton und ich beisammen und unterhielten uns. Gelegentlich kam auch Dickon
dazu; aber wenn er sprach, dann nur über das Gut.

Eines Tages kam James' Cousin auf Besuch. Er war Soldat, kam
aus Frankreich und blieb ein paar Tage bei James, bevor er zu
seiner Familie in die Midlands weiterreiste. James brachte ihn zum
Abendessen mit, und er erzählte von den Ereignissen auf dem
Kontinent.

Der Krieg dauere zwar noch an, berichtete er, aber beide
Gegner waren erschöpft und setzten keine frischen Truppen und
kein neues Kriegsmaterial mehr ein. Die Armeen rückten vor,
zogen sich wieder zurück, und keiner der beiden Parteien gelang
ein entscheidender Durchbruch.

»Es ist ein wüstes Durcheinander, wie in den meisten Kriegen.
Außerdem führt das ganze ohnehin zu nichts. Angeblich haben
die Friedensverhandlungen schon begonnen.«

Ich wurde nachdenklich. Würde Gerard wiederkommen,
sobald Frieden war?

»Die Leute hier nehmen keinen Anteil daran«, bemerkte
James. »Für sie ist der Krieg etwas, das sich in weiter Ferne
abspielt und sie nichts angeht.«

»Aber die Steuern, die sie dafür zahlen müssen, betreffen sie
schon«, stellte sein Vetter richtig.

»Ach Gott, Steuern muß man immer zahlen.«

Der Besucher meinte nach kurzer Pause: »In Frankreich
bereitet sich etwas vor.«

»Was?« fragte ich rasch.

Er sah mich mit gerunzelter Stirn an. »Das Volk ist unruhig.
Sie sind so sehr gegen den König aufgebracht, daß er nicht wagt,
sich in Paris zu zeigen. Er hat eine Straße von Versailles nach
Compiègne bauen lassen, damit er nicht durch die Stadt fahren
muß.«

»Wollen Sie damit sagen, daß er Angst vor seinem Volk hat?«

»Er steht ihm zu gleichgültig gegenüber, um Angst zu haben.
Er verachtet es und interessiert sich nicht für seine Probleme.«

»Aber er braucht ja die Zustimmung des Volks, wenn er auf dem Thron bleiben will.«

»Die französische Monarchie unterscheidet sich von der unseren, und das gilt auch für die beiden Völker. Die Franzosen sind förmlicher, aber sie können auch schrecklicher sein. Sie sind leichter erregbar als wir, impulsiver. Obwohl ich annehme, daß auch wir uns erheben würden, wenn man uns zu sehr provoziert.«

»Was geht denn in Frankreich vor?« fragte ich. Ich dachte an das Château d'Aubigné.

»Der König ist verschwenderisch, nur auf das eigene Vergnügen bedacht. Er überläßt die Staatsgeschäfte der Pompadour, die vom Volk natürlich gehaßt wird. Der König interessiert sich nur für seine Ausschweifungen und den Parc aux Cerfs; außerdem lehnt er den Dauphin ab. Angeblich will er ihn nicht sehen, weil der Dauphin sein Nachfolger ist und ihn an seinen Tod erinnert. Sogar der Adel verändert sich; Leute mit Geld kaufen sich einen Adelstitel. Das alles gefällt mir nicht.«

»Sind die Zustände im ganzen Land so verworren?« fragte Jean-Louis.

»Beinahe überall. Als man den König einmal auf die wachsende Unruhe im Volk aufmerksam machte, hat er geantwortet: ›Ach, solange ich lebe, wird es noch halten.‹ ›Und nach Ihnen, Sire?‹ fragte man ihn. ›Nach mir die Sintflut‹, antwortete er mit einem Achselzucken.«

»Wie schrecklich«, rief ich.

»Solche Dinge kommen immer wieder vor«, bemerkte Jean-Louis. »Wenn die Verzweiflung den Höhepunkt erreicht hat, kommt es zu einer gewaltsamen Veränderung, und dann geht es den Menschen wieder besser.«

»Hoffentlich haben Sie recht«, meinte James' Cousin.

In diesem Augenblick trat Hetty Hassock ein und bat James, am nächsten Morgen ihren Vater aufzusuchen.

»Sehr gern«, antwortete James. »Welche Zeit wäre Ihrem Vater recht? Sagen wir elf Uhr?«

»Das paßt sehr gut«, stimmte Hetty zu. Sie war ein sehr

hübsches, etwa siebzehn Jahre altes Mädchen, das erst seit kurzem auf der Farm ihres Vaters lebte; bis dahin war sie bei einer Tante in London aufgewachsen.

Hetty entschuldigte sich, weil sie uns gestört hatte, und Jean-Louis forderte sie auf, sich einen Augenblick zu uns zu setzen. Hetty wurde rot, nahm aber Platz. James freute sich offensichtlich darüber.

»Darf ich Ihnen ein Glas Wein anbieten?« fragte Jean-Louis.

Hetty lehnte dankend ab.

»Wie gefällt Ihnen das Leben auf der Farm?« fragte ich. »Es ist doch ganz anders als in London.«

»O ja, mir fehlt die Stadt sehr . . . aber hier gibt es auch viel Interessantes, und außerdem bin ich gern im Kreis meiner Familie.«

Die Hassocks hatten vier Mädchen und drei Jungen. Hetty war die weitaus hübscheste, und ihr Vater war sehr stolz auf sie. Er hatte erst neulich erwähnt, daß sie wie eine Dame erzogen worden war.

Während wir so plauderten, fiel mir James' Gesichtsausdruck auf. Er ließ Hetty nicht aus den Augen, und falls er nicht ohnehin schon bis über beide Ohren in sie verliebt war, so würde es sicherlich bald dazu kommen.

Später erzählte ich Jean-Louis von meiner Beobachtung, und er stimmte mir zu.

»Für James wäre es nur gut, wenn er heiratet, und Hetty würde sicherlich eine gute Ehefrau abgeben. Sie ist intelligent und hübsch und anders als die übrigen Mädchen hier. Sie würde gut zu James passen, und ich hoffe sehr, daß aus den beiden ein Paar wird.«

Es stellte sich heraus, daß Hassock mit James über einen Streifen Land zwischen seiner Farm und der von Burrows sprechen wollte. Irgendwann hatte es einmal Streit darüber gegeben, zu welcher Farm dieser Streifen gehörte. Mein Vater hatte, um Frieden zu stiften, seinerzeit ein salomonisches Urteil gefällt: keiner der beiden bekam ihn. Er lag seither brach.

Hassock hätte jetzt gern mehr Weizen angebaut und war davon überzeugt, daß Burrows nicht mehr an den alten Streit dachte. Er wollte den Zaun umlegen und den Boden umpflügen.

James und Jean-Louis besprachen die Angelegenheit. Sie waren beide der Meinung, daß es Unsinn war, fruchtbares Land brachliegen zu lassen, wenn Hassock, der ein besserer Farmer als Burrows war, es brauchte.

»Dann soll Hassock sich das Stück Land nehmen«, beschloß James. »Ich werde ihm sagen, daß er sich an die Arbeit machen kann; er soll gleich damit beginnen.«

James ritt zu Hassock hinüber, und ich war davon überzeugt, daß er die Gelegenheit benützte, um sich mit Hetty zu unterhalten.

Ein paar Tage später kam Dickon zu uns. Wir hatten bereits gegessen, saßen aber noch bei Tisch und sprachen über dies und jenes. Dickon sah erregt aus, und mir fiel wieder auf, wie hübsch er war.

Er setzte sich unaufgefordert zu uns und fragte: »Wißt ihr eigentlich, was Hassock tut? Er hat den Zaun um das Niemandsland niedergerissen und will es offensichtlich bebauen.«

»Das stimmt«, antwortete James. »Er will sein Weizenfeld vergrößern.«

»Aber es gehört ihm doch nicht.«

»Er hat die Erlaubnis dazu erhalten.«

»Wer hat ihm die Erlaubnis erteilt?«

»Ich.«

»Und wer hat es Ihnen gestattet?« Dickons Stimme klang kalt.

»Ich«, mischte sich Jean-Louis ein. »James und ich sprachen darüber und fanden, daß es unsinnig sei, den Boden brachliegen zu lassen. Hassock wird sicherlich einen guten Ertrag herausholen.«

»Ich bin anderer Meinung«, erklärte Dickon.

»*Sie* sind anderer Meinung«, rief James. Er war unbeherrschter als Jean-Louis, und Dickons Benehmen war wirklich provokant.

»Allerdings«, bestätigte Dickon. »Burrows hat gleichfalls Anspruch auf das Land, und das habe ich ihm auch gesagt.«

»Dickon«, griff Jean-Louis wieder ein, »ich weiß, daß dir das Gut am Herzen liegt, und du bist uns eine große Hilfe, aber solche Dinge müssen James und ich entscheiden. Es ist unsere Aufgabe, das Gut richtig zu bewirtschaften.«

»Hassock muß sofort aufhören. Sie sollten es ihm sagen, James, bevor er zu weit geht.«

»Die Angelegenheit ist erledigt«, erklärte James. »Wenn Burrows unzufrieden ist, soll er herkommen und mit Jean-Louis und mir sprechen. Es hat keinen Sinn, die alten Streitigkeiten wieder aufzuwärmen, dazu ist der Acker zu unbedeutend.«

»Ich habe Burrows versprochen, daß er ihn bekommen wird, weil Hassock es sich anscheinend in den Kopf gesetzt hat, ihn an sich zu reißen.«

»An sich reißen!« James wurde allmählich wütend. »Das ist doch absurd. Sie haben uns ein paar Monate lang geholfen und glauben nun offenbar, daß Sie imstande sind, das Gut selbständig zu leiten. Sie setzen sich über unsere Entscheidungen hinweg, aber wir haben jahrelange Erfahrung auf diesem Gebiet.«

Dickon stand auf. »Wir werden ja sehen.«

Als er gegangen war, blickten wir einander ratlos an.

»Er läuft sicherlich zu meiner Mutter«, sagte ich.

»Lady Clarissa wird bestimmt finden, daß wir für die Gutsverwaltung zuständig sind«, meinte James.

»Hoffentlich! Aber sie neigt dazu, Dickon in allem recht zu geben.«

James schüttelte den Kopf. »In diesem Fall muß sie einsehen, daß wir recht haben.«

»Soll ich noch heute nachmittag mit ihr sprechen?« fragte ich.

»Ich begleite dich«, erklärte Jean-Louis.

Meine Mutter freute sich über unseren Besuch und erkundigte sich eingehend nach Lottie, die sie ganze zwei Tage nicht gesehen hatte.

»Eigentlich kommen wir wegen der Verwaltung des Gutes zu dir«, unterbrach ich sie. »James ist ziemlich verärgert.«

»Ach ja, Dickon hat mir erzählt, daß es zu Meinungsverschiedenheiten wegen des Brachlandes gekommen ist. Er hat es Burrows zugesprochen.«

»Das kann er nicht, denn Jean-Louis und James haben beschlossen, es Hassock zu überlassen.«

»Und wir haben ihm erlaubt, es sofort zu bebauen«, fügte Jean-Louis hinzu.

»Ach Gott«, seufzte meine Mutter, »wie schwierig sind diese Leute doch! Dein Vater, Zippora, behauptete immer, daß das Land praktisch wertlos ist.«

»Hassock wird dir das Gegenteil beweisen«, widersprach Jean-Louis.

»Aber Dickon hat es Burrows versprochen.«

»Mutter«, mischte ich mich ein, »Dickon kann überhaupt niemandem etwas versprechen. Nur weil man ihm etwas Einblick in die Leitung des Besitzes gewährt hat, glaubt er, das Gut gehört ihm. Es gehört dir, und Jean-Louis und James verwalten es. Es ist unmöglich, daß dieser Junge Befehle erteilt.«

»Laß ihn nur nicht hören, daß du ihn als Jungen bezeichnest.«

»Aber er ist einer. Bitte, sei doch vernünftig. Ich weiß, wie sehr du an ihm hängst, aber . . .«

Sie sah aus, als wollte sie in Tränen ausbrechen. Vielleicht hatte sie das Gefühl, ich werfe ihr vor, daß sie diesen Jungen mir, ihrer eigenen Tochter, vorzog.

Ich trat schnell auf sie zu und legte ihr den Arm um die Schultern. »Mutter, du siehst doch ein, daß Jean-Louis und James freie Hand haben müssen. Ich weiß, daß das Gut dir gehört, aber du verstehst ja kaum etwas davon. Du kannst den Verwalter nicht vor den Pächtern bloßstellen, denn dann bricht hier das Chaos aus. Und nur weil dieser verwöhnte Junge sich plötzlich einmischt, kannst du ihm nicht nachgeben. Wenn du das tust, werden wir wahrscheinlich James verlieren.«

»Und das können wir uns nicht leisten«, fügte Jean-Louis hinzu. »Ich brauche ihn mehr denn je.«

Wieder stieg Zorn auf Dickon in mir hoch, der an dieser grotesken Situation schuld war.

Meine Mutter sah uns verzweifelt an. »Es war so wunderbar, ihm zuzusehen ... er war so begeistert ... interessierte sich für alles ...«

»Das heißt noch lange nicht, daß er die Gutsverwaltung in die Hand nehmen kann, Mutter. Du erwägst doch nicht ernsthaft, ihm nachzugeben?«

Sie zögerte, und ich rief: »Also spielst du wirklich mit dem Gedanken. Dann übergib die Leitung des Besitzes doch gleich Dickon. James und Jean-Louis werden in diesem Fall kündigen.«

»Wie kannst du so etwas sagen, Zippora? Du und Jean-Louis, ihr seid ja meine Kinder ...«

»Statt dessen hast du dann Dickon«, erwiderte ich zornig. Ich erkannte, daß ich Dickon haßte, und weil dieser Haß mit einer gewissen Unsicherheit verbunden war, reagierte ich ungewöhnlich heftig.

Meine Mutter war im Grunde eine sehr vernünftige Frau, und es kam nur selten vor, daß ihr Gefühl stärker war als ihr Verstand.

Sie erkannte ebenfalls, wie widersinnig die Situation war, und erfaßte wahrscheinlich auch, daß sie im Begriff war, die Liebe ihrer einzigen Tochter zu verlieren.

Als sie dann sprach, war sie ganz ruhig. »Natürlich wissen Jean-Louis und James am besten, was zu tun ist. Der arme Dickon wird nur sehr enttäuscht sein. Ein Jammer, daß das ausgerechnet dann geschehen muß, wenn er ein so leidenschaftliches Interesse an dem Besitz zeigt.«

Wir hatten gesiegt. Hassock würde das Brachland bebauen, Burrows würde sich damit abfinden müssen. Hoffentlich wurde ihm dadurch klar, daß Dickon keine Versprechungen machen konnte, da er nicht in der Lage war, sie zu halten.

Am nächsten Tag kam Dickon herüber, als wir noch bei Tisch saßen. Vermutlich hatte er soeben erst erfahren, wie meine Mutter sich entschieden hatte, denn sie pflegte unangenehme Aussprachen immer bis zum letzten Augenblick aufzuschieben.

Er funkelte uns an, und der Zorn, der in ihm schwelte, war

unübersehbar. »Sie haben sich also an Lady Clavering gewandt?« fragte er James.

»Nein«, widersprach ich, »Jean-Louis und ich haben mit ihr gesprochen.«

»Und ihr habt sie dazu überredet, sich gegen mich zu stellen.«

»Niemand stellt sich gegen dich, Dickon«, sagte Jean-Louis begütigend. »Es geht nur darum, was für das Gut am besten ist.«

»Dieser Streifen Land, der seit Jahren brachliegt! Der soll sich für das Gut positiv auswirken.«

»Hassock bat darum, und James und ich erlaubten ihm, den Acker zu bebauen. Das konnten wir nicht widerrufen.«

»Warum nicht? Burrows hat das gleiche Recht darauf.«

»Hassock bat uns darum, Burrows nicht, also bekam ihn Hassock.«

»Natürlich Hassock!« Dickon sah James an. »Hassock liegt Ihnen besonders am Herzen. Das Mädchen . . .«

James stand auf. »Was wollen Sie damit sagen?«

»Ich will damit sagen, daß Sie der lieben kleinen Hetty nichts abschlagen können, und wenn sie Ihnen erzählt, daß ihr Papa dieses Stück Land möchte, dann bekommt es eben ihr Papa.«

»Hetty Hassock hat nichts damit zu tun. Ziehen Sie sie nicht in diese Angelegenheit hinein.«

»Sie steckt schon drinnen, da können Sie sagen, was Sie wollen. Ich habe ja schließlich Augen im Kopf.«

Jean-Louis griff ein. »Entweder du benimmst dich gesittet, Dickon, oder du verläßt dieses Haus.«

Dickon verbeugte sich ironisch. »Ich habe nicht das Bedürfnis, hierzubleiben. Aber eines sage ich Ihnen, James Fenton: Diese Beleidigung vergesse ich Ihnen nie!«

»Mach dich nicht lächerlich, Dickon«, platzte ich heraus. »Niemand hat dich beleidigt. Burrows mag dich sicherlich, aber er erwartet nicht, daß ein Junge wie du wichtige Entscheidungen treffen kann.«

Er sah kurz zu mir herüber, dann wandte er seinen Blick wieder James zu, und der Haß in seinen Augen ließ mich erschauern.

Er drehte sich um und ging.

Jean-Louis schüttelte den Kopf. »Man müßte den Jungen auf eine Schule schicken.«

Nach der Heumahd erkältete sich Lotties Nanny, und daraus entwickelte sich eine Bronchitis. Sie fehlte uns sehr, weil sie eine wirklich tüchtige junge Frau war. Ich wollte Lottie keinem der Mädchen überlassen und betreute sie selbst.

James schlug mir vor, eine Aushilfskraft einzustellen. Ich begriff sehr schnell, wie er auf die Idee gekommen war.

»Hetty Hassock würde Ihnen gerne helfen«, meinte er. »Sie werden bestimmt mit ihr zufrieden sein.«

Ich lächelte insgeheim, weil James sich dadurch verraten hatte. Jean-Louis und ich hatten öfter darüber gesprochen. Wir mochten James; er war nicht nur ein guter Verwalter, sondern auch ein amüsanter Gesellschafter, der uns bei den Mahlzeiten mit seinen Geschichten unterhielt. Außerdem übernahm er unauffällig einen Großteil der Arbeit, die für Jean-Louis zu ermüdend war.

Also ließ ich Hetty kommen, die sich als reizende junge Frau entpuppte. Sie war zuerst zurückhaltend und scheu, aber nach kurzer Zeit wurden wir gute Freundinnen.

Es war ihr nicht leichtgefallen, sich an das Landleben zu gewöhnen, da sie doch in der Stadt aufgewachsen war.

»Natürlich kam ich im Sommer immer auf Besuch hierher, und ich hatte Spaß an der Heumahd und am Erntedankfest. Aber zu meinen Brüdern und Schwestern hatte ich keine sehr enge Beziehung.«

Das war leicht erklärlich. Tom Hassock war ein guter Farmer, mußte aber eine große Familie erhalten. Deshalb hatte die Schwester seiner Frau Hetty in ihre Obhut genommen und erzogen.

Tante Emily hatte eine gute Partie gemacht, erzählte Hetty, einen Kaufmann, der in Cheapside ein Stoffgeschäft führte. Die Ehe war kinderlos geblieben, und deshalb machten sie nach Hettys Geburt den Hassocks das Angebot, das Kind zu sich zu nehmen, um der Familie ein bißchen unter die Arme zu greifen. Der Farmer und seine Frau fanden, daß sich Hetty dadurch eine gute Chance bot, und brachten sie im Alter von zwei Jahren in die Hauptstadt.

Sie hatte in London eine Schule besucht, und ihre Garderobe zeugte nach Meinung der Familie Hassock von der Wohlhabenheit ihrer Zieheltern.

»Manchmal war es geradezu unangenehm für mich, meine Familie zu besuchen«, sagte sie. »Ich besaß um so viel mehr als sie und empfand es als ungerecht. Dennoch waren sie immer stolz auf mich. Vor allem mein Vater pflegte zu sagen: ›Hetty ist die Lady der Familie.‹«

»Darauf sollten auch Sie stolz sein. Sie brauchen sich nicht zu schämen, weil Sie Glück gehabt haben«, erklärte ich.

»Ich schäme mich auch nicht, ich finde nur manchmal, daß sie zu viel von mir erwarten. Als meine Tante starb, blieb ich bei meinem Onkel; aber nach seinem Tod übernahm sein Neffe das Geschäft . . . und er hatte eine Frau und vier Kinder. Für mich war kein Platz mehr, also kehrte ich heim.«

»Und inzwischen haben Sie sich daran gewöhnt, das Leben einer Farmerstochter zu führen.«

»Nicht ganz. Ich bin wirklich froh, daß ich auf einige Zeit von zu Hause fort bin.«

»Mit der Zeit gibt sich alles. Außerdem werden Sie ohnehin einmal heiraten.«

Sie wurde rot und blickte zu Boden.

Der Sommer war beinahe vorbei, und der Herbst lag in der Luft. Es war eine gute Ernte gewesen, und die Leute trafen mit Feuereifer Vorbereitungen für das Erntedankfest. Die Kirche wurde mit allem geschmückt, was die Erde hervorgebracht hatte, vom Kohl bis zu den Chrysanthemen. Das große Ereignis aber war das Fest selbst, das am Samstag stattfinden sollte.

Auf dem Gut war es Brauch, daß das Fest in Clavering Hall abgehalten wurde, damit alle Menschen, die auf dem Gut lebten, gemeinsam feiern konnten. Im Haus herrschte geschäftiges

Treiben, und Dickon stürzte sich begeistert in die Vorbereitungen.

Der Streit um das Brachland hatte sein Interesse an Clavering nicht geschmälert; er ritt immer noch mit James Fenton über das Gut und ließ sich von Jean-Louis in die Verwaltungsarbeit einführen.

James freute sich über Dickons Haltung und gab ihm deutlich zu verstehen, daß ihm der Zwischenfall sehr unangenehm gewesen war. Dickon tat die Angelegenheit mit einem Achselzucken ab.

In der Küche wurde gebacken und gebraten, Dickon mixte den Punsch in der großen Bowle, die Farmer brachten Maiskolben und Weizengarben, die als Glücksbringer in der Halle aufgehängt wurden. Nach dem Fest wurden die Feldfrüchte an die Armen verteilt.

Wir hatten einige Musikanten engagiert; bei schlechtem Wetter sollte in der Halle getanzt werden, bei gutem im Freien.

Große Tische mit Erfrischungen wurden aufgestellt. Es würde eines der schönsten Erntedankfeste überhaupt werden, stellte meine Mutter fest.

Lotties Nanny war inzwischen genesen, aber da sie sehr geschwächt war, riet ich ihr, sich noch eine Zeitlang zu schonen; Hetty konnte bei uns bleiben, bis die Nanny wirklich zu Kräften gekommen war. Beide waren mit dieser Lösung einverstanden.

Zwei Tage vor dem Erntedankfest erhielt James einen Brief seines Vetters, dessen Vater schwer krank war und James noch einmal sehen wollte.

»Sie müssen ihn besuchen, James«, redete ihm Jean-Louis zu, »Sie würden es sich nie verzeihen, wenn Sie hierblieben. Wir werden das Erntedankfest auch ohne Sie zustande bringen, wir haben ja genügend Helfer. Außerdem ist die meiste Arbeit schon getan, und da die Ernte eingebracht ist, können Sie ohne weiteres fort.«

James reiste einen Tag vor dem Fest ab.

Es wurde ein gelungenes, fröhliches Fest. Das Wetter war so

gut, daß die Leute sich im Freien aufhalten konnten. Die Jungen tanzten auf dem Rasen, während die Alten in der Halle saßen und sich an dem Punsch, den Pasteten und den Bäckereien gütlich taten.

Dickon hatte sich mehr oder weniger zum Organisator des Festes aufgeschwungen. Anscheinend kam es ihm sehr gelegen, daß James fort war. Meine Mutter und Sabrina beobachteten ihn voll Bewunderung. Er sah unglaublich gut aus, war zu jedermann liebenswürdig und machte bei den Volkstänzen so begeistert und geschickt mit, daß er allgemeinen Beifall erntete.

Er forderte nacheinander alle Farmersfrauen auf; diese Pflicht wäre eigentlich James zugefallen.

Um zehn Uhr hielt Jean-Louis eine kleine Ansprache, dankte den Leuten für ihre Arbeit, und dann sangen wir alle gemeinsam eine Hymne.

Danach gingen Jean-Louis und ich nach Hause.

»Ein sehr erfolgreiches Erntedankfest«, stellte er fest. »Ein Jammer, daß James nicht dabei sein konnte ... denn die gute Ernte verdanken wir zum Großteil ihm.«

»Dickon hat es Spaß gemacht.«

»Ja, er scheint die damalige Auseinandersetzung vergessen zu haben. Es war ihm eine Lehre, würde ich sagen.«

»Hoffentlich.«

Die Zeit verging wie im Flug. Es war Ende Oktober, die Tage wurden kürzer, und der Herbstnebel, ein Vorbote des Winters, fiel ein. James war drei Wochen ausgeblieben. Sein Onkel war gestorben, und er hatte am Begräbnis teilgenommen. Hetty wohnte immer noch bei uns, obwohl sich die Nanny vollkommen erholt hatte. Ich hatte befürchtet, daß sie auf die Konkurrenz im Kinderzimmer eifersüchtig sein würde, aber sie mochte Hetty, und die beiden Frauen vertrugen sich gut.

Mich freute diese Entwicklung, denn ich hatte Hetty wirklich liebgewonnen, und sie fühlte sich bei uns wohler als im Haus ihres Vaters.

Doch dann fiel mir auf, daß sie betrübt wirkte und immer

blasser wurde. Anscheinend hatte sie Kummer. Als ich sie aber einmal fragte, ob etwas nicht in Ordnung sei, erklärte sie mir nachdrücklich – wahrscheinlich zu nachdrücklich –, es ginge ihr gut.

Dennoch war ich davon überzeugt, daß etwas nicht stimmte. Manchmal glaubte ich, in ihren Augen Verzweiflung zu lesen.

Hetty besaß eine natürliche Würde, die es mir unmöglich machte, mich ihr aufzudrängen und Erklärungen zu verlangen, die sie offensichtlich nicht geben wollte. Mir kam vor, daß sie mich mied; schließlich war ich ernstlich besorgt und beschloß, sie nicht aus den Augen zu lassen.

Ich hätte am liebsten mit James über sie gesprochen, befürchtete aber, daß sie es mir übelnehmen würde. Ob es zwischen ihnen zu einer Meinungsverschiedenheit gekommen war? Ich sprach mit Jean-Louis darüber.

»Vermutlich ein Streit unter Liebesleuten«, meinte er. »Es ist immer am besten, wenn man sich da heraushält.«

»Du hast sicherlich recht, aber ich mache mir trotzdem Gedanken.«

Ich beobachtete sie also weiterhin, und das war ein Glück.

Es war November ... ein milder, nebelverhangener Tag. Ich sah zum Fenster hinaus und erblickte Hetty, die das Haus verließ. Ich weiß nicht, ob es eine Ahnung war, oder ob mir ihre verzweifelte, entschlossene Haltung auffiel – jedenfalls beschloß ich, ihr zu folgen.

Ich warf mir einen Mantel um die Schultern und lief hinter ihr her. Sie verschwand gerade in Richtung auf den Fluß. Ich hielt mich in einiger Entfernung von ihr, damit sie mich nicht entdeckte. Falls es sich um ein Rendezvous mit James handelte, würde ich mich diskret entfernen – aber warum sollte sie sich so weit vom Haus mit ihm treffen? Er hatte ja jederzeit die Möglichkeit, zu uns zu kommen.

An dieser Stelle war der Fluß breit und reißend. Wir waren nur eine Viertelmeile von den Stromschnellen entfernt, bei denen vor wenigen Jahren ein Kind ertrunken war.

Besorgt beobachtete ich Hetty. Dann begriff ich plötzlich. Sie ließ den Mantel fallen und ging auf das Ufer zu.

»Hetty!« rief ich. »Hetty!«

Sie blieb stehen und sah sich um.

Ich lief zu ihr, ergriff sie am Arm und sah ihr ins Gesicht. Es war weiß, und ihre Augen waren dunkel vor Verzweiflung.

»Was tun Sie hier, Hetty?«

»Nichts, gar nichts«, stammelte sie. »Ich gehe am Fluß spazieren.«

»Nein, Hetty, das stimmt nicht. Sie müssen mir sagen, was Sie bedrückt, damit ich Ihnen helfen kann.«

»Es gibt keinen anderen Ausweg für mich. Lassen Sie mich gehen.«

»Sie wollten . . . ins Wasser gehen!«

»Ich habe lange darüber nachgedacht. Es fällt mir nicht leicht, aber ich werde es tun.«

»Was ist denn geschehen, Hetty? Erzählen Sie es mir doch. Wir werden sicher eine Lösung für Ihre Schwierigkeiten finden, ich verspreche es Ihnen. Sie dürfen nicht so reden, es ist nicht recht, und es ist auch unsinnig. Nichts ist so schlimm, als daß es nicht wieder in Ordnung gebracht werden könnte.«

»In meinem Fall kann nichts mehr in Ordnung gebracht werden. Ich kann es nicht ertragen, Mistress Zippora. Ich habe tagelang gegrübelt, aber ich sehe keinen anderen Ausweg.«

»Erzählen Sie mir alles!«

»Ich bin verderbt, Sie ahnen gar nicht, wie.«

»Jeder von uns tut einmal etwas Unrechtes oder kann einer Versuchung nicht widerstehen. Dafür habe ich Verständnis, Hetty.«

»Ich bekomme ein Kind.«

»Ach so. Nun, James liebt Sie . . .«

Sie schüttelte den Kopf und starrte vor sich hin. »Es ist nicht von James!«

»Hetty!«

»Ich habe ja gewußt, daß Sie entsetzt sein werden. Ich habe

keine andere Wahl mehr. Ich kann keinem von Ihnen in die Augen sehen. Ich weiß nicht, wie es so weit kommen konnte, ich verstehe mich selbst nicht. Aber es gibt keine Entschuldigung für mich, es war meine Schuld.«

»Ich habe geglaubt, Sie lieben James.«

»Doch, das tue ich.«

»Aber . . .«

»Sie können es nicht begreifen, wie sollten Sie auch? Nur jemand, der genauso verderbt ist wie ich, kann mich verstehen.«

»Ich bin auch nur ein schwacher Mensch, Hetty, und ich weiß, daß solche Verirrungen möglich sind.«

Wir setzten uns auf die Uferböschung, und sie wandte sich mir zu. »Es war beim Erntedankfest. Ich hatte zu viel Punsch getrunken, obwohl es mir damals nicht bewußt war. Ach, ich entschuldige mich schon wieder.«

»Sprechen Sie weiter. Wer . . .«

Aber sie mußte es mir nicht erzählen, ich wußte es ohnehin. Ich erinnerte mich an den haßerfüllten Blick, den er James zugeworfen hatte. Das also war seine Rache.

»Dickon?« fragte ich.

Sie schauderte, und ich wußte, daß ich es erraten hatte.

»Es war das Erntedankfest . . . der Punsch . . . der Tanz . . . Er tanzte mit mir, und dann führte er mich in den Garten, zum Gesträuch. Ich weiß nicht, wieso es so weit kam. Aber ich lag im Gras . . . ich kann nicht darüber sprechen. Es war . . . war so schamlos . . . Ich begriff zu spät, was geschah.«

Ich wandte mich ab, weil ich ihr Elend nicht mehr ertragen konnte. Sie war vollkommen verzweifelt. Ich mußte sie beruhigen, mit nach Haus nehmen, mit Jean-Louis darüber sprechen. Er würde Verständnis haben und versuchen, ihr zu helfen.

»Es gibt einen Ausweg«, tröstete ich sie.

»Nein. Ich kann meinen Eltern und Geschwistern nicht gegenübertreten . . . und schon gar nicht James. Nein, niemand kann mir helfen.«

»Sie dürfen nicht so reden, das ist unvernünftig. Schlimmstenfalls müssen Sie verreisen und das Baby anderswo zur Welt bringen. Mein Mann und ich würden Ihnen behilflich sein.«

»Sie sind die besten Menschen von der Welt.«

»So etwas kann jedem zustoßen . . . *jedem,* Hetty.«

»Es gibt keine Hilfe, drum ist's am besten, ich gehe ins Wasser. Vielleicht wird meine Leiche nie gefunden.«

»Ich hätte nie geglaubt, daß Sie sich so feig von uns wegstehlen wollen.«

»Wahrscheinlich bin ich feig, aber ich kann es meinen Eltern nicht gestehen. Sie waren so stolz auf mich. Sie wären entsetzt und würden sich meiner schämen.«

»Hetty, es ist nun einmal geschehen. Sie haben zu viel getrunken, Sie waren nicht ganz bei sich . . .«

»Es war nicht das einzige Mal.«

»Hetty! Warum . . .«

»Weil er mir drohte, es James zu sagen, wenn ich nicht nachgebe.«

»Erpressung!« Ich sah das schöne, grausame Gesicht vor mir. Er hatte mit seiner Tat mehr als ein Leben zerstört.

»Erst als er erfuhr, daß ich schwanger war, ließ er mich in Ruhe. Da war er anscheinend zufrieden.«

»Er ist ein Ungeheuer, Hetty. Sein Haß ist kalt und berechnend. Aber wir werden ihn überlisten, er wird sein Ziel nicht erreichen.«

»Wie wollen Sie das zustande bringen?«

»Indem Sie nicht davonlaufen, sondern sich den Tatsachen stellen und gemeinsam mit uns eine Lösung finden.«

»Das kann ich nicht.«

»Doch, Sie können es, wenn wir Ihnen zur Seite stehen.«

Sie fiel mir schluchzend um den Hals. Es waren Tränen der Erleichterung, weil sie in ihrer Verzweiflung nicht mehr allein war.

Sie vertraute mir. Vielleicht hatte mir meine eigene Erfahrung geholfen, sie zu verstehen, ihr die Hilfe angedeihen zu lassen, die sie brauchte.

Ich ging mit ihr ins Haus zurück, steckte sie ins Bett und sagte den Bediensteten, sie sei erkältet, und niemand solle sie stören.

Dann suchte ich Jean-Louis auf. Er machte gerade eine Ruhepause, wie er sie jetzt immer öfter brauchte.

»Ich muß mit dir über etwas Entsetzliches sprechen«, begann ich. »Es geht um Hetty.«

»Sie hat in letzter Zeit sehr bedrückt ausgesehen. Hat es mit James zu tun?«

»Sie bekommt ein Kind.«

»Na ja, sie und James werden ja ohnehin heiraten. Sie sind nicht die ersten, die die Hochzeitsnacht vorweggenommen haben.«

»Es ist nicht so einfach. James ist nicht der Vater.«

»Großer Gott!«

»Sie hat es mir gerade gestanden. Jean-Louis, sie wollte ins Wasser gehen. Aber weil ich sie in letzter Zeit beobachtet habe, konnte ich es verhindern. Es ist beim Erntedankfest geschehen. Sie hatte zu viel Punsch getrunken, und er . . .«

»Weißt du, wer es war?«

»Dickon.«

»Großer Gott!« wiederholte er entsetzt. »Er ist ja noch ein Junge.«

»Einmal sollte man aufhören, immerzu ›Er ist ja noch ein Junge‹ zu sagen. Er ist jung an Jahren, aber er hat reichlich Erfahrung. Was sollen wir jetzt tun, Jean-Louis? Hetty ist verzweifelt.«

»Könnte sie vielleicht Dickon heiraten?«

»Unmöglich! Außerdem haßt sie ihn.«

»Warum hat sie dann . . .«

»Begreifst du denn nicht, daß es ein Racheakt ist? Dickon weiß, daß James Hetty liebt. Dickon war zornig, weil ihr das Brachland Hassock zugesprochen habt. Deshalb hat er sich gerächt.«

»Das ist doch nicht möglich.«

»Doch, ich kenne den Jungen genau. Wenn Hetty ihn heiraten müßte, wäre es wirklich besser, sie ginge ins Wasser.«

»Wir könnten sie irgendwohin schicken, wo sie das Kind zur Welt bringen kann.«

»Daran habe ich auch schon gedacht, aber ich wüßte nicht, wohin sie gehen könnte. Ihr Leben ist zerstört ... ihre Familie war so stolz auf sie, und jetzt geschieht so etwas. Und dabei liebt sie James.«

»Sie wird sich zu einem Entschluß durchringen.«

»Jean-Louis, und was wäre, wenn James sie wirklich liebt. Wenn er sie so sehr liebt, daß er ...«

»Wenn er sie wirklich liebt, wird er sich ihrer annehmen, ganz gleich, was sie getan hat.«

»Wenn ich gefehlt hätte, Jean-Louis ... würdest du mich dennoch lieben, würdest du dennoch zu mir halten?«

Ich konnte ihn dabei nicht ansehen. Ich hatte Angst, er könnte merken, wie heftig mein Herz pochte.

Er ergriff meine Hand und küßte sie. »Ganz gleich, was du tust, ich würde dich immer lieben und beschützen, soweit es in meiner Macht steht.«

»Ich danke dir, Liebster. Wir können nur hoffen, daß James' Liebe genauso groß ist wie die deine. Glaubst du, daß wir mit ihm darüber reden sollen?«

Er dachte lange nach. »Würde Hetty es wollen?«

»Nein, sie könnte sich nie dazu überwinden. Wahrscheinlich hat er ihr noch keinen Heiratsantrag gemacht. Nach dem Erntedankfest hat sich ihre Haltung ihm gegenüber sichtlich geändert. Wir sollten es James sagen, Jean-Louis. Es gibt so viel Unglück auf der Welt, weil die Menschen nicht miteinander reden. Wenn wir sie wegschicken, muß James es erfahren. Er soll die Möglichkeit haben, ihr seine Liebe zu beweisen.«

»Du hast recht.«

Wir besprachen noch, wie wir vorgehen wollten, und dann sandte Jean-Louis einen Boten zu James und ließ ihn bitten, möglichst bald zu uns zu kommen.

Als er erschien, sagte Jean-Louis: »Wir müssen mit Ihnen reden, James. Zippora hat heute etwas über Hetty erfahren.«

»Sie wollte ins Wasser gehen«, fuhr ich fort.

Er starrte mich ungläubig an.

»Es ist wahr. Ich konnte sie gerade noch zurückhalten, und dann hat sie mir erzählt, warum sie es versucht hatte.«

Er sprach noch immer nicht. Er war blaß geworden und hatte die Hände zu Fäusten geballt.

»Sie bekommt ein Kind«, sprach ich weiter. »Der armen Hetty ist etwas Schreckliches zugestoßen.«

James blickte zum Fenster hinaus, damit wir sein Gesicht nicht sehen konnten. Dann sagte er mit gepreßter Stimme: »Wollen Sie damit andeuten, daß sie heiraten wird?«

»Nein.«

»Wer ist es?« fragte er. Er hatte sich uns zugewandt, und in seinen Augen flammte wilder Zorn. »Wer ist der Mann?«

Ich wagte nicht, es ihm zu sagen. Ich befürchtete, daß er Dickon umbringen würde. Jean-Louis nickte mir zu; er dachte das gleiche.

»Es ist beim Erntedankfest geschehen, James«, sagte ich. »Sie waren nicht dabei, und Hetty trank zu viel Punsch. Ein gewissenloser Mensch hat diesen Umstand ausgenützt.«

»Wer ist dieser gewissenlose Mensch?«

»James, Hetty ist zusammengebrochen; denken wir doch zuerst an sie. Ich habe sie ins Bett gesteckt und ihr ein Schlafmittel gegeben. Sie ist vollkommen verzweifelt. Jean-Louis und ich lieben sie und werden ihr auf jeden Fall helfen.«

»Was sagt sie dazu?«

»Das arme Kind ist so unglücklich, daß sie überhaupt nichts sagt.«

»Hat sie mich erwähnt?«

»Ja. Sie liebt Sie. Eigentlich wollte sie Ihretwegen ins Wasser gehen. Ach James, was sollen wir tun? Sie hätten sehen sollen, in was für einem Zustand sie sich befand, als ich sie am Fluß einholte.«

Seine Gefühle spiegelten sich in seinem Gesicht wider. Im Augenblick dachte er nur an Hetty und hatte den Urheber des Unglücks vergessen, aber er würde sich schon noch an ihn erinnern. James war nicht der Mensch, der ein Unrecht schweigend einsteckte.

Ich konnte die Stille nicht mehr ertragen und fragte: »Was werden Sie jetzt tun, James?«

Er schüttelte den Kopf.

»James, Sie sind der einzige Mensch, der ihr helfen kann. So etwas kann vorkommen, und Sie dürfen ihr keinen Vorwurf daraus machen. Sie ist noch so jung. Bitte, James, versuchen Sie, sich in ihre Lage zu versetzen. Es steht so viel auf dem Spiel – ich habe Angst um Hetty.«

Er antwortete immer noch nicht. Dann drehte er sich um und ging zur Tür. Ich lief ihm nach und faßte ihn am Arm. In ihm kämpften sichtlich die widersprechendsten Gefühle – Verwirrung, Verzweiflung, Wut, aber auch Liebe.

Er sah mich an. »Ich danke Ihnen, Zippora. Sie waren gut zu Hetty. Ich danke Ihnen, aber ich möchte jetzt allein sein.«

Ich nickte, und er verließ das Zimmer.

Jean-Louis und ich schwiegen einige Augenblicke, dann fragte ich: »Was geschieht, wenn er erfährt, daß es Dickon war?«

Jean-Louis schüttelte nur den Kopf. »Dickon darf nicht hierbleiben, er muß verreisen. Gott allein weiß, was James anstellen wird. Er darf es nicht erfahren.«

»Man kann es ihm nicht verheimlichen. Er wird es herausbekommen.«

»Aber nicht gleich. Und inzwischen muß Dickon von hier verschwinden.«

»Das wird er nicht tun. Er wird hierbleiben und sich über das Unglück freuen, das er angerichtet hat.«

»Das müssen wir verhindern. Ich muß meiner Mutter und Sabrina Angst einjagen, damit sie uns helfen.«

»Ja, das wäre eine Möglichkeit.«

»Wir haben keine Zeit zu verlieren. Ich gehe sofort hinüber.«

»Bist du nicht ein bißchen voreilig, Zippora?«

»Wir können nicht warten. Wenn James Hettys Verführer entdeckt, besteht die Gefahr, daß er ihn umbringt.«

»Damit hast du recht.«

»Komm mit! Auf dich werden sie hören. Mich halten sie vielleicht für zu impulsiv, aber dich sicherlich nicht.«

Zum Glück waren sowohl meine Mutter als auch Sabrina zu Hause. Als ich ihnen berichtete, was geschehen war, waren sie zuerst sprachlos.

»Ich glaube es nicht«, erklärte Sabrina dann.

»Das Mädchen hat das Ganze erfunden«, fügte meine Mutter hinzu.

»Hetty spricht die Wahrheit«, widersprach ich. »Ihr kennt doch Dickon, ihr wißt doch, wie er den Dienstmädchen nachstellt. Er könnte sich in Gefahr befinden, und deshalb bin ich herübergekommen.«

Sie erschraken. »In Gefahr? Willst du sagen . . .«

»Ja, ich meine James. Er liebt Hetty. Er wollte sie heiraten. Wenn er erfährt, daß Dickon der Verführer ist . . .«

Meine Mutter war blaß geworden. »Das ist schrecklich. Ich glaube keinesfalls . . .«

»Fang jetzt nicht an, Dickon als Unschuldslamm hinzustellen. Ich möchte übrigens nicht, daß er ein Wort davon erfährt, sonst weigert er sich vielleicht, Clavering zu verlassen.«

»Das würde aber seine Unschuld beweisen«, warf Sabrina ein.

»Nein, es würde nur beweisen, daß er sich an der Verzweiflung seines Opfers weiden will.«

»Auch wenn er sich selbst dadurch in Gefahr bringt?«

»Es ist ihm gleich, ob er sich dadurch gefährdet. Ich möchte vermeiden, daß es hier zu einer Tragödie kommt. Bitte, fahrt mit Dickon fort, bis James sich beruhigt hat. Ich will nicht, daß Dickon hier ist, wenn James die Wahrheit erfährt.«

»Sie beschuldigt Dickon zu Unrecht.«

»Nein! Warum sollte sie? Ich kenne Dickon; er wollte sich für die Blamage mit dem Brachland rächen.«

Natürlich wußten sie, daß ich recht hatte, aber sie würden es nie zugeben. Es war mir jedoch geglückt, sie aufzurütteln.

»Hast du nicht erwähnt, Sabrina, daß du Bath besuchen möchtest, um die neuen Quellen zu sehen?«

»Allerdings.«

»Dann fahr hin, Sabrina, und nimm Dickon mit. *Bitte.* Du wirst ihn nicht lange überreden müssen, denn er reist gerne. Ich habe doch recht, Jean-Louis, nicht wahr?«

»Zippora hat recht. Sie hat sich Hettys angenommen. Das arme Mädchen wollte ins Wasser gehen.«

»O Gott«, murmelte meine Mutter.

»Weiß James davon?«

»Ja, aber er weiß nicht, wer sie verführt – oder besser gesagt, vergewaltigt hat.«

»Nein!«

»Wir haben jetzt keine Zeit, um Worte zu streiten. Dickon ist körperlich sicherlich imstande, ein Kind zu zeugen. Er befindet sich in Gefahr; schafft ihn von hier fort.«

Meine Mutter zitterte. »Ja, Sabrina, es bleibt uns nichts anderes übrig. Ich weiß, daß es nicht wahr ist, aber wenn James ihn verdächtigt . . .«

»Ich könnte in zwei Tagen abreisen«, erklärte Sabrina. »Er fährt sicherlich gern mit.«

»Gut, dann also in zwei Tagen«, bestimmte ich. »Aber keine Stunde länger.«

Jean-Louis und ich waren erschöpft, als wir nach Hause kamen. Hetty schlief noch immer friedlich, und ich wollte bei ihr sein, wenn sie erwachte.

James bekamen wir nicht zu Gesicht. Wahrscheinlich kämpfte er noch mit sich. Eigentlich war ich ganz froh darüber, daß wir nicht mit ihm sprechen mußten, weil ich so nicht in Gefahr geriet, Dickons Namen zu erwähnen.

Zwei Tage später ging ich nach Clavering Hall. Sabrina und Dickon waren auf zwei Wochen nach Bath gefahren.

Jean-Louis und ich waren zutiefst erleichtert.

Die arme Hetty sah aus wie ein Gespenst. Ich erklärte den Dienstboten, daß sie krank sei und deshalb auf ihrem Zimmer bleiben müsse. Natürlich hielt ich mich viel bei ihr auf. Manchmal sagte sie kein Wort, und manchmal brachen die Worte wie ein Sturzbach aus ihr hervor. Sie hatte immer schon Angst vor Dickon gehabt, weil er sie so frech musterte. Sie hatte sich am Erntedankfest gut unterhalten, aber immer wieder an den abwesenden James gedacht. Dann hatte ihr Dickon ein Glas Punsch aufgezwungen. Als er ihr noch ein Glas aufdrängen wollte, hatte sie abgelehnt, und er hatte gespottet: »Du bist doch wirklich nur ein einfältiges Landmädchen.«

Daraufhin hatte sie getrunken, und als ihr schwindlig wurde, hatte er sie in den Garten geführt, weil ihr die frische Luft angeblich gut tun würde. Dann waren sie plötzlich im Gesträuch, der Schwindel war immer stärker geworden . . . dann war es geschehen.

»Ich war so dumm«, rief sie. »Ich hätte es wissen müssen. Ich hielt mich für so gescheit! Und dann drohte er mir, er würde Lady Clavering erzählen, daß ich ihn ins Gebüsch gelockt hätte.« Sie hätte ihm geglaubt. ›Ihr Mädchen seid ja alle gleich‹, behauptete er. Damit zwang er mich, ihm immer wieder zu Willen zu sein. Erst als ich schwanger war, ließ er mich in Ruhe.«

»Das ist jetzt vorbei«, beruhigte ich sie. »Man muß das Vergangene sein lassen und neu beginnen.«

»Wie sollte ich das tun?«

»Mein Mann und ich werden einen Ausweg finden. Wir werden Sie an einen Ort schicken, wo Sie Ihr Kind zur Welt bringen können, und dann werden wir weitersehen.«

»Ich weiß wirklich nicht, was ich ohne Sie täte.«

»Sie müssen an das Kind denken, denn sie schaden ihm, wenn Sie sich in Ihrem Kummer vergraben. Ist es erst einmal da, werden Sie es bestimmt lieb haben.«

»Aber ein Kind, das auf diese Art gezeugt wurde. *Sein* Kind.«

»Das Kind ist unschuldig. Sie müssen aufhören, sich zu quälen. Ich sagte Ihnen ja, daß wir uns Ihrer annehmen werden.«

Dann erschien eines Tages James bei uns. »Ich habe nicht viel Zeit«, sagte er. »Wo ist Hetty?«

»Hier bei uns. Das arme Mädchen befindet sich in einem fürchterlichen Zustand.«

»Ich danke Ihnen für alles, was Sie für Hetty getan haben. Und jetzt sagen Sie mir bitte, wer der Vater ist.«

»James, ich schätze Sie sehr. Mein Mann und ich mögen Sie und Hetty. Das Ganze ist eine schreckliche Geschichte, und ich bitte Sie nur, es nicht noch ärger zu machen. Die arme Hetty braucht jetzt sehr viel Zärtlichkeit und Liebe, verstehen Sie das denn nicht?«

»O doch, und ich will ja auch für sie sorgen.«

»Ich bin glücklich darüber, James.«

»Sie wissen ja, daß ich vorhatte, Hetty zu heiraten. Aber wie konnte sie nur . . .«

»Sie kann nichts dafür, James. Man hat sie betrunken gemacht. Sie konnte ihn nicht abwehren, er überrumpelte sie.«

»Wer war es?«

»Dickon.«

Er biß die Zähne zusammen, und sein Gesicht wurde blaß. Zum Glück war Dickon weit fort.

Er drehte sich um und wollte gehen. »Dickon ist nicht hier«, sagte ich. »Er ist mit seiner Mutter verreist und wird erst in einigen Wochen zurückkommen.«

»Er hat sich also aus dem Staub gemacht . . .«

»Nein. Er weiß nicht, daß Hetty Selbstmord begehen wollte.«

»Warum ist sie denn nicht zu mir gekommen?«

»Wie hätte sie das wagen können? Sie war davon überzeugt, daß Sie sie fortjagen würden.«

»Das hätte ich nie getan.«

»Ach James, helfen Sie mir doch, das arme Kind wieder glücklich zu machen.«

»Ich liebe sie, Zippora.«

»Und wie weit geht diese Liebe, James? Werden Sie mit ihr sprechen und ihr erklären, daß Sie sie lieben, daß Sie sich ihrer annehmen wollen, daß Sie Verständnis haben? Verständnis ist das Wichtigste. Sie ist nicht schuldig; wenn Sie hier gewesen wären, wäre es nie dazu gekommen.«

»Wo ist sie jetzt?«

»Oben in ihrem Zimmer.«

»Ich gehe zu ihr. Gott segne Sie, Zippora.«

James wollte also Hetty heiraten. Jean-Louis und ich waren glücklich darüber, doch dann kam ein harter Schlag.

Sie konnten unmöglich in Clavering bleiben. James würde sich Dickon gegenüber nie beherrschen können, und Hetty wollte ihn niemals wiedersehen. Wie schon erwähnt, war James' Onkel gestorben, und der Vetter hatte ihn aufgefordert, mit ihm gemeinsam die Farm des Verstorbenen zu führen.

Damit standen wir vor dem Problem, wie wir ohne James zurechtkommen sollten. Natürlich würden wir einen neuen Verwalter finden, aber James war überaus tüchtig gewesen, und da Jean-Louis immer schwächer wurde, brauchten wir einen wirklich guten Mann.

Schließlich fanden wir Tim Parker, der tatkräftig und arbeitswillig war, aber James fehlte uns an allen Ecken und Enden. Unser einziger Trost war, daß er und Hetty sich auf ihrer Farm wohl fühlten.

Drei Monate, nachdem sie uns verlassen hatten, erfuhren wir, daß Hetty eine Fehlgeburt gehabt hatte, und drei Monate danach teilten sie uns mit, daß sie wieder schwanger war.

Jetzt hatten sie die Möglichkeit, von vorn zu beginnen. Da James ein vernünftiger junger Mensch war, zog er einen Strich unter die Vergangenheit, und Hetty blühte wieder auf.

Dickon und Sabrina kehrten aus Bath zurück, und Dickon, der den Aufenthalt genossen hatte, begann sich wie ein Dandy zu kleiden.

Ich haßte und fürchtete ihn zugleich. Meine Mutter und Sabrina hingen mehr denn je an ihm. Er bekundete immer noch großes Interesse für das Gut und freundete sich mit Tim Parker an. Die Tatsache, daß er James aus dem Haus getrieben hatte, bereitete ihm sichtlich Vergnügen. Er hatte James gezeigt, daß jeder, der ihm in die Quere kam, dafür bezahlen mußte.

Wir hatten gerade erst erfahren, daß Hetty einen Sohn geboren hatte, als ein junger Mann eintraf, der mich zu sprechen wünschte. Er war fast noch ein Junge und kam mir irgendwie bekannt vor.

Er wirkte befangen, richtete seine Botschaft jedoch ordentlich aus. »Mein Großvater schickt mich, ich bin von Eversleigh hierher geritten.«

»Dein Großvater?«

»Jethro, Mistress.«

»Ach so.«

»Ich soll Ihnen bestellen, Mistress, daß mein Großvater Sie bitten läßt, nach Eversleigh zu kommen. Im Haus stimmt etwas nicht, und Sie sollten einmal nach dem Rechten sehen.«

VI

Die Verschwörung

Ich schickte Jethros Enkel mit Botschaften an Jethro und Onkel Carl zurück. Ende der Woche würde ich nach Eversleigh aufbrechen.

Jean-Louis wollte mich begleiten, aber das war nicht gut möglich. Tim Parker kannte sich noch nicht so weit aus, daß man ihn allein lassen konnte; außerdem war die Reise für Jean-Louis sicherlich zu anstrengend.

Jean-Louis schlug vor, ich sollte Sabrina oder meine Mutter mitnehmen. Aber seit der Affäre mit Hetty hatte sich mein Verhältnis zu ihnen gewandelt. Sie verziehen mir meine Abneigung gegen Dickon nicht und faßten sie als persönliche Beleidigung auf. Vielleicht hatte ich auch Angst vor den Andeutungen, die Jessie oder Evalina machen konnten. Ich beschloß also, wieder einmal allein zu reisen.

Jean-Louis erhob noch etliche Einwände, willigte aber schließlich unter der Bedingung ein, daß ich wieder sieben Reitknechte als Begleitung mitnahm.

Es war Frühling, die Tage waren lang, und wir kamen gut voran, so daß wir am zeitigen Nachmittag in Eversleigh eintrafen. Jessie erwartete uns und begrüßte mich freundlich. Sie war unauffälliger gekleidet als je zuvor; sie trug ein hellgraues, einfaches Kleid und so gut wie keine Schminke.

»Ich bin so froh, daß Sie da sind, ich habe mir solche Sorgen gemacht. Ich sagte ihm, daß ich Sie verständigen würde, aber als er das begriff, war er verzweifelt. Er wollte Sie nicht aufregen. Es geht ihm gar nicht gut, Sie werden es ja selbst sehen. Sie müssen müde sein; wollen Sie sich ein wenig ausruhen?«

»Nein, ich möchte sofort mit ihm sprechen.«

»Ich weiß nicht, wann Sie ihn sehen können, das hängt vom Arzt ab.«

»Der Arzt ist hier?«

»Er wollte nicht den Arzt aus dem Ort konsultieren, sondern ließ seinen eigenen Doktor kommen. Zum Glück hat Dr. Cabel seine Praxis schon aufgegeben und kann deshalb bei uns wohnen.«

»Was ist eigentlich geschehen?«

»Eine Art Anfall. Ich habe schon geglaubt, es ist das Ende. Zum Glück war Dr. Cabel im Haus. Ihr Onkel war schon längere Zeit leidend und entschloß sich auf mein Drängen, seinen alten Freund Dr. Cabel kommen zu lassen. Weil der Arzt davon überzeugt war, daß eine Krise im Anzug war, blieb er gleich hier.«

»Ich werde meinen Onkel lieber sofort aufsuchen.«

»Sie dürfen ihn nicht stören, wenn er schläft, denn man darf ihn auf keinen Fall aufregen. Würde es Ihnen etwas ausmachen, die Rückkehr des Arztes abzuwarten? Er unternimmt nur einen kleinen Spaziergang. Sobald er zurück ist, sage ich ihm, daß Sie hier sind. Ich führe Sie inzwischen in Ihr Zimmer, damit Sie sich waschen und umziehen können. Ich nehme an, Dr. Cabel wird Ihnen erlauben, ein paar Minuten mit Ihrem Onkel zu sprechen.«

»Das klingt ja, als ob mein Onkel sterbenskrank wäre.«

»Und ob, meine Liebe. Ich glaubte wirklich, es gehe mit ihm zu Ende. Aber jetzt bringe ich Sie auf Ihr Zimmer, und wenn Sie sich frisch gemacht und eine Kleinigkeit gegessen haben, werden Sie sich gleich besser fühlen.«

Das klang eigentlich recht vernünftig, doch Jethros Botschaft hatte mich mißtrauisch gemacht. Ich beschloß, sobald wie möglich Onkel Carl aufzusuchen. Also ging ich auf mein Zimmer, wusch mich, zog mich um und begab mich in den Wintersalon, wo Kuchen und Wein auf dem Tisch standen.

»Ich weiß nicht, wie hungrig Sie sind«, meinte Jessie, »aber vielleicht möchten Sie rasch eine Kleinigkeit essen.«

»Ich bin überhaupt nicht hungrig. Ich möchte über Lord Eversleighs Gesundheitszustand genau Bescheid wissen.«

»Das werden Sie, sobald Dr. Cabel hier ist. Er kann Sie viel genauer informieren als ich.«

»Seit wann ist Lord Eversleigh krank?«

»Er hatte den Anfall vor beinahe zwei Monaten.«

»So lange schon! Warum haben Sie mich nicht gleich verständigt?«

»Ich wollte es tun.« Sie blickte zu Boden, und ich hätte sie beinahe angeschrien ›Warum taten Sie es dann nicht?‹, doch ich schwieg und wartete ab. Sie griff geistesabwesend nach einem Stück Kuchen und aß es.

»Es ist eine schwere Verantwortung für Sie«, tastete ich mich vor.

Sie hörte auf zu kauen und blickte zur Decke. »Da haben Sie etwas Wahres gesagt. Aber ich habe ihn gern, und deshalb befolge ich alle Anordnungen des Arztes peinlich genau. Er war immer gut zu mir, also ist es das mindeste, was ich für ihn tun kann.«

Sie widerte mich an, und trotz ihrer Freundlichkeit traute ich ihr nicht über den Weg. Ich stand auf, denn ich war zu nervös, um lange sitzen bleiben zu können; außerdem hatte ich überhaupt keinen Appetit auf Wein und Kuchen.

»Ich gehe in den Garten, ich muß mir die Beine vertreten. Sobald Dr. Cabel wieder da ist, will ich mit ihm sprechen.«

Ich ging eine Weile im Garten herum, dann schlüpfte ich durch das Gesträuch.

Jethro erwartete mich schon. »Ich bin sehr froh, daß Sie gekommen sind, Mistress Zippora.«

»Ich danke dir für deine Botschaft. Was ist hier eigentlich los?«

»Das möchte ich auch wissen. Es ist alles so merkwürdig.«

»Was meinst du mit merkwürdig?«

»Ich habe Seine Lordschaft seit dem Anfall nicht mehr gesehen, und der war vor zwei Monaten.«

»Konntest du nicht an einem Nachmittag zu ihm hinein-
schauen?«

»Ich traute mich nicht. Amos Carew ist sehr oft im Haus.«

»Willst du damit sagen, daß er ins Herrenhaus umgezogen
ist?«

»Nein, das nicht. Er wohnt noch immer im Verwalterhaus,
aber er ist sehr oft drüben.«

»Das heißt, er schläft dort.«

»Es scheint so, Mistress Zippora. Ich habe ihn jeden Morgen
aus dem Haus kommen gesehen.«

»Nachdem Lord Eversleigh seinen Anfall hatte?«

»Ja. Sie haben nie Dr. Forster geholt.«

»Dr. Forster?« wiederholte ich. Der Name kam mir irgendwie
bekannt vor.

»Das ist der neue Arzt in der Stadt, er ist seit etwa zwei Jahren
hier. Die Leute mögen ihn, weil er ein guter Arzt ist. Aber Seine
Lordschaft ließ seinen eigenen Doktor kommen.«

»Ja, Dr. Cabel. Hatte er Lord Eversleigh schon früher einmal
behandelt?«

»Nein. Anscheinend ist Dr. Cabel ein alter Freund Seiner
Lordschaft – das behaupten jedenfalls die Dienstmädchen –, dieser
ließ ihn kommen, und weil Cabel seine Praxis schon aufgegeben
hat, blieb er gleich im Haus. Angeblich vertraut Seine Lordschaft
niemand anderem.«

»Das hat mir auch Jessie erzählt. Und was ist deiner Meinung
nach daran seltsam? Lord Eversleigh hat einen Schlaganfall
erlitten, wie viele Leute in diesem Alter, und läßt sich von seinem
eigenen Arzt behandeln.«

»Ich weiß nicht recht, Mistress Zippora, aber etwas stimmt
dabei nicht. Ich durfte Seine Lordschaft seither kein einziges Mal
besuchen.«

»Man darf ihn nicht aufregen.«

»Ich bin ein sehr friedlicher Mensch, und ich glaube, er würde
gern mit mir sprechen. Er hat sich jedenfalls immer gefreut, wenn
ich zu ihm gekommen bin. Obwohl er am Nachmittag meist

schlief, machte es ihm nichts aus, wenn ich ihn weckte. Er sagte immer wieder: ›Besuch mich nur, so oft du willst, Jethro, und wenn ich schlafe, wecke mich ruhig auf.‹ Ich habe auch jetzt versucht, ihn zu sehen, und bin hinaufgeschlichen. Ich wußte, daß Jessie nicht im Haus war, und auch Dr. Cabel war ausgegangen. Aber es war mir nicht möglich, Seine Lordschaft zu sprechen.«

»Du willst damit sagen, daß du zu seinem Zimmer gegangen bist?«

Jethro nickte. »Die Tür war versperrt. Als wollten sie verhindern, daß jemand Seine Lordschaft besucht. Es war sehr merkwürdig, Mistress. Und eines der Dienstmädchen, das oft mit meinem Enkel beisammen ist, hat ihm erzählt, daß Jessie den Raum selbst saubermacht und niemanden hineinläßt.«

»Könnte es nicht sein, daß er so schwer krank ist, daß ihn niemand stören darf?«

»Vielleicht, aber Jessie hat sich nie gern die Hände schmutzig gemacht, und es ist sicherlich schon lange her, seit sie einen Besen in der Hand gehabt hat. Wenn ich jetzt mit Ihnen darüber spreche, klingt alles eigentlich ganz natürlich. Nur habe ich mir damals wirklich Sorgen gemacht. Ich hoffe, ich habe Sie durch meine Botschaft nicht beunruhigt.«

»Du hast vollkommen richtig gehandelt, Jethro. Es ist sehr gut, daß ich hier bin und von Dr. Cabel erfahren kann, wie es meinem Onkel wirklich geht.«

Er sah erleichtert aus. Ich erkundigte mich weiter. »Was gibt es sonst Neues?«

»Ach ja, Evalina hat geheiratet.«

»Und ist fortgezogen?«

»Nicht weit weg. Erinnern Sie sich an Grasslands?«

»Natürlich, das ist das große Haus in der Nähe von Enderby.«

»Richtig. Sie ging als Haushälterin zum alten Andrew Mather, und schon wenige Monate darauf fand die Trauung statt.«

»Also ist Evalina jetzt die Herrin von Grasslands.«

»Sie ist eine echte Lady geworden und fährt in einer eigenen

Kutsche herum. Angeblich hat sie den alten Mann richtig umgarnt; sie ist so lange zu ihm ins Bett gekrochen, bis sie ihn dort hatte, wo sie ihn haben wollte. Sie hat viel von ihrer Mutter gelernt.«

»Und was ist mit Enderby?«

»Das gehört jetzt den Forsters.«

»Ach ja, ich erinnere mich. Ich habe sie einmal kennengelernt.«

»Der Dr. Forster, der seine Praxis in der Stadt hat, ist mit ihnen verwandt. Er hält sich oft in Enderby auf, obwohl ihm ein Haus in der Stadt gehört.«

»Nun, das war jetzt eine ganze Menge Neuigkeiten. Ich werde dich wieder besuchen, nachdem ich mit Dr. Cabel gesprochen habe. Dann werde ich auch mehr über den Gesundheitszustand meines Onkels wissen.«

Ich kehrte ins Haus zurück, war aber noch nicht lange in meinem Zimmer, als es klopfte. Es war Jessie.

»Dr. Cabel ist jetzt hier. Er freut sich sehr darüber, daß Sie gekommen sind. Würden Sie zu ihm hinunterkommen?«

»Gern.«

Ich folgte ihr in einen der kleinen Salons, in dem uns Dr. Cabel erwartete. Als ich eintrat, erhob er sich und verbeugte sich. Er war groß, eine imposante Erscheinung, und sah aus wie der typische Arzt. Er war keineswegs mehr jung, wirkte aber noch sehr agil. Ich schätzte, daß er um etwa fünf oder zehn Jahre jünger war als mein Onkel.

Er ergriff meine Hand. »Ich freue mich sehr, daß Sie gekommen sind, Mistress Ransome. Ich war immer schon der Meinung, daß man Sie verständigen müßte.«

»Wie geht es meinem Onkel? Ist er schwer krank?«

Dr. Cabel hob hilflos die Hände. »Ja und nein. Wenn Sie wissen wollen, ob er jeden Augenblick hinscheiden kann, muß ich mit ja antworten, aber das gilt für jeden von uns. Wenn Sie fragen, ob er noch sechs Monate, ein Jahr, zwei Jahre oder gar drei leben wird . . . es wäre möglich. Wie Sie wissen, hat er einen

Anfall erlitten, bei einem Mann seines Alters immer eine ernstzunehmende Sache. Aber er hat ihn überlebt, und es spricht viel dafür, daß er am Leben bleibt.«

»Sie können also kaum etwas mit Bestimmtheit behaupten.«

Dr. Cabel schüttelte den Kopf. »Ich möchte Sie darauf vorbereiten, daß er sehr verändert ist. Er ist einseitig gelähmt . . . das ist oft die Folge von solchen Anfällen. Er kann die linke Hand nicht gebrauchen, und er kann nicht gehen. Er kann nur undeutlich sprechen . . . und er hat sich auch äußerlich verändert. Sie werden wahrscheinlich erschrecken, wenn sie ihn sehen. Lassen Sie es ihn aber nicht merken, damit er sich nicht neuerlich aufregt. Manchmal ist er bei klarem Verstand, gelegentlich ist er ein bißchen verwirrt. Er braucht sehr sorgfältige Pflege, und es ist ein Glück, daß er Mistress Stirling hat.«

»Ich tue mein Bestes«, erklärte Jessie. »Er ist so verändert. Er war immer . . .«

»Er klammert sich eben ans Leben«, unterbrach sie der Arzt. »Schon die Tatsache, daß er den Anfall überlebt hat, ist ein Beweis dafür. Wir dürfen ihn auf keinen Fall überfordern. Sie müssen mich jetzt einen Augenblick entschuldigen; ich gehe zu ihm hinauf, überzeuge mich davon, daß alles in Ordnung ist, und dann können Sie nachkommen.«

Er stand auf und verließ das Zimmer.

»Er ist ein guter Mensch«, erklärte Jessie, »auch wenn er gern das Kommando führt. Manchmal läßt er nicht einmal mich ins Zimmer. Aber schließlich ist er der Arzt und muß wissen, was er tut.«

Ich schwieg. Ich hatte das Gefühl, daß mein Onkel bei Dr. Cabel in guten Händen war.

Als er zurückkehrte, schüttelte er den Kopf. »Er schläft, wie meist um diese Zeit. Ich werde in zehn Minuten wieder nachsehen, denn ich möchte ihn nicht wecken.«

Es war dämmrig geworden, und im Zimmer war es still. Dann fragte der Arzt: »Werden Sie länger hierbleiben, Mistress Ransome?«

»Das weiß ich nicht. Meinem Mann geht es nicht sehr gut, und wir haben vor kurzer Zeit einen neuen Verwalter angestellt. Außerdem habe ich eine kleine Tochter . . .«

»Natürlich, Sie haben Pflichten Ihrer Familie gegenüber. Ich würde Sie jedenfalls über Lord Eversleighs Zustand auf dem laufenden halten.«

»Anscheinend kann ich hier wirklich nicht sehr viel tun.«

»Ich bin davon überzeugt, daß er sich über Ihren Besuch freut«, lächelte Jessie.

»Falls er Sie erkennt«, wandte Dr. Cabel ein.

»Halten Sie es für möglich, daß das nicht der Fall ist?«

Der Doktor hob wieder die Hände. »Wir haben es ja erlebt, nicht wahr, Mistress Stirling? Gelegentlich erkennt er nicht einmal Sie.«

»Allerdings«, stimmte Jessie zu, »und obwohl es dumm von mir ist, schmerzt es mich. Er war immer . . .«

Dr. Cabel neigte den Kopf zur Seite und sah mich aufmerksam an.

Er liebte großartige Gebärden, das war mir trotz meiner Besorgnis um meinen Onkel aufgefallen. Aber er wirkte wirklich zuverlässig und erfahren.

Nach einiger Zeit stand er auf, um wieder nachzusehen. Da es inzwischen finster geworden war, nahm er eine Kerze mit.

»Er kommandiert mit uns allen herum«, meinte Jessie, als er draußen war. »Man könnte beinahe annehmen, daß das Haus ihm gehört. Aber ich mache mir nichts draus, weil er Lordy beinahe seine ganze Zeit widmet.«

Dr. Cabel kam zurück und nickte mir zu. »Kommen Sie jetzt.«

Ich ging hinter ihm die Treppe hinauf, dicht gefolgt von Jessie.

Vor der Tür wandte sich Dr. Cabel mir zu. »Sie können nicht lange bleiben. Ich werde Ihnen ein Zeichen geben, wenn ich finde, daß es genug ist, dann müssen Sie das Zimmer verlassen.«

Er öffnete leise die Tür, und wir schlichen auf Zehenspitzen hinein. Auf dem Kaminsims brannten zwei Kerzen.

Die Vorhänge um das Himmelbett waren halb zugezogen, so daß kaum Licht auf den Kranken fiel.

Dr. Cabel schob einen der Vorhänge zurück und winkte mir. Ich trat ans Bett, in dem mein Onkel mit geschlossenen Augen lag. Er trug eine Nachtmütze, die tief in die Stirn gezogen war. Trotz der Hinweise von Dr. Cabel erschrak ich, denn ich erinnerte mich daran, wie er bei meinem letzten Besuch ausgesehen hatte; jetzt waren die lebhaften dunklen Augen geschlossen; die Haut war genauso pergamentartig und runzlig wie damals.

Seine Hand lag auf der Decke, und ich erkannte den schweren Siegelring, den er immer getragen hatte.

»Ergreifen Sie seine Hand«, flüsterte der Arzt.

Ich gehorchte und spürte einen leichten Druck.

»Onkel«, flüsterte ich.

Seine Lippen bewegten sich, und ich glaubte, ein geflüstertes »Carlotta« zu vernehmen.

»Er versucht, mit Ihnen zu sprechen«, sagte Dr. Cabel.

»Er hält mich für meine Urgroßmutter, das war schon seinerzeit gelegentlich der Fall.«

»Sprechen Sie zu ihm.«

»Onkel Carl, ich bin hergekommen, um dich zu sehen. Ich hoffe, daß wir uns miteinander unterhalten können.«

Ich hob seine Hand und küßte sie, dabei bemerkte ich den braunen Fleck am Daumen. Er hatte mich selbst einmal darauf aufmerksam gemacht und ihn als Blume des Todes bezeichnet. »Alte Menschen bekommen solche Flecken«, hatte er mir erklärt.

Der Doktor berührte mich leicht am Arm und nickte vielsagend.

Ich mußte gehen.

Vor der Tür hob Dr. Cabel die Kerze, so daß das Licht auf mein Gesicht fiel.

»Jetzt sind Sie doch erschrocken, und dabei habe ich Sie gewarnt.«

Jessie tätschelte meinen Arm. »Vielleicht geht es ihm morgen ein bißchen besser. Was meinen Sie, Doktor?«

»Leicht möglich. Er weiß jetzt, daß Sie hier sind, und er hat sich offensichtlich darüber gefreut. Sie haben günstig auf ihn gewirkt.«

»Er hat mir die Hand gedrückt.«

»Und er hat zu sprechen versucht. Das ist ein gutes Zeichen, auch wenn er Sie für jemand anderen gehalten hat.«

»Ich bin froh, daß ich bei ihm war. Aber jetzt möchte ich auf mein Zimmer gehen, ich bin sehr müde.«

»Gut, ich werde Sie begleiten und mich davon überzeugen, daß alles in Ordnung ist«, sagte Jessie. »Würden Sie uns eine Kerze anzünden, Doktor?«

Im Haus standen überall Kerzen herum. Ich beobachtete später, daß die Diener sie am Abend verteilten und am Morgen einsammelten.

Ich verabschiedete mich von Dr. Cabel, der hinunterging, während Jessie und ich zu meinem Zimmer hinaufstiegen.

Sie entzündete die vier Kerzen, die sich im Zimmer befanden, und sah sich um.

»Sie werden gut schlafen, Sie müssen ja erschöpft sein. Was halten Sie von Ihrem Onkel? Haben Sie erwartet, ihn so vorzufinden?«

»Sie hatten mich darauf vorbereitet.«

»Wenn ich bedenke, wie er noch vor zwei Monaten war ... und jetzt – es ist tragisch.«

Sie blinzelte, als wolle sie eine Träne zerdrücken. Ich konnte mir gut vorstellen, daß sie beunruhigt war, denn mit seinem Tod endete auch ihr angenehmes Leben.

»Wenn Sie noch etwas brauchen ...«

»Danke.«

»Also dann gute Nacht.«

Sie verließ das Zimmer, und ich überzeugte mich davon, daß der Schlüssel im Schloß steckte. Dann packte ich ein paar Kleinigkeiten aus. Der Raum war voller Schatten, die beinahe bedrohlich wirkten.

Ich versperrte die Tür, zog mich aus und ging zu Bett. Ich

versuchte einzuschlafen, es gelang mir aber lange nicht. Die Erinnerungen verfolgten mich.

Als ich am nächsten Morgen erwachte, fiel heller Sonnenschein ins Zimmer. Ich hatte verschlafen.

Kaum hatte ich die Augen geöffnet und die Tür aufgesperrt, als ein Mädchen mit heißem Wasser hereinkam.

»Mistress Stirling hat befohlen, daß wir Sie schlafen lassen. Sie war der Meinung, Sie müßten todmüde sein.«

»Wie spät ist es?«

»Acht Uhr.«

Für gewöhnlich stand ich um sieben auf.

Ich zog mich an und ging hinunter. In der Halle fand ich Jessie, in ein Gespräch mit Dr. Cabel vertieft.

»Wie geht es Lord Eversleigh heute früh?« fragte ich.

»Nicht sehr gut, anscheinend hat ihn Ihr Besuch aufgeregt.«

»Das tut mir leid.«

»Sie müssen sich nicht entschuldigen. Natürlich freut er sich, aber jegliche Aufregung ist eben Gift für ihn. Wir müssen vorsichtig sein. Lassen Sie ihn heute in Ruhe, er schläft jetzt. Ich habe ihm ein Beruhigungsmittel verabreicht.«

»Dann ist es wohl auch besser, wenn ich nicht bei ihm im Zimmer Staub wische«, sagte Jessie. Und zu mir gewandt: »Ich tue es selbst, denn ich möchte nicht, daß eines der Mädchen dort herumtrampelt.«

»Lassen Sie den Staub ruhig liegen«, bestärkte sie der Arzt.

»Sie werden jetzt frühstücken wollen«, sagte Jessie zu mir, und ich folgte ihr in den Wintersalon. Auf dem Tisch befanden sich Haferbrot, Ale und Schinken. Jessie fuhr sich unbewußt mit der Zunge über die Lippen, als sie den Tisch überblickte.

»Sie sind sicherlich hungrig. Ich weiß, wie es auf Reisen ist, denn ich habe mir nie viel aus dem Gasthausessen gemacht.«

Ich aß ein wenig Schinken und Brot, die mir sehr gut schmeckten. Weil Jessie gern gut aß, sorgte sie auch für ausgezeichnetes Essen.

»Was werden Sie heute unternehmen?« fragte sie mich.

»Zuerst werde ich spazierengehen und am Nachmittag ein bißchen ausreiten; mein Pferd muß bewegt werden. Aber ich werde mich nicht weit vom Haus entfernen, denn ich möchte greifbar sein, falls mein Onkel aufwacht und mich sprechen will.«

»Das ist eine ausgezeichnete Idee.«

Zunächst suchte ich Jethro auf und erzählte ihm von meinem Besuch bei Onkel Carl; er war sehr erleichtert.

»Du hast wohl angenommen, Jethro, daß sie ihn weggezaubert haben.«

»Na ja, ich konnte ihn ja nicht sehen . . .«

»Er ist augenscheinlich sehr krank. Dr. Cabel scheint ein tüchtiger Arzt zu sein. Ich durfte nur kurz bei Onkel Carl bleiben, aber ich hoffe, daß ich ihm heute einen längeren Besuch abstatten kann. Vielleicht kann ich mich sogar ein wenig mit ihm unterhalten. Er hat gestern versucht zu sprechen.«

»Sie haben mir eine Zentnerlast von der Seele genommen, Mistress Zippora, und ich hoffe nur, daß es richtig von mir war, Sie herzubitten.«

»Es war das einzig Richtige, Jethro.«

Darüber freute er sich sehr. Auf dem Gut ging alles seinen gewohnten Gang. Amos Carew beaufsichtigte die Leute streng, so wie immer. Lord Eversleigh hatte sich ja nie um die Verwaltung des Besitzes gekümmert.

Ich verabschiedete mich von Jethro und kehrte ins Haus zurück.

Das Mittagessen nahm ich gemeinsam mit Jessie und dem Doktor ein. Nachher schlenderte er mit mir zum Stall hinüber.

»Lord Eversleigh wird wahrscheinlich erst später am Tag nach Ihnen fragen. Er schläft noch, und ich möchte ihn auf keinen Fall aus dem Schlummer reißen. Es ist wirklich eine Erleichterung für mich, daß jemand von seiner Familie anwesend ist.«

Er sah mich beinahe hilflos an. »Mistress Stirlings Stellung . . . na ja, sie ist nicht ganz regulär, aber Eversleigh war offensichtlich schon immer so veranlagt. Er genoß das Leben auf seine Weise, und zwar eher unkonventionell. Dennoch ist es gut, daß diese Jessie im Haus ist. Er hat sie anscheinend sehr gemocht, denn er ist ruhiger, wenn sie sich im Zimmer befindet. Er hat sich an sie gewöhnt, außerdem ist sie wirklich eine gute Haushälterin. Das Wichtigste ist, daß Carl sich nicht aufregt; er braucht vor allem Ruhe.«

»Es ist ein Glück, daß Sie hierbleiben konnten.«

»Er wollte es . . . aber jeder andere Arzt hätte genauso viel für ihn tun können wie ich. Wie ich gehört habe, ist der Arzt in der Stadt sehr gut; mein Vorteil besteht darin, daß ich im Haus wohne.«

»Ich danke Ihnen jedenfalls, Dr. Cabel.«

»Welches Pferd gehört Ihnen?«

»Die braune Stute. Wir vertragen uns gut.«

»Sie reiten viel, Mistress Ransome?«

»Ja, seit jeher.«

»Dann viel Vergnügen.«

Einer meiner Reitknechte trat zu mir; er traf gerade Vorbereitungen für die Rückkehr nach Clavering.

»Würdest du mein Pferd satteln, Jim?« bat ich ihn. »Ich reite aus. Wann brecht ihr auf?«

»In einer Stunde.«

»Richte zu Hause aus, ich werde euch bald kommen lassen, damit ihr mich zurückbegleitet.«

»Der Herr wird sich darüber freuen.«

Der Arzt sah uns wohlwollend zu, bis ich aus dem Stall ritt.

Einige Minuten später erblickte ich die Türme von Enderby. Ich wußte, daß die Leute, die wir damals kennengelernt hatten, immer noch das Haus bewohnten, und beschloß, sie zu besuchen. Ich stieg also ab, und in diesem Augenblick begann mein Herz heftig zu pochen, denn ein Mann beugte sich über den Zaun, und ich glaubte einen Augenblick lang, daß es Gerard wäre. Dann erkannte ich meinen Irrtum.

Er war genauso groß wie Gerard, aber breiter gebaut und keineswegs elegant. Er trug eine kleine Perücke, die hinten mit einem schwarzen Samtband zusammengehalten war; sein Rock war weit und reichte bis knapp über die Knie, so daß man die Kniehose und die dunkelbraunen Strümpfe sah; er trug Schnallenschuhe, eine einfache weiße Krawatte und eine genauso einfache braune Weste. Sein Gesicht war streng, aber freundlich, und er wirkte zum Unterschied von Gerard sehr ernsthaft.

»Guten Tag«, rief er.

Ich erwiderte den Gruß.

»Wollen Sie zum Haus?«

»Ja.«

»Ach, Sie sind mit den Forsters bekannt?«

»Nur flüchtig. Ich wohne in Eversleigh Court.«

»Oh?« Er war offensichtlich interessiert.

»Lord Eversleigh ist ein entfernter Onkel von mir.«

»Soviel ich gehört habe, ist er sehr krank.« – »Ja.«

»Auch ich komme als Besucher nach Enderby.«

Ich band mein Pferd am Zaun fest, und wir gingen gemeinsam zum Haus.

»Hoffentlich erinnern sie sich noch an mich«, meinte ich.

»Ganz bestimmt, sie sprechen oft von Ihnen.«

»Vor Ihnen?«

»Ja, ich bin oft hier. Ich bin nämlich Derek Forsters Bruder.«

»Dann sind Sie ja . . .«

»Der Arzt.«

»Ich habe schon viel von Ihnen gehört.«

»Hoffentlich nur Gutes.«

»Jedenfalls nichts Nachteiliges.«

»Mehr kann sich ein Arzt nicht wünschen.«

»Als ich zum erstenmal hier war, fiel auch Ihr Name. Damals waren Sie noch nicht da.«

»Ich habe meine Praxis vor zwei Jahren eröffnet.«

Enderby sah verändert aus. Etliche Bäume waren gefällt und neuer Rasen angelegt worden. Dadurch wirkte das Haus freundlicher. Wahrscheinlich hatte es zur Zeit von Damaris genauso ausgesehen. Alle Düsterkeit war verschwunden.

Die Tür ging auf, und Isabel Forster kam heraus.

»Charles!« rief sie. »Und . . .«

»Ich habe Besuch mitgebracht«, erklärte er.

»Sie werden sich nicht mehr an mich erinnern«, griff ich rasch ein. »Ich bin Zippora Ransome.«

»Natürlich erinnere ich mich an Sie. Sie besuchten uns einmal vor langer Zeit. Sie sind eine Verwandte von Lord Eversleigh. Kommen Sie doch herein, Derek wird sich freuen. Wie geht es dir, Charles?«

Sie küßte ihn zärtlich auf die Wange.

Wir betraten die Halle, die jetzt wesentlich heller wirkte.

»Derek«, rief sie.

Ihr Mann kam die Treppe heruntergelaufen.

»Ihr erinnert euch doch aneinander?« fragte sie.

Er sah mich aufmerksam an, und ich nannte meinen Namen. Daraufhin hielt er mir lächelnd die Hand hin.

»Was für eine angenehme Überraschung! Kommen Sie herein. Sie sind bestimmt durstig.«

»Eigentlich nicht.«

»Ach, Sie müssen Isabel die Freude machen, ihren Holunderwein zu kosten. Wenn Sie ablehnen, bricht ihr das Herz.«

»Möchten Sie ein Glas?« fragte sie. Sie hatte ein so angenehmes, freundliches Gesicht, daß ich sie sofort ins Herz schloß.

»Gern«, antwortete ich.

»Soll ich dem Diener klingeln?« fragte Dr. Forster.

»Das ist nicht notwendig, Charles«, rief Derek. »Die Dienerschaft weiß Bescheid. In dem Augenblick, in dem ein Besucher eintrifft, wird der Holunderwein aufgetragen. Allerdings ändert sich das Zeremoniell manchmal. Gelegentlich gibt es auch Löwenzahnwein oder gar Schlehenschnaps.«

»Er übertreibt wieder einmal gräßlich«, stellte seine Frau fest. »Wie gefällt Ihnen das Haus jetzt, Mistress Ransome? Hat es sich verändert?«

»Es wirkt heller und glücklicher.«

Ihr Lächeln war warm. »Ich verstehe genau, was Sie meinen.«

Bald darauf saßen wir in dem kleinen Raum, an den ich mich gut erinnerte, tranken Wein und knabberten Backwerk.

»Und wie geht es drüben in Eversleigh Court?« fragte Derek.

»Ich bin erst gestern angekommen.«

»Dann sind wir stolz, daß Sie uns so bald besuchen«, lachte Isabel.

»Sie waren letztes Mal so reizend zu mir.«

»Wir freuen uns über jeden Besuch. Aus der Nachbarschaft ist in dieser Beziehung nicht viel zu erwarten, nicht wahr, Derek?«

»Das stimmt leider. Es wäre anders, wenn in Eversleigh, Enderby und Grasslands Familien mit zahlreichen Mitgliedern lebten, wie früher einmal. Aber das ist vorbei. Wie geht es Lord Eversleigh?«

»Ich habe ihn nur kurz gesehen. Er hatte vor einiger Zeit einen Anfall.«

Dr. Forster nickte. »Wie ich gehört habe, befindet sich ständig ein Arzt im Haus.«

»Ja, Dr. Cabel, ein alter Freund meines Onkels. Onkel Carl muß sich nicht wohl gefühlt haben, denn er ließ ihn kommen, gerade noch rechtzeitig, ehe er den Anfall hatte.«

»Er muß recht alt sein.«

»Allerdings. Schon als ich vor einigen Jahren hier war, konnte er sein Zimmer nicht mehr verlassen. Eigentlich ein Wunder, daß er so lange durchgehalten hat.«

»Wir treffen gelegentlich die Haushälterin, und sie hat uns erzählt, daß sie einen sehr guten Verwalter drüben haben.«

»Das stimmt.«

»Es ist sicherlich sehr beruhigend für Sie, daß Ihr Onkel so gut betreut wird«, fuhr Isabel fort. »Die Tochter der Haushälterin hat übrigens Andrew Mather auf Grasslands geheiratet.«

»Eine wirklich sehr geschickte Familie«, bemerkte Derek.

»Aber Derek!« ermahnte ihn Isabel.

»Es heißt ja, daß in Eversleigh die Haushälterin *de facto* Hausherrin ist, während ihre Tochter Hausherrin *de iure* ist.«

»Derek!« Isabel war empört, weil er in meiner Gegenwart so

offen sprach, und wandte sich an mich. »Sie müssen Derek verzeihen. Er denkt nie, bevor er spricht.«

»Er hat aber vollkommen recht. Onkel Carl schätzt Jessie Stirling sehr, sie betreut ihn mustergültig, und er erweist sich ihr gegenüber dankbar. Ich nehme an, Evalina behandelt ihren Herrn und Gebieter genauso.«

»Er muß an die Siebzig sein«, meinte Derek. »Und sie? Ganze sechzehn Lenze?«

»Sie ist etwas älter. Ich habe sie bei meinem ersten Besuch kennengelernt.«

»Andrew Mather ist gesund an Körper und Geist, dafür lege ich meine Hand ins Feuer«, erklärte Dr. Forster.

»Hören wir doch mit diesem Familientratsch auf«, entschied Isabel, »und sprechen wir von angenehmeren Dingen. Es ist schön, daß das erste Kind des Herrscherpaares ein Sohn ist. Angeblich ist der kleine Prinz von Wales kräftig und gesund, und seine Mutter hütet ihn wie ihren Augapfel.«

»Wenn wir schon bei den angenehmen Dingen sind«, meinte Dr. Forster, »müssen wir auch den Frieden von Fontainebleau erwähnen, der vergangenen November abgeschlossen wurde. Wir sind dabei recht gut weggekommen.«

»Allerdings«, stimmte ihm Derek zu. »Wir bekamen Kanada von den Franzosen und Florida von den Spaniern.«

»Ja, aber wir haben Gebiete in Ostindien verloren.«

»Dafür haben wir Senegal und einige Westindische Inseln behalten.«

»Ich finde, daß die Leute Mr. Pitt gegenüber ungerecht sind«, sagte Isabel, »und dabei war er so beliebt. Die Menschen vertrauten ihm, und nur, weil er eine Pension angenommen hat ... Der arme Mann muß ja schließlich von etwas leben. Warum sollte er keine Pension bekommen?«

Sie sprachen dann über allerhand Tagesereignisse; anscheinend besuchten sie von Zeit zu Zeit London, und ich bekam langam den Eindruck, daß ich bisher zu zurückgezogen gelebt hatte. Ich erfuhr so viel, indem ich ihnen zuhörte – auch unwichtige Dinge, wie den Preis für die Kutsche des Königs: siebentausendfünfhundertzweiundsechzig Pfund, vier Shilling und drei Pence. Isabel war über die Höhe des Betrages entsetzt und fand, daß man das Geld für etwas Nützlicheres hätte verwenden können. Außerdem war es im Drury Lane Theatre und in Covent Garden zu Skandalen gekommen, weil der Direktor sich geweigert hatte, die Leute nach dem ersten Akt zum halben Preis hereinzulassen; Lord Bute hatte abgedankt, Mr. Fox war geadelt worden und hieß jetzt Lord Holland, John Wilkes war in den Tower geworfen worden.

Ich fühlte mich bei den Forsters sehr wohl, mir tat die fröhliche Gesellschaft gut.

»Sie müssen uns bald wieder besuchen«, forderte mich Isabel auf, als ich mich verabschiedete.

Ich versprach es.

»Gehst du auch schon, Charles? Ich habe gedacht, du bleibst zum Abendessen.«

»Ich begleite Mistress Ransome nach Eversleigh und komme dann zurück.«

»Das ist sehr freundlich von Ihnen, aber wirklich nicht notwendig«, wandte ich ein.

»Es ist nicht notwendig, macht mir aber Vergnügen«, lächelte der Arzt.

Sein Pferd stand im Stall, und er brachte es heraus, während ich meines losband.

»Sie werden uns doch wieder besuchen?« fragte er.

»Sicherlich, der Nachmittag war wirklich schön. Ihr Bruder und seine Frau sind ganz reizende Menschen.«

»Ein wunderbares Beispiel für die Vorteile des Ehestandes.« Ich sah ihn schnell an, denn mir schien, daß ein leicht zynischer Unterton in seiner Stimme lag. Ich begann über ihn nachzudenken. War er verheiratet? Er war nicht jung, etwa Anfang vierzig – um ein paar Jahre älter als ich.

»Man fühlt sich bei ihnen wohl.«

»Ja, Derek hat Glück gehabt. Isabel ist ein entzückendes Wesen.«

»Und es ist erstaunlich, wie sie das Haus verändert hat. Es war früher so düster.«

»Es galt als Unglückshaus, soviel ich weiß. Zuerst hatten sie große Schwierigkeiten, überhaupt Diener zu bekommen, aber das hat sich geändert. Isabel bewies allen Unkenrufen zum Trotz sehr rasch, daß man in Enderby glücklich sein kann.«

»Sie mögen sie?«

»Das ist wohl selbstverständlich.«

»Und Sie haben ein Haus in der Stadt?«

»Ja, dort befindet sich meine Praxis.«

»Leben Sie gern hier?«

Er zögerte. »Für einen Arzt ist es nicht gerade eine ideale Gegend, sie ist zu dünn besiedelt. Meine Patienten leben weit verstreut; aber das Kinderheim befindet sich in der Nähe – und natürlich bin ich gern mit Derek und Isabel beisammen.«

»Wahrscheinlich sind Sie oft in Enderby.«

»Ich wohne praktisch hier. Sie freuen sich immer über mich, und wenn ich ein paar Tage lang nicht komme, gehen sie streng mit mir ins Gericht.«

Wir hatten Eversleigh erreicht, und ich verabschiedete mich von Dr. Forster.

Als ich zum Stall ritt, sah ich Jessie. Wahrscheinlich kehrte sie gerade von ihrem Besuch bei Amos Carew zurück.

Sie sah Dr. Forster nach, der sein Pferd gewendet hatte und nach Enderby zurückritt.

Jessie folgte mir in den Stall; ihr Gesicht war gerötet.

»Ich sah Ihren Freund davonreiten.«

»Meinen Freund? Ach, Sie meinen Dr. Forster.«

»Ich wußte gar nicht, daß Sie ihn kennen.«

»Ich habe ihn erst heute nachmittag kennengelernt.«

Ihre Hände zitterten leicht und ihr Atem ging schnell.

»Ach so, Sie haben ihn zum erstenmal gesehen.«

Ich begriff plötzlich, daß sie ein Kreuzverhör mit mir veranstaltete, was mir gar nicht paßte. Ich saß ab, und einer der Stallknechte übernahm mein Pferd.

Ich lächelte Jessie kühl zu und ging so schnell zum Haus, daß sie mir nicht folgen konnte.

Als ich die Halle betrat, kam ein Mädchen die Treppe heruntergelaufen. »O Mistress, wir haben Besuch . . .«

»Wen denn?«

In diesem Augenblick tauchte Jessie keuchend hinter mir auf, und das Mädchen wandte sich sofort an sie.

»Er will eine Weile bleiben, Mistress.

»Wer? Wer denn?« rief Jessie. Ich hatte sie noch nie so aufgeregt gesehen.

In diesem Augenblick erschien Dickon oben auf der Treppe. Er rief »Hallo« und lief uns entgegen.

Ich starrte ihn genauso entgeistert an wie Jessie.

Er lächelte. »Die Familie hat darauf bestanden, daß ich herkomme. Sie finden, du brauchst jemanden, der auf dich aufpaßt.«

Ich war empört und zornig.

Jessie riß sich zusammen. »Ich muß ein Zimmer für Sie zurechtmachen lassen. Sind Sie hungrig?«

»Sehr.« Dickon grinste.

Er wußte genau, was ich dachte, und genoß die Situation.

Beim Abendessen zeigte sich Dickon sehr gesprächig. Dr. Cabel und Jessie nahmen die Mahlzeit mit uns ein. Jessie hatte den ersten Schock überwunden und verhielt sich Dickon gegenüber sehr liebenswürdig, genau wie der Arzt.

»Man ließ mir keine Ruhe, bis ich mich auf den Weg machte«, erklärte Dickon. »Zipporas Mutter machte sich solche Sorgen um ihr Lämmchen, das allein unterwegs war.«

»Bei sieben Reitknechten kann man kaum von ›allein unterwegs‹ sprechen.«

»Sie findet, daß du nur dann nicht allein bist, wenn dich ein Familienmitglied begleitet. ›Ich werde erst wieder beruhigt sein‹, sagte sie, ›wenn ich weiß, daß du mein kleines Mädchen behütest.‹«

»Du redest wirklich schrecklichen Unsinn, Dickon.«

»So etwas Ähnliches hat sie aber wirklich gesagt. Also packte ich ein paar Dinge ein und ritt herüber. Ich tat es gern, denn ich wollte das Haus unbedingt wiedersehen. Wie hieß doch der wunderbare Verwalter?«

»Amos Carew.«

»Ach ja, der alte Amos. Er ist hoffentlich noch hier?«

»O ja«, antwortete Jessie.

»Wir verstanden einander wirklich gut«, fuhr Dickon fort. »Ich werde ihn gleich morgen besuchen und ihn bitten, mich wieder auf dem Gut herumzuführen.«

»Er wird sich sicherlich darüber freuen«, sagte Jessie.

»Und dem armen Eversleigh geht es gar nicht gut?«

»So gut, wie es nach einem solchen Anfall möglich ist«, erklärte Dr. Cabel.

»Dann ist es ja wirklich ein Glück, daß er Sie hat, Doktor Cabel.«

»Ich tue gern für einen alten Freund alles, was in meiner Macht steht.«

»Natürlich, unter alten Freunden . . . Dabei fällt mir ein, daß ich ein vertrautes Gesicht vermisse. Ihre Tochter.« Er sah Jessie an.

Sie wurde rot. »Oh, Evalina geht es gut. Sie ist verheiratet und eine echte Lady.«

»Was Sie nicht sagen.«

»Allerdings. Sie ist Herrin von Grasslands.«

»Das ist wohl das dritte große Haus in der Gegend, nicht wahr?«

»Ja. Sie hat eine gute Partie gemacht.«

»Glauben Sie, daß sie sich freuen würde, wenn ich sie besuche?«

»Ganz bestimmt.«

Ich fand sein Lächeln widerlich und mußte an die Szene in der Scheune denken.

Nach Tisch – es war schon dämmerig – trat Dr. Cabel zu mir.

»Lord Eversleigh hat einen ruhigen Tag verbracht und ist jetzt bei Bewußtsein. Möchten Sie ihn für ein paar Minuten besuchen?«

»Ja, gern.«

Mir fiel auf, daß der Besuch um die gleiche Zeit wie am vorhergehenden Tag stattfand, und ich machte eine entsprechende Bemerkung.«

»Ja, sein Tagesablauf ist immer der gleiche«, bestätigte Dr. Cabel. »Allerdings ändert er sich von Zeit zu Zeit, es könnte also ohne weiteres sein, daß Sie ihn dann vormittags besuchen müssen. Wollen wir jetzt gehen?«

Er entzündete eine Kerze.

Dickon kam uns auf der Treppe entgegen.

»Wir besuchen Lord Eversleigh«, sagte der Doktor.

Dickon nickte und wandte sich ab, während wir das Zimmer betraten. Der Arzt stellte die Kerze auf das Kaminsims, Jessie trat ans Bett.

Sie legte den Finger auf die Lippen.

»Schläft er?« flüsterte Dr. Cabel.

»Nein, aber er ist nicht ganz bei sich.«

»Es schadet ihm sicherlich nicht, wenn Sie ihn ansprechen«, sagte mir der Arzt. »Ich glaube, er erinnert sich daran, daß Sie ihn gestern besucht haben und freut sich auf Sie.«

Ich ging zum Bett. Er hatte das Gesicht abgewandt, und seine Nachtmütze saß wieder ein bißchen schief. Die Hand mit dem Siegelring lag auf der Decke. Ich beugte mich hinunter, um sie zu ergreifen, und in diesem Augenblick gab es am Fußende des Bettes eine Bewegung.

Dickon stand dort.

Jessie und der Arzt fuhren herum, und Jessie schrie leise auf.

Der Doktor trat schnell zu Dickon und flüsterte ihm etwas zu.

Jessie wandte sich an mich. »Er weiß, daß Sie hier sind – ergreifen Sie doch seine Hand.« Ich ergriff sie und küßte sie; dabei dachte ich daran, daß es eine Unverschämtheit von Dickon war, ins Zimmer zu kommen, obwohl wir ihm klar gemacht hatten, er sei unerwünscht.

Onkel Carls Finger schlossen sich um die meinen, er bewegte die Lippen, und ich bildete mir ein, meinen Namen zu verstehen.

Ich beugte mich über ihn.

»Ich bin hier, Onkel Carl. Du mußt gesund werden, ich möchte so vieles mit dir besprechen.«

Seine Augen waren geschlossen, und er bewegte leicht den Kopf. Der Arzt kehrte ans Bett zurück; anscheinend hatte er inzwischen Dickon dazu gebracht, das Zimmer zu verlassen.

Dr. Cabel zog die Augenbrauen hoch und nickte mir zu.

»Gehen Sie jetzt lieber.« Die Worte waren kaum zu hören.

Ich folgte ihm aus dem Zimmer, und Jessie schloß sich mir an.

»Das war ein bißchen aufregend«, meinte der Arzt.

»Sie meinen Dickons Eindringen?«

»Ja, denn wir müssen vorsichtig sein.«

»Ich glaube nicht, daß mein Onkel es bemerkt hat.«

»Doch, ich habe gespürt, wie seine Haltung sich verändert hat. Wir müssen ihn schonen; deshalb kann ich auch Ihnen nur dann gestatten, ihn zu besuchen, wenn es ihm besser geht.«

»Aber das Ganze spielte sich so rasch und ruhig ab, er kann es einfach nicht bemerkt haben.«

Dr. Cabel lächelte mich nachsichtig an – er fand offenbar, daß es keinen Sinn hatte, mit Laien über den Zustand des Kranken zu sprechen.

Dann sagte er zu Jessie: »Ich werde jetzt hineingehen. Vielleicht muß ich ihm ein Beruhigungsmittel geben.«

Ich verabschiedete mich von ihnen und erwähnte, daß ich in meinem Zimmer noch ein wenig lesen wolle.

Obwohl ich mich über Dickons Unbekümmertheit ärgerte, fand ich, daß die beiden zu viel Aufhebens davon machten. Onkel Carl war kaum imstande gewesen, mich zu erkennen, also konnte er Dickons Anwesenheit gar nicht wahrgenommen haben.

In meinem Zimmer versuchte ich zu lesen, war aber nicht dazu imstande. Dickons Besuch hatte mich aus der Ruhe gebracht. Eigentlich wollte ich an den angenehmen Nachmittag in Enderby denken, aber ich sah immer wieder die Szene im Krankenzimmer vor mir. Obwohl Onkel Carl in beinahe genau der gleichen Haltung wie am Tag zuvor gelegen war, hatte ich das Gefühl gehabt, daß etwas nicht in Ordnung war.

Ich mußte zu Bett gehen. Vielleicht konnte ich morgen wieder auf einen Sprung nach Enderby hinüber. Sie hatten ja gesagt, ich solle wiederkommen.

Ich mochte Isabel Forster sehr. Sie flößte mir Vertrauen ein. Enderby zog mich zwar an, gleichzeitig aber hatte ich Hemmungen. Ich mußte dort immerzu an Gerard denken und hätte gern gewußt, ob um das Himmelbett immer noch die gleichen Brokatvorhänge angebracht waren, oder ob Isabel Forster die Inneneinrichtung des Hauses genauso verändert hatte wie den Garten.

Ich lag im Bett, dachte an längst vergangene Abenteuer, an meine süße kleine Tochter, die mich manchmal an Gerard erinnerte. Ich wollte zurück nach Clavering, hier konnte ich doch nichts tun. Onkel Carl befand sich in den besten Händen, und man würde mich verständigen, wenn es ihm schlechter ging.

Was Dickon jetzt machte? Er lag wohl kaum friedlich in seinem Bett. Würde er versuchen, Evalina wiederzusehen? Es war leicht zu erraten, was dann passierte. Außerdem war ich böse, weil er gewagt hatte, mir zu folgen und seine und meine Mutter dafür verantwortlich zu machen. Als ob Dickon jemals etwas getan hätte, wozu er keine Lust hatte.

Nein, Eversleigh faszinierte ihn, und vielleicht hatte er auch Sehnsucht nach Evalina gehabt. Die Tatsache, daß sie jetzt verheiratet war, würde ihn kaum beeindrucken.

Ich nickte ein, fuhr dann aber erschrocken hoch.

Ich hatte sehr lebhaft geträumt. Ich befand mich im Krankenzimmer, Jessie und Dr. Cabel waren ebenfalls anwesend, und ich sah auf meinen Onkel hinunter, dessen Hand auf der Decke lag.

Ich starrte die Hand mit dem unverwechselbaren Siegelring an. Dort, wo sich die Blume des Todes befunden hatte, war die Haut glatt und weiß.

Ich setzte mich auf.

Es ist unwahrscheinlich, was man alles träumen kann. Aber ich hatte die Hand im Traum deutlich vor mir gesehen – es war naheliegend, daß mein Unterbewußtsein die Hand reproduzierte, die ich heute abend ergriffen hatte. War mir in diesem Augenblick vielleicht etwas aufgefallen und nur das plötzliche Auftauchen Dickons hatte mich abgelenkt?

Nein, das Ganze war reine Einbildung.

In dieser Nacht dauerte es lange, bis ich einschlief.

Als ich am nächsten Morgen aufwachte, waren die Traumbilder verblaßt. Ich war vor allem bestrebt, Dickon auszuweichen, und unternahm deshalb einen langen Spaziergang.

Zu Mittag trafen wir alle bei Tisch zusammen. Dickon war ausgezeichneter Laune. Er hatte zunächst das Haus inspiziert und war dann mit Amos ausgeritten.

»Was für eine Schatzkammer dieses Eversleigh doch ist!« rief er. »Im Lauf von vielen Jahrhunderten sind hier Unmengen von Kostbarkeiten zusammengetragen worden. Leider konnte ich ein paar Stücke nicht wiederfinden, die ich bei meinem letzten Besuch ins Herz geschlossen hatte. Ich habe Sie in Verdacht, Mistress Jessie.« Er drohte ihr mit dem Finger; sie wurde blaß, und ihre Hände krampften sich um den Tischrand. »Ja, Sie haben sicherlich wie alle Frauen die Gewohnheit, die Möbel umzustellen.«

Sie entspannte sich. »Das stimmt, gelegentlich sorge ich für ein wenig Abwechslung.«

»Wie wir alle, sie verschönt den eintönigen Alltag. Als ich das letzte Mal hier war, beeindruckte mich die Jadesammlung sehr. Onkel Carl hat viele Reisen unternommen und dabei schöne Stücke erstanden. Ich nehme an, daß die Sammlung einen beträchtlichen Wert darstellt.«

»Er benahm sich vor seinem Anfall manchmal recht merkwürdig«, warf Jessie ein.

»Das ist nicht ungewöhnlich«, bestätigte der Arzt. »Litt er nicht unter der fixen Idee, daß er zu wenig Geld habe und einen Teil seines Besitzes veräußern müsse? . . . Ich glaube, Sie sprachen von Bildern.«

»Ich war meiner Sache nicht sicher«, meinte Jessie. »Er bekam öfters Besuch, und dann fehlte jedesmal ein Stück. Es war einfach verschwunden. Aber er pflegte auch Gegenstände zu verstecken.«

»Wie unangenehm«, sagte Dickon. »Wahrscheinlich hat er die Objekte aus Jade, die ich vermisse, auch irgendwo versteckt. Ich werde mich auf die Suche begeben, so etwas macht mir Spaß. Ich hoffe nur, daß er das Weihrauchgefäß nicht verkauft hat, denn es handelt sich um ein sehr wertvolles Stück, das ich besonders ins Herz geschlossen hatte.«

»Vermutlich ist es in einem Schrank gelandet«, erklärte Jessie. »Beschreiben Sie es mir, und ich werde die Dienstmädchen danach suchen lassen. Meist findet man diese Dinge dort, wo man es am wenigsten erwartet.«

»Ein neues Spiel – die Jagd nach Jade«, lachte Dickon. »Übrigens, ich hoffe, daß er sich gestern Abend nicht zu sehr aufgeregt hat.«

»Na ja, er war ein bißchen beunruhigt«, gab der Doktor zu.

»Aber er hat mich doch nicht einmal angesehen. Er konnte es auch kaum, denn die Nachtmütze reichte ihm ja bis zu den Augen.«

»Wahrscheinlich war ihm Ihre Anwesenheit nicht richtig bewußt, aber er hat sicherlich gefühlt, daß etwas Ungewöhnliches geschehen ist. Glauben Sie mir, sein Zustand ist so bedenklich, daß ich nicht vorsichtig genug sein kann. Er braucht Ruhe, und deshalb bestehe ich darauf, bei Besuchen anwesend zu sein.«

»Es dürfen also nicht zu viele Besucher gleichzeitig zu ihm hinein?«

»Das ist ja einleuchtend.«

»Selbstverständlich.« Dann wechselte Dickon abrupt das Thema. »Es hat hier auch eine alte Truhe gegeben, die mir sehr gut gefallen hat. Sie befand sich in keinem sehr guten Zustand, aber die Messingbeschläge waren wirklich schön. Das Holz war stellenweise allerdings vermorscht, weil die Truhe vom Holzwurm befallen war. Sie stammte aus der Tudorzeit. Du weißt ja, Zippora, daß ich mich immer für alte Möbel interessiert habe.«

»Was ist mit dieser Truhe?« fragte ich.

»Ach, ich habe sie nur gesucht, das ist alles. Ich glaube mich zu erinnern, daß sie im Wintersalon steht, aber ich muß mich irren, denn dort steht jetzt eine Truhe aus einer viel späteren Periode. Vielleicht habe ich sie in einem anderen Zimmer gesehen. Was hast du heute nachmittag vor, Zippora? Ich nehme an, daß du Onkel Carl nicht besuchen wirst.«

Wir sahen beide Doktor Cabel an. »Nicht daran zu denken«, erklärte er. »Er hat heute einen sehr schlechten Tag.«

»Es sind zu viele Fremde im Haus«, stellte Dickon fest. Er lächelte, aber seine Augen glitzerten so merkwürdig, daß es mich fröstelte.

Ich war froh, als die Tafel aufgehoben wurde. Ich wollte fort von diesem Haus und fort von Dickon. Daher unternahm ich einen weiten Ritt und kehrte erst nach vier Uhr um. Auf dem Heimweg kam ich an Grasslands vorbei – ein sehr hübsches Haus, ungefähr so groß wie Enderby, aber viel freundlicher. Am Zaun war ein Pferd angebunden. Dickons Wallach.

Er hat keine Zeit verloren, sagte ich mir. Mein erster Impuls war, so rasch wie möglich weiterzureiten. Ich hatte überhaupt keine Lust, Evalina wiederzusehen. Dann überlegte ich mir, ob ich nicht doch mit Dickon reden sollte. Immerhin gehörte er zu meiner Familie, war meinetwegen hierher gekommen und war nichts als ein großer Junge. Solange er sich mit einem hübschen Mädchen amüsierte, war alles in Ordnung, aber wenn dieses Mädchen einen Ehemann hatte, konnte er in ernste Schwierigkeiten geraten.

Also entschloß ich mich zu einem Besuch in Grasslands. Ich band mein Pferd an, ging zur Eingangstür und klingelte.

Ein Mädchen öffnete und sah mich fragend an.

»Ist Mistress Mather zu Hause?« erkundigte ich mich.

»Ja, Mistress.«

»Dann sagen Sie ihr bitte, daß Mistress Ransome da ist.«

»Kommen Sie bitte herein.« Das Mädchen führte mich in die Halle.

»Wir haben Besuch«, erklärte es, »aber ich werde Sie anmelden.«

Nach kurzer Zeit kam sie zurück und bat mich, ihr in den Salon zu folgen.

Evalina kam mir mit ausgestreckten Armen entgegen. Sie trug ein elegantes rosa Kleid, ihr Gesicht war dezent geschminkt und ihr Haar elegant frisiert. Sie strahlte vor Zufriedenheit und genoß sichtlich das Vergnügen, Hausherrin zu sein. In einem der Stühle saß ein Mann, den ich für den Hausherrn hielt, und in dem anderen Dickon.

»Was für eine Freude, Sie wiederzusehen«, zwitscherte Evalina affektiert. »Ich möchte Ihnen meinen Mann vorstellen, dem ich schon sehr viel von Ihnen erzählt habe.«

Ich tat, als verstünde ich die Anspielung nicht. Andrew Mather stand auf und kam, auf einen Stock gestützt, auf mich zu.

»Ich freue mich, Sie kennenzulernen.«

Seine blauen Augen blickten freundlich, sein Lächeln war herzlich.

»Unseren Besucher kennen Sie ja«, fuhr Evalina fort.

Dickon stand auf und verneigte sich spöttisch.

»Ja, ich habe dein Pferd gesehen«, gab ich zu.

»Welcher Scharfsinn«, murmelte er. »Eigentlich wurde ich hierhergeschickt, um ein Auge auf dich zu haben, aber mir kommt vor, wir haben die Rollen getauscht.«

»Trotzdem wäre es mir unmöglich, alle deine Aktivitäten zu überwachen.«

Evalina kicherte. »Setz dich doch wieder, Andrew, Liebster. Du weißt, daß dich das Stehen anstrengt.« Sie ergriff ihn am Arm und führte ihn liebevoll zu seinem Stuhl zurück.

»Sie verwöhnt mich viel zu sehr«, bemerkte er.

»Du verdienst es, verwöhnt zu werden.« Evalina drückte ihn in den Stuhl und küßte ihn auf die Stirn.

Er machte einen sehr glücklichen Eindruck.

»Nehmen Sie doch Platz, Mistress Ransome«, forderte mich Evalina auf. »Wie finden Sie Eversleigh?«

»Lord Eversleigh dürfte schwer krank sein«, sagte Andrew.

»Meine Mutter pflegt ihn ausgezeichnet.«

»Das stimmt«, murmelte Dickon und warf Evalina einen verständnisinnigen Blick zu.

»Sie hat ihn immer gut betreut, genau wie ich meinen Andrew.«

Sie übertrieb, und dadurch bekam man den Eindruck, daß etwas nicht stimmte. Genau wie bei ihrer Mutter.

»Es hat Sie wohl überrascht, daß ich schon verheiratet bin.«

»Keineswegs.«

»Nun ja, ich meine, so gut verheiratet.«

»Ich freue mich, daß Sie glücklich sind; außerdem ist es bestimmt sehr angenehm für Sie, daß Sie Ihre Mutter in der Nähe haben.«

»Das stimmt. Darf ich Ihnen eine Erfrischung anbieten?«

»Nein, danke. Ich wollte nur meine Glückwünsche zur Hochzeit aussprechen.«

»Das ist sehr freundlich von Ihnen«, sagte Andrew Mather.

Er sah überaus zufrieden aus, und mir fiel ein, daß Onkel Carl mit Jessie auch sehr zufrieden gewesen war. Was hatten diese Frauen an sich, daß ihre Männer bereit waren, einen sehr hohen Preis für ihre Zufriedenheit zu bezahlen? Aber ich war Evalina gegenüber unfair. Anscheinend hing sie wirklich an ihrem Mann. Doch dann dachte ich an Jessie, die Onkel Carl gegenüber so lieb und zärtlich tat und die Nachmittage mit Amos Carew verbrachte.

Vielleicht war ich Evalina gegenüber voreingenommen. Vielleicht hatte sie sich inzwischen zu ihrem Vorteil verändert.

»Das Haus ist sehr wohnlich«, sagte ich.

»Wir mögen es jedenfalls, nicht wahr, Evalina?« antwortete Andrew. Dann wandte er sich an Dickon. »Es hat Ihnen anscheinend auch sehr gut gefallen.«

»Ich habe nur ausgedrückt, was ich empfinde: daß das Haus einen eigenen Zauber ausstrahlt. Ihre Frau zeigte mir alles, und es handelte sich dabei um eine faszinierende Entdeckungsreise.«

Er sah sie an, und sie erwiderte den Blick. Also setzten sie die seinerzeitige Beziehung fort. In einer solchen Situation fühlte sich Dickon so recht in seinem Element: ein alter, verliebter Ehemann, eine viel jüngere, bestimmt nicht sehr tugendhafte Ehefrau, und der fröhliche Schürzenjäger, der alles mitnimmt.

»Ich habe Ihrem Cousin gerade vorgeschlagen, sich die Truhe anzusehen, die in einem der Schlafzimmer steht. Ich bin davon überzeugt, daß sie aus dem dreizehnten Jahrhundert stammt, sie ist sehr schlicht und sicherlich echt gotisch.«

»Sie würde mich wirklich interessieren«, bestätigte Dickon.

»Andrew hat sehr viel für alte Dinge übrig«, schmollte Evalina. »Er würde mich bestimmt noch mehr lieben, wenn ich alt wäre.«

Andrew lächelte ihr zärtlich zu.

Dickon seufzte. »Leider werden die Menschen im Gegensatz zu den Dingen im Lauf der Jahre nicht schöner.«

»Aber vielleicht interessanter«, schlug ich vor. »Interessieren Sie sich nur für antike Möbel, Mr. Mather?«

»Hauptsächlich. Aber ich interessiere mich ganz allgemein für Kunstgegenstände.«

»Soviel ich gehört habe, besitzen Sie eine sehr schöne Sammlung«, bemerkte Dickon.

»Leider ist sie nicht so umfassend, wie ich gern möchte. Sie verstehen augenscheinlich selbst sehr viel davon. Sehen Sie sich doch einmal die Truhe an.«

Evalina sprang auf. »Ich zeige sie ihm sofort, dann kann er dir gleich sagen, was er davon hält. Also entschuldigen Sie uns bitte, wir werden bald zurück sein.« Sie sah Dickon schelmisch an.

»Wir werden uns beeilen«, versicherte er.

Also blieb ich mit Andrew Mather allein. Ich konnte nicht umhin, mir vorzustellen, wie die beiden die Gelegenheit benützten, um eine Verabredung zu treffen.

»Eigentlich überrascht es mich, daß Dickon ein Sachverständiger für antike Möbel sein soll. Ich wüßte nicht, wo er sich dieses Wissen angeeignet hätte.«

»Er hat Gefühl dafür, das merkt man deutlich. Er ist natürlich sehr jung und verfügt deshalb nicht über Erfahrung, aber es gibt Menschen, die einen Instinkt für Antiquitäten haben. Deshalb möchte ich gern wissen, was er von der Truhe hält.«

»Sie beschäftigen sich viel mit Ihrer Sammlung, nicht wahr?«

»Ja, denn wenn man körperlich behindert ist, tut es gut, Interessensgebiete zu haben, die nicht anstrengend sind. Ich war immer schon ein Kunstliebhaber und habe in Italien gelebt. Dort lernte ich auch Lord Eversleigh kennen.«

»Ich wußte nicht, daß Sie bekannt sind.«

»Wir hielten uns beide einige Monate in Florenz auf, dem Mekka der Kunstliebhaber. Als ich mir ein Haus in England zulegen wollte, machte er mich auf Grasslands aufmerksam.«

»Liegt das schon lange zurück?«

»Lange vor seiner Krankheit.«

»Haben Sie ihn nach seinem Anfall gesehen?«

»Nein, sein Arzt läßt keine Besucher zu ihm. Vorher besuchte ich ihn gelegentlich, aber es war für uns beide recht mühsam. Er konnte das Haus überhaupt nicht verlassen, und ich mich nur unter Schmerzen fortbewegen. Ich kann zwar mit Hilfe eines Stocks gehen, habe aber keine Lust zu weiten Spaziergängen. Die Ärzte finden auch, daß ich zwar Bewegung machen, mich aber nicht überanstrengen soll.«

»Kennen Sie Dr. Cabel?«

»Nein, ich habe ihn nie kennengelernt. Er hat seine Praxis aufgegeben, und deshalb kann er sich ausschließlich Lord Eversleigh widmen. Ich selbst konsultiere Dr. Forster.«

»Dr. Forster! Den kenne ich.«

»Ein ausgezeichneter Arzt. Mir wäre es lieb, wenn er sich Lord Eversleigh einmal anschaute.«

»Würde das nicht gegen das ärztliche Ethos verstoßen?«

»Wahrscheinlich, weil er einen eigenen Arzt hat. Andererseits befindet sich Dr. Cabel bereits im Ruhestand und Dr. Forster ist ein relativ junger Mann. Er ist über die neuesten Fortschritte der Medizin sicherlich besser im Bilde.«

»Ich verstehe Ihren Standpunkt . . . aber ich sehe keine Möglichkeit, Ihren Vorschlag in die Tat umzusetzen.«

»Macht nichts. Obwohl er mir wirklich geholfen hat. Er interessiert sich für jeden seiner Patienten und flößt dadurch viel Vertrauen ein.«

»Lord Eversleigh ist kaum bei Bewußtsein. Er scheint mich zwar zu erkennen, aber bis jetzt hat er nie mehr als meinen Namen gesagt.«

»Wahrscheinlich ist es ein Glück, daß er überhaupt noch am Leben ist. Die wenigsten Patienten überleben solche Anfälle. Dr. Forster vertraue ich blindlings. Außerdem ist er ein wirklich guter Mensch. Ich habe erst vor ein paar Wochen zufällig erfahren, daß er ein Heim für uneheliche Kinder leitet.«

»Das wußte ich nicht. Ich habe nur kurz mit ihm gesprochen – allerdings erwähnte er dabei ein Fürsorgeheim.«

»Ja, er investiert sehr viel Arbeit in dieses Heim. Angeblich hat er großes Verständnis für Kinder.«

»Hat er denn keine eigenen?«

»Ich glaube nicht. Soviel ich weiß, war er einmal verheiratet, aber dann stieß ihm ein Unglück zu. Seine Frau starb, oder so ähnlich, und danach baute er das Heim. Er kann relativ viel Zeit dort verbringen, weil seine Praxis nicht allzu groß ist.«

Evalina kehrte mit Dickon zurück. Sie sah erhitzt aus, und einer der Knöpfe an ihrem Kleid stand offen. Dickon war genauso ruhig und beherrscht wie immer. Da ich Andrew Mather mochte, wuchs meine Abscheu vor den beiden.

»Wie hat Ihnen die Truhe gefallen?« fragte Andrew.

»Sehr interessant«, antwortete Dickon. »Allerdings etwas primitiv. Übrigens ist der Gegenstand, der in der Truhe liegt, wirklich schön. Warum haben Sie ihn verpackt und bewahren ihn unter Schloß und Riegel auf? Haben Sie Angst, man könnte ihn stehlen?

»Was für ein Gegenstand soll das sein?«

Evalina mischte sich ein. »Ach, nichts Besonderes. Eines der alten Stücke, die überall im Haus herumliegen.«

»Ich wußte gar nicht, daß sich in der Truhe etwas befindet.«

»Und dabei handelt es sich um eine Kostbarkeit«, erklärte Dickon.

Andrew sah ihn verblüfft an, und Dickon machte sich erbötig, das Stück zu holen.

»Verschieben wir es auf ein anderes Mal«, widersprach Evalina. »Ich habe genug von den Gesprächen über alte Sachen.«

Dickon verließ das Zimmer.

Evalina fuhr erbost fort. »Wenn wir wenigstens einmal etwas Vernünftiges unternehmen könnten.«

»Was möchtest du denn gern unternehmen?« fragte Andrew liebevoll.

»Einen Ball oder ein Bankett geben . . . etwas, das ich organisieren kann.«

»Wir werden ja sehen.«

Ich stand auf. »Ich muß jetzt gehen.«

»Es war schön, daß Sie uns besucht haben«, sagte Andrew.

»Ja, es hat mich auch sehr gefreut«, stimmte Evalina zu. »Ich erinnere mich noch gut an unser letztes Beisammensein.« In ihren Augen lag eine kaum verhüllte Drohung.

Dickon kam mit einer Bronzestatuette zurück, die er Andrew reichte. Andrew schnappte nach Luft. »Wo haben Sie die her?«

»Aus der Truhe.«

Andrew drehte sie hin und her. »Ich könnte schwören, daß ich die Figur kenne. Ich habe sie vor einigen Jahren in Florenz gesehen. Angeblich stammt sie von einem Schüler Michelangelos.«

»Deshalb wirkt sie so vollkommen«, sagte Dickon.

»Und sie fand sich in meiner Truhe? Unmöglich. Wie sollte sie dort hineinkommen? Sie gehört Lord Eversleigh. Jedenfalls stand sie in seinem Haus, als ich ihn das letztemal besuchte. Wir wollten sie beide erstehen, aber er konnte mich überbieten. Dennoch . . . ich verstehe nicht.«

Evalina setzte sich auf einen Schemel und lehnte den Kopf an die Knie ihres Mannes.

»Ich gestehe lieber. Obwohl ich meiner Mutter schwören mußte, es nicht zu verraten. Die Statue gehört ihr, und ich bewahre sie nur für sie auf.«

»Hier?« fragte Andrew ungläubig. »Lord Eversleigh schätzte dieses Stück außerordentlich.«

»Deshalb hat er es ihr ja geschenkt. Er wollte ihr etwas Wertvolles überlassen. Vielleicht nahm er an, sie könne es nach seinem Tod verkaufen. Sie hat es bei uns deponiert. Wäre es in Eversleigh Court geblieben, hätte man es ihr nach Lord Eversleighs Tod vermutlich weggenommen. Es tut mir leid. Habe ich etwas Unrechtes getan?«

Andrew strich ihr über das Haar. »Natürlich nicht. Allerdings müßte sie beweisen können, daß er es ihr geschenkt hat.«

»Wie soll sie das? Sie kann kaum von ihm verlangen, daß er ihr solche Schenkungen schriftlich bestätigt. Es handelt sich um ein paar Sachen, die ich verpackt und hier aufgehoben habe. Damit habe ich doch niemandem geschadet.«

»Nein, das nicht, aber dieses Stück ist sehr wertvoll. Deine Mutter kann das bestimmt nicht richtig beurteilen.«

»Ach, sie hat mir gesagt, daß Lordy ihr sicherlich keinen wertlosen Plunder schenken wird. Ein paar von den Dingen, die er ihr zugedacht hat, hat sie im Haus stehengelassen und hofft, daß sie sie behalten kann. Sie hat mir nur die Gegenstände gegeben, die sie für etwas Besonderes hält.«

Andrew musterte die Statuette immer noch.

»Ein erlesenes Kunstwerk. Es macht mir Freude, daß ich es eine Zeitlang besitzen darf.«

Evalina nahm ihm die Figur entschlossen aus den Händen.

»Nein, ich räume das weg. Ich habe meiner Mutter versprochen, daß ich die Figur sicher aufbewahren werde.«

Die Atmosphäre war gespannt. Evalina warf Dickon einen mißbilligenden Blick zu; die ganze Szene ging ihr offensichtlich gegen den Strich. Dickons Gesichtsausdruck war unergründlich.

Ich bedankte mich für ihre Gastfreundschaft und verließ das Haus.

Dickon zog vor zu bleiben.

Beim Abendessen war Dickon stiller als sonst. Als es dämmerte, durfte ich Onkel Carl wieder besuchen. Es war das gleiche Ritual; der kurze Besuch in Begleitung von Jessie und dem Arzt, der Händedruck, mein gemurmelter Name, und viel zu früh die Aufforderung, das Zimmer zu verlassen.

Ich fragte mich, ob ich jemals mit meinem Onkel sprechen würde.

Ich zog mich zeitig zurück, setzte mich ans Fenster, sah hinaus und überdachte die Ereignisse des Nachmittags.

Hatte mein Onkel wirklich diese Wertgegenstände Jessie geschenkt? Nichts hinderte sie daran, solche Kostbarkeiten aus dem Haus zu schaffen.

Natürlich war Evalinas Erklärung absolut einleuchtend. Was würde eigentlich geschehen, wenn mein Onkel starb? Wahrscheinlich hatten Rosen, Stead und Rosen für diesen Fall genaue Anweisungen. Würden sie ins Haus kommen und den Besitz schätzen? Konnten sie feststellen, ob etwas fehlte? Er hatte selbstverständlich das Recht, Geschenke zu machen. Aber wie wollte Jessie das beweisen?

Die Situation war ungewöhnlich und schwierig. Etwas mußte geschehen, aber ich wußte nicht was. Vielleicht sollte ich die Anwälte aufsuchen. Wenn nur jemand dagewesen wäre, den ich um Rat fragen konnte.

Mir fielen die Forsters ein. Aber ich kannte sie kaum, ich hatte sie bloß zweimal gesehen, daher konnte ich ihnen nicht mit meinen privaten Sorgen lästig fallen.

Meine Mutter hatte mir immer geraten: »Wenn du dich in einer schwierigen Situation befindest, laß dir Zeit. Überschlafe jeden Entschluß.« Mein Vater war da anders, impulsiver gewesen.

Ich schlief wieder einmal sehr unruhig. Irgendwann weckte mich ein Geräusch. Ich setzte mich auf und sah auf die Uhr. Zwei Uhr – und jemand kam über den Rasen auf das Haus zu.

Ich sprang aus dem Bett, lief zum Fenster und sah gerade noch eine Gestalt im Haus verschwinden.

Natürlich fiel mir sofort Amos Carew ein, der Jessie besuchte. Jethro hatte es ja erwähnt. Anderseits konnte es natürlich auch Dickon sein; es war ihm durchaus zuzutrauen, daß er in der Nacht zu Evalina hinüberschlich. Womöglich vergnügte er sich in einem der Gästezimmer mit ihr – eine Situation wie in einer Erzählung von Boccaccio. Sie hatte sich jedoch am Nachmittag über ihn geärgert und verhielt sich daraufhin ihm gegenüber vielleicht kühler.

Ich ging zur Tür und lauschte. Leise Schritte kamen die Treppe herauf. Wenn es Dickon war, mußte er an meinem Zimmer vorüber, um das seine zu erreichen.

Dann hörte ich, wie eine Tür geöffnet und geschlossen wurde.

Also war es doch nicht Dickon gewesen.

Ich ging ins Bett zurück. Augenscheinlich hatte Amos Carew wieder einmal Jessie besucht.

Am nächsten Morgen trieb sich Jessie in der Halle herum, als ich zu meinem Morgenspaziergang hinunterkam.

»Hallo«, begrüßte sie mich, »schon unterwegs?«

»Ja.« Ich zögerte. »Ich frage mich, ob es viel Sinn für mich hat, hierzubleiben. Lord Eversleigh hat bestimmt nicht erfaßt, daß ich da bin.«

»O doch, er kann es nur nicht ausdrücken. Aber ich verstehe Sie sehr gut . . . wir sind alle sehr enttäuscht.

»Sein Zustand hat sich vermutlich seit dem Anfall nicht verändert.«

Sie nickte.

»Es gibt so viele neue Erkenntnisse in der Medizin«, fuhr ich fort, »manchmal ist man versucht, an Wunder zu glauben.«

»Deshalb bin ich ja so froh, daß Dr. Cabel bei uns wohnt.«

»Ich habe darüber nachgedacht. Er hat sich zur Ruhe gesetzt, ist ein alter Freund meines Onkels, und der ist sicherlich froh darüber, daß er ihn hat. Aber inzwischen hat die Medizin bedeutende Fortschritte gemacht, und deshalb habe ich mir überlegt, ob wir nicht einen jüngeren Arzt zuziehen sollten.«

Sie hatte sich abgewandt und schwieg eine Weile. Als sie dann sprach, zitterte ihre Stimme ein wenig.

»Sie meinen es bestimmt sehr gut. Sie können sich ja denken, was er mir bedeutet. Ich weiß, daß er Ihrer Meinung nach für mich nur eine Altersversorgung ist. Natürlich denke ich auch daran, aber das ist nicht alles. Ich habe den alten Kerl gern gehabt . . . ich habe ihn immer noch gern, und ich kann ihn aus meinem Leben nicht wegdenken. Meine Zukunft ist gesichert . . .«

Ja, dachte ich, italienische Renaissancestatuetten, die du für schlechte Zeiten in Sicherheit gebracht hast.

»Ich mag ihn. Ich habe ihn gefragt: ›Sollten wir nicht noch einen Arzt kommen lassen?‹ Seine Antwort war: ›Dr. Cabel ist der beste Arzt, den ich kenne. Ich habe kein Vertrauen zu diesen modernen Quacksalbern.‹ Das waren sein Worte: Quacksalber.«

»Wann hat er das gesagt?« fragte ich schnell.

»Oh, vor dem Anfall. Als er sich nicht wohl fühlte.«

»Ich verstehe. Aber er würde es jetzt ja kaum merken. Wenn wir Dr. Forster kommen lassen . . .«

»Sie meinen den Arzt aus der Stadt?«

»Ja, ich habe ihn in Enderby kennengelernt. Die Forsters sind sehr nette Leute. Ich sehe nicht ein, warum wir ihn nicht konsultieren sollten. Vier Augen sehen mehr als zwei.«

»Dann würden wir wahrscheinlich Dr. Cabel verlieren. Ärzte mögen keine Konkurrenz, sie verlangen absolutes Vertrauen.«

»Das entspräche aber nicht der ärztlichen Ethik.«

»Na ja, ich weiß nicht recht. Bitte unternehmen Sie noch nichts. Vielleicht kann ich Lordy und Dr. Cabel ein bißchen aushorchen.«

»Wollen Sie damit sagen, daß Sie Lord Eversleigh fragen wollen? Er würde Sie doch nie verstehen.«

»Ach, das glaube ich nicht. Sie machen sich Sorgen, und dabei findet Dr. Cabel, daß er bei dem Kranken Wunder gewirkt hat.«

»Wenn ich ihn nur öfter sehen könnte. Diese kurzen Besuche bei Kerzenlicht, abends, wenn er noch dazu wahrscheinlich müde ist.«

»Es ist sein Wunsch, daß Besucher nur in der Dämmerung zu ihm gelassen werden. Er hat sich sehr verändert. Sein Gesicht ist verzerrt, der Mund schief. Die Haare gehen ihm aus, deshalb trägt er jetzt auch immer die Nachtmütze. Er war sehr eitel und sehr auf sein Äußeres bedacht. Ich hüte mich davor, ihm einen Spiegel zu bringen.«

»Dennoch würde ich ihn gern einmal bei Tageslicht sehen.«

»Sie würden ihn kaum wiedererkennen; er sieht mitleiderregend aus.«

»Dr. Forster genießt einen guten Ruf.«

»Sie sind genauso besorgt wie ich. Ich bete jeden Tag für ihn.« Bei diesen Worten bekreuzigte sie sich. Ich wäre nie auf die Idee gekommen, daß Jessie fromm war, und hatte das goldene Kreuz, das sie am Hals trug, immer nur für ein Schmuckstück und nicht für einen Ausdruck ihrer Gläubigkeit gehalten.

»Ich werde jetzt ein wenig spazierengehen«, sagte ich, nickte ihr zu und verließ das Haus. Als ich mich umdrehte, stand sie noch immer in der Tür, sah mir nach und spielte mit dem Kreuz an ihrem Hals.

Ich marschierte in die Richtung, in der die Stadt lag. Es war zu spät, um noch am Vormittag den Anwalt aufzusuchen. Außerdem war ich nicht sicher, ob ich damit das Richtige tat. Mr. Rosen war nicht übermäßig taktvoll, und wenn er Jessie oder Dr. Cabel aufregte, übertrug sich diese Stimmung vielleicht auf Onkel Carl, so daß sich sein Zustand verschlechterte.

Wenn ich nur jemanden um Rat fragen könnte. Anscheinend blieb mir nichts übrig, als zu warten. Zu meinem Pech konnte ich mich immer in die Lage der anderen versetzen, und das machte es mir schwer, eine Entscheidung zu treffen.

Jessie war zwar unmoralisch und unterhielt zu zwei Männern gleichzeitig Beziehungen, aber dennoch betreute sie meinen Onkel gut. Das gleiche galt für Evalina. Zweifellos machte sie Andrew Mather glücklich. Wenn sie sexuelle Befriedigung außerhalb der Ehe suchte – nun, solange ihr Mann nichts davon ahnte . . .

Ich kehrte nach Hause zurück, ohne zu einem Entschluß gelangt zu sein. Beim Mittagessen war Dr. Cabel unverändert liebenswürdig zu mir, so daß ich annahm, daß Jessie meinen Vorschlag nicht erwähnt hatte. Dickon war guter Dinge und erzählte, daß er am Nachmittag nach Grasslands hinüberschauen wolle.

»Andrew zeigt mir gern seine Schätze«, erklärte er übermütig.

Ich ging nach Enderby hinüber und hoffte, daß ich zufällig auf einen der Forsters stoßen würde. Aber ich hatte Pech und mußte unverrichteter Dinge umkehren.

Nach dem Abendessen besuchte ich Onkel Carl wieder.

»Es geht ihm heute etwas besser«, sagte Dr. Cabel auf der Treppe. »Anscheinend tut ihm Ihr Besuch gut. Wir werden sehen, wie er reagiert, wenn Sie etwas länger bleiben.«

Als ich ans Bett trat, zuckten seine Finger leicht, und ich ergriff seine Hand.

»Onkel Carl«, sagte ich, »ich bin Zippora.«

Seine Augen waren halb geschlossen, sein Mund an einer Seite leicht verzerrt, seine Nase spitzer. Er hatte sich verändert, und was mich am meisten störte, war, daß die lebhaften schwarzen Augen, die mich immer so beeindruckt hatten, jetzt nie auf mich gerichtet waren.

»Zippora . . .« flüsterte er.

»Lieber Onkel, als ich erfuhr, daß es dir nicht gut geht, bin ich zu dir gekommen. Aber es geht dir jetzt besser und du weißt, daß ich bei dir bin.«

Er drückte meine Hand und nickte.

»Gute . . . gute Menschen . . .«

»Ja, du hast die bestmögliche Pflege.«

»Guter Arzt . . . Freund . . .«

Seine Hände zuckten, und er stöhnte. »Geh nicht . . . guter Ralph . . . er soll nicht . . .«

Ich nehme an, daß dieser Ralph Dr. Cabel war. Anscheinend hatte er erfahren, daß ich einen zweiten Arzt zuziehen wollte.

»Nein, nein, wir bleiben alle bei dir«, tröstete ich ihn.

Er hatte den Kopf gehoben, der auf dem dünnen Hals hin und her schwankte, und ich hatte das Bedürfnis, ihn zu beruhigen.

»Ruh dich jetzt aus«, sagte ich.

Dr. Cabel trat neben mich.

»Aber, aber, alter Freund«, sagte er. »Ich bin hier. Dein alter Freund Ralph ist immer bei dir und wird dich nie verlassen. Du brauchst keine Angst zu haben. Du vertraust mir doch, nicht wahr?«

Dann bedeutete er mir zu gehen, und ich stand auf.

»Ergreifen Sie seine Hand«, flüsterte er.

Ich griff nach der Hand meines Onkels und küßte sie. »Gute Nacht, lieber Onkel, ich komme morgen wieder.«

Er ließ sich mit geschlossenen Augen in die Kissen zurückfallen.

Ich ging auf mein Zimmer, befand mich jedoch noch auf der Treppe, als Jessie und Dr. Cabel aus dem Zimmer meines Onkels traten.

Dr. Cabel machte Jessie Vorwürfe. »Was haben Sie ihm erzählt? Daß ich ihn verlassen will? Wie konnten Sie nur auf die Idee kommen?«

Jessie war den Tränen nahe. »Ich habe nur vorgeschlagen, daß wir einen zweiten Arzt zuziehen . . . ich habe nicht gedacht, daß er es mitbekommt.«

»Sie wissen sehr gut, daß er so manches begreift. Ich würde morgen meine Koffer packen, wenn ich davon überzeugt wäre, daß er mich nicht mehr braucht.«

»Bitte, tun Sie das nicht, Doktor Cabel. Mistress Ransome und ich haben darüber gesprochen, und ich hielt es für eine gute Idee.«

»Das Wichtigste ist derzeit, daß er nicht aufgeregt wird. Ich kenne ihn seit vielen Jahren und weiß, was gut für ihn ist. Ich hatte gehofft, daß Mistress Ransome heute mit ihm sprechen kann. Um Himmels willen, Miss Stirling, seien Sie ihm gegenüber vorsichtig.«

»Ich verspreche es Ihnen.« Ich ging in mein Zimmer. Zwar

fühlte ich mich schuldbewußt, aber ein Gefühl des Unbehagens überwog.

Am nächsten Tag ging ich in die Stadt und suchte Rosen, Stead und Rosen auf. Man führte mich sofort in das Büro von Mr. Rosen senior. der mich so herzlich begrüßte, wie es einem Mann seiner Art möglich war.

»Ich freue mich, Sie wiederzusehen, Mistress Ransome. Wie geht es Lord Eversleigh?«

»Ich sehe ihn immer nur kurz; Sie wissen ja, daß er sehr krank ist.«

»Allerdings, aber er hat einen Arzt im Haus wohnen.«

»Es gibt da ein paar Dinge, über die ich mir den Kopf zerbreche. Haben Sie Eversleigh in letzter Zeit besucht?«

»Mein Neffe war vor einiger Zeit dort, kurz nachdem Lord Eversleigh den Anfall hatte, und sprach mit dem Arzt. Lord Eversleigh konnte damals niemanden empfangen, und wir einigten uns darauf, daß wir seine Angelegenheiten weiterhin betreuen. Die Rechnungen und die Löhne des Personals waren ja immer schon von uns bezahlt worden.«

»Und Sie sind damit einverstanden, wie der Haushalt geführt wird? Ich meine, ob die Ausgaben nicht erheblich gestiegen sind?«

»Ganz bestimmt nicht. Die Haushälterin scheint sehr vernünftig und sparsam zu sein. Der Arzt beansprucht überhaupt kein Honorar; er dürfte recht wohlhabend sein.«

»Ich wollte mich nur vergewissern, daß Ihnen nichts Ungewöhnliches aufgefallen ist.«

»Die Situation ist nicht gerade ideal, aber unter den gegebenen Umständen muß man sich damit zufrieden geben. Übrigens bin ich sehr froh, daß Sie hier sind. Sie wissen ja, daß Sie seine Erbin sind, und es ist gut, wenn Sie sich selbst vom Stand der Dinge überzeugen.

»Dennoch sind die Verhältnisse etwas verwirrend. Ich habe noch kein Wort mit meinem Onkel wechseln können.«

»Er ist infolge des Anfalls teilweise gelähmt und kann kaum sprechen. Das kommt oft vor.«

»Eigentlich wollte ich nur von Ihnen hören, daß auf Eversleigh alles mit rechten Dingen zugeht.«

»Natürlich wäre es mir lieber, wenn ein Familienmitglied im Haus nach dem Rechten sähe. Aber der Arzt hat einen sehr guten Eindruck auf meinen Neffen gemacht und, wie gesagt, auch die Haushälterin scheint vertrauenswürdig zu sein. Es wäre ideal, wenn Sie länger hierbleiben könnten, aber ich sehe ein, daß Sie Ihrer Familie gegenüber Verpflichtungen haben.«

Als ich mich verabschiedete, ergriff er meine Hand und hielt sie fest.

»Sie können versichert sein, daß wir Sie über jede Veränderung sofort unterrichten werden.«

Ich bedankte mich und verließ ihn sehr erleichtert. Diesmal kam ich zu spät zum Mittagessen; Jessie, der Arzt und Dickon saßen schon bei Tisch.

»Es ist ein so schöner Tag«, erklärte ich, »ich bin weiter gegangen, als ich vorhatte.«

»Schweinebraten muß heiß gegessen werden«, bemerkte Jessie ein bißchen scharf. Für sie war es unbegreiflich, daß es jemand nicht eilig hatte, zu seinem Essen zu kommen.

Dickon zeigte sich sehr gesprächig, war zu allen freundlich und anscheinend etwas aufgekratzt. War Evalina daran schuld oder hatte er vielleicht gar ein neues Verhältnis angefangen?

Ich erkundigte mich nach dem Zustand Lord Eversleighs und erfuhr, daß er vergangenen Abend einen leichten Rückfall erlitten hatte.

»Es tut mir so leid, Mistress Ransome. Gerade dann, wenn er Anzeichen für eine Besserung zeigt, muß so etwas eintreten.«

Dr. Cabel sah Jessie ärgerlich an, die sich daraufhin intensiver als sonst mit ihrem Essen beschäftigte.

»Ich habe einen herrlichen Vormittag verbracht«, erzählte Dickon. »Ich machte einen Spazierritt in eine neue Richtung und entdeckte ein wunderbares altes Gasthaus. Leider habe ich den

Namen vergessen. Es war sehr romantisch, und ich nahm einen kleinen Imbiß ein.«

»Was hat man Ihnen serviert?« erkundigte sich Jessie neugierig.

»Reifen Stilton mit warmem, dunklem, knusprigem Gerstenbrot.«

»Sie müssen viel Butter drauftun«, riet ihm Jessie, »und dann eine ordentliche Portion Käse dazu essen.«

Sie schien in Gedanken den Käse auf der Zunge zergehen zu lassen.

»Genauso war es, und dazu gab es hausgemachten Apfelwein. Köstlich.«

»Und von dort sind Sie direkt zu unserem Mittagstisch gekommen, Master Fenshaw? Mir ist gar nicht aufgefallen, daß Sie weniger Appetit hätten.«

»Sie wissen ja, ich bin ein starker Esser.«

»Das gefällt mir an Ihnen. Ich kann Leute nicht leiden, die im Essen nur herumstochern.«

»Das Gasthaus war gut besucht, auch ein Hufschmied war da. Er war ziemlich schlechter Laune, und die anderen zogen ihn damit auf. Einer von ihnen behauptete, daß sie jedes Jahr eine Wette darüber abschließen, ob ihn jemand in der Weihnachtzeit zum Lächeln bringen kann. Bis jetzt hat noch niemand diese Wette gewonnen. Dennoch war nicht zu übersehen, daß sie ihn mochten, und ich fand auch heraus, warum. Er ist ein großartiger Geschichtenerzähler.«

»Hat er eine Geschichte erzählt, während du dort warst?« erkundigte ich mich.

»O ja, aber es war weniger die Geschichte, die uns fesselte, als die Art, wie er sie erzählte. Wir waren alle ganz Ohr.«

»Erzähl sie uns doch!«

»Ach, ich bin kein guter Erzähler.«

»Aber jetzt haben Sie uns schon Appetit darauf gemacht«, meinte Dr. Cabel.

»Schön, dann versuche ich es. Im Dorf lebte ein Mann mit

seiner Tochter, die ihm den Haushalt führte. Er war ein Geizhals und überhaupt ein unangenehmer Mensch. Seine Tochter hatte es nicht leicht mit ihm; er vergrämte ihr alle Freier, damit er sie nicht als Haushälterin verlor. Seine Frau hatte er schon ins Grab gebracht. Nun, eines Tages war der Mann verschwunden. Er sei zu seinem Bruder nach Schottland gereist, behauptete die Tochter. Sie ließ das Haus herrichten, legte sich einen Liebhaber zu, und die beiden beschlossen zu heiraten, solange der Alte nicht da war. So würde er bei seiner Rückkehr vor vollendeten Tatsachen stehen. Die Hochzeitsvorbereitungen wurden getroffen, und das ganze Dorf freute sich mit dem jungen Paar. Aber plötzlich änderte sich die Lage schlagartig.«

»Der Alte kam zurück«, sagte ich.

»Ja, irgendwie schon . . .«

»Ach, Dickon, spann uns nicht so auf die Folter.«

»Er kam zurück, aber nicht in menschlicher Gestalt.«

»Ein Gespenst«, rief Jessie und erblaßte.

Dickons Stimme wurde leiser. »Der Alte trieb sich in der Nähe des Brunnens herum. Mehrere Leute sahen ihn, aber er verschwand jedesmal, wenn sie ihm in die Nähe kamen. Dann sah ihn auch die Tochter, schrie bei diesem Anblick auf und fiel in Ohnmacht. Also, um es kurz zu machen, der Alte war gar nicht nach Schottland gereist. Er war in den Brunnen gefallen, wobei seine Tochter vermutlich ein wenig nachgeholfen hatte. Sie legte ein Geständnis ab. Er war beim Wasserholen ausgeglitten, hineingefallen. Sie hatte ihn schreien lassen und nicht herausgeholt.«

Jessie hielt sich die Hand vor den Mund.

»Man fand den Leichnam tatsächlich im Brunnen. Da man nicht beweisen konnte, daß die Tochter ihm einen Stoß versetzt hatte, ließ man die Sache auf sich beruhen und begrub ihn auf dem Friedhof. Daraufhin erschien er nie mehr wieder, denn er hatte nur ein richtiges Grab haben wollen. Wahrscheinlich hatte er im Jenseits begriffen, daß er seiner Tochter das Leben zur Hölle gemacht hatte; deshalb wollte er sich nicht an ihr rächen, sondern nur in geweihter Erde begraben sein. Und sobald er das erreicht hatte, ließ er sie in Frieden.«

Dickon lehnte sich zurück, und Jessie starrte wortlos auf ihren Teller.

Die nächsten beiden Tage vergingen ohne besondere Vorkommnisse. Ich durfte Onkel Carl erst am zweiten Tag wieder besuchen; er hielt meine Hand fest und sprach ein paar Worte.

»Es geht ihm besser«, stellte Dr. Cabel mit leuchtenden Augen fest. »Ich kann Ihnen gar nicht sagen, wie glücklich mich diese Fortschritte machen.«

Ich ging nach Enderby hinüber und erfuhr zu meiner Enttäuschung, daß Derek und Isabel auf einige Tage nach London gefahren waren.

Am zweiten Tag stieß ich im Wintersalon auf Jessie und Daisy Button, die Köchin. Letztere war eine dicke, gutmütige Frau, die nur dann beleidigt war, wenn man ihre Kochkünste nicht schätzte. Da Jessie gutes Essen über alles liebte, kamen die beiden Frauen vorzüglich miteinander aus.

Daisy Button konnte angeblich erkennen, daß ein Mädchen schwanger war, noch bevor das Mädchen selbst es wußte, und sie konnte auch das Geschlecht des Kindes erraten. Ihre Großmutter war eine Hexe gewesen, und Daisy konnte wahrsagen.

Als ich eintrat, stand Daisy auf, knickste und sagte, sie habe mit Mistress Stirling den Küchenzettel besprochen. Allerdings war heute beinahe der ganze Pudding in die Küche zurückgebracht worden; hatte er uns denn nicht geschmeckt?

Ich konnte sie beruhigen; wir hatten alle dem Roastbeef so herzhaft zugesprochen, daß wir vom wirklich köstlichen Pudding nur noch kosten konnten.

Ich sah, daß in Daisys Schürzentasche Spielkarten steckten; wahrscheinlich hatte sie Jessie die Karten aufgeschlagen.

»Wie ich sehe, haben Sie Ihre Karten bei sich«, sagte ich. »Haben Sie wahrgesagt?«

»Mistress Stirling bat mich um einen kleinen Blick in die Zukunft.«

»Und steht ihr etwas Gutes bevor?«

»Es könnte nicht besser sein. Eine rosige Zukunft voller Liebe und Geld. Außerdem wird sie eine Reise unternehmen.«

»Ach, Sie wollen uns verlassen, Jessie?«

»Nicht, solange man mich braucht.«

»Nein, das gilt für die fernere Zukunft«, erklärte Daisy. »Sie wird einen reichen Fremden kennenlernen und bei ihm Frieden und Glück finden.«

»Das klingt ja großartig.«

Jessie überraschte mich. Ich hatte sie für eine harte, berechnende Frau gehalten. Das war sie wahrscheinlich auch, aber außerdem war sie religiös und abergläubisch. Dickons Geschichte vom Mann im Brunnen hatte sie wirklich erschüttert, und jetzt strahlte sie über Daisys Prophezeiung.

Es war Abend, ich wollte gerade zu Onkel Carl hinaufgehen, als ich aus der Küche aufgeregte Stimmen hörte.

Auch Dr. Cabel und Jessie waren stehengeblieben und horchten. Dann kam ein Mädchen heraufgelaufen.

»May hat etwas gesehen«, rief sie.

»Was hat sie gesehen?« fragte Jessie.

»Wir können kein vernünftiges Wort aus ihr herausbekommen, sie ist völlig hysterisch.«

Jessie sah den Doktor an, und er sagte: »Ich sehe rasch nach ihr.«

Wir gingen in die Küche hinunter. May lehnte in einem Stuhl, die Köchin hatte ein Glas mit Brandy in der Hand und versuchte, ihn May einzuflößen.

»Was ist hier eigentlich los?« erkundigte sich Dr. Cabel, während er der Köchin den Brandy wegnahm.

»Ich habe ein Gespenst gesehen, Sir«, antwortete May.

»Was soll der Unsinn?« fragte der Arzt scharf.

»Doch, Sir, ich habe ihn gesehen, so wie ich Sie jetzt sehe. Er stand oben auf der Treppe und löste sich plötzlich in Nichts auf.«

»Aber, aber, May, du hast bestimmt einen der Diener gesehen.«

»Mit dem Hut und dem Mantel Seiner Lordschaft?«

»Seiner Lordschaft?!«

»Doch, es stimmt. Ich habe ihn oft so gesehen, bevor er krank wurde.«

»Und er verschwand?«

»Das tun Gespenster ja für gewöhnlich, Sir.«

»Ein schlechtes Zeichen«, orakelte Daisy. »Es bedeutet einen Todesfall im Haus, ich habe es schon lange gespürt. Wahrscheinlich wird es Seine Lordschaft sein. Glauben Sie mir, unser guter Herr wird nicht mehr lange unter uns weilen.«

»Hör mit dem Unsinn auf!« befahl Dr. Cabel. »May hat einen der Diener gesehen – wenn sie sich das Ganze nicht überhaupt eingebildet hat. Ich werde dir jetzt etwas zu trinken geben, May, und dann legst du dich schön brav ins Bett.«

»Ich habe Angst, Sir, ich möchte sowas nicht noch einmal erleben.«

»Du hast überhaupt nichts erlebt, deine Phantasie ist mit dir durchgegangen.« Er beugte sich über sie. »Um Himmels willen, du hast ja getrunken.«

»Ich habe ihr ein Glas von meinem Schlehenwein gegeben«, erklärte Daisy. »Aber von dem haben wir alle getrunken.«

»Vielleicht ist Ihr Schlehenwein doch stärker als Sie annehmen, Mistress Button.«

»Damit können Sie sogar recht haben, Sir.«

Der Arzt lächelte. »Ich würde vorschlagen, daß Sie in Zukunft kleinere Mengen ausschenken.«

»Aber wir trinken immer die gleiche Menge.«

»Der Wein ist nicht jedes Jahr gleich.«

»Das stimmt, Sir.«

»Wir sollten May auf ihr Zimmer bringen, so daß der Arzt ihr ein Schlafmittel geben kann«, schlug ich vor.

Jessie ging mit May nach oben.

Mir fiel auf, wie gedrückt Jessies Stimmung war; anscheinend hatte sie wirklich Angst.

Dickon hörte sehr aufmerksam zu, als ich ihm von Mays Erlebnis erzählte. Er hatte die Mädchen sofort nach seiner Ankunft genau gemustert, stand jetzt mit einigen von ihnen auf gutem Fuß (sie warfen ihm unübersehbar verliebte Blicke zu) und machte sich wahrscheinlich in dunklen Winkeln an sie heran.

Beim Essen unterhielten wir uns ausführlich über Mays Abenteuer.

»Die Mädchen sind sehr abergläubisch«, behauptete Dickon. »May hat sich das Ganze bestimmt nur eingebildet.«

»Natürlich«, stimmte ihm Jessie zu. »Sie sah einen Schatten und redete sich alles Übrige ein.«

»Sie war aber sehr erschrocken«, wandte ich ein.

»Das ist doch begreiflich«, fand Dickon. »Was hat das arme Ding überhaupt gesehen? Das heißt, was glaubt es gesehen zu haben?«

»Sie erzählte eine verworrene Geschichte über einen Mann mit Mantel«, bemerkte der Doktor.

»Und Hut.«

»Sie findet, daß er Lord Eversleigh ähnlich gesehen hat«, ergänzte ich.

»Wahrscheinlich hat sie ihn einmal in Mantel und Hut gesehen«, mutmaßte Dr. Cabel.

»Und die Köchin schwört darauf, daß die Erscheinung der Todesengel war«, fuhr ich fort.

»Jetzt wird's interessant«, lachte Dickon. »Also ein Unheilsbote?«

»Daisy erzählt immerzu alle möglichen Schauergeschichten«, erklärte Jessie. »Wenn sie keine so gute Köchin wäre . . .«

»Guten Köchinnen muß man kleine Schwächen nachsehen«, bemerkte Dickon. »Erzählen Sie mir doch mehr über diesen Todesengel.«

Der Arzt mischte sich ungeduldig ein. »Das ist alles nur Weibergeschwätz. Am besten, wir vergessen es.«

»Damit haben Sie sicherlich recht, Doktor«, gab Dickon zu. »Aber es ist doch merkwürdig, wie sehr wir uns für übernatürli-

223

che Phänomene interessieren, auch wenn wir eigentlich wissen müßten, daß das alles nur Einbildung ist.«

»Das Mädchen wird sich wieder beruhigen. Ich habe ihr ein Schlafmittel verabreicht, und morgen früh ist alles wieder in Ordnung. Ich hoffe nur, daß dieses Thema damit abgetan ist.«

Seine Hoffnung ging nicht in Erfüllung, denn das Gespenst erschien noch in der gleichen Nacht zum zweitenmal. Diesmal war Jessie das Opfer.

Wir hörten einen gellenden Schrei in der Halle und waren im nächsten Augenblick dort versammelt. Ich hatte gerade Onkel Carl besucht und war danach vor die Tür getreten, um etwas frische Luft zu schnappen.

Jessie war halb ohnmächtig zu Boden gesunken. Ihr Gesicht war leichenblaß, so daß die geschminkten Wangen an einen bemalten Puppenkopf erinnerten.

Dr. Cabel kniete neben ihr nieder. »Machen Sie Platz«, rief er, denn die Dienerschaft drängte sich um die beiden.

»Was ist geschehen?« fragte ich.

»Mistress Stirling ist in Ohnmacht gefallen«, erklärte der Arzt. »Aber sie wird gleich zu sich kommen; ich nehme an, daß die Hitze daran schuld ist.«

Es war aber kein heißer Tag gewesen, und in dem Haus mit den dicken Steinmauern war es ohnehin immer angenehm kühl.

Jessie schlug die Augen auf und schrie: »Wo ist er? Ich habe ihn gesehen.«

»Alles in Ordnung, es wird Ihnen sofort besser gehen«, beruhigte sie Dr. Cabel. »Die Hitze war zuviel für Sie.«

»Ich habe ihn gesehen . . . er stand auf der Treppe . . . und sah genauso aus wie früher . . .«

»Es ist am besten, wenn wir sie ins Bett bringen«, beschloß der Arzt. »Sie braucht Ruhe.«

Er winkte einem der Diener, und der Mann half ihm, Jessie auf die Füße zu stellen.

»So ist's recht«, lobte Dr. Cabel sie. »Jetzt gehen Sie schön brav ins Bett. Ich gebe Ihnen ein Mittel, und dann werden Sie tief und traumlos schlafen.«

»Es war schrecklich«, murmelte Jessie.

»Denken Sie nicht mehr daran«, ermahnte sie der Arzt.

Dickon erschien oben auf der Treppe und lief zu uns herunter. »Was ist geschehen?«

»Jessie ist ohnmächtig geworden.«

»Um Himmels willen. Sie ist doch nicht krank?«

Dr. Cabel bedeutete ihm zu schweigen. Daraufhin schob Dickon den Diener zur Seite und ergriff Jessies Arm.

»Ja, gehen Sie zu Bett«, redete er ihr zu, »da gehören Sie jetzt hin.«

Jessie schauderte. »Ich habe ihn gesehen, mit meinen eigenen Augen. Er war es, das kann ich beschwören.«

»Seine Pflege hat Sie überanstrengt«, sagte der Arzt.

»Aber ich bin noch nie ohnmächtig geworden.«

»Denken Sie nicht mehr darüber nach und lassen Sie sich auf Ihr Zimmer bringen.«

Ich folgte der Prozession. Jessie lag im Bett unter einem großen Kruzifix, das an der Wand hing, und obwohl wieder etwas Farbe in ihr Gesicht zurückgekehrt war, lag in ihren Augen immer noch das Grauen.

»Ich bringe Ihnen jetzt das Schlafmittel«, versprach Dr. Cabel, »und dann lassen wir Sie allein.«

»Ich will aber nicht allein bleiben.«

»Ich bleibe bei Ihnen, bis Sie eingeschlafen sind«, beruhigte ich sie.

Dickon blieb auch im Zimmer, setzte sich ans Bett und beobachtete Jessie.

»Ich habe ihn ganz deutlich gesehen«, beteuerte sie, »er sah genauso aus wie früher.«

»Manchmal spielt uns die Beleuchtung einen Streich«, erklärte ich.

»Die Halle ist kaum beleuchtet.«

»Deshalb haben Sie ja geglaubt, diese Erscheinung zu sehen.

Bei Tageslicht hätten Sie erkannt, daß niemand dort oben steht.«

»Aber ich habe ihn gesehen. Was will er von mir?«

Dickon beugte sich über das Bett. »Die Köchin glaubt, daß einer von uns sterben wird und daß er es ankündigen will.«

»Lord Eversleigh ist sehr krank«, warf ich ein. »Dr. Cabel rechnet jeden Augenblick mit seinem Tod.«

»Der Schmied hat erwähnt, daß die Leute, die kein ordentliches Begräbnis gehabt haben, wiederkommen.« Jessie erschauerte von neuem.

»Hoffentlich kommt der Doktor bald mit seiner Medizin«, bemerkte ich.

Dickon griff nach Jessies Hand und hielt sie fest. »Sie dürfen sich nicht so aufregen, sonst sind Sie Ihren Aufgaben nicht gewachsen. Sie könnten sogar krank werden; Sie müssen auf sich aufpassen, Jessie.«

»Sie sind so gut zu mir.«

In diesem Augenblick trat der Arzt ein, Jessie trank die Medizin, die er ihr reichte, und ich blieb bei ihr, bis sie eingeschlafen war.

Jessie erholte sich rasch von dem Schrecken und war nach wenigen Tagen wieder die alte. Ich war jetzt fest entschlossen, so bald wie möglich heimzureiten. Das Haus bedrückte mich, und meine Besuche bei Onkel Carl waren meiner Ansicht nach vollkommen nutzlos. Er befand sich immer in dem gleichen Dämmerzustand, und meine Anwesenheit schien überhaupt keine Wirkung zu zeigen.

Ich sehnte mich nach Lottie, Jean-Louis und dem Frieden von Clavering.

Ein paarmal war ich nach Enderby hinübergegangen, doch die Forsters hielten sich noch in London auf.

Einmal kam ich an Grasslands vorbei und sah, daß Dickons Pferd vor dem Haus stand. Hoffentlich benahm er sich dem wirklich lieben Andrew Mather gegenüber anständig. Ich hätte Andrew gern wiedergesehen, aber da ich dabei zwangsläufig auch

Evalinas Anwesenheit in Kauf nehmen mußte, verzichtete ich auf das Vergnügen.

Oft ertappte ich Dickon dabei, wie er mich spöttisch musterte. Ich fragte mich, ob er vielleicht wieder einen seiner Pläne ausheckte, und war beunruhigt.

Sollte ich Dr. Cabel erzählen, daß ich nach Clavering zurückkehren wollte? Warum eigentlich nicht? Die Anwälte fanden, daß auf Eversleigh alles in Ordnung war. Natürlich gab es das Problem mit der außer Haus gebrachten wertvollen Statuette, und es war durchaus möglich, daß Jessie weitere Wertgegenstände wegschaffte, um für ihr Alter vorzusorgen. Aber Onkel Carl war immer sehr großzügig zu ihr gewesen, es konnten also ebensogut Geschenke von ihm sein.

Eine Möglichkeit war, ein Inventar aufnehmen zu lassen; ich konnte die Anwälte damit betrauen. Das wäre aber gleichbedeutend mit einem Mißtrauensvotum Jessie gegenüber gewesen. Wenn wir sie dadurch verärgerten und sie Eversleigh verließ, war die Aufregung für meinen Onkel wahrscheinlich zu groß.

Ohne es zu bemerken, war ich wieder einmal nach Enderby hinübergewandert. Ich hoffte immer noch, die Forsters vor meiner Abreise sprechen zu können, mußte mich aber leider davon überzeugen, daß sie noch nicht zurückgekehrt waren.

Geistesabwesend schlenderte ich zu der Stelle, an der ich Gerard einst kennengelernt hatte. Im Sonnenlicht glitzerte etwas im hohen Gras. Ich lief hin und sah ein in die Erde gestecktes Kreuz.

Was konnte das bedeuten? Es sah beinahe so aus, als hätte jemand ein Grab bezeichnen wollen, und zwar vor nicht allzulanger Zeit.

Ich richtete mich wieder auf; mir war unheimlich zumute. Als wäre ich blindlings in etwas hineingetappt und begänne erst jetzt, das volle Ausmaß der Entdeckung zu begreifen. Ich hatte nur einen Gedanken: Möglichst rasch fort von hier!

Als ich ein paar Schritte gegangen war, bildete ich mir ein, hinter mir ein Geräusch zu vernehmen. Daraufhin begann ich zu laufen. Um möglichst rasch in Eversleigh zu sein, nahm ich die Abkürzung durch das Gehölz. Und hier glaubte ich wieder, Schritte hinter mir zu hören.

Endlich lichteten sich die Bäume, und bald darauf war ich im Freien. Erst als mich eine gehörige Entfernung vom Wäldchen trennte, wagte ich stehenzubleiben und mich umzudrehen.

In diesem Augenblick tauchte mein Verfolger auf: Dickon. Er schlenderte auf mich zu und begrüßte mich mit einem fröhlichen »Hallo«.

Ich reagierte nicht auf seinen Gruß, sondern fragte: »Du bist doch gerade aus dem Wald gekommen – hast du dort jemanden gesehen?«

Er zog erstaunt die Augenbrauen hoch.

Ich stammelte: »Ich habe nur gemeint . . . es verirrt sich selten jemand dorthin.«

»Gehst du zum Haus zurück?« fragte er.

Ich nickte.

»Dann begleite ich dich.« Er schien nicht zu bemerken, daß ich immer noch zitterte, und ich wußte nicht recht, was ich von seinem plötzlichen Erscheinen halten sollte. Hatte er mich aus Übermut verfolgt?

Dann fiel mir auf, daß sein Rock nicht richtig saß. Dickon war immer sehr elegant gekleidet, und deshalb war nicht zu übersehen, daß er etwas in der Innentasche stecken hatte, das sie ausbeulte.

Als sein Rock bei einem plötzlichen Windstoß vorne auseinanderklaffte, sah ich den Gegenstand: eine Pistole.

Ich war wirklich erschüttert. Wozu brauchte er eine Pistole? Er hatte sich in letzter Zeit überhaupt verändert, seine Augen glitzerten gelegentlich, als befände er sich auf der Jagd. Zuerst hatte ich angenommen, daß er Beziehungen zu einem Mädchen in Eversleigh angeknüpft hatte und die Abwechslung genoß, aber das konnte nicht zutreffen, denn er war an Liebesabenteuer aller Art gewöhnt.

Warum um alles in der Welt schleppte er eine Pistole mit sich herum? Worauf wollte er schießen? Auf Kaninchen oder Vögel? Aus Freude am Töten?

Und wo hatte er die Waffe her? Etwa aus der Waffenkammer in Eversleigh?

Kaum war ich allein, machte ich mich auf die Suche nach der Waffenkammer und fand sie auch bald. Sie war mit Waffen aller Art vollgeräumt, und ich hatte natürlich keine Möglichkeit festzustellen, ob etwas fehlte. Dickon konnte die Pistole auch ohne weiteres aus Clavering mitgebracht haben.

Als ich mich wieder in meinem Zimmer befand, klopfte es, und auf mein »Herein« trat Jessie ein.

»Ich hoffe, ich störe Sie nicht, Mistress Ransome, aber ich soll Ihnen etwas von Amos Carew ausrichten. Er läßt Sie bitten, morgen nachmittag zu ihm zu kommen, denn er möchte Ihnen etwas zeigen. Er erwartet Sie zwischen drei und vier, aber wenn Ihnen die Zeit nicht paßt, müssen Sie nur sagen, wann Sie kommen wollen.«

»Es ist schon recht, ich werde ihn zur vorgeschlagenen Stunde aufsuchen. Ich hoffe, Sie haben den kleinen Schock inzwischen überwunden.«

»Ich weiß gar nicht, was in mich gefahren ist. Wahrscheinlich dachte ich noch an die Geschichte, die die kleine May erzählt hat, und in der ungewissen Beleuchtung habe ich mir dann eingebildet, etwas zu sehen. Ich schäme mich wirklich, denn so etwas sieht mir überhaupt nicht ähnlich.«

In dieser Nacht weckte mich neuerlich ein Geräusch. Es gab jemanden im Haus, der nächtliche Besuche abstattete, und zwar wieder um zwei Uhr, wie beim ersten Mal.

Es konnte sich nur um Dickon oder Amos handeln, und da mich ihre Liebesabenteuer wirklich nichts angingen, drehte ich mich auf die andere Seite und schlief weiter.

Am nächsten Nachmittag ging ich zu Amos' Haus hinüber. Es sah hübsch aus; davor lag eine große Rasenfläche und neben der Eingangstür blühten Blumen.

Amos öffnete die Tür, noch ehe ich klopfte. Er führte mich in das behaglich eingerichtete Wohnzimmer und bot mir einen Stuhl an.

»Es ist sehr freundlich von Ihnen, Mistress Ransome, daß Sie mich besuchen«, begann er.

»Keineswegs. Es interessiert mich, weshalb Sie mit mir sprechen wollen.«

Er sah mich ein bißchen verlegen an. »Das ist nicht leicht zu erklären. Es geht um – um das Herrenhaus.«

»Und?«

»Es kann nicht so weitergehen. Seine Lordschaft wird trotz aller Versprechungen des Arztes immer schwächer.«

»Da haben Sie recht.«

»Und ich mache mir Gedanken darüber, was aus mir wird, wenn er nicht mehr am Leben ist. Das klingt natürlich herzlos, aber ich mache mir Sorgen. Ich muß an meine Zukunft denken.«

»Ich verstehe Sie vollkommen.«

»Nun, wenn Seine Lordschaft stirbt, geht der Besitz an Sie über.«

»Woher wollen Sie das wissen?«

»Seine Lordschaft hat es Jessie erklärt. Er hat ihr überhaupt kaum etwas verschwiegen. Und ich muß gestehen, daß auch sie sich Sorgen macht. Für uns beide könnten schwere Zeiten kommen.«

»Wie gesagt, ich verstehe Sie sehr gut, aber mit diesen Fragen können wir uns erst später befassen. Es könnte ja sein, daß mein Onkel es sich anders überlegt hat. Wir können nicht Vorsorge für einen Fall treffen, der noch gar nicht eingetreten ist.«

»Jessie behauptet, daß er den Besitz Ihnen hinterlassen hat, und sie muß es wissen. Deshalb wollte ich mit Ihnen darüber sprechen, was ich zu erwarten habe.«

»Wenn alles zutrifft, wie Sie behaupten, werden mein Mann und ich bestimmt niemanden wegschicken, der bisher tüchtige Arbeit geleistet hat. Aber ich kann nicht über etwas verfügen, das nicht mir gehört. Man kann nie wissen, was noch geschieht.«

Er nickte ernst. »Ich möchte Ihnen zeigen, wie gut ich alles instandhalte. Nicht nur das Haus, auch den Garten. Ich liefere sogar das Gemüse für das Herrenhaus. Ich habe gehofft, daß Sie ihn sich ansehen werden.«

»Ich bin davon überzeugt, daß alles in bester Ordnung ist.«

»Aber ich würde Ihnen den Garten wirklich gern zeigen.«

Also stand ich auf, und er führte mich durch einen Korridor in den Garten, in dem tiefe Stille herrschte.

»Obwohl Sie nicht weit vom Herrenhaus wohnen, hat man hier das Gefühl von vollkommener Abgeschiedenheit«, stellte ich fest.

Er antwortete nicht, sondern sah mich nur merkwürdig an. Ob er mich vielleicht aus einem ganz anderen Grund herbestellt hatte? Es war bestimmt am besten, wenn ich mich möglichst rasch unter irgendeinem Vorwand verabschiedete und ins Herrenhaus zurückkehrte.

»Ich möchte Ihnen vor allem die Bäume zeigen«, sagte er. »Das Obst ist heuer ganz besonders gut geraten.«

Seine Stimme klang fremd, irgendwie gepreßt.

Und dann hörte ich ein Geräusch; jemand klopfte an die Tür. Dann folgten Schritte, und im nächsten Augenblick tauchte Dickon auf.

»Ich habe geklopft, aber die Tür stand offen. Oh, hallo Zippora. Ich möchte mit Ihnen sprechen, Amos.«

»Ich bin beschäftigt.«

»Das macht nichts, ich warte gern. Sie zeigen Zippora den Garten, nicht wahr? Du mußt nämlich wissen, Zippora, daß er auf seinen Garten sehr stolz ist.«

»Es ist wohl besser, wenn ich euch jetzt euer Gespräch führen lasse«, trat ich den Rückzug an.

Dickon grinste. »Ich vertreibe dich doch hoffentlich nicht?«

»Keineswegs, ich wollte ohnehin gehen.«

Amos schien sich in sein Schicksal zu ergeben; es war ihm nicht anzumerken, ob er sich ärgerte oder sich freute. Wahrscheinlich ging ihm Dickon allmählich auf die Nerven.

Während ich ins Haus zurückkehrte, dachte ich darüber nach, wie oft Dickon in letzter Zeit dort aufgetaucht war, wo ich mich gerade befand. Als würde er mich verfolgen. Diesmal war ich allerdings froh darüber gewesen. Ich hatte im Garten tatsächlich Angst gehabt, obwohl es keinen logischen Grund dafür gab. Wahrscheinlich regte mich die Situation in Eversleigh mehr auf, als ich mir eingestehen wollte.

Als ich die Halle betrat, stieß ich auf Jessie. Sie schrak bei meinem Anblick zusammen und wurde blaß.

»Geht es Ihnen gut?« fragte ich.

»Ja. Haben Sie mit Amos gesprochen?«

»Ja.«

»Und ging alles in Ordnung?«

Ich zog die Augenbrauen hoch. Es war nicht das erstemal, daß sie versuchte, mich ins Kreuzverhör zu nehmen, und ich empfand das unwiderstehliche Bedürfnis, sie in ihre Schranken zu verweisen.

»Wir haben uns unterhalten«, antwortete ich daher kühl und ließ sie stehen. Ich konnte spüren, wie sie mir nachsah.

Um mich abzulenken, griff ich in meinem Zimmer nach ein paar Kleidungsstücken, die auszubessern waren. Natürlich hätte ich sie einem der Mädchen geben können, aber ich brauchte jetzt eine Beschäftigung. Da ich kein Nähzeug bei mir hatte, ging ich zu Jessies Zimmer, um sie um welches zu bitten.

Ich klopfte, und als niemand antwortete, trat ich ein. Das erste, was ich sah, war der leere Fleck an der Wand, wo früher das Kruzifix gehangen hatte. Es war verschwunden – und ich wußte auch, wohin. Jessie hatte es bei Enderby in die Erde gesteckt.

Ich vergaß das Nähzeug und kehrte in mein Zimmer zurück.

Was hat das alles zu bedeuten, fragte ich mich. Es konnte nur eines heißen: daß sich dort ein Grab befand. Wessen Grab? War es möglich . . .

Ich mußte die Wahrheit herausbekommen.

Wenn nur jemand dagewesen wäre, an den ich mich um Hilfe

wenden konnte. Konnte ich den ruhigen, vernünftigen Dr. Forster darum bitten? Nein. Für mich kamen nur die Anwälte in Frage, denn Mr. Rosen war über die Situation in Eversleigh Court informiert.

Und was sollte ich ihm sagen? Die Haushälterin hat ein Kreuz in die Erde gesteckt?

Ich brauchte stichhaltige Beweise.

Es war bald Zeit zum Abendessen, und dann folgte der Besuch im Krankenzimmer. Ich mußte aufpassen und nicht mehr so leichtgläubig sein, denn ich hatte es mit skrupellosen Leuten zu tun. Und was für eine Rolle spielte Dickon in dieser Intrige?

Sobald ich mehr Beweismaterial in der Hand hatte, konnte ich Mr. Rosen aufsuchen; er würde veranlassen, daß der Fleck Erde, in dem das Kruzifix steckte, aufgegraben wurde, und dann würde sich ja herausstellen, warum Jessie so tat, als befände sich dort ein Grab.

Dann stiegen Zweifel in mir auf. War die Wand wirklich leer gewesen, oder hatte ich es mir nur eingebildet? Ich beschloß, bei der nächsten sich bietenden Gelegenheit in Jessies Zimmer zu schlüpfen und mich nochmals zu vergewissern.

Diese Gelegenheit ergab sich eine halbe Stunde vor dem Abendessen, als Jessie in der Küche die Zubereitung der Mahlzeit überwachte. Ich lief zu ihrem Zimmer und sah hinein.

Das Kruzifix hing an der Wand.

Ich konnte es kaum glauben – hatte ich mich wirklich so getäuscht? Spielte mir meine Phantasie einen Streich?

Ich nahm mir vor, am nächsten Tag nach Enderby hinüberzugehen. Wenn das Kruzifix dort war, gehörte es nicht Jessie, und ich hatte mir den leeren Fleck an der Wand nur eingebildet. Aber wie war das möglich? Ich war eine vernünftige Frau mit gesundem Menschenverstand; jedenfalls hatte ich das bis jetzt angenommen.

Es war Nacht, aber ich konnte nicht schlafen. Ich hatte den Abend recht gut überstanden, obwohl Dr. Cabel beim Essen bemerkt hatte: »Sie wirken heute etwas nachdenklich, Mistress Ransome.«

»Ich bin müde und werde zeitig zu Bett gehen.«

Onkel Carl hatte ich nicht sehen dürfen, weil er laut Dr. Cabel tief und fest schlief und es nicht gut gewesen wäre, ihn zu wecken.

»Es muß etwas in der Luft liegen«, meinte der Arzt. »Sie sind beide müde, wahrscheinlich ist es das Wetter.«

Also ging ich zeitig auf mein Zimmer und auch zu Bett, machte aber kein Auge zu. Ich hatte mich dazu entschlossen, am nächsten Tag Mr. Rosen aufzusuchen. Vorher wollte ich mich allerdings vergewissern, ob das Kruzifix noch im Boden von Enderby steckte.

Um halb zwei war ich noch immer hellwach, als ich das Knarren der Haustür hörte. Ich stand auf und trat ans Fenster. Ein Mann in einem langen Mantel trat aus dem Haus; es handelte sich weder um Amos noch um Dickon. Wer war es also?

Er überquerte den Rasen, und in diesem Augenblick hatte ich eine Idee. Ich schlüpfte in meinen Morgenrock, öffnete die Tür einen Spalt und lauschte. Als alles still blieb, ging ich in den Korridor hinüber, an dem sich Onkel Carls Zimmer befand, und betrat es.

Das Mondlicht fiel in das Zimmer, so daß ich die Einrichtung deutlich erkennen konnte, auch das Himmelbett mit den halb zugezogenen Vorhängen.

Ich trat ans Bett – eigentlich war ich auf den Anblick gefaßt gewesen, der sich mir bot. Das Bett war leer.

Plötzlich fügten sich die einzelnen Steine zu einem Bild zusammen.

Der Mann im Bett war nicht mein Onkel.

Ich sah mich im Zimmer um und öffnete einen der Schränke. Außer den Kleidungsstücken befanden sich Tiegel, Wattebäusche und Pinsel in ihm – das Handwerkszeug eines Schauspielers.

Schauspieler – sie hatten ein Drama oder besser eine Posse für mich inszeniert.

Sie waren alle, ohne Ausnahme, Schauspieler. Der Arzt, der Mann im Bett – und Jessie war die Souffleuse.

Das war der Beweis, den ich brauchte. Mr. Rosen würde morgen Augen machen.

Im zweiten Schrank befanden sich Spielkarten. Ich lächelte grimmig. Also damit vertrieben sie sich die Zeit, während sie auf die kleine Szene warteten, die sie mir jeden Abend vorspielten.

Sie waren erfinderisch und verzweifelt. Auf keinen Fall durften sie vor meinem Besuch bei Mr. Rosen merken, daß ich ihnen auf die Schliche gekommen war.

Der falsche Lord Eversleigh würde bald zurückkommen. Wahrscheinlich ging er jede Nacht spazieren, um sich ein bißchen Bewegung zu verschaffen.

Ich geriet plötzlich in Panik, lief zur Tür und spähte hinaus. Zum Glück war alles still.

Gegenüber der Tür befand sich ein Fenster mit schweren Vorhängen. Ich versuchte, mich hinter ihnen zu verstecken – es ging. Also beschloß ich zu warten, bis der Schauspieler, der die Rolle meines Onkels übernommen hatte, zurückkehrte.

Ich stand lange Zeit frierend und verkrampft in meiner Nische, aber mein Warten lohnte sich.

Kurz nach zwei Uhr knarrte die Tür, und gleich darauf kamen Schritte die Treppe herauf.

Ich lugte durch einen Spalt in den Vorhängen und sah ihn in seinem Zimmer verschwinden.

Ich schlich mich in mein Zimmer zurück.

Was für einen ungeheuren Betrug sie doch inszeniert hatten! Und was war mit Onkel Carl geschehen? Er war sicherlich tot und lag bei Enderby begraben, dort, wo ich das Kruzifix gesehen hatte.

Ich war in Versuchung, mir einen Spaten zu beschaffen und das Grab selbst auszuheben.

Das war natürlich nicht möglich, ich würde es nie allein schaffen, sondern brauchte Hilfe.

Aber an wen konnte ich mich wenden? Immer wieder fiel mir

Dr. Forster ein. Konnte ich ihn wirklich in die Angelegenheit hineinziehen? Mir war überhaupt nicht klar, wieso ich ausgerechnet auf ihn kam.

Nein, Mr. Rosen war der richtige Mann für mich, obwohl ich mir nicht recht vorstellen konnte, wie er auf die bizarre Geschichte reagieren würde.

An Schlaf war unter diesen Umständen natürlich nicht mehr zu denken. Ich lag wach im Bett und wartete ungeduldig darauf, daß es endlich hell wurde.

Im Morgengrauen stand ich auf, und als ich nach meinem Morgenrock griff, sah ich, daß ein Knopf an ihm fehlte.

Ich erschrak zutiefst. Was war, wenn ich ihn im sogenannten Krankenzimmer verloren hatte? Dann wußten sie, daß ich dort gewesen war, und ich befand mich in Gefahr.

Also mußte ich mich vollkommen normal benehmen. Ich ging zum Frühstück hinunter; Dickon saß bereits am Tisch. Er lächelte mir beinahe gönnerhaft zu; wenn er von anderem Charakter gewesen wäre, hätte ich mich ihm anvertrauen können, aber so . . .

»Du bist heute außerordentlich zeitig wach«, stellte er fest.

»Nein.«

»Und du siehst nachdenklich aus.«

Ich zuckte die Schultern.

»Ich könnte schwören, daß du an die Abenteuer denkst, die der Tag dir bringen wird.«

Wußte er etwas?

»Sie werden bestimmt nicht so aufregend sein wie die deinen.«

Er lachte. »Eigentlich wäre es schön, Zippora, wenn du mich ein bißchen gern hättest. Deine und meine Mutter nehmen es sich sehr zu Herzen, daß du mich so gar nicht magst.«

»Wenn du Wert auf meine Achtung legst, mußt du sie dir verdienen.«

»Das ist mir leider klar.«

Ich stand auf.

»Schon? Du hast ja kaum etwas gegessen.«

»Ich habe genug.«

Damit verließ ich das Zimmer.

Ich brauchte mein Pferd für den Besuch in der Stadt. Allerdings wollte ich den Umweg über Enderby machen, um zu sehen, ob das Kreuz noch da war.

Seit ich beschlossen hatte, etwas zu unternehmen, fühlte ich mich besser. Langsam fügte sich eines zum andern. Mein Onkel war gestorben. Hatte dabei jemand seine Hand im Spiel gehabt? Kaum, denn Jessie wußte, daß er ihr als Lebender weit nützlicher war denn als Toter. Warum hatte sie dann die Schauspieler geholt? Damit sie weiterhin das angenehme Leben in Eversleigh genießen und sich noch rasch die Taschen füllen konnte. Ich dachte an die Statuette in Grasslands. Mr. Rosen bot sich ein weites Feld zur Betätigung.

Ich hatte Enderby erreicht, stieg vom Pferd und band es an einen Busch, denn ich konnte vom Sattel aus nicht sehen, ob das Kreuz noch da war. Also drang ich die paar Schritte in das Gebüsch ein und stand vor der Stelle, an der ich das Kreuz gefunden hatte. Es war fort.

Jetzt war ich meiner Sache gewiß. Jessie hatte es dorthin gebracht, weil das Gespenst ihr wirklich Angst eingejagt hatte. Dann hatte sie erkannt, wie dumm sie gewesen war, und hatte es wieder entfernt.

Ich kehrte zu meinem Pferd zurück und stieg auf. Das Gelände zwischen Enderby und Eversleigh ist sehr einsam. Ich kam zu einem kleinen Wäldchen, das ich im Schritt durchqueren mußte.

Dann hörte ich ein Geräusch, und obwohl ich es nicht definieren konnte, erschreckte es mich. Außer mir befand sich noch jemand im Wald, und ich begriff instinktiv, daß mir Gefahr drohte. Während ich noch überlegte, ob ich weiterreiten oder nach Enderby zurückgaloppieren sollte, kam ein Mann auf mich zu. Er hielt einen Revolver in der Hand, den er auf mich richtete. Vor dem Gesicht trug er eine Maske; den Zweispitz hatte er tief in die Stirn gezogen, wie ein Wegelagerer.

Ich starrte in die Mündung der Pistole und stammelte: »Ich habe fast kein Geld bei mir.«

Er sprach nicht, sondern hob den Revolver, und ich begriff, daß er es nicht auf mein Geld, sondern auf mein Leben abgesehen hatte. Dann hörte ich den Schuß und glitt vom Pferd. Meine Ohren dröhnten, und ich sah Blutspritzer auf den Bäumen.

Langsam kam ich wieder zu mir – ich war also nicht tot.

Ein Körper lag im Gras, und daneben stand ein Mann mit einer Pistole in der Hand. Das kann doch nicht wahr sein, dachte ich, denn dieser Mann war Dickon.

»Alles in Ordnung, Zippora«, rief er mir zu, »ich habe ihn erwischt, gerade rechtzeitig. Zum ersten Mal im Leben habe ich einen Menschen getötet.«

»Du . . .« Mehr brachte ich nicht heraus.

Er kniete neben der Gestalt im Gras nieder. »Tot, genau ins Herz. Ein guter Schuß.«

»Wer . . . Was?«

»Hast du denn nicht begriffen, was gespielt wurde? Nein, anscheinend bist du zu spät dahintergekommen. Ich habe vom ersten Augenblick an gewußt . . . Aber gehen wir, wir haben viel zu erledigen.«

Dickon hatte mir also das Leben gerettet.

Zunächst ritten wir in die Stadt zu den Anwälten. Mr. Rosen senior hörte sich regungslos Dickons Bericht an.

»Ich habe Amos Carew erschossen«, begann er. »Er hatte sich als Wegelagerer verkleidet und wollte Zippora ermorden.«

Mr. Rosens Augenbrauen stiegen immer höher, während er zuhörte. »Klarer Fall von Notwehr«, erklärte er schließlich. »Niemand kann Sie anklagen.«

»Ich habe vom ersten Augenblick an gewußt, daß etwas nicht stimmt«, erzählte Dickon. »Diese komplizierten Vorbereitungen, bevor man den alten Mann sehen durfte! Als ich unerwartet ins Zimmer kam, gerieten sie vollkommen aus dem Häuschen. Also begann ich mich umzusehen. Dabei entdeckte ich, daß die

Wertgegenstände allmählich aus dem Haus verschwanden. Ich glaube, das war der Hauptgrund für die Komödie mit dem falschen Lord Eversleigh. Sie wollten, daß Jessie so lange Haushälterin blieb, bis sie bestimmte Gegenstände mit Gewinn an den Mann gebracht hatten . . . aber dazu brauchten sie Zeit.«

»Sie?«

»Jessie, Amos Carew und die beiden Männer, die die Rollen des Arztes und des Kranken gespielt haben.«

»Eine ganze Bande.«

»Sie brauchten so viele Leute. Sie wußten, daß Zippora allmählich den Betrug durchschaute. Wahrscheinlich war Amos die treibende Kraft; er war auch der skupelloseste von ihnen. Die Haushälterin wollte sicherlich nur noch eine Zeitlang das gute Leben genießen. Aber sie war Amos hörig und gehorchte ihm widerspruchslos. Sie erkannten also, daß Zippora ihnen auf der Spur war, aber an mich dachten sie nicht. Sie kannten mich als leichtfertig, und ich tat alles, um meinem Ruf gerecht zu werden. Etliches erfuhr ich von Evalina, die nicht so verschwiegen war, wie sie hätte sein sollen. Auch in Amos' Haus befinden sich Gegenstände aus Eversleigh; ich entdeckte sie, als ich ihn einmal besuchte. Wahrscheinlich fanden sich nicht so schnell Käufer dafür. Und als sie merkten, daß sie Zippora nicht mehr täuschen konnten, beschlossen sie, sie ins Jenseits zu befördern. Aber sie hatten die Rechnung ohne mich gemacht, denn ich war fest entschlossen, den Auftrag unserer Mütter auszuführen und sie zu beschützen.«

»So verdankt Mistress Ransome ihr Leben also Ihnen.«

Dickon lächelte boshaft. »Offenkundig. Ich habe sie sogar zweimal gerettet. Als sie Amos besuchte, hatte dieser die Absicht, sie zu ermorden. Wahrscheinlich hätte er das Ganze so arrangiert, als hätte ein Bandit sie erschossen. Und heute früh hörte ich, wie sie von einem Knopf sprachen, der ihnen verraten hatte, daß Zippora im Krankenzimmer gewesen war, und daß sie jetzt nicht mehr warten könnten.«

»Ja«, bestätigte ich, »ich war vergangene Nacht dort. Das

Zimmer war leer. Der ›Kranke‹ unternahm gerade einen Spaziergang. Dabei muß ich den Knopf von meinem Morgenrock verloren haben.«

Mr. Rosen räusperte sich. »Sie haben mir da wirklich eine außergewöhnliche Geschichte erzählt. Jetzt müssen wir Lord Eversleighs Leichnam suchen. Wenn es Mord war . . .«

»Ich glaube nicht, daß Jessie einen Mord zugelassen hätte«, wandte ich ein. »Es handelt sich sicherlich nur um Betrug.«

Onkel Carls Leichnam fand sich tatsächlich dort, wo Jessie das Kreuz aufgestellt hatte. Und zwar hatten sie ihn in der Truhe begraben, die Dickon im Wintersalon vermißt hatte.

Die Ärzte bestätigten, daß Onkel Carl eines natürlichen Todes gestorben war, daß es sich also nicht um Mord handelte. Allerdings hatte Amos es auf Onkel Carls Vermögen abgesehen gehabt, deshalb hatte er Jessie nach Eversleigh gebracht. Sie hatte zuerst ihre Rolle Onkel Carl gegenüber ausgezeichnet gespielt, dann aber immer mehr Angst bekommen, als sie bemerkte, daß sie nicht nur einen alten Mann umgarnen, sondern bei einem Riesenbetrug mithelfen sollte.

Das Gespenst hatte Jessie zutiefst erschreckt; natürlich war es niemand anderer gewesen als Dickon. Er hatte ein paar alte Sachen von Onkel Carl gefunden und sich verkleidet. »Ich habe mir gedacht, daß es uns vielleicht weiterhelfen kann«, meinte er bescheiden, und das war ja auch der Fall gewesen.

Amos war tot, und Jessie war mit den beiden Schauspielern geflüchtet. Wir stellten in Amos' Haus zahlreiche Wertgegenstände sicher und entrissen auch Evalina etliche, obwohl diese empört beteuerte, sie habe sie nur für ihre Mutter aufbewahrt.

Rosen, Stead und Rosen erledigten alles; Onkel Carl wurde in der Familiengruft beigesetzt, und ich wurde Besitzerin von Eversleigh.

Dickon und ich kehrten nach Clavering zurück. Dickon war sehr zufrieden mit sich; in Eversleigh wurde er als Held gefeiert. Daß er einen Wegelagerer getötet hatte, der ja eigentlich gar keiner war, wurde als eine Wohltat für die Menschheit angesehen. Außerdem hatte er sich als sehr scharfsinnig erwiesen.

Als wir nach unserer Heimkehr alles erzählt hatten, befanden sich meine Mutter und Sabrina im siebenten Himmel. Sie ließen sich immer wieder über unsere Abenteuer berichten.

»Das Ganze ist unglaublich«, staunte meine Mutter.

»Ein Glück, daß Dickon dabei war«, rief Sabrina.

»Wir sind stolz auch dich, Dickon«, erklärten sie einstimmig.

Dickon sonnte sich in ihrer Bewunderung. »Du mußt jetzt deine Einstellung mir gegenüber revidieren, Zippora«, stellte er fest. »Du darfst nie vergessen, daß ich dir das Leben gerettet habe.«

»Ich frage mich, warum du es überhaupt getan hast.«

»Das kann ich dir erklären. Wenn du gestorben wärst, hätte weiß Gott wer Eversleigh bekommen. Sabrina wäre deshalb nicht in Frage gekommen, weil sie es mir, dem Sohn eines verdammten Jakobiten, hinterlassen hätte. Auch deine Mutter schied aus, weil sie es mir hätte vermachen können. Wer also? Irgendein weit entferntes Familienmitglied wahrscheinlich. Von meinem Standpunkt aus mußte ich also dafür sorgen, daß du Eversleigh bekommst, weil dann Clavering mir zufällt. Außerdem hatte ich noch einen Grund.«

»Und zwar?«

»Du wirst es nicht glauben, aber ich mag dich, Zippora. Du bist nicht so, wie du dich gibst, nicht wahr? Und diese zweite Zippora mag ich.«

Damit gab er mir zu verstehen, daß er über meine Liebesaffäre mit Gerard Bescheid wußte.

Ich hätte ihm dankbar sein müssen, aber ich konnte es nicht. Ich mochte ihn genauso wenig wie früher.

VII

Herrin auf Eversleigh

Zu Beginn des folgenden Jahres übersiedelten wir nach Eversleigh. Jean-Louis tat es nur ungern, denn er war in Clavering aufgewachsen und fühlte sich dort zu Hause, aber er sah ein, daß uns nichts anderes übrigblieb, denn Eversleigh war der ungleich wertvollere Besitz. Außerdem wußte er, daß meine Mutter und Sabrina glücklich waren, weil Clavering jetzt endgültig Dickon zufiel.

»Es wäre unvernünftig, auf Eversleigh zu verzichten«, sagte meine Mutter, »und ich bin davon überzeugt, daß Zippora unserer Meinung ist.«

Das war ich, aber einer der Gründe für die Bereitwilligkeit, mit der ich Clavering verließ, war die Tatsache, daß ich dann Dickon nicht mehr täglich sehen mußte.

Lottie genoß die Übersiedlung. Sie war jetzt acht Jahre alt, ein liebreizendes, impulsives, zärtliches, unberechenbares Geschöpf. Sie hatte große, veilchenblaue Augen, dichte dunkle Wimpern und beinahe tiefschwarze Haare – eine unwiderstehliche Kombination.

Meine Mutter meinte: »Sie dürfte ihrer Urgroßmutter nachgeraten. Du und Jean-Louis, ihr wart immer ruhige, vernünftige Kinder, während sie im Wesen Carlotta gleicht. Du wirst auf sie aufpassen müssen, Zippora.«

»Das habe ich auch vor.«

Ich sah meine Mutter wehmütig an. Sie hatte ein schlechtes Gewissen, weil sie Dickon mehr liebte als mich.

Manchmal dachte ich darüber nach, wieso ruhigen, nüchternen, unkomplizierten Menschen nicht so viel Zuneigung entgegengebracht wird wie den unberechenbaren, flatterhaften Naturen. Carlotta hatte jeden, der sie kennenlernte, tief beeindruckt, und dabei hatte sie keineswegs ein konventionelles Leben geführt. Meine Mutter und Sabrina liebten Dickon sehr, obwohl sie zugeben mußten, daß er nicht immer dieser Bewunderung würdig war.

»Lottie braucht ein Geschwisterchen«, behauptete meine Mutter oft. »Es ist wirklich schade . . .«

»Wir haben wenigstens ein Kind«, antwortete ich jedesmal. Damit beruhigte ich mich selbst; auch wenn ich Unrecht getan hatte, so war doch Lottie die positive Folge.

Wir bereiteten also die Übersiedlung vor. Dickon wollte in das Haus einziehen, das wir räumten. Dagegen hatten meine Mutter und Sabrina heftig protestiert; warum wollte er unbedingt ein eigenes Haus haben, warum konnte er nicht weiterhin bei ihnen wohnen?

»Weil ich jetzt der Verwalter bin, und deshalb im Verwalterhaus leben muß«, erklärte Dickon kategorisch.

Natürlich gaben sie nach – wenn er etwas wollte, dann setzte er es auch durch.

Ich mochte nicht daran denken, daß er von nun an das Haus bewohnen würde, in dem Jean-Louis und ich glücklich gewesen waren. Jean-Louis verstand mich, wie immer, und tröstete mich: »Das Haus gehört nicht mehr uns, und wir werden es vergessen.«

Während der Fahrt nach Eversleigh – Lottie saß zwischen uns in der Kutsche – fiel mir auf, wie müde und bedrückt Jean-Louis aussah, und ich empfand tiefe Zärtlichkeit für ihn. Ich hatte ihn zwar betrogen, aber ich hatte es durch mein liebevolles Verhalten nach meiner Rückkehr sicherlich wieder gutgemacht, und Lottie war sein ein und alles.

Sie genoß die Reise, geriet über alles, was sie sah, in Verzückung und verkürzte uns dadurch die lange Fahrt.

Das Haus sah anders aus – wahrscheinlich, weil ich es jetzt mit den Augen der Hausherrin betrachtete. Unwillkürlich mußte ich an die lange Reihe meiner Ahnen denken, und Stolz erfüllte mich.

Wir stiegen aus, und ich blieb einen Augenblick bewundernd stehen. Das Haus war etwa zweihundert Jahre alt, war also zur Zeit Elisabeths erbaut worden, und wies daher den für die damalige Zeit typischen E-förmigen Grundriß auf, bei dem die Halle in der Mitte liegt und sich zu beiden Seiten Flügel anschließen.

Der alte Jethro kam aus den Ställen gelaufen. »Ich habe die Kutsche kommen gehört«, erklärte er.

»Das ist Jethro«, sagte ich zu Jean-Louis, »der alte, treue Vertraute meines Onkels.«

»Sie werden zufrieden sein, Mistress Zippora, die Diener haben sich wirklich Mühe gegeben«, berichtete Jethro.

»Sind es immer noch die gleichen?« fragte ich.

»Die meisten haben sich aus dem Staub gemacht, sie müssen Freunde von Jessie gewesen sein. Aber meine Frau hat Mädchen aus dem Dorf eingestellt, die Ihnen zur Hand gehen werden, bis Sie einen Überblick gewonnen haben.«

»Danke, Jethro.«

Wir traten in die Halle.

»Was ist das?« rief Lottie und lief zum Kamin.

»Unser Stammbaum, Lottie«, erklärte ich ihr. »Vor über hundert Jahren ließ ihn der damalige Schloßherr über den Kamin malen, und seither ist er ständig weitergeführt worden.«

»Und ich werde auch einen Zweig bekommen, nicht wahr?«

»Natürlich.«

»Und dann wird auch mein Mann dazukommen . . . wer immer das sein wird. Ich weiß schon, man muß etwas unter das Kopfkissen legen, und zwar am Weihnachtsabend oder zu Allerheiligen, und wenn man aufwacht, sieht man das Gesicht seines zukünftigen Mannes vor sich. Ich kann es kaum erwarten.«

»Aber Lottie«, wies ich sie zurecht, »du bist gerade erst in deinem neuen Zuhause eingetroffen und denkst an nichts anderes als an deinen Ehemann.«

»Der Stammbaum hat mich darauf gebracht. Wohin führt diese Treppe?«

»Weißt du was, wir lassen uns von Mrs. Jethro unsere Zimmer zeigen, und dann erforschst du das Haus.«

»Ich will es aber sofort erforschen.«

»Dein Vater ist jetzt ein bißchen müde.«

Sie war zerknirscht. »Tut dir dein Bein wieder weh, Papa? Es tut mir so leid, du hättest doch das zweite Kissen in der Kutsche nehmen sollen.«

»Es ist nichts, Kleines«, widersprach Jean-Louis. »Aber deine Mutter hat recht, gehen wir zuerst auf unsere Zimmer.«

»Wie aufregend das ist, ein Haus, das dir allein gehört, Mama.« Sie breitete die Arme aus, als wollte sie es umarmen. »Wie fühlst du dich, wenn du daran denkst?«

»Das Haus gehört uns allen«, erklärte ich entschieden. »Und jetzt marsch in dein Zimmer.«

Mrs. Jethro hatte das größte Schlafzimmer für uns zurechtmachen lassen. Es war der Raum, in dem mein Onkel die letzten Jahre seines Lebens verbracht hatte.

Jean-Louis ließ sich müde auf das Bett fallen. Ich trat zu ihm und legte ihm den Arm um die Schultern. Gleichzeitig verdrängte ich energisch die Erinnerung an Gerard, die in mir aufstieg.

»Ich liebe dich so sehr, Jean-Louis. Ich werde mich bemühen, dich hier glücklich zu machen.« Er sah mich an – als verstünde er, was in mir vorging.

Noch an unserem Ankunftstag kamen die Forsters von Enderby herüber, um zu fragen, ob sie uns irgendwie behilflich sein konnten.

Ich stellte ihnen Jean-Louis vor, und sie schlossen sofort Freundschaft. Jean-Louis erwähnte, daß er einen Verwalter brauche, und Derek versprach, ihm bei der Suche behilflich zu sein. Bis wir jemand Geeigneten gefunden hatten, wollte er selbst Jean-Louis an die Hand gehen.

Dieser Besuch heiterte Jean-Louis sichtlich auf. Er hatte sich wahrscheinlich Sorgen gemacht, ob er es schaffen würde, Eversleigh zu leiten.

Lottie war sofort zur Koppel verschwunden, in der sie auf ihrem Pony herumritt. Sie liebte Pferde, und wir hatten vor, das Pony demnächst durch ein richtiges Reitpferd zu ersetzen. Darauf freute sie sich schon.

Natürlich sprachen die Forsters über die Vorgänge in Eversleigh – ich war davon überzeugt, daß sie noch jahrelang das Hauptgesprächsthema in der ganzen Gegend sein würden.

Nachdem wir jedes Detail eingehend erörtert hatten, meinte Isabel: »Ein Glück, daß Ihr junger Verwandter rechtzeitig eingegriffen hat, sonst hätte dieser Amos Carew Sie tatsächlich umgebracht.«

»Allerdings«, gab ich zu.

»Wir würden ihn gern kennenlernen, er muß ein interessanter Mensch sein.«

»Diese Gelegenheit wird sich sicherlich einmal ergeben«, sagte Jean-Louis.

»Oh –«, begann ich beinahe protestierend.

»Du nimmst doch nicht an, daß Dickon uns nicht besuchen wird?« fragte Jean-Louis. »Nach seiner Rückkehr aus Eversleigh sprach er wochenlang von nichts anderem.«

»Er muß sich doch jetzt um Clavering kümmern.« Dann wandte ich mich an Isabel und Derek: »Wir langweilen Sie sicherlich mit unseren Familiengeschichten.«

»Keineswegs, uns interessiert alles, und wir freuen uns sehr darüber, daß Sie jetzt hier leben werden.«

»Gefällt es Ihnen immer noch in Enderby?«

»O ja; ich nehme an, daß wir die Gespenster ein für allemal vertrieben haben.«

»Und wie geht es Dr. Forster?«

»Sehr gut, er hat richtig bei uns Fuß gefaßt. Außerdem kann er von hier aus das Heim bequem überwachen.«

»Wo liegt es überhaupt?«

»Kaum eine Meile entfernt, an der Küste. Er besucht es etwa jeden zweiten Tag. Er hängt sehr daran.«

»Es muß ihm viel Arbeit machen.«

»Aber diese Arbeit verschafft ihm Befriedigung.«

»Handelt es sich dabei um ein Altersheim?« fragte Jean-Louis.

»Ganz im Gegenteil; es ist ein Heim für Mütter und Babys. Eigentlich ist es ein Entbindungsheim.«

»Er ist wirklich ein guter Mensch«, stellte Isabel fest.

»Laß ihn das nur nicht hören, Isabel«, ermahnte sie ihr Mann.

»Aber es stimmt, er hat sehr viel Gutes getan. Er hat vielen Müttern und Kindern buchstäblich das Leben gerettet.«

»Das ist sehr edel von ihm«, sagte ich.

»Er hält es für seine Lebensaufgabe. Er ist nämlich so wohlhabend, daß er mit seinem Vermögen sehr gut privatisieren könnte.«

Derek lächelte uns um Entschuldigung bittend an. »Isabel ist eine begeisterte Anhängerin meines Bruders. Er hat dieses Heim mit dem Kapital aus seinem Erbe errichtet.«

In diesem Augenblick kam Lottie aufgeregt hereingelaufen. Als sie die Besucher sah, blieb sie verblüfft stehen.

»Das ist unsere Tochter«, sagte ich. »Begrüße unsere Gäste, Lottie.«

Ich war stolz auf sie, denn sie war wirklich bezaubernd, besonders wenn sie lächelte. Als die Vorstellung vorüber war, platzte sie aufgeregt heraus: »Ich habe mich umgesehen.«

»Und was hast du entdeckt?« fragte Jean-Louis.

»Es gibt in der Nähe zwei schöne große Häuser.«

»Eines davon ist bestimmt Enderby«, sagte Derek und beschrieb es.

Lottie nickte. »Aber in dem anderen habe ich das Baby gefunden, und es war so süß. Es lag im Garten in einer Wiege . . . und ich mußte einfach hingehen und es ansehen.«

»O Lottie, das darf man doch nicht.«

»Ach, es hat gar nichts ausgemacht. Ein Kindermädchen und eine Dame waren im Garten . . .«

»Das ist Grasslands«, stellte Isabel fest.

»Also, ich habe mit dem Baby gespielt; es mag mich. Es ist ein kleiner Junge und heißt Richard.«

»Das ist das Kind der Mathers«, erklärte Isabel. »Der Kleine ist etwa sechs Monate alt.«

»Die Dame war sehr freundlich«, plauderte Lottie weiter. »Ich darf so oft zu ihr kommen, wie ich will. Sie hat sich sehr darüber gefreut, daß wir jetzt in Eversleigh wohnen, denn sie kennt dich, Mama.«

»Das stimmt«, bestätigte ich nachdenklich. Mir war gar nicht wohl zumute.

In den nächsten Tagen war ich sehr beschäftigt und war Isabel und Mrs. Jethro für ihre Hilfe aufrichtig dankbar. Mrs. Jethro empfahl mir einige Mädchen aus dem Dorf als Ersatz für die Dienstboten, die mit Jessie verschwunden waren, und auch die Diener der Forsters konnten mir vertrauenswürdige Personen namhaft machen. Dadurch war schon nach kurzer Zeit das Hauspersonal komplett, was mir die Arbeit wesentlich erleichterte.

Natürlich gab es immer noch Probleme. Lottie brauchte eine Gouvernante. In Clavering war Lottie im Pfarrhaus unterrichtet worden, aber dafür war sie jetzt schon zu groß. Dennoch war das vorrangige Problem, einen erstklassigen Verwalter zu finden.

»Es wird sehr schwierig sein, jemanden aufzutreiben, dem ich so vertrauen kann wie seinerzeit James Fenton«, sagte Jean-Louis. »Inzwischen muß ich eben sehen, wie ich allein zurechtkomme.«

Wir befanden uns wirklich in einer schwierigen Lage. Vor seinem Unfall hätte Jean-Louis mühelos jeden Besitz leiten können. Jetzt konnten wir nicht allzu lange warten – es ging über seine Kräfte. Dabei waren wir beide durch die schlechte Erfahrung mit Amos Carew mißtrauisch geworden, so daß uns eine Entscheidung nicht leicht fiel. Ich träumte noch immer manchmal, daß mir ein maskierter Mann mit einem Revolver gegenüberstand. Allerdings war in meinen Träumen der Maskierte immer Dickon.

Eines Nachmittags besprach ich gerade mit Mrs. Jethro Haushaltsfragen, als ein Mädchen einen Besuch meldete.

Ich war davon überzeugt, daß es sich um Isabel handelte, so daß ich nicht nach dem Namen der Besucherin fragte.

»Sie wartet im Wintersalon, Madam«, fügte das Mädchen hinzu.

Ich lief hinunter und riß die Tür auf; doch dann blieb ich wie angewurzelt stehen. Die Frau, die sich aus dem Stuhl erhob, war Evalina.

Sie trat lächelnd auf mich zu. »Es gehört sich doch, daß ich meine neue Nachbarin aufsuche.«

»Das ist sehr freundlich von Ihnen«, stammelte ich.

»Es ist ja nicht weit, nicht wahr?«

Ich nickte. »Kann ich Ihnen eine Erfrischung anbieten?«

»Nein, danke, ich werde zu dick. Ich bin einfach zu genäschig.«

»Bitte, nehmen Sie doch Platz.«

Als wir beide am Tisch saßen, eröffnete sie das Gespräch. »Wenn man recht bedenkt, ist gar nicht so viel Zeit vergangen, seit wir uns das letzte Mal gesehen haben.«

»Wie ich gehört habe, haben Sie einen kleinen Sohn.«

»Ja, meinen kleinen Richard.« Sie sah mir in die Augen. »Wir sind so glücklich – es gibt doch nichts Schöneres als ein eigenes Kind. Mein armer Andrew ist außer sich vor Freude, wie Sie sich vorstellen können. Er hat nie zu hoffen gewagt, daß er noch Vater werden würde; aber das Leben hält die unwahrscheinlichsten Überraschungen bereit, nicht wahr?«

»Ich kann seine Freude sehr gut verstehen.«

»Ihrem Mann muß es ähnlich ergangen sein, als Sie ihm mitteilten, Sie wären in anderen Umständen. Diese Männer! Sie sind ganz wild auf Nachwuchs, vor allem, wenn sie schon alle Hoffnung aufgegeben haben.«

»Ihr kleiner Junge hat Sie beide sicher sehr glücklich gemacht.«

»Ja, genau wie bei Ihnen Ihr kleines Mädchen. Sie ist eine

richtige Schönheit. Warten Sie nur, bis sie ein bißchen älter ist. Die Verehrer werden sie nur so umschwirren – wie Bienen den Honig. Ich habe Andrew erzählt, wie süß sie ist; sie lächelt so schelmisch wie eine Französin.«

Sie hatte es darauf angelegt, mich aus der Ruhe zu bringen. Wäre ich nur in Clavering geblieben!

Aber ich hatte nicht vor, mich durch ihre Andeutungen einschüchtern zu lassen.

»Wie geht es Ihrer Mutter?« erkundigte ich mich.

»Ich habe bis jetzt noch nichts von ihr gehört. Es würde mich nicht wundern, wenn sie ins Ausland gegangen wäre. Sie war eigentlich gar nicht schuld an dem Ganzen, sondern es steckte Amos dahinter. Sie hat immer getan, was er wollte. Manche Männer bringen das fertig. Wir beide haben Glück gehabt, und wir haben außerdem unsere Kinder. Komisch, wie gut sie sich sofort vertragen haben. Mein kleiner Richard lachte Ihre Lottie immerzu an, und das ist sonst gar nicht seine Gewohnheit. Als wüßten sie, daß sie von der gleichen Art sind.«

»Von der gleichen Art?«

»Ja, als wären sie Kameraden. Kinder sind darin oft merkwürdig.«

Sie sah mir frech ins Gesicht. Ich erinnerte mich an Dickons Aufenthalt hier – wollte sie mir damit etwas Bestimmtes zu verstehen geben? Daß sie und ich von der gleichen Art waren?

Sie fuhr langsam fort: »Ich werde nie vergessen, wie wir einander kennengelernt haben. Sie besuchten ganz unerwartet Eversleigh . . . zu der Zeit, als der Franzose in Enderby wohnte. Er war wirklich charmant, nicht wahr? Na ja, er ist nicht mehr da, und die jetzigen Bewohner von Enderby sind von ganz anderem Schlag. Die Forsters passen eigentlich nicht in so ein Haus. Aber der Doktor ist ein echter Gentleman. Haben Sie ihn schon kennengelernt? Er würde Ihnen gefallen. Er ist zwar ganz anders als der Franzose, ein bißchen düster, doch Abwechslung schadet nie, nicht wahr?«

»Wovon sprechen Sie eigentlich?« fragte ich unvermittelt.

»Ach, von nichts Besonderem, ich rede einfach so drauflos. Andrew hat das gern, er lacht darüber. Er ist mir überhaupt sehr dankbar. Das gehört sich auch, nachdem ich ihm einen Sohn geschenkt habe. Er war davon überzeugt, daß er nie Kinder haben würde.«

Ich stand auf. »Sie müssen mich entschuldigen, aber wir sind erst vor kurzer Zeit übersiedelt, und ich habe noch sehr viel Arbeit.«

Sie zog die Handschuhe an, während sie sich erhob. Sie hatte sich für den Besuch betont korrekt gekleidet.

»Ach, wir sind ja jetzt Nachbarn. Wir werden noch oft Gelegenheit haben, miteinander zu plaudern.«

Als sie mir die Hand reichte, lächelte sie zwar, ihr Blick war aber beinahe drohend. Ich begleitete sie zur Tür und sah ihr nach; ich war ernstlich beunruhigt.

Isabel brachte mich auf die Idee, zum Einstand eine Gesellschaft zu geben. Wir freundeten uns immer mehr an, und ich fühlte mich in ihrer Gegenwart wohl. Sie wußte über die Vorgänge in der Umgebung Bescheid und stand mit den meisten Nachbarn auf gutem Fuß.

Sie meinte, daß wir einige in der Gegend ansässige Familien kennenlernen sollten. Es gab zwar nur drei Herrenhäuser, aber auch die Pächter waren durchwegs nette Leute, und die meisten Farmen gehörten ohnehin zu Eversleigh.

Daraufhin erklärte ich: »Schön, dann geben wir eine Party.«

Isabel war begeistert. »Ich habe gehört, daß früher alljährlich eine Party auf Eversleigh stattfand.«

»Das war wahrscheinlich zu Carletons Zeiten. Vielleicht hat auch General Eversleigh die Tradition fortgesetzt.«

»Der letzte Lord Eversleigh hörte jedoch damit auf.«

»Erstens war er krank, und zweitens hatte Jessie bestimmt keine Lust, die halbe Nachbarschaft einzuladen.«

»Aber dann hätte sie sich doch als Hausherrin aufspielen können.«

»Anscheinend hatte sie sich das nicht getraut. Aber ich halte es für eine gute Idee, die alten Bräuche wieder aufleben zu lassen; Sie müssen mir helfen, die Einladungsliste zusammenzustellen.«

Die nächste Stunde verging mit dieser angenehmen Tätigkeit. Wir nahmen auch Dr. Forster und beide Mr. Rosen in die Liste auf. Während wir noch damit beschäftigt waren, erschien plötzlich Dr. Forster.

Ich hatte ganz vergessen, wie groß er war und wie melancholisch er aussah. Eigentlich hatte ich nicht viel für unglückliche Menschen übrig, mich zogen lebhafte Leute wie Gerard und Lottie viel mehr an. Aber Charles Forster hatte mich vom ersten Augenblick an fasziniert, so daß ich herausbekommen wollte, warum er so verzweifelt wirkte. Er hatte ein hageres Gesicht mit hohen Backenknochen und tiefliegenden grauen Augen. Die graue, glatt nach hinten gekämmte Perücke, die im Nacken mit einem schwarzen Samtband zusammengehalten war, war vielleicht nicht mehr ganz modern, aber er schien sich über Modefragen souverän hinwegzusetzen. Sein dunkelblauer Rock war weit geschnitten und reichte bis zu den Knien, so daß man die einfache Stoffhose nicht sah; seine langen, kräftigen Beine steckten in hellbraunen Strümpfen, und auf seinem Kopf saß ein einfacher Dreispitz.

»Charles«, rief Isabel strahlend. »Wie schön, daß du da bist. Das hier ist Mistress Zippora Ransome; ihr habt einander vor einiger Zeit kennengelernt.«

Er ergriff meine Hand, und wir sahen einander an.

»Sie haben mich bestimmt schon vergessen«, sagte ich.

»Keineswegs. Sie wohnten damals in Eversleigh.«

»Ja, und jetzt lebe ich dort.«

»Dann ist also die unglückselige Angelegenheit endgültig erledigt.«

»Soweit das möglich ist.«

Isabel schenkte bereits ein Glas Wein ein. »Du mußt eine Kleinigkeit zu dir nehmen, Charles. Er vernachlässigt sich sträflich, müssen Sie wissen.«

»Isabel behandelt mich, als wäre sie eine Glucke und ich ein verirrtes Küken.«

»Mit einem Küken hätte ich dich bestimmt niemals verglichen«, widersprach Isabel. »Was gibt es Neues?«

»Meine Neuigkeiten bleiben immer gleich, deshalb sind sie nie neu. Ein paar weitere Fälle im Heim, und wenn alles gut geht, haben wir heute abend fünf Bewohner mehr.«

»Ich habe von Ihrem Heim gehört«, sagte ich. »Die Arbeit muß Sie sehr befriedigen.«

»Nicht immer, nur gelegentlich. Aber so ist eben das Leben.«

»Ja, es gibt nicht nur schöne Augenblicke. Dagegen kann man nichts tun. Wir können uns nur freuen, wenn uns etwas Gutes widerfährt, und in schlechten Zeiten darauf hoffen, daß sie vorübergehen.«

»Hast du mit den Heiminsassen viel Arbeit?« erkundigte sich Isabel. »Wie ich gehört habe, gibt es bei euch etliche Krankenfälle.«

»Nicht mehr als sonst. Ich war gerade in Grasslands, und da es von dort nicht weit nach Enderby ist, habe ich beschlossen, bei euch hineinzuschauen.«

»Ich hätte dir auch nicht geraten, es nicht zu tun. Geht es um Andrew Mather?«

»Ja, sein Herz ist nicht ganz in Ordnung und wird eines Tages versagen. Aber er verfügt zum Glück über einen ausgeprägten Lebenswillen, und daran haben sicherlich seine junge Frau und das Kind Anteil. Er ist ein glücklicher Mensch und wird sich bis zum letzten Augenblick ans Leben klammern.«

»Und das hilft wirklich?« fragte ich.

»Und ob! Es gibt Menschen, die nur deshalb sterben, weil ihnen der Wille zum Leben fehlt. Das wird bei Andrew Mather nie der Fall sein.«

»Merkwürdig«, bemerkte Isabel, »daß ein solches Mädchen einem Mann wie Andrew so viel bedeuten kann.«

»Ja«, sinnierte der Arzt, »vor seiner Heirat war er schon im Begriff aufzugeben und sich mit der Rolle eines Invaliden abzufinden. Dann kommt das Mädchen daher, bezaubert ihn, und obwohl sie bestimmt nicht aus altruistischen Gründen gehandelt hat, schenkt sie ihm wieder Freude am Leben.«

»Das erinnert mich an ein Sprichwort; ich kann es nur noch ungefähr: ›Im schlechtesten Menschen gibt es ein bißchen Gutes, und im besten Menschen gibt es ein bißchen Schlechtes, daher steht es uns nicht zu, über andere zu urteilen.‹«

»Wie wahr«, bestätigte der Arzt. »Ich bin jedenfalls mit den Auswirkungen von Andrews Heirat auf seine Gesundheit sehr zufrieden, und dank dem Kind kann er auch noch hundert werden.«

»Übrigens«, warf ich ein, »wir geben eine Begrüßungsparty, und ich hoffe, daß wir auch Sie dabei sehen dürfen.«

»Ich komme gern.«

Bald darauf verabschiedete ich mich, weil mich zu Hause viel Arbeit erwartete. Aber ich hatte vor, Isabel demnächst wieder aufzusuchen.

»Sind Sie zu Pferd unterwegs?« fragte Dr. Forster.

»Ja.«

»Dann begleite ich Sie nach Hause.«

Während des Rittes unterhielten wir uns über verschiedene Themen – die Gegend, das Heim, seine Praxis, unsere Übersiedlung nach Eversleigh.

Auf dem letzten Stück des Weges kam uns eine Reiterin entgegen. Ich war nicht sehr glücklich, als ich Evalina erkannte. Sie hielt ihr Pferd vor uns an.

»Guten Tag allerseits. Ein herrlicher Tag für einen Spazierritt.«

»Guten Tag«, erwiderte ich kühl und gab meinem Pferd die Peitsche. Dr. Forster verbeugte sich vor Evalina und folgte mir. Ich spürte, wie mir die Röte ins Gesicht stieg. Der Ausdruck in Evalinas Augen beunruhigte mich, denn er schien zu besagen: »Wir sind vom gleichen Schrot und Korn.«

Eins war jedenfalls sicher: Auf die Gästeliste würde ich sie nicht setzen. Ich wollte nicht mit ihr verkehren.

Der Arzt ritt jetzt neben mir. »Sie sehen verärgert aus.«

»Daran ist diese Frau schuld. Sie erinnert mich . . .«

»Man kann sie nicht für die Missetaten ihrer Mutter verantwortlich machen. Aber ich kann mir vorstellen, wie Ihnen zumute ist.«

»Ich werde sie nicht nach Eversleigh einladen.«

»Sie meinen zur Party. Ich halte es für ausgeschlossen, daß ihr Mann kommen kann. Die Ehe tut ihm zwar gut, aber er ist trotzdem alt. Solche Festlichkeiten sind nichts für ihn, und er würde das sofort einsehen.«

»Dann erwartet er gar keine Einladung.«

»Bestimmt nicht.«

Wir hatten angehalten, und er sah mich wieder unverwandt an. »Ich hoffe, daß Sie eines Tages mein Heim besuchen werden.«

»Sehr gern.«

Er verbeugte sich und wendete sein Pferd.

Die Vorbereitungen nahmen ihren Lauf. Jean-Louis hielt das Fest für eine ausgezeichnete Gelegenheit, die Leute zusammenzubringen und ihnen zu zeigen, daß wir Eversleigh wieder zum Mittelpunkt der Gemeinde machen wollten, wie es zur Zeit von Carleton, Leigh und General Carl der Fall gewesen war. Die Farmer waren sehr zufrieden, denn sie sprachen lieber mit dem Grundbesitzer als mit einem Verwalter über ihre Schwierigkeiten. Es war ein Schock für sie gewesen, daß Amos Carew ein Verbrecher war; und obwohl sie für den Gesprächsstoff, den er ihnen lieferte, dankbar waren, zogen sie normale Zustände auf dem Gut vor.

Isabel erzählte mir, daß Andrew Mather einen schweren Rheumatismusanfall hatte und bettlägerig war; ein Grund mehr, ihm keine Einladung zu schicken.

Die neue Köchin, Mrs. Baines, war in ihrem Element; die Dienerschaft kam nicht zu Atem, während sie die Räume mit Hilfe des Gärtners schmückte; und überall im Haus duftete es nach den köstlichsten Speisen.

Lottie schien überall gleichzeitig zu sein; sie probierte zehnmal täglich ihr Kleid an, tanzte mit imaginären Partnern durch den Ballsaal, naschte in der Küche von den Kuchen und Süßigkeiten und ging Mrs. Baines auf die Nerven.

»Am liebsten hätte ich jeden Tag eine Party«, sagte sie.

»Das wäre denn doch zu viel«, behauptete ich.

»Dann wenigstens einmal in der Woche.«

Der Unterricht, den ich ihr jeden Tag erteilt hatte, ruhte. Ich hatte sie darauf aufmerksam gemacht, daß wir uns sofort nach der Party um eine Gouvernante für sie umsehen würden, und Lottie hatte dabei das Gesicht verzogen.

Etwa drei Tage vor dem großen Ereignis besuchte ich Isabel und traf unterwegs Evalina.

»Oh, guten Tag«, rief sie. »Ihre Party macht Ihnen sicherlich einen Haufen Arbeit.«

»Damit haben Sie recht. Guten Tag.« Ich wollte weitergehen, aber sie vertrat mir den Weg.

»Wie ich gehört habe, sind alle Nachbarn dazu eingeladen, und dennoch gibt es Ausnahmen.«

»Es ist natürlich unmöglich, alle einzuladen.«

»Unmöglich? Ich würde es eher als unnachbarlich bezeichnen.«

»Wenn Sie darauf anspielen, daß Sie keine Einladung erhalten haben – soviel ich weiß, könnte Ihr Mann gar nicht ausgehen.«

»Aber ich kann es.«

»Ich hatte nicht angenommen, daß Sie ohne ihn kommen würden.«

»Andrew ist ein sehr liebevoller Ehemann, er würde mir bestimmt das Vergnügen gönnen.«

Ihr Grinsen war ausgesprochen unangenehm. Ich entdeckte, daß ich Jessie ihrer Tochter bei weitem vorzog.

»Na ja«, antwortete ich nicht sehr überzeugend, »die Einladungen sind alle schon verschickt.«

»Sie haben noch genügend Zeit, eine weitere Einladung auszusenden.«

Das war zu viel. Sie bat um eine Einladung. Bat? Sie forderte sie.

»Es würde doch wirklich komisch aussehen, wenn ich nicht dabei bin, finden Sie nicht? Die Leute würden sich fragen, warum ich nicht gekommen bin. Ich müßte mir eine Ausrede einfallen lassen, und das hätte ich gar nicht gern.«

Es war eine glatte Erpressung. Sie lächelte mich süß und hilflos an, als drängte ich sie in eine Lage, die ihr äußerst unangenehm war.

Plötzlich hatte ich Angst vor ihr, vor den Dingen, die sie Jean-Louis erzählen konnte. Ich liebte ihn und ich war bereit, alles zu tun, um ihm Kummer zu ersparen. Er durfte nie von Gerard erfahren.

Ich schämte mich meiner selbst, als ich antwortete: »Wie Sie sehr richtig bemerken, ist es noch nicht zu spät, falls Sie wirklich kommen möchten.«

»Oh, ich danke Ihnen. Ich bekomme also meine Einladung? Sie wissen ja, daß Sie auf Andrew nicht zählen können.«

Die Party war im Gang. Es war ein herrlicher, warmer Frühlingstag gewesen, und die Gäste fanden, es sei wie in alten Zeiten. Die Farmer und ihre Familien freuten sich darüber, daß die Leitung des Gutes wieder in den Händen der »Familie« lag. Der arme Onkel Carl war bereits ein kranker Mann gewesen, als er in Eversleigh eintraf, und hatte sich kaum um den Besitz gekümmert. Jean-Louis hingegen hatte schon ein Landgut geleitet, und die Leute stellten sehr bald fest, daß er etwas von seiner Aufgabe verstand.

Viele von ihnen erinnerten sich an meine Mutter, und ein paar ganz Alte hatten sogar noch den großen Carleton Eversleigh erlebt, der den Besitz vor Cromwell gerettet hatte.

Es war also ein sehr fröhliches Fest, bis Evalina eintraf.

Man konnte von den Anwesenden nicht erwarten, daß sie vergaßen, wer sie war. Sie war die Tochter der niederträchtigen Jessie, die den guten Lord Eversleigh mit Amos Carew betrogen hatte.

Allerdings dachten nur die Älteren so; die jungen Männer

fanden Evalina unwiderstehlich. Ich ließ sie nicht aus den Augen, weil ich verhindern wollte, daß sie mit Jean-Louis sprach. Aber er unterhielt sich so angeregt mit den Farmern, daß er sonst für niemand Zeit hatte.

In der großen Halle stand auf einem Podium eines der neuen Klaviere, und ein paar Geigenspieler waren auch anwesend. Die Tische waren mit Köstlichkeiten überladen, und die Gäste konnten davon nehmen, soviel sie wollten. Natürlich gab es ein paar unter ihnen, die ihre Teller immer wieder füllten, aber Mrs. Baines war überglücklich, wenn ihre Erzeugnisse regen Zuspruch fanden.

Die Musik drang auch ins Freie, wo unsere Gäste teils spazierengingen, teils an Tischen saßen und sich unterhielten, während die Jugend tanzte.

Unvermittelt stand Charles Forster neben mir. »Macht Ihnen so etwas Spaß?« erkundigte er sich. »Nein, die Frage ist nicht fair. Diese Fröhlichkeit entspricht nicht Ihrem Geschmack, nicht wahr?«

»Leider bin ich ein ziemlich ernsthafter Mensch.«

»Natürlich, und Sie müssen sich auch mit ernsthaften Dingen befassen. Obwohl dieses Fest im Grunde eine ernsthafte Angelegenheit ist. Sie sagen damit den Pächtern, daß sie nicht vorhaben, große Veränderungen vorzunehmen, sondern das Gut so führen wollen, wie es immer schon der Fall war.«

»Das stimmt«, bestätigte ich. »Ich bin einfach keine Dame der Gesellschaft. Wollen wir ein bißchen spazierengehen? Die kühle Nachtluft tut nach dem heißen Tag gut.«

Während wir durch den Park schlenderten, bemerkte er: »Sie sind die richtige Gesellschaft für Isabel, sie hat eine Freundin gebraucht.«

»Eigentlich ist es umgekehrt, ich muß ihr für ihre Freundschaft dankbar sein.«

»Isabel ist wirklich eine großartige Frau. Sie ist ruhig, freundlich und sehr vernünftig.«

»Sie hängen sehr an den beiden, nicht wahr?«

»Sie sind meine Familie. Sie sind hierher übersiedelt, um in meiner Nähe zu sein, nachdem ich das Heim erstanden hatte. Es war ein Gelegenheitskauf; ein vernachlässigtes altes Haus am Meer, das aber genau meinen Vorstellungen entsprach. Auch die einsame Lage war wichtig.«

»Warum bestanden Sie gerade darauf?«

»Weil Einsamkeit meinen Patienten guttut.«

»Es handelt sich dabei um junge Mütter, nicht wahr?«

»Um unglückliche junge Mütter.«

»Unglückliche?«

»Ja, deshalb sind sie hier. Das Heim nimmt Menschen auf, die sich in einer verzweifelten Lage befinden.«

»Es ist also für einsame Frauen bestimmt.«

»Sie sind meist einsam.«

»Und unverheiratet?«

»Einige von ihnen sind nicht verheiratet.«

»Da vollbringen Sie wirklich etwas Großartiges. Isabel sagt –«

»Ach, Sie dürfen nicht auf Isabel hören. Sie entwirft ein vollkommen falsches Bild von mir.«

»Aber man darf doch jemanden loben, der es verdient.«

»Wenn man es so sieht, dann verdient jeder von uns gelegentlich ein bißchen Lob. Es kommt auf das Resultat an, wenn man seinen guten Taten seine schlechten Taten gegenüberstellt.«

»Was wollen Sie damit sagen?«

»Ich spreche wieder einmal in Rätseln und langweile Sie damit.«

Ich beugte mich zu ihm und berührte leicht seine Hand. »Sie langweilen mich nicht im geringsten.«

In diesem Augenblick schlenderte Evalina Arm in Arm mit einem jungen Farmerssohn vorbei. Sie sah mich lächelnd an.

»Wir amüsieren uns großartig, nicht wahr?«

Damit zerstörte sie den Zauber des Augenblicks – indem sie uns beide in einem Atemzug nannte.

Ich bat Dr. Forster, mich ins Haus zu bringen, obwohl ich gern noch länger mit ihm geplaudert hätte.

Jean-Louis war immer noch in ein Gespräch vertieft. Ich trat zu ihm, und er ergriff lächelnd meine Hand.

»Alles geht großartig, ein sehr gelungener Abend. Es war eine ausgezeichnete Idee, uns bei unseren Pächtern so einzuführen.«

Ja, ein gelungener Abend, eine ausgezeichnete Idee – bis Evalina wie die Schlange im Paradies aufgetaucht war.

Eines der Mädchen drängte sich zwischen den Gästen zu mir durch.

»Ja, Rose?«

»Ein Diener von Grasslands steht draußen, Madam. Er läßt den Arzt bitten, hinüberzukommen. Mr. Mather geht es schlechter.«

Andrew Mather starb in der gleichen Nacht an einem Herzanfall. Charles Forster berichtete mir am nächsten Tag darüber, als er uns besuchte, um sich für die Einladung zur Party zu bedanken, und mich bat, ihn nach Enderby zu begleiten.

Unterwegs erzählte er mir, was vorgefallen war.

»Als ich in Grasslands eintraf, war er bereits bewußtlos, und es war klar, daß er kaum noch eine Stunde zu leben hatte. Seine Frau war verzweifelt und zutiefst unglücklich. Außerdem hat sie offenbar Angst; wahrscheinlich hat sie sich darauf verlassen, daß er immer für sie sorgen wird.«

»Meiner Meinung nach kann Evalina sehr gut allein für sich sorgen.«

»Ja, wenn man an ihre Mutter denkt, kommt man unwillkürlich auf diese Idee. Aber sie sah irgendwie rührend und verletzlich aus.« War womöglich auch er Evalinas Faszination erlegen?

Ich mußte zugeben, daß sie sehr anziehend war; eine gewisse Hilflosigkeit, die man vielleicht auch Weiblichkeit nennen konnte, erregt das Interesse der Männer aller Altersstufen. Sogar Charles Forster, von dem ich es nie angenommen hatte, ließ sich dadurch beeindrucken.

»Es kam jedenfalls nicht unerwartet«, fuhr er fort. »Ich hatte beide darauf aufmerksam gemacht, daß Mathers Herz nicht in Ordnung ist.«

Isabel begrüßte mich herzlich, beglückwünschte mich zum Erfolg meiner Party, und dann sprachen wir über Andrew Mathers Tod.

»Der arme Andrew«, sagte Isabel. »Aber er war wenigstens die letzten Monate seines Lebens glücklich. Es war ein herzerfreuender Anblick, wenn man ihn mit dem Kind sah.«

»Wie wird es jetzt weitergehen? Grasslands ist kein großer Besitz, sie haben ja nur zwei Pächter.«

»Stimmt. Allerdings ist Jack Trent ein guter Verwalter. Ich nehme an, daß er den Besitz weiterhin betreuen wird, falls Evalina hierbleibt.«

»Was sollte sie sonst tun?«

»Sie könnte das Gut verkaufen und sich anderswo niederlassen.«

Das wäre für mich die angenehmste Lösung gewesen.

In den nächsten Tagen trafen die Mitglieder von Andrews Familie in Grasslands ein. Unter ihnen war ein etwa vierzigjähriger, verbissen aussehender, unfreundlicher Mann. Evalina erzählte Isabel, die ihr kondolierte, daß dieser Mann ein Neffe von Andrew war; sie schien über seine Anwesenheit nicht gerade glücklich.

Eine Woche nach Andrews Tod fand das Begräbnis statt. Jean-Louis und ich wohnten dem Trauergottesdienst in der Kirche bei; nachher sprach uns Evalina an und bat uns, mit den übrigen Trauergästen nach Grasslands zu kommen. Sie sah in ihrem schwarzen Kleid sehr erbarmungswürdig aus und hatte den Trauerschleier vors Gesicht gezogen.

»Bitte, kommen Sie doch«, sagte sie. Es klang beinahe wie ein Befehl; aber vielleicht bildete ich mir auch nur ein, daß sie in letzter Zeit in herrischem Ton mit mir sprach.

Da wir die Einladung nicht gut abschlagen konnten, begleiteten wir sie.

In der Halle, in der Erfrischungen gereicht wurden, herrschte eine sehr gedrückte Stimmung. Der Neffe hatte anscheinend die Formalitäten erledigt, was ich für selbstverständlich hielt, weil er nach Evalina und dem Kind ja Andrews nächster Verwandter war.

Ich war froh, als wir uns verabschiedeten. Der Notar war im Begriff, das Testament zu verlesen, und damit hatten wir ja nichts zu tun.

Jean-Louis und ich gingen sehr langsam nach Eversleigh zurück. Ich mußte mich seinem Tempo anpassen, da ihm das Gehen immer schwerer fiel.

»Das arme Kind«, bemerkte er, »sie ist noch so jung.«

»Jeder bedauert Evalina«, platzte ich unwillig heraus. »Sie ist die Tochter ihrer Mutter und daher absolut imstande, für sich zu sorgen.«

»Soviel wir wissen, hat sie nie etwas Unrechtes getan. Das arme Mädchen kann nichts dafür, daß sie eine solche Mutter hatte.«

»Sie muß gewußt haben, daß ihre Mutter Wertgegenstände aus Eversleigh stahl, denn sie versteckte sie ja in Grasslands.«

»Das ist leicht erklärlich. Ihre Mutter redete ihr ein, daß es sich um Geschenke handle.«

Ich schwieg. Zuerst Charles und jetzt Jean-Louis – die Männer fielen immer auf Typen wie Evalina herein.

Vielleicht hatte ich sie doch falsch beurteilt, denn am nächsten Tag sandte sie mir durch einen Diener eine Botschaft – sie wollte mich sprechen. »Sie kennen den Ort, an dem Lord Eversleigh begraben wurde. Er ist sehr einsam und von Enderby aus nicht zu sehen. Bitte, warten Sie dort um zwei Uhr auf mich.«

Der Ton klang ziemlich energisch, und einen Augenblick lang spielte ich mit dem Gedanken, nicht hinzugehen; aber dann überlegte ich es mir. Ich gestand mir, daß ich mich unsicher fühlte und Angst hatte.

Sie wartete schon auf mich; sie ging verzweifelt und unruhig auf und ab.

»Sie wollten etwas mit mir besprechen?« fragte ich.

Sie nickte. »Es geht um John Mather, den Neffen meines Mannes. Andrew würde nie damit einverstanden sein, er würde keine Ruhe im Grab finden. Er stand immer auf meiner Seite, und das Kind . . .«

»Was ist mit dem Neffen?«

»Andrew hat alles ausnahmslos mir zu treuen Händen hinter-lassen, damit ich es für Richard verwalte. Alles gehört Richard – das Gut, das Geld, alles. Aber der Neffe will das Testament anfechten.«

»Das kann er doch nicht.«

»Er ist anderer Meinung und behauptet, daß ich Andrew hintergangen habe, daß er unfähig war, Kinder zu zeugen, und daß Richard deshalb nicht sein Kind sein kann.«

»Ach, er will Ihnen nur Angst einjagen.«

»Er schlägt mir vor, ihm Grasslands zu überschreiben; dafür würde er mir ein kleines Einkommen auf Lebenszeit aussetzen, und wir würden uns beide viel Unannehmlichkeiten ersparen.«

Es folgte ein kurzes Schweigen, während dem sie mich flehend ansah.

»Und was erwarten Sie von mir?«

»Bitte, sagen Sie mir, was ich tun soll.«

»Woher soll ich das wissen? Sie sind Andrews Witwe, die Mutter seines Kindes – der Neffe redet Unsinn.«

»Aber wenn er beweisen kann . . .«

»Was meinen Sie damit?«

»Na ja, wenn Richard . . . *Sie* wissen ja, daß selbst dem anstän-digsten Menschen so etwas zustoßen kann. Sie müssen mir helfen und mir sagen, was ich tun soll.«

»Heißt das, daß Richard nicht Andrews Sohn ist?«

Sie schwieg. In diesem Augenblick begriff ich und sagte, ohne zu überlegen: »Richard ist Dickons Kind.«

Sie verbarg das Gesicht in den Händen. »Sie werden mir und dem Kind alles wegnehmen. Und dabei wollte Andrew, daß wir zwei es bekommen. Er liebte Richard, das Kind hat einen neuen Menschen aus ihm gemacht. Ganz gleich, wessen Sohn Richard ist, er machte Andrew glücklich.«

»Das war nicht zu übersehen.«

»Auch ich machte ihn glücklich, und er war gut zu mir. Er verwöhnte mich . . . und als herauskam, was für ein Mensch meine Mutter in Wirklichkeit war, machte er mir nie einen Vorwurf daraus. Er sagte immer nur: ›Mein armes kleines Mädchen!‹ Er begriff, daß ich anders sein wollte als meine Mutter, gut und ehrbar wie Sie. Allerdings änderte sich meine Einstellung zu Ihnen, als sie hierher übersiedelten.«

In mir stieg Haß gegen sie auf, und gleichzeitig tat sie mir leid, denn sie hatte wirklich Angst. Sie war ebenfalls eines von Dikkons Opfern; aber konnte ich ihm daraus einen Vorwurf machen? Evalina gehörte zu den Mädchen, die mit dem Erstbesten ins Bett gingen.

Beinahe herausfordernd sah sie mich an. Anscheinend vertraute sie mir wie ein Kind und bat mich um meine Hilfe – nein, sie forderte sie. Ich mußte mich mit ihrem Problem befassen, sonst würde sie mir das Leben zur Hölle machen.

Merkwürdigerweise empfand ich wirklich das Bedürfnis, ihr zu helfen. Ich fragte daher: »Andrew hat die Tatsache, daß er Vater wurde, nie in Frage gestellt, nicht wahr?«

»Nein, er hielt es für ein Wunder. Die Ärzte hatten ihm erklärt, daß er nie Kinder haben könne, und das stimmte. Schön, aber ich wollte ein Kind haben, daraus kann mir niemand einen Vorwurf machen. Daher kam es soweit, er glaubte, daß es sein Kind wäre, und ich schadete niemandem damit. Er wurde dadurch ein neuer Mensch, er war beinahe verrückt vor Freude. ›Ein Junge‹, sagte er immer wieder, ›mein eigener Sohn.‹ Ich war tatsächlich stolz darauf, daß ich ihm einen Sohn geschenkt hatte. Er überschüttete mich mit Geschenken, so froh war er. Können Sie mir vielleicht sagen, was daran schlecht sein soll?«

»Es bewirkte offensichtlich viel Gutes. Warum machen Sie sich dann solche Sorgen?«

»Wegen des Neffen. Er droht mir mit allem möglichen, spricht von Anwälten . . .«

»Er kann Ihnen nichts anhaben, es gibt ja das Testament.«

»Das stimmt, darauf hat Andrew geachtet. Er machte das Testament kurz nach Richards Geburt und sagte mir: ›Jetzt ist alles geordnet, der Besitz fällt an dich und den Jungen.‹«

»Der Neffe kann ganz bestimmt nichts unternehmen.«

»Aber wenn er beweisen könnte, daß Andrew nicht fähig war, Kinder zu zeugen?«

»Niemand kann das mit Sicherheit wissen.«

»Dann darf niemand erfahren, daß Richard nicht . . .«

»Das darf niemand erfahren.«

»Aber Sie wissen es jetzt.«

Wir sahen einander unverwandt an; zwischen uns war alles klar. Ich war unendlich erleichtert, weil ich sie nicht mehr fürchten mußte. Ich hatte sie genauso in der Hand wie sie mich.

Aber jetzt wollte ich ihr helfen. Ich sah sie allmählich als armseliges, kleines Wesen, das in einer Welt aufgewachsen war, in der es verzweifelt ums Überleben kämpfen mußte.

Deshalb wiederholte ich: »Er kann Ihnen überhaupt nichts tun. Andrew hat das Testament verfaßt, und John kann nicht beweisen, daß Richard nicht Andrews Sohn ist. Vielleicht ist er sogar tatsächlich sein Kind. Der Neffe versucht Sie einzuschüchtern. Sie dürfen ihm nicht zeigen, daß Sie Angst vor ihm haben. Außerdem müssen Sie einen Anwalt aufsuchen, am besten Mr. Rosen.«

»Würden Sie mich begleiten? Sie können um so viel besser sprechen als ich.«

Beinahe hätte ich laut gelacht. Wenn ich daran dachte, wie sehr sie mich verunsichert hatte, welche Angst ich ihretwegen empfunden hatte, wirkte die Szene beinahe komisch.

Wir erpreßten einander gegenseitig. Wir hatten ein Abkommen geschlossen: kein Wort von meinen Untaten und kein Wort von den deinen.

»Schön, gehen wir morgen zu Rosen, Stead und Rosen. Ich werde Mr. Rosen senior den Sachverhalt erklären, und damit werden Ihre Sorgen für immer zu Ende sein.«

VIII

Ein Besuch in London

Es kam so, wie ich prophezeit hatte. Mr. Rosen übernahm die Angelegenheit ruhig und sachkundig; das Testament war in Ordnung, Mr. Mather hatte sehr klar ausgedrückt, was er wollte. Mit Ausnahme von einigen Legaten – darunter eines für den Neffen – ging alles an Evalina, die es für Richard verwalten sollte. »Eine vollkommen eindeutige Angelegenheit«, verkündete Mr. Rosen. »Ich werde mit dem Herrn sprechen, der Einwände erhebt.«

Nach diesem Gespräch verschwand der Herr sang- und klanglos. »Dem habe ich die Leviten gelesen«, bemerkte Mr. Rosen zu mir. »Er hat anscheinend geglaubt, daß er eine rechtsunkundige Frau hereinlegen kann.«

Als Evalina sich von Mr. Rosen verabschiedete, schärfte er ihr ein: »Es war vollkommen richtig, daß Sie zu mir gekommen sind. Sollten Sie jemals wieder Schwierigkeiten haben, bin ich jederzeit gern bereit, Ihnen zu helfen.«

Evalina war mir dankbar; sie hielt mich offensichtlich für eine sehr kluge Frau. Aber ich hörte aus allem, was sie sagte, eine Anspielung auf Gerard heraus. In diesem Fall: wie klug Sie sind, wie geschickt Sie Ihre Spuren verwischt haben, Jean-Louis kommt gar nicht auf die Idee.

Evalina führte auch ohne Andrew ein sehr angenehmes Leben; es war nicht zu übersehen, wie sehr sie an ihrem Kind hing. Zwar gingen Gerüchte über ihre Beziehungen zu Tom Brent um, aber eigentlich war niemand darüber empört. Sie war eine junge Frau ohne Ehemann, die eine starke Vorliebe für das andere Geschlecht hatte, und sie fand allenthalben Gegenliebe.

Da wir so nahe Nachbarn waren, traf ich oft mit ihr zusammen. Sie kam zu Kirchenversammlungen und zeigte deutlich, daß sie ein geachtetes Mitglied der Gemeinschaft werden wollte, mit meiner Unterstützung. Diese Erwartung ging in Erfüllung – teils weil sie mir leid tat, teils weil ich es für richtig hielt. Die Menschen sollten nicht ewig daran denken, daß sie die Tochter ihrer Mutter war.

In den Briefen aus Clavering stand immer wieder, wie großartig Dickon das Gut leitete. Er war voll Schwung und Begeisterung, und es machte meiner Mutter und Sabrina Freude zu beobachten, wie er brauchbare Neuerungen einführte. »Wir möchten Euch gern zu Weihnachten wiedersehen«, schrieb meine Mutter dann. »Ich sehne mich so nach der kleinen Lottie. Wir müssen uns darüber einigen, ob Ihr nach Clavering kommt oder wir nach Eversleigh fahren. Übrigens traf hier ein Brief für Dich und Jean-Louis ein, den ich beilege.«

Ich sah den Brief an und erkannte die Handschrift, die uns einmal sehr vertraut gewesen war.

»Er ist von James Fenton«, rief ich.

Wir lasen den Brief gemeinsam. James hatte die Absicht, eine Woche im »Schwarzen Schwan« in London zu logieren und fragte, ob wir ihn aufsuchen könnten. Er schrieb uns rechtzeitig, damit wir alle notwendigen Vorbereitungen treffen konnten. Natürlich hätte er auch nach Clavering kommen können, aber der Gedanke an ein Zusammentreffen mit Dickon hielt ihn zurück.

»Wir müssen fahren«, sagte ich zu Jean-Louis. »Wir haben genügend Zeit; er bleibt bis Dienstag dort.«

Jean-Louis war unglücklich. Er sah keine Möglichkeit, Hals über Kopf abzureisen, denn wir hatten ja keinen Verwalter. Außerdem war ihm die Reise nach London zu beschwerlich.

»Ich werde ihm schreiben und ihm mitteilen, daß wir jetzt in Eversleigh leben«, schlug er vor. »Ich sehe nicht ein, warum er nicht nach Eversleigh kommen sollte.«

Ich sagte nichts, war aber fest entschlossen, James Fenton in London aufzusuchen. Am Nachmittag besuchte ich Isabel, weil ich mich daran gewöhnt hatte, alle Probleme mit ihr zu besprechen.

»Wenn Sie ihn erreichen wollen, müssen Sie Ende nächster Woche fahren; die Reise nach London dauert zwei Tage. Sie könnten Zimmer im ›Schwarzen Schwan‹ bestellen.«

»Ja, aber ich kann nicht gut allein fahren.«

»Derek und ich können Sie ohne weiteres begleiten. Wir hatten ohnehin eine Reise nach London geplant; außerdem steigen wir immer im ›Schwarzen Schwan‹ ab. Wir werden unsere Reise um ein paar Tage vorverlegen, das ist alles.«

»Ach, Isabel, das wäre wunderbar. Jean-Louis hätte bestimmt keine Einwände, wenn ich mit euch reise.«

Kurz darauf gesellte sich Derek zu uns, und wir unterbreiteten ihm unseren Plan.

»Ich halte es für sehr wichtig, mit James zu sprechen«, erklärte ich. »Vielleicht kann er uns jemanden als Stütze für Jean-Louis empfehlen. Nach den Erfahrungen mit Amos Carew sind wir eben mißtrauisch.«

»Wer wäre das nicht? Amos besaß übrigens ausgezeichnete Empfehlungen.«

»Um die Wahrheit zu sagen: ich will versuchen, James für den Verwalterposten in Eversleigh zu gewinnen.«

Als Jean-Louis erfuhr, daß ich mit den Forsters nach London reisen konnte, war er erleichtert, denn er wußte, wieviel Wert ich auf diese Reise legte.

Am Tag vor unserer Abreise ging ich nach Enderby hinüber, um die letzten Vorbereitungen zu besprechen, und traf dort Charles Forster an.

»Es gibt etwas Neues«, rief Isabel. »Erzähl es ihr, Charles.«

»Es geht um London«, sagte er. »Ich wollte Sie fragen, ob Sie etwas dagegen haben, wenn ich mich der Gesellschaft anschließe.«

»Es wäre für uns alle ein echtes Vergnügen«, versicherte ich.

»Da siehst du, Charles«, meinte Derek, »ich habe dir ja gesagt, daß Zippora sich freuen wird.«

Nachdem wir noch einige Einzelheiten besprochen hatten, kehrte ich zu Jean-Louis zurück und berichtete ihm von der Neuigkeit. Jean-Louis war begeistert: »Je mehr Männer euch begleiten, desto besser.«

Es war ein kühler Junimorgen, als wir uns in glänzender Stimmung auf den Weg machten. Die Luft war so frisch, daß wir uns über den wärmenden Sonnenschein am Vormittag freuten.

»Das ist das beste Reisewetter«, stellte Charles fest. »Im August war die Hitze unerträglich.«

»Kommen Sie oft nach London?« erkundigte ich mich.

»Gelegentlich, wenn ich Medikamente und Apparate brauche. Aber ich besuche die Stadt nur, wenn es unvermeidlich ist.«

»Sie mögen London nicht?«

»Oh, es ist eine große, lebendige, interessante Stadt, aber sie führt bei mir zu gewissen Assoziationen . . .«

»Etwas, das Sie vergessen möchten?«

Ich war zu weit gegangen. Er nickte zwar, aber sein Gesichtsausdruck war kalt und förmlich geworden; ein Hinweis darauf, daß ich dieses Thema fallenlassen sollte.

Während dieser Reise beschäftigte ich mich in Gedanken sehr viel mit Charles Forster. Ich war davon überzeugt, daß es in seinem Leben eine Tragödie gegeben hatte, die der Grund für seine Melancholie war. Es war auch merkwürdig, daß die sonst so gesprächige Isabel in bezug auf ihren Schwager nur erwähnt hatte, er sei ein guter Mensch, den sie sehr bewundere.

Die Reise verlief ohne Zwischenfälle, das Wetter blieb gut, Derek hatte überall Zimmer vorbestellt, und so erreichten wir ohne Schwierigkeiten den »Schwarzen Schwan«.

James Fenton logierte bereits seit einigen Tagen dort und freute sich sehr, mich zu sehen. Er sah gut aus und erwiderte auf meine Fragen nach Hetty und den Kindern, daß es ihnen allen gutgehe.

Am Vormittag des nächsten Tages gingen die Forsters aus, und gaben mir dadurch Gelegenheit, mit James unter vier Augen zu sprechen.

Er war erstaunt, daß wir nach Eversleigh übersiedelt waren. Jetzt begriff er erst, warum ich persönlich nach London gekommen war, statt zu schreiben.

»Wie geht es Jean-Louis?« wollte er wissen.

»Er hat sich nie ganz von seinem Unfall erholt. Er klagt zwar nicht, sieht aber oft sehr müde aus. Eversleigh geht wahrscheinlich über seine Kräfte.«

»Es ist größer als Clavering, nicht wahr?«

»Viel größer. Deshalb suchen wir jetzt auch einen Verwalter.«

Ein sehnsüchtiger Ausdruck trat in seine Augen, und mein Herz klopfte schneller.

»Es sollte nicht schwer sein, jemanden zu finden«, meinte er.

Ich berichtete ihm kurz von den Ereignissen auf Eversleigh und erwähnte, daß wir seither vorsichtig wären.

»Mein Gott, Mistress Zippora, da haben Sie ja noch mal Glück gehabt.«

»Das Merkwürdige daran ist, daß ausgerechnet Dickon mich gerettet hat.«

Seine Hände verkrampften sich. »Na ja, es ist alles noch gutgegangen«, sagte er schließlich. »Wenn ich von einem guten Verwalter höre, den ich empfehlen kann . . .«

Meine Hoffnung schwand. Ich hatte mir eingebildet, daß ich nur mit James reden müßte, um ihn für uns zu gewinnen.

»Wie geht es Ihnen auf der Farm?« erkundigte ich mich.

Er schwieg einige Augenblicke, und dieses Schweigen war vielsagend. »Recht gut«, meinte er dann. »Natürlich wäre ich lieber mein eigener Herr, weil mein Vetter und ich oft verschiedener Meinung sind.«

»Es klappt also nicht so recht?« Ich versuchte, möglichst gleichmütig zu sprechen.

»O nein, es geht schon, es ist nur . . . Ich vermisse einiges.«

»Eversleigh ist ein wirklich schöner Besitz. Sie sollten ihn sich einmal ansehen. Jean-Louis spricht oft von Ihnen. Er behauptet,

Sie wären der beste Verwalter, den es gibt.« Dann gab ich mir einen Ruck. »Könnten Sie nicht zu uns zurückkommen, James? Sie hätten ein schönes Haus, alle Annehmlichkeiten, die Sie wollen . . .«

Er schüttelte den Kopf. »Ich will nicht lang herumreden. Ich würde sehr gern zu Ihnen kommen, denn ich denke oft an die schöne Zeit, als ich mit Jean-Louis zusammenarbeitete. Aber in Eversleigh besteht die Möglichkeit, mit Dickon zusammenzutreffen.«

»Bis jetzt hat er uns noch nicht besucht, und ich glaube nicht, daß er es häufig tun wird.«

»Ich weiß nicht, ob ich mich beherrschen könnte, wenn er plötzlich vor mir steht. Nein, ich bleibe, wo ich bin, auch wenn es nicht ideal ist. Wäre nicht Dickon, würde ich sofort kommen.«

»James, Sie ahnen nicht, wie dringend wir Sie brauchen.«

»Tut mir leid, aber es geht nicht, es hat keinen Sinn, Mistress Zippora. Aber ich werde mich umhören, und wenn ich einen geeigneten Mann finde, schicke ich ihn zu Ihnen.«

Mehr konnte ich offensichtlich nicht erreichen.

»Könnten Sie nicht wenigstens Jean-Louis besuchen? Er würde sich so darüber freuen.«

Er versprach, meinen Vorschlag zu überlegen. Schließlich entschied er sich dafür, uns zu begleiten.

Die Forsters und James hatten Freundschaft geschlossen, und Isabel schlug vor, daß wir den Aufenthalt in London dazu benützen sollten, ins Theater zu gehen, am besten ins Drury Lane.

Wir waren alle einverstanden, und daher saß ich am Abend neben Charles im Parkett und bewunderte den großen Garrick. Charles, der offenbar früher viel ins Theater gegangen war erzählte mir von Vorstellungen, die er einst miterlebt hatte. Seine Melancholie war so gut wie verflogen.

Das Stück und die Schauspieler rissen mich mit, und er freute sich über meine Begeisterung. »Ich habe früher mit Schauspielern verkehrt, und ich kann Ihnen sagen, daß sie kein leichtes Leben führen. Wenn sie sich für den Applaus bedanken, lachen sie so vergnügt, als hätten sie keine Sorgen, aber das täuscht. Die Wirklichkeit sieht anders aus.«

»Aber Sie sind doch nie auf einer Bühne aufgetreten?«

Er lachte. »Ich? Um Himmels willen, nein.« Dann wurde sein Gesicht wieder starr und seine Stimmung düster.

Nach dem Theater gingen wir zu Fuß zum »Schwan« zurück.

»Wir sind nicht in Gefahr, weil wir so viele sind«, bemerkte Derek. »Nach Einbruch der Dunkelheit treiben sich hier zahllose Taschendiebe herum.«

Charles bot mir seinen Arm, während wir durch die engen Gassen gingen, nicht nur, um mich zu beschützen, sondern auch, um mich davor zu bewahren, von den vorüberrasselnden Kutschen bespritzt zu werden.

Im »Schwan« nahmen wir noch ein Souper aus kaltem Wildbraten, Taubenpastete und Muskatwein ein, und alles schmeckte köstlich. Es machte Spaß, in London zu leben, und ich erinnerte mich an meine Kindheit, als meine Eltern ein Haus in der Albemarle Street besaßen und wir den größten Teil des Jahres dort verbrachten. Mein Vater war ein Stadtmensch gewesen; er hielt sich viel in seinen Klubs und den Häusern seiner Spielpartner auf, und wahrscheinlich hatte ich von ihm die Liebe zur Stadt geerbt.

Wir sprachen über das Stück. Charles hatte seine trübe Stimmung wieder überwunden und ging detailliert auf die positiven und negativen Seiten der Aufführung ein.

»Sie sind so sachkundig«, sagte ich.

»Das stimmt«, bestätigte Isabel. »Wenn Charles dabei ist, macht ein Theaterbesuch noch einmal soviel Spaß.«

»Soll das ein Seitenhieb auf mich sein?« erkundigte sich Derek.

»Natürlich nicht, mein Dummer!«

Wir lachten, und dann sprachen wir über die Heimreise.

»Uns bleibt nur noch ein Tag in London, ist euch das klar?« fragte Derek.

»Ich muß morgen noch einiges erledigen«, erklärte James.

»Und wir haben den Chensons versprochen, sie zu besuchen«, erinnerte Isabel ihren Mann. »Sie wissen zwar nicht, daß du mitgekommen bist, Charles, aber sie werden sich bestimmt freuen, dich zu sehen, und ich würde auch Sie gern mit ihnen bekannt machen, Zippora.«

Charles widersprach. »Sie erwarten weder Zippora noch mich. Zippora hat neulich erwähnt, daß sie Ranelagh nicht kennt, und ich wollte ihr vorschlagen, mit mir dorthin zu fahren.«

Ich spürte, wie ich rot wurde. Alle Blicke waren auf mich gerichtet, und ich versuchte, meine Begeisterung nicht allzu offen zu zeigen, als ich mich bereit erklärte, mir Ranelagh anzusehen.

Es war der glücklichste Tag seit meiner Affäre mit Gerard. Ich brachte es endlich fertig, alles zu vergessen, was mir seit Jahren auf der Seele lag. In meinem Unterbewußtsein lauerte nämlich ständig die Angst, daß meine Sünde doch einmal ans Tageslicht kommen könnte. Charles Forster aber brachte mich dazu, diese Angst zu vergessen, und ich wieder bemühte mich, seine Melancholie zu vertreiben.

Wir unterhielten uns glänzend. Charles konnte ein blendender Gesellschafter sein, und das Gespräch mit ihm machte mir bewußt, wie einförmig mein Leben war. Ich konnte mich undeutlich daran erinnern, daß mein Vater manchmal mit mir geplaudert hatte. Er war zwar nie so ernst gewesen wie Charles, aber er sprach ebenfalls über Tagesereignisse. Meine Mutter, Sabrina und Jean-Louis hingegen hatten mich immer vor der großen Welt abgeschirmt.

Charles kannte London sehr gut und erklärte mir alles, was wir sahen. Zuerst ritt er mit mir kreuz und quer durch die Straßen, denn er fand, daß man Ranelagh nicht bei Tageslicht besuchen solle. Es sollte bezaubern, wie eine verschleierte Schöne, die nicht für den grellen Sonnenschein geschaffen ist.

»Das wirft ein neues Licht auf Ihren Charakter«, stellte ich fest. »Ich hätte angenommen, daß Sie die nackte Wahrheit vorziehen.«

»Manchmal ist es besser, sie zu verhüllen.«

»Sie sind also doch ein Romantiker?«

»Anscheinend haben Sie sich schon ein Bild von mir gemacht – phantasielos, streng, stets der Schattenseite des Lebens bewußt. Stimmt das?«

»Sie wirken oft traurig. Aber hinter dieser Traurigkeit spürt man die Fröhlichkeit, die nur darauf wartet, hervorbrechen zu dürfen.«

Er neigte lächelnd den Kopf zur Seite. »Heute, an diesem ganz besonderen Tag, werde ich dieser Fröhlichkeit freien Lauf lassen.«

»Wie sehen Ihre Pläne für heute überhaupt aus?«

»Zuerst reiten wir zu einem Gasthaus, in dem man die besten Rinderpasteten ganz Londons bekommt. Mögen Sie Rinderpastete? Ach, Sie zögern – urteilen Sie erst, wenn Sie die Pastete im ›Regenbogen‹ probiert haben. Sollten Sie etwas anderes vorziehen, es gibt auch ausgezeichnete Braten, denn es ist ein Feinschmeckerlokal. Wollen Sie sich ohne Vorbehalt meiner Führung anvertrauen?«

»Ich bin Ihnen ausgeliefert.«

Im »Regenbogen« übergaben wir unsere Pferde den Stallknechten und betraten den Speisesaal. Die Frau des Wirtes erschien; sie war sehr zuvorkommend, und ich merkte, daß sie Charles gut kannte.

»Ich habe eine Bekannte mitgebracht, damit sie Ihre Rinderpastete kennenlernt«, sagte er.

»Und ich könnte wetten, daß Sie dazu Williams selbstgemachten Apfelwein trinken wollen.«

Charles bestellte, und wir nahmen Platz.

»Ich habe den Eindruck, daß Ihnen der Ritt durch die große Stadt gefallen hat.«

»London hat noch nie so aufregend auf mich gewirkt, obwohl ich mich daran erinnern kann, daß wir hier lebten. Mein Vater nahm mich manchmal bei seinen Ausfahrten mit.«

»Jetzt sind Sie traurig. Sie haben sehr an Ihrem Vater gehangen, nicht wahr?«

»Er war ein wunderbarer Mensch, jedenfalls in meinen Augen,

obgleich er ein Spieler war. Meine Mutter war die Vernünftigere. Er ist sinnlos gestorben – in einem Duell.«

»Denken Sie heute an nichts Trauriges, bitte.«

»Wenn Sie mir versprechen, auch nur an Fröhliches zu denken.«

»Abgemacht.«

Das Essen wurde aufgetragen, es schmeckte ausgezeichnet.

Er sprach wieder über London, über den unglaublichen Gegensatz zwischen Reichtum und Armut, über Verbrecher, Schuldner, Kranke, Hilflose.

»Sie sind immer ganz in Ihrer Arbeit aufgegangen, nicht wahr?«

»Für mich ist sie wie eine Krücke, sie hilft mir durchs Dasein. Wenn ich müde und traurig bin und das Leben mir kaum lebenswert erscheint, arbeite ich, und dann fühle ich mich wieder besser.«

Ich hätte ihn so viel fragen wollen, ergründen, welche Tragödie sein Leben überschattete. Aber wir hatten beschlossen, den Tag zu genießen, und ich verschob die Fragen auf ein anderes Mal. Also erkundigte ich mich: »Und wie kommen wir nach Ranelagh? Reiten wir?«

»Um Himmels willen, nein. Wir halten uns an die traditionellen Fahrzeuge. Wir warten, bis die Dämmerung einbricht, und fahren mit einem Boot den Fluß hinauf. Dann legen wir in Ranelagh an, gehen über die verzauberten Wiesen, und dann erwartet uns in der Rotunde ein besonderer Genuß. Wir werden ein junges Genie hören, das eine kurze Tournee durch unser Land absolviert. Der Knabe ist erst acht Jahre alt und Klaviervirtuose sowie Komponist.«

»Wie ist das möglich?«

»Es handelt sich anscheinend um ein Wunderkind. Ich bin neugierig, ob es wirklich so gut ist, wie man behauptet. Der Junge ist mit seinem Vater und seiner Schwester aus Salzburg gekommen. Anscheinend eine musikalische Familie. Er wird eigene Kompositionen auf dem Cembalo vortragen.«

»Ich freue mich schon darauf.«

»Außer Werken des genialen Wolfgang Amadeus Mozart werden wir den Chor aus *Acis und Galatea* und ›O glückliches Paar‹ aus *Alexanders Fest* hören. Soviel ich weiß, singt Tenducci die Soli.«

»Sicher wird es ein großartiger Abend. Ich begreife gar nicht, wie Sie auf dem Land leben können, wenn Ihnen London so viele Vergnügungen bietet.«

»Ich habe meine Gründe.« Der Unterton in seiner Stimme sagte mir, daß ich keine weiteren Fragen zu diesem Thema stellen durfte.

Wir genossen das Essen im »Regenbogen«, dann gingen wir zum Fluß hinunter.

Dort mieteten wir ein Boot und wurden an Westminster vorbei nach Hampton gerudert.

»Dieser rote Backsteinbau vor uns, Hampton Court, spielt in der Geschichte des Landes eine wichtige Rolle«, erklärte mir Charles. »Die Tudors liebten ihn, und auch König Wilhelm und Maria hielten sich gern hier auf. Durch die vielen Umbauten wurde er zu einem wirklich sehenswerten Schloß.«

»Ich würde ihn gern besichtigen.«

»Angeblich steckt er voller Gespenster. Der Geist von Katherine Howard soll in der Galerie umgehen, durch die sie zum König lief, als sie von der Anklage gegen sie erfuhr. Das arme Mädchen erinnerte sich sicherlich an das traurige Los ihrer Cousine Anne Boleyn und ahnte, daß es ihr ebenso ergehen würde.«

»Es muß in dem Schloß doch auch angenehme Ereignisse gegeben haben.«

»Leider halten sich traurige Erinnerungen viel länger. Unser König Georg sucht Hampton Court angeblich deshalb nicht auf, weil sein Vater ihm einmal in den Staatsgemächern eine Ohrfeige versetzt hat. Da dies in Gegenwart von Höflingen geschah, fühlte er sich zutiefst gedemütigt und will die Räume nicht wieder betreten.«

»Der arme Georg hat noch etliche andere Demütigungen einstecken müssen.«

»Wahrscheinlich fordert er durch seine Art diese Behandlung heraus.«

»Für einen König muß sie doppelt schwer zu ertragen sein.«

»Verschwenden wir unser Mitleid nicht an ihn, es hilft ihm doch nicht. Ich würde gern auch Windsor besuchen, aber wenn wir unser Wunderkind in Ranelagh hören wollen, haben wir für nichts anderes Zeit.«

Es war ein glücklicher Tag; wir fuhren den Fluß entlang, inmitten der Boote mit vielen Menschen, die die gleiche Idee gehabt hatten, die lachten, einander zuriefen oder sogar musizierten.

Als es dunkel wurde, langten wir in Ranelagh ein.

Der Vergnügungspark war das reine Märchenland. Tausende goldene Lampen beleuchteten die Wege, und als wir an Land stiegen, hörten wir Klänge von einem hinter Bäumen verborgenen Orchester.

Charles bot mir den Arm, und wir gingen über die Kieswege, die zu beiden Seiten von Hecken und Bäumen begrenzt waren. »Jedes Jahr kommen neue Attraktionen dazu«, stellte Charles fest. »Es ist kaum zwanzig Jahre her, daß das Gebiet Lord Ranelagh abgekauft wurde, und seither sind hier wahre Wunder gewirkt worden.«

Wir gingen an Grotten, Rasenflächen, Tempeln, Kolonnaden und Rotunden vorbei, in denen Statuen standen. Die Lampen waren zu Sternenbildern arrangiert. Es war eine warme, schöne Nacht, daher nahmen wir an einem der Tische unter den Bäumen Platz, aßen eine Kleinigkeit, beobachteten die Vorübergehenden und machten uns schließlich auf den Weg zum Konzert.

Die Musik überwältigte mich. Ich hörte zum erstenmal ein Cello, das Instrument, das erst kurz zuvor bei uns eingeführt worden war. Höhepunkt des Abends war der Auftritt des Wunderkindes, auf die Bühne kam eine zarte Gestalt, wie ein Erwachsener mit einem blauen Rock, bestickter Weste, weißer Krawatte und Spitzenmanschetten bekleidet. Da der Rock offenstand, konnte man die weißen Kniehosen sehen; dazu trug er weiße Seidenstrümpfe und schwarze Schuhe mit Silberschnallen. Er trug eine weiße, gekräuselte Perücke, die im Nacken mit einem schwarzen Samtband zusammengehalten war. In dieser Erwachsenenkleidung wirkte der Kleine noch kindlicher.

Sehr selbstsicher setzte er sich ans Cembalo; im Publikum trat nachsichtige Stille ein – man war darauf gefaßt, ein fleißiges Kind spielen zu hören.

Doch wir hatten uns geirrt! Der Junge entführte uns auf den Flügeln seiner zarten, beglückenden, geheimnisvollen Musik in eine bessere, schönere Welt. Ich warf Charles einen Blick zu. Er saß verzaubert, regungslos da.

Als Mozart sein Spiel endete, herrschte einige Augenblicke Stille, bis tosender Applaus einsetzte.

Der Junge verbeugte sich ruhig und verließ würdevoll das Podium. Im Hintergrund erwartete ihn ein Mann – vermutlich sein Vater.

Wir wollten nichts weiter hören, wollten uns den Eindruck bewahren, den die Komposition dieses Kindes und sein Vortrag auf uns gemacht hatten.

»Es war wunderbar«, seufzte ich.

Noch ganz im Bann des Gehörten verließen wir die Rotunde, um vor der Heimfahrt ein wenig die frische Luft zu genießen, als eine Stimme »Charles« rief.

Eine Dame kam auf uns zu. Sie trug ein elegantes Kleid aus blauer Seide, das vorne den bestickten Unterrock aus weißem Satin freiließ. Auf ihrem Kopf saß ein kunstvoller weißer Strohhut, der mit einem meterlangen Seidenband in der Farbe des Kleides geschmückt war.

Die Frau rief ihrem Gefährten zu: »Ralph, hier bin ich. Weißt du, wen ich entdeckt habe? Charles Forster.«

Hinter ihr tauchte jetzt ein Mann in einem verschnürten, mit breiten Manschetten versehenen Samtrock auf; unter dem Arm trug er einen Zweispitz.

»Charles!« rief er. »Was für eine angenehme Überraschung. Ich habe dich seit Ewigkeiten nicht gesehen, seit . . . hm . . .«

Charles unterbrach ihn. »Ich begleite eine Freundin meiner Schwester, Mistress Ransome. Dr. Lang und Frau.«

Wir verbeugten uns.

»Kommen Sie auch von der Rotunde?« fragte die Dame. »Haben Sie das Wunderkind gesehen? Wirklich interessant. Wie wäre es mit einem kleinen Souper?«

»Wir haben schon vor der Vorstellung gegessen, und ich muß Mistress Ransome jetzt zu ihren Freunden zurückbringen.«

»Ach, Charles, so eilig wird es doch nicht sein. Wir haben erst kürzlich von dir gesprochen, nicht wahr, Ralph? Was für ein Unsinn, daß du dich auf dem Land vergräbst! Du solltest zurückkehren; was früher war, ist vergessen. Wenn du heute zurückkämst, würde sich kaum mehr jemand an die Ereignisse von damals erinnern.«

Charles war blaß geworden; der Zauber des Abends war gebrochen.

Ralph stimmte seiner Frau zu. »Sybil hat recht, Charles. Aber wir wollen jetzt von angenehmen Dingen sprechen. Deine Begleiterin und du, ihr müßt mit uns essen. Wir haben einen Tisch bei den Kolonnaden bestellt; dort sitzt es sich sehr angenehm, und im Hintergrund hört man das Orchester.«

»Nein, danke«, erwiderte Charles. »Es tut mir leid, aber wir müssen jetzt aufbrechen. Auf Wiedersehen!«

»Bleibst du lange in der Stadt?«

»Nein, ich reise morgen ab.«

»Schade, ich hätte mich gern mit dir unterhalten. Könntest du nicht mit Mistress Ransome vor deiner Abreise bei uns vorbeikommen?«

»Danke, aber dafür fehlt mir die Zeit. Auf Wiedersehen!«

Charles ergriff meinen Arm. Ich spürte die Spannung in seinem Körper. Auf dem Heimweg schwieg er; der Abend war ihm verdorben. Das wunderbare Gefühl der Kameradschaft, das uns an diesem zauberhaften Tag verbunden hatte, war dahin; er war zurückhaltend, geistesabwesend und schien mich überhaupt kaum zu bemerken.

Die Heimreise nach Eversleigh war ermüdend. Ich ritt meist zwischen Isabel und James, und der einzige Lichtblick war die Freude darüber, daß James mitgekommen war. Jean-Louis würde sicherlich glücklich sein, ihn wiederzusehen.

Ich verabschiedete mich gerade von den Forsters, die nach Enderby weiterritten, als Jethro aus dem Haus gelaufen kam. Er merkte sofort, daß etwas vorgefallen war.

»Was ist los, Jethro?« fragte ich.

»Der Herr . . .«

Eine eiskalte Hand griff nach meinem Herzen.

»Es war ein Unfall, er ist vom Pferd gestürzt . . .«

»Ist er . . .?«

»Nein, nein, Mistress, er ist nicht . . .«

»Wie schlimm ist es, Jethro?«

»Es geschah vor zwei Tagen, und er hat seither das Bett nicht mehr verlassen. Der Arzt, der Dr. Forster vertritt, war bei ihm.«

Ich nickte ungeduldig. »Ich gehe sofort zu ihm.«

»Erschrecken Sie nicht, Mistress. Das Pferd warf ihn ab, aber es war nicht schuld; er ist gelegentlich wegen seines schlechten Beins unsicher.«

Charles trat neben mich. »Ich bleibe hier, falls Sie mich brauchen. Reitet inzwischen voraus, Derek, ich komme dann nach.«

Ich lief in unser Schlafzimmer. Jean-Louis lag im Bett, sein Gesicht war blaß und schmerzverzerrt. Aber seine Augen leuchteten auf, als er mich sah. Ich küßte ihn und kniete neben dem Bett nieder.

»Wie ist es denn geschehen, Liebster?«

»Es war meine Schuld, ich paßte nicht auf. Das steife Bein und die Rückenschmerzen – na ja, da hat mich die alte Tessa abgeworfen.«

»Und der Arzt?«

»Er will, daß Dr. Forster mich auch noch untersucht. Es sieht nicht sehr gut aus, obwohl er sich nicht festlegen will. Er fürchtet, daß ich nie wieder gehen kann.«

»O Jean-Louis! Und ich war nicht da!«

Ich dachte an den Tag: das Mittagessen im »Regenbogen«, die Fahrt den Fluß entlang und der zauberhafte Abend. Und während ich mich vergnügte, litt Jean-Louis böse Schmerzen.

»Du darfst dich nicht aufregen, Zippora. Vielleicht stellt sich alles als nicht so arg heraus; der Doktor denkt allerdings an einen Rollstuhl. Ich kann jedenfalls vorläufig die Beine nicht bewegen.«

Er blickte auf, weil Charles ins Zimmer getreten war.

»Ich wollte nach Ihnen sehen. Was ist eigentlich passiert?«

Jean-Louis berichtete kurz.

»Ich möchte Sie untersuchen.« Dann wandte sich Charles an mich: »Vielleicht sollten Sie inzwischen das Zimmer verlassen.«

Ich ging auf den Korridor hinaus. Der arme Jean-Louis. Warum mußte ausgerechnet ihm so etwas zustoßen, er war ein so guter Mensch. Wenn Dickon damals nicht Hassocks Scheune in Brand gesteckt hätte, wäre das alles nicht geschehen. Mein Haß auf Dickon wurde wieder stärker.

Plötzlich wurde mir bewußt, daß ich unseren Gast vergessen hatte. Ich lief hinunter, um mich zu entschuldigen, aber er hatte volles Verständnis für meine Lage. Er würde sich von einem Diener in sein Zimmer führen lassen und Jean-Louis aufsuchen, sobald dieser in der Lage war, ihn zu sehen.

Ich wusch mir in einem der Gästezimmer den Reisestaub von Gesicht und Händen und wartete dann in der Halle auf Charles.

Endlich kam er herunter. »Er ist schwer verletzt. Ich weiß nicht, ob er je wieder gehen kann. Aber schlimmer ist, daß er ständig Schmerzen leiden wird. Natürlich werde ich alles tun, um die Schmerzen zu lindern. Ich lasse Ihnen Laudanum und Morphium hier und werde Ihnen genau erklären, wieviel er davon nehmen darf. Sie müssen mit der Dosierung äußerst vorsichtig sein.«

»Ich danke Ihnen.«

Er legte mir die Hand auf die Schulter. »Eine traurige Heimkehr. Es ist ein Jammer. Aber reiben Sie sich nicht nutzlos auf, ich werde alles tun, was ich kann . . . für Sie beide.«

Damit ergriff er meine Hände, beugte sich vor und küßte mich auf die Stirn. Ich konnte kaum dem Wunsch widerstehen, mich ihm in die Arme zu werfen. Er sollte mich festhalten, mich vor der Grausamkeit der Welt schützen.

Im nächsten Augenblick hatte ich mich wieder in der Gewalt.

»Reiben Sie sich nicht auf«, wiederholte er. »Es wird schon gutgehen.« Damit verließ er das Haus.

Ich kehrte zu Jean-Louis zurück.

»Was hat der Arzt gesagt?«

»Auch er kann die Schwere der Verletzung noch nicht abschätzen. Aber er wird dich behandeln, und ich habe großes Vertrauen zu ihm.«

»Ich auch«, pflichtete er mir bei.

»Er meint, daß du vielleicht Schmerzen haben wirst, und wird dir etwas geben, um sie zu lindern. Und ich werde ständig bei dir sein, Jean-Louis.«

»Meine Zippora, meine Liebste.«

Ich hielt seine Hand fest, und er sagte: »Du darfst nicht weinen.«

Mir war gar nicht bewußt gewesen, daß mir die Tränen über die Wangen liefen.

»Zippora, sieh mich an. Was immer auch geschieht, ich bin mit meinem Leben zufrieden. Ich verdanke deiner Mutter so viel . . . aber dir noch viel mehr. Du bist der Mensch, der mich glücklich gemacht hat, und dieses Bewußtsein ist stärker als alles andere.«

Einen Augenblick lang dachte ich: Er weiß es, er gibt mir zu verstehen, daß er es weiß.

Aber nein. Er konnte nicht wissen, daß seine geliebte Lottie nicht sein Kind war. Er sprach gerade von ihr. »Sie war so gut zu mir, saß die ganze Zeit in diesem Zimmer und betreute mich. Ich mußte sie wegschicken, damit sie ein bißchen an die Luft kommt. Ich habe die beste Familie der Welt.«

Ich sah in seine guten, freundlichen Augen und betete, daß er keine Schmerzen leiden möge.

Es gibt nichts Schlechtes, das nicht auch sein Gutes hat. Trotz allem genossen Jean-Louis und James ihr Wiedersehen. Sie unterhielten sich stundenlang miteinander, und Lottie, die sofort James ins Herz geschlossen hatte, zeigte ihm das Gut.

Drei Tage nach unserer Rückkehr suchte James mich auf.

»Ich habe mir verschiedenes überlegt, Zippora. Jean-Louis ist bewegungsunfähig; wie soll es mit Eversleigh weitergehen?«

»Ich muß sofort einen guten Verwalter finden, das ist selbstverständlich.«

»Also, ich habe gedacht . . . aber es hängt natürlich von Hetty ab . . . ich muß zuerst mit ihr sprechen . . .«

»O James!«

»Ja, er braucht jemanden, mit dem er sich wirklich versteht. Ich komme, Zippora, vorausgesetzt, daß Hetty sich dazu entschließen kann. Aber ich werde ihr alles erklären, und ich bin davon überzeugt, daß sie einverstanden sein wird.«

»Ach, James, das ist das Schönste, das Sie mir sagen konnten.«

»Dann ist es also abgemacht, und falls sich später Schwierigkeiten ergeben, müssen wir eben sehen, wie wir mit ihnen fertigwerden.«

IX

Das Geheimfach

Weihnachten stand vor der Tür. Die letzten Monate waren bedrückend gewesen. Jean-Louis litt tatsächlich große Schmerzen, und ich war froh, daß Charles mir wenigstens Laudanum für ihn gegeben hatte. Er war überhaupt der fürsorglichste Arzt, den man sich denken konnte. Wenn man ihn rief, kam er sofort und sprach nicht nur Jean-Louis, sondern auch mir Trost zu. Seine Anwesenheit allein genügte, um den Kranken zu beruhigen.

Jean-Louis bemühte sich sehr, sich zu beherrschen, und ich war jedesmal gerührt, wenn er versuchte, mich über seine Schmerzen hinwegzutäuschen. Charles hatte mich darauf aufmerksam gemacht, daß Jean-Louis in Versuchung geraten könnte, eine größere Dosis Laudanum zu nehmen, wenn die Schmerzen unerträglich würden, und daß ich das unbedingt verhindern müßte. Ich sollte das Mittel in einem versperrten Kästchen aufbewahren, zu dem nur ich den Schlüssel besaß, und Jean-Louis immer nur die vorgeschriebene Menge geben.

»Jean-Louis würde sich nie das Leben nehmen«, widersprach ich.

»Meine liebe Zippora, Sie wissen nicht, was ihm bevorsteht.«

Der Zustand wäre unerträglich geworden, hätte Jean-Louis nicht auch lange schmerzfreie Perioden gehabt. Mitunter ging es ihm eine ganze Woche leidlich gut.

Ich hatte eine Gouvernante für Lottie engagiert, Madeleine Carter, die darauf bestand, daß sich Lottie jeden Morgen pünktlich im Lehrzimmer einfand. Unsere Tochter war nicht sehr eifrig;

Miss Carter behauptete, sie habe einen Schmetterlingsverstand, der von einem Gegenstand zum nächsten flatterte. »Sie müßte sich mehr konzentrieren, dann kämen wir weiter«, meinte sie.

Madeleine Carter war die unverheiratete Schwester eines Vikars, dem sie bis zu seinem unerwartet frühen Tod den Haushalt geführt hatte. Danach hatte sie mittellos dagestanden und mußte den einzigen Beruf ergreifen, der für sie in Frage kam. Sie war steif, streng und sehr tüchtig, genau das, was Lottie brauchte.

Unser größter Glücksfall jedoch war, daß James Fenton den Verwalterposten übernommen hatte. Er hatte Hetty dazu überreden können, nach Eversleigh zu übersiedeln. Sie traf mit ihren beiden Kindern ein, und wir freuten uns alle über das Wiedersehen. Sie wollte jedoch auf keinen Fall mit Dickon zusammentreffen, und da meine Mutter, Sabrina und er uns zu Weihnachten besuchen sollten, hatten wir ausgemacht, daß die Fentons die Feiertage bei James' Cousin verbringen und erst zurückkommen würden, wenn unser Besuch abgereist war.

Meine Freundschaft mit den Forsters hatte sich weiter vertieft, und wir besuchten einander oft. Charles Forster hielt sich häufig in Enderby auf und kam mindestens zweimal in der Woche nach Eversleigh, um Jean-Louis zu behandeln.

Auch Evalina war friedfertig geworden. Seit ich ihr bei dem Testament geholfen hatte, verhielt sie sich stets freundlich. Sie fühlte sich in Grasslands wohl, war davon überzeugt, daß ihr niemand mehr ihr Zuhause streitig machen konnte, liebte ihr Kind von ganzem Herzen und hatte an Tom Brent einen guten Verwalter, und vielleicht auch mehr.

Am Tag vor Weihnachten trafen unsere Gäste ein. Lottie und ich hatten uns sehr bemüht, eine festliche Atmosphäre im Haus zu schaffen; dank eines besonderen Glücksfalls ging es Jean-Louis gerade ausgezeichnet. Er konnte sogar mit Hilfe eines Stocks im Zimmer herumgehen, und ich hatte geplant, daß zwei Diener ihn am Weihnachtstag in die Halle hinuntertragen sollten. Ich hoffte, der schmerzfreie Zustand würde eine Zeitlang anhalten.

Lottie hing zärtlich an ihm. Wenn sie sein Zimmer betrat, leuchteten seine Augen auf; sie brachte ihm jedesmal etwas mit, das sie auf ihren Spaziergängen oder Ausritten gepflückt hatte. Diesmal war es ein Stechpalmenzweig, dessen Beeren genauso rot waren wie ihre Wangen.

»Der hier hatte die meisten Beeren, Papa, deshalb habe ich ihn für dich aufgehoben.« Sie plauderte fröhlich weiter. »Das hier ist wilde Klematis. Miss Carter zwingt mich, die Namen zu lernen, sie weiß alles, aber deine Tochter ist ungebildet. Wußtest du das, Papa?«

Er hatte Tränen in den Augen, als er nach ihrer Hand griff. Seit seinem Unfall war er sehr leicht gerührt. »Meine Tochter ist das liebste, beste Mädchen der Welt.«

Sie legte den Kopf schief. »Miss Carter würde sagen, daß es davon abhängt, was man unter ›bestem‹ versteht. Die Beste beim Springen, Klettern, Reiten . . . ja. Jedoch bestimmt nicht die Beste in Mathematik. Manchmal bin ich sogar schlimm, und das paßt gar nicht zur Vorstellung von einem besten Mädchen.«

Ihr Geplauder stimmte ihn fröhlich, und sie wußte es. Sie war zwar oft rebellisch oder launenhaft, aber sie hatte ein warmes, liebevolles Herz.

Lottie und ich stellten gemeinsam die Liste der Speisen auf, die wir unseren Gästen vorsetzen wollten. Wir hatten auch Gesellschaftsspiele geplant. Bei dieser Aussicht funkelten Lotties Augen. Wir brauchten viele Leute – die Forsters würden kommen, und was war mit Evalina Mather?

»Unser Haus steht zu Weihnachten jedem offen.«

»Glaubst du, daß die Musikanten schon am Heiligen Abend kommen werden, Mutter?«

»Wir werden ihnen außer Geld auch Punsch und Weihnachtsbäckerei versprechen, so daß sie nicht widerstehen können.«

Sie klatschte aufgeregt in die Hände, hielt sich aber plötzlich die Hand vor den Mund.

»Was ist denn los?«

»Ich möchte gern Miss Carter tanzen sehen.«

»Vielleicht tut sie es. Die Menschen bereiten einem oft Überraschungen.«

Ich war sehr glücklich, als ich meine Mutter endlich wiedersah. Sie umarmte mich, dann suchte sie Jean-Louis auf, und ihr Blick war voll Mitleid. Erst jetzt wurde mir klar, wie sehr er sich seit unserem Fortgehen von Clavering verändert hatte.

Sabrina war noch genauso schön wie früher, und Dickon war mit seinen neunzehn Jahren ein erwachsener Mann.

»Es tut gut, dich wiederzusehen, Zippora«, rief er. »Und Lottie ist ein großes Mädchen geworden.« Er hob sie hoch und blickte zur ihr auf.

»Laß mich sofort wieder hinunter«, befahl sie lachend.

»Erst, wenn ich einen Kuß bekommen habe.«

»Erpresser! Also schön.« Sie küßte ihn auf die Stirn.

»Das genügt nicht, das war kein zärtlicher Begrüßungskuß.«

»Laß mich runter, laß mich runter«, kreischte Lottie.

Es störte mich, daß er sie nicht losließ, und die Nachsicht, mit der seine und meine Mutter die Szene beobachteten, ärgerte mich.

Endlich küßte ihn Lottie noch einmal, und er stellte sie nieder.

»Jetzt mußt du Miss Carter kennenlernen«, sagte sie, als sie wieder festen Boden unter den Füßen hatte.

»Ich freue mich immer, eine Dame kennenzulernen.«

»Miss Carter ist meine Gouvernante.«

»Das schließt nicht aus, daß sie eine Dame ist.«

»Ach, sie ist ganz in Ordnung. Sie erinnert mich ununterbrochen daran, daß ich eine Dame bin. Und im Unterricht ist sie sehr gut.«

»Eigentlich solltest du gut sein.«

»Ich will damit sagen, daß sie eine gute Lehrerin ist.«

»Die die schlimmste kleine Schülerin hat, die es gibt.«

Ich versuchte, diese Neckereien zu überhören, und erkundigte mich bei meiner Mutter danach, was es in Clavering Neues gab.

Sowohl meine Mutter als auch Sabrina behaupteten, daß Dickon seine Sache als Verwalter großartig mache.

»Eigentlich tut es mir leid, daß er nicht auf eine Schule geht«, gestand Sabrina, »aber er hat in diesem Fall seinen Kopf durchgesetzt.«

»Nicht nur in diesem Fall«, bemerkte ich.

»Dickon schätzt dich sehr, Zippora«, mischte sich meine Mutter ein. »Er wird hier in seinem Element sein, weil er mit Jean-Louis und eurem Verwalter sachliche Gespräche führen kann.«

»Unser Verwalter ist mit seiner Familie verreist, und das halte ich für gut.«

»Du hältst das für gut, wenn es Jean-Louis so schlecht geht?«

»Unser Verwalter ist James Fenton, Mutter. Weder er noch seine Frau wollten Dickon wiedersehen.«

Meine Mutter schaute hilfesuchend zu Sabrina hinüber, und sie griff sofort ein. »Ach, das liegt ja schon so lange zurück.«

»Und ihr seid inzwischen zur Überzeugung gelangt, daß Dickon sich damals nur einen Spaß geleistet hat.«

Meine Mutter war empört. »Auf diese Idee wäre ich nie gekommen. Aber so etwas kommt immer wieder vor, und man sollte Vergangenes begraben sein lassen.«

Es hatte keinen Sinn, sie würden es nie einsehen. Dickon war für sie die personifizierte Vollkommenheit, und ich wollte nicht am ersten Tag ihrer Anwesenheit einen Streit vom Zaun brechen.

Also lenkte ich ab, indem ich ihnen Madeleine Carter vorstellte, die meiner Mutter sehr gut gefiel. »Sie scheint eine vernünftige junge Frau zu sein«, bemerkte sie.

Sabrina fügte hinzu: »Und sie ist sicherlich imstande, Lottie in Zaum zu halten.«

Der respektlose Dickon nannte sie die Heilige Jungfrau Madeleine, er fragte Lottie, ob sie schon den Heiligenschein um ihr Haupt bemerkt hätte.

Lottie lachte. »Du darfst dich nicht über sie lustig machen, Cousin Dickon. Sie ist sehr gut.«

»Und du magst gute Menschen?«

»Natürlich.«

»Was für ein Pech. Dann magst du mich ja nicht.«

Lottie nickte ernsthaft, und Dickon brach in schallendes Gelächter aus.

Er war darauf aus, Lottie zu bezaubern – eigentlich war er darauf aus, uns alle zu bezaubern, sogar Madeleine Carter.

Der Christtag brach klar und kalt an, aber zu Mittag hatte die Wintersonne den Rauhreif zum Schmelzen gebracht, und der Wind hatte nachgelassen, so daß es im Freien sehr angenehm war. Lottie und Miss Carter ritten in Begleitung von Dickon aus.

Ich war froh darüber, daß Miss Carter mit von der Partie war, denn sie würde sicherlich mit Dickon fertig werden. Am Abend zuvor war er nach Grasslands hinübergeritten, und ich hatte erwartet, daß er erst spät nachts zurückkommen würde. Zu meiner Überraschung war er eine Stunde später wieder da gewesen. Im Grunde hatte ich nichts dagegen, wenn er diese Beziehung wieder aufnahm; dadurch würde er weniger Zeit für Lottie haben.

Am Nachmittag kamen die Weihnachtssinger nach Eversleigh. Lottie hatte ihretwegen auf einer zeitigen Rückkehr bestanden. Sie war es dann auch, die den Sängern Kuchen und Punsch anbot.

Jean-Louis fühlte sich so gut, daß zwei Diener ihn in die Halle hinuntertrugen. Ich saß die meiste Zeit neben ihm und ließ ihn nicht aus den Augen, weil ich Angst um ihn hatte.

Er durchschaute mich und wollte mich beruhigen. »Mach dir keine Sorgen, Zippora! Wenn ich eine Dosis Laudanum brauche, werde ich es dir sagen. Und jetzt denke nicht mehr daran.«

Lottie brachte Jean-Louis ein Glas Punsch. »Er wird dir guttun, Papa«, meinte sie lächelnd, nahm einen Schluck und reichte ihm dann das Glas.

Er murmelte »Gott segne dich, Kind.«

Nach dem Abendessen begann der Tanz. Die große Halle war überfüllt, denn alle Pächter waren mit ihren Familien gekommen. Natürlich hatten die Musikanten der Verlockung von Punsch und Bäckereien nicht widerstehen können; in den Pausen sprachen sie diesen Köstlichkeiten auch eifrig zu.

Die Forsters und Charles waren ebenfalls anwesend und hatten ihre Pächter mitgebracht, und Grasslands war durch Evalina und Tom Brent vertreten. Dickon beobachtete Evalina, aber sie kümmerte sich nicht um ihn.

Ich tanzte mit Charles Forster, der kein sehr geübter Tänzer war – zum Unterschied von Dickon, der von allen Anwesenden bewundert wurde. Er engagierte für jeden Tanz eine andere Partnerin, als wäre er der Gastgeber. Zuerst ärgerte ich mich darüber, daß er sich in diese Rolle gedrängt hatte, dann sah ich jedoch ein, daß ich zu empfindlich war. Schließlich gehörte er zur Familie und vertrat in dieser Eigenschaft den an den Rollstuhl gefesselten Jean-Louis.

Charles erwähnte, daß er sich freue, Jean-Louis in der Halle zu sehen.

»Sie haben also nichts dagegen, daß er sich heruntertragen ließ?«

»Ganz im Gegenteil, je normaler sein Leben ist, desto besser für ihn.«

»Es wäre schrecklich für mich gewesen, wenn es ihm heute schlecht gegangen wäre.«

Wir lächelten einander zu, und ich bemerkte kaum, daß Dickon und Evalina an uns vorbeitanzten.

Charles führte mich zu Jean-Louis zurück, und wir plauderten miteinander. Jean-Louis behauptete, das Laudanum verleihe ihm neue Kraft.

»Das tut es nicht«, widersprach Charles, »aber es verschafft Ihnen Atempausen zwischen den Anfällen, und dadurch werden Sie kräftiger und widerstandsfähiger.«

»Dann tut es mir also gut?«

»In kleinen Quantitäten. Zippora hat Ihnen bestimmt gesagt, daß Sie die vorgeschriebene Menge nie überschreiten dürfen.«

»Sie wacht über die Flasche wie ein feuerspeiender Drache.«

In diesem Augenblick tauchte Evalina bei uns auf. »Ich hätte gern etwas mit Ihnen besprochen, Mistress Ransome.«

Charles entfernte sich taktvoll, und sie fuhr fort. »Ich weiß, daß ich es eigentlich bei mir zu Hause machen müßte. Aber heute sind alle hier versammelt, und ich möchte, daß es alle erfahren. Sicherlich wird man behaupten, daß es zu früh ist . . . aber warum sollten wir warten?«

»Sie meinen doch nicht . . .«

Sie strahlte mich an. »Allerdings. Tom und ich . . . na ja, wir sehen nicht ein, warum wir nicht sollten. Er verwaltet das Gut, das mir gehört, aber das macht ihm nichts aus. Deshalb finde ich, wir sollten es ganz richtig und offiziell machen. Wenn Sie also nichts dagegen haben . . .«

Ich sah Jean-Louis an, der mir lächelnd zunickte.

In diesem Augenblick tanzte Dickon mit Miss Carter vorbei, die sehr graziös wirkte. Sie war plötzlich ein anderer Mensch; eine vorwitzige Locke hing ihr in die Stirn.

Lottie kam zu uns gelaufen. Sie packte mich am Arm und lachte so heftig, daß sie kaum sprechen konnte. »Habt ihr Miss Carter gesehen?«

»Ich habe es dir ja gesagt«, antwortete ich lachend. »Aber jetzt sei ruhig, Evalina will etwas bekanntgeben.«

Lottie klatschte in die Hände. »Fein! Geht es darum, daß sie Tom Brent heiraten wird?«

Ich war überrascht, denn ich hatte nicht angenommen, daß sie von dieser Beziehung etwas wußte. Anscheinend mußte ich zur Kenntnis nehmen, daß Lottie langsam erwachsen wurde.

Ich stand auf und klatsche in die Hände. Als es in der Halle still geworden war, sagte ich: »Mistress Mather möchte uns etwas mitteilen.«

Evalina, die Tom Brent an der Hand gefaßt hatte, trat vor.

»Ich weiß, daß über uns geredet wurde. Aber damit soll jetzt endgültig Schluß sein; Tom und ich werden heiraten.«

Dickon rief nach einer kurzen Stille der Verblüffung: »Das muß gefeiert werden; ich bringe einen Toast auf das Brautpaar aus.«

Während die Gäste ihre Gläser füllten, trat Dickon zu Evalina. Er hob sein Glas und sah sie dabei an. Sie erwiderte den Blick herausfordernd und triumphierend. Dickons Lippen verzogen sich zu einem amüsierten Lächeln.

Meine Mutter, Sabrina und Dickon reisten zum vorgesehenen Zeitpunkt ab. Lottie versuchte, sie zum Bleiben zu überreden. Dickon gab wieder einmal an. »Meine liebe Cousine, ich habe ein Gut zu leiten, ich kann nicht so lange von zu Hause wegbleiben.«

Als sie fort waren und unser Leben wieder in den gewohnten Bahnen verlief, überkam mich eine gewisse Erleichterung. James und Hetty kehrten kurz darauf zurück, und Lottie beschäftigte sich wieder mit deren Kindern, die sie ins Herz geschlossen hatte.

Es war ein harter Winter, und Jean Louis' Anfälle mehrten sich. Charles war oft bei uns, und unsere Freundschaft vertiefte sich. Unmerklich wurde mehr als Freundschaft daraus, und ich freute mich jedesmal, wenn ich ihn sah. Diese Freude wurde nur dadurch getrübt, daß er immer dann kam, wenn sich Jean-Louis schlechter fühlte. Manchmal holte ich die Medizin persönlich aus seiner Ordination in der Stadt und lernte sein Haus kennen. Es wirkte eher bedrückend; der einzige Trost war, daß er eine tüchtige Haushälterin hatte, die sehr gut für ihn sorgte.

Evalina und Tom heirateten zu Ostern, als der Frühling schon in der Luft lag. Aber diesmal konnte ich mich nicht an der erwachenden Natur freuen, denn Jean-Louis ging es schlechter. Ich schlief jetzt im Ankleidezimmer und mußte oft nachts aufstehen, um ihm Laudanum zu verabreichen. Den Schlüssel zu dem Medizinschränkchen bewahrte ich in einem Geheimfach in meinem Schreibtisch auf. Dieser Schlüssel verfolgte mich bis in den Schlaf, ich träumte immer wieder, daß ich ihn verloren hatte, und wachte dann schweißgebadet auf. Weil der Traum so lebhaft war, stand ich jedesmal auf und sah nach, ob der Schlüssel noch an seinem Platz lag.

Eines Nachts hörte ich ein Geräusch aus dem Schlafzimmer. Ich blickte durch die offene Tür hinüber; Jean-Louis saß im Rollstuhl, hatte das Gesicht in den Händen vergraben und seine Schultern zuckten.

Ich lief zu ihm. »Was ist geschehen, Jean-Louis?«

»Ich wollte dich nicht wecken, ich habe mich bemüht, ganz leise zu sein.«

»Das ist doch Unsinn, ich will dir ja helfen. Hast du wieder Schmerzen?«

Er schüttelte den Kopf. »Alles ist so sinnlos.«

»Was meinst du damit?«

»Ganz einfach: Ich liege im Bett oder sitze in diesem Stuhl und tauge zu nichts. Es wäre besser, wenn ich nicht mehr am Leben wäre.«

»So etwas darfst du nicht einmal denken.«

»Aber es ist doch wahr. Ich bereite dir nur Sorgen, du kommst meinetwegen um deinen Schlaf, verbringst deine ganze Zeit bei mir . . . ich bin zu einer Belastung für euch alle geworden.«

»Du weißt nicht, wie weh du mir tust, Jean-Louis, wenn du so sprichst. Ich will dich doch pflegen, verstehst du das denn nicht? Du gibst meinem Leben Sinn, ich will nichts anderes.«

»O Zippora«, murmelte er.

»Du mußt mich doch verstehen, Jean-Louis.«

»Ich werde dich immer verstehen, ganz gleich, was geschieht . . . ich verstehe alles.«

Was meinte er damit? Wußte er vielleicht, was zwischen Gerard und mir vorgefallen war? Konnte ich es wagen, ihm alles zu erzählen und endlich mein Herz zu erleichtern?

Im letzten Augenblick beherrschte ich mich. Wenn ich mich irrte, wenn er nichts ahnte, konnte ein solches Geständnis seinen Tod bedeuten.

»Ich habe gesehen, wie du leidest, Zippora, wenn ich einen Anfall habe. Das möchte ich dir ersparen.«

»Natürlich leide ich darunter, am liebsten möchte ich dir einen Teil deiner Schmerzen abnehmen. Aber das ist kein Grund zur Verzweiflung, Liebster.«

»Gott segne dich, mein Liebling. Du hast mich glücklich gemacht; und für dich war die Zeit, die wir zusammen verbracht haben, doch auch schön, nicht wahr?«

»O ja, Liebster.«

»Ich danke dir. Siehst du, ich möchte, daß du nur glückliche Erinnerungen an mich hast, und ich fürchte, wenn es so weitergeht, werden die düsteren Eindrücke überwiegen. Was wäre denn, wenn ich die Dosis verdopple oder verdreifache? Ich würde einschlafen, selig einschlafen und nie mehr Schmerzen leiden.«

»Du darfst nicht so reden, Jean-Louis. Es klingt, als wolltest du nicht bei uns bleiben.«

»Nur weil ich dir Kummer ersparen will, Liebste.«

»Denkst du nicht daran, wie groß mein Kummer wäre, wenn du diesen Schlaf herbeiführst?«

»Sicher wärst du eine Zeitlang traurig, doch dann würdest du wieder lernen, glücklich zu sein.«

»Von alldem will ich nichts mehr hören, Jean-Louis.«

»Ich bin so undankbar. Ihr bemüht euch alle so sehr um mich, und was kann ich euch dafür bieten? Nichts. Ich bin zu nichts mehr nütze, Zippora, machen wir uns doch nichts vor.«

»Bitte, hör auf! Zwischen den Anfällen führst du ein ganz normales Leben und erfreust dich an so vielem. Dann unterstützt du auch James bei seiner Arbeit, bist also gar nicht unnütz.«

»Das stimmt, aber wenn es schlimmer wird, und ich nur noch Schmerzen habe . . . würdest du mir dann helfen, Zippora, wenn es zu arg wird?«

»Bitte, verlange das nicht von mir.«

»Ich denke oft daran. In der Flasche liegt die Erlösung; wenn es unerträglich wird und du mir hilfst . . .«

»Komm, geh wieder ins Bett. Ich werde mich zu dir legen.«

Die ganze Nacht lag ich neben ihm und hielt seine Hand, bis er endlich einschlief.

In einem ihrer Briefe schlug meine Mutter uns vor, Lottie zu Besuch nach Clavering zu schicken. »Die liebe Miss Carter könnte sie ja begleiten«, schrieb sie, »dann versäumt sie ihren Unterricht nicht. Wir würden uns sehr freuen, denn wir sehnen uns oft nach ihr.«

Lottie war von dem Vorschlag begeistert. Jean-Louis' Krankheit bedrückte sie sicherlich, und es würde ihr bestimmt gut tun, einige Zeit in einer anderen Umgebung zu leben.

Sie reiste also Ende Juni in Begleitung von Miss Carter und sechs Reitknechten ab. Die Reitknechte sollten am Tag nach ihrer Ankunft in Clavering wieder zurückreiten.

Als ich Jean-Louis aufsuchte, meinte er lächelnd: »Ich bin froh, daß sie fort ist.«

»Mach mir nichts vor, Jean-Louis, du trennst dich sehr ungern von ihr.«

»Sie fehlt mir, aber für sie ist es besser, wenn sie mich nicht dauernd vor Augen hat.«

»Du sollst nicht so sprechen.«

»Es ist aber die Wahrheit.« Seine Stimme klang schroff, und das bedeutete jedesmal, daß ein Anfall bevorstand. »Ich bin eine Last für euch alle.«

»Unsinn! Möchtest du eine Partie Schach spielen?«

»Eigentlich hättest du sie begleiten sollen.«

»Ich ziehe Eversleigh vor und habe überhaupt keine Sehnsucht nach Clavering. Du weißt, daß ich Dickon nicht mag. Und bei meiner Mutter und Sabrina dreht sich alles um ihn.«

»Hoffentlich wird das für Lottie nicht langweilig.«

»Lottie wird von Miss Carter unterrichtet, die bestimmt nicht zuläßt, daß sie ihre Schulstunden schwänzt.«

»Madeleine ist sehr streng.«

»Hoffentlich nicht zu sehr. Gelegentlich macht sie nämlich der armen Lottie die Hölle heiß. Das Kind soll keinesfalls glauben, daß es schon durch eine läßliche Sünde seine unsterbliche Seele gefährdet.«

»Führt denn Madeleine ein so vorbildliches Leben?«

»Und ob! Sie liest die Bibel, legt sie aus und setzt danach ihre Lebensregeln fest. Eine sehr einfache Methode.«

»Vielleicht war sie nie Versuchungen ausgesetzt.«

»Wir wollen ihr zugute halten, daß sie ein korrekter Mensch und eine ausgezeichnete Lehrerin ist. Ein wenig Strenge schadet

Lottie bestimmt nicht. Und jetzt hole ich rasch das Schachbrett.«

Während der Partie kam der nächste Anfall. Ich lief ins Ankleidezimmer, holte die Flasche und verabreichte Jean-Louis die vorgeschriebene Dosis. Die Wirkung trat beinahe augenblicklich ein; die Schmerzen ließen nach, und bald darauf schlief er friedlich.

Als ich die Flasche wieder wegschloß, bemerkte ich, daß nur noch ein kleiner Rest in ihr war. Da Jean-Louis jetzt schlief, war es am besten, wenn ich sofort Nachschub von Charles holte.

Ich sperrte die Flasche in das Kästchen, verbarg den Schlüssel im Geheimfach, zog mein Reitkleid an, ging in den Stall, sattelte mein Pferd und ritt in die Stadt.

Zu meinem Glück war Charles zu Hause. Er führte mich in sein Wohnzimmer, und ich erklärte, weswegen ich gekommen war.

»Ich habe ihm gerade erst eine Dosis verabreicht«, schloß ich, »und jetzt schläft er.«

»Er wird nicht vor morgen früh aufwachen«, bemerkte Charles. »Aber Sie sehen erschöpft aus.«

Ich sah ihn an, das Mitgefühl und die Zärtlichkeit, die in seinem Blick lagen, raubten mir den letzten Rest von Selbstbeherrschung. Ich wandte mich ab, aber er ergriff meine Schultern und drehte mich zu sich.

»O Zippora«, sagte er, und im nächsten Augenblick lag ich an seiner Brust, seine Arme umschlossen mich, und er küßte mein Haar.

»Ich kann es nicht mehr ertragen, es geht Jean-Louis von Tag zu Tag schlechter.«

»Das war zu erwarten.«

»Kann man denn nichts für ihn tun?«

»Wir tun ohnehin alles, was möglich ist. Organisch ist er ja gesund, er hat sogar eine sehr zähe Konstitution.«

»Er kann diese rasenden Schmerzen nicht mehr lang durchstehen.«

»Ich habe alles versucht ...«

»Ich weiß.«

»Weißt du auch, daß ich dich liebe, Zippora?«

Ich antwortete nicht. Ich wußte es schon seit langem. Wußte er, daß auch ich ihn liebte?

»Du bist mir eine solche Stütze, Charles«, flüsterte ich endlich.

»Ich bin froh, daß ich es dir gesagt habe«, antwortete er. »Wenn du nur frei wärst. Trotzdem, ich mußte dir meine Gefühle offenbaren. Und eines Tages werden wir einander angehören, Zippora.«

Ich konnte es nicht ertragen, daß er so sprach, daß er von der Zeit redete, da Jean-Louis nicht mehr unter uns weilen würde. Als warteten wir auf seinen Tod ... als erhofften wir ihn.

»Ich könnte auf diese Art nie glücklich sein. Wenn Jean-Louis stirbt, müßte ich immer daran denken, daß ich ihm untreu gewesen bin.«

»Das geht vorbei.«

»Glaubst du wirklich, daß man es jemals vergessen kann?«

»Nein, du hast recht. Wir können eine Zeitlang vergessen, was wir getan haben, aber dann holen uns unsere Gewissensbisse ein.«

»Ich muß jetzt gehen. Gib mir das Laudanum, dann reite ich zurück. Es ist besser so.«

Er schüttelte den Kopf. »Was ist dabei, wenn du noch eine Weile bleibst? Jean-Louis schläft und bemerkt gar nicht, wann du zurückkommst. Bleib noch bei mir, Zippora.«

Er trat auf mich zu, doch ich wehrte ihn ab, denn ich hatte Angst vor meinen Gefühlen. In mir erwachte das gleiche überwältigende Verlangen, das mich in Gerards Arme getrieben hatte, und ich mußte mich mit aller Kraft beherrschen, um ihm nicht nachzugeben.

Gerard und Charles waren grundverschieden, und dennoch übten sie die gleiche Anziehungskraft auf mich aus. Sie weckten in mir die brennende Leidenschaft, die ich bei Jean-Louis nie empfunden hatte. Gerard war fröhlich gewesen, hatte nur die positiven Seiten des Lebens gesehen, hatte gern und oft gelacht.

Charles war düster, ein Geheimnis bedrückte ihn, er nahm das Leben und die Liebe ernst.

Ich mußte vorsichtig sein, obwohl ich nicht annahm, daß ich mich von meiner Leidenschaft hinreißen lassen würde, solange Jean-Louis krank an sein Bett gefesselt war. Ich liebte Charles, ich hatte Gerard geliebt, und ich liebte auch Jean-Louis. Wahrhaftig, ich war ein schwacher Charakter.

»Ich muß mit dir sprechen«, sagte Charles. »Noch nie habe ich für eine Frau das empfunden, was ich für dich empfinde. Du weißt, daß ich schon einmal verheiratet war?«

Ich schüttelte den Kopf.

»Ich habe angenommen, Isabel hätte es erwähnt.«

»Isabel spricht sehr viel von dir . . . aber sie beschränkt sich auf Tatsachen, die ich ohnehin weiß.«

»Ich möchte dir davon erzählen, Zippora. Schon seit langem wollte ich dir mein Herz ausschütten, dir erklären, warum ich manchmal in Trübsal versinke. Ich kann meiner Schuld nie entfliehen. Du sollst wissen, wie ich wirklich bin, Zippora. Zwischen uns darf es keine Geheimnisse geben.

Es ist zehn Jahre her. Damals war ich jung und ehrgeizig, ganz anders als heute. Ich hatte meine Praxis in London, und meine Patienten waren durchwegs reiche Leute. Ich hatte bereits einen guten Ruf, als ich Dorinda kennenlernte. Es war im Theater; bei einer Aufführung von *King Lear* mit Garrick wurde ich Dorinda vorgestellt.

Sie war sehr schön – goldblondes Haar, blaue Augen, ein Puppengesicht. Außerdem war sie fröhlich und vital und bezauberte mich sofort. Sie kam gern mit Schauspielern zusammen; später erfuhr ich, daß sie viele von ihnen finanziell unterstützte. Sie hatte von ihrem Vater ein großes Vermögen geerbt; ihre Mutter war kurz nach ihrer Geburt gestorben.

Ich muß für sie eine neue Erfahrung gewesen sein. Ich war ernst, ein ehrgeiziger Arzt – und sie hatte ihr Leben unter leichtlebigen Künstlern und reichen Müßiggängern verbracht.

Ich weiß noch heute nicht, warum sie meinen Antrag annahm,

vermutlich, weil ich einen so starken Kontrast zu ihren anderen Verehrern darstellte. Erst nach unserer Hochzeit entdeckte ich, daß meine Frau eine der reichsten Erbinnen des Landes und auf Grund ihrer Erziehung vollkommen ungeeignet für das Leben war, das ich ihr als Arzt bieten konnte. Sie verstand nicht, daß ich meine Arbeit brauchte. Ich hätte es doch gar nicht nötig, behauptete sie. Sie hatte noch nie über Geld nachgedacht; es war einfach da. Außerdem waren meine Patienten ihrer Meinung nach ausnahmslos Simulanten, die sich nur interessant machen wollten, indem sie krank spielten. Mein Beruf langweilte sie.

Mir war rasch klar, was für einen Fehler ich begangen hatte. Dorinda ärgerte sich besonders, wenn ich, wie es meine Gewohnheit war, am Abend das Haus verließ, um die Armenviertel aufzusuchen. Nur dort hatte ich das Gefühl, etwas wirklich Nützliches zu tun.

Nach einiger Zeit bemerkte ich, daß Dorindas Verhalten immer seltsamer wurde. Und dann, eines Abends . . . Ich war bei einer armen Frau gewesen, die an einer unheilbaren Krankheit litt. Diese Visite hatte länger gedauert als vorgesehen, und als ich nach Hause kam, war Dorinda bereits ins Theater gegangen.

Als sie dann spät nachts heimkehrte, war sie schlechter Laune und beschimpfte mich laut und heftig. Schließlich warf sie eine Statuette nach mir, verfehlte mich aber und traf statt dessen den Spiegel. Ich höre noch immer das Klirren des zersplitternden Glases. Dann ergriff sie ein Papiermesser und ging auf mich los. Es war keine scharfe Waffe, aber ich sah Mordlust in ihren Augen. Natürlich war ich stärker als sie und entriß ihr das Messer. Plötzlich brach sie zusammen, und ich verabreichte ihr ein Beruhigungsmittel.

Am nächsten Tag suchte ich ihren Vetter auf, und der riet mir zu Vorsicht. Dorindas Mutter hatte man nämlich in eine geschlossene Anstalt gebracht, wie er sich ausdrückte. Dorindas Großmutter hatte einen Mord begangen. Anscheinend war der Wahnsinn in der Familie erblich, und zwar in der weiblichen Linie. Sie hatten gehofft, daß Dorinda nicht davon betroffen sei, denn sie hatte erst spät, als Erwachsene, Anfälle bekommen, noch dazu selten und in abgeschwächter Form.

›Warum hat mich niemand gewarnt?‹ fragte ich.

Der Mann antwortete mir nicht. Anscheinend war die Familie froh gewesen, daß ein Gatte die Verantwortung für die Kranke übernahm; außerdem hielten sie Dorindas Vermögen für ein ausreichendes Trostpflaster.

Du kannst dir vorstellen, was ich in diesem Augenblick empfand! Verheiratet mit einer Wahnsinnigen!

›Sie sind Arzt‹, sagte der Vetter. ›Wir waren der Meinung, daß für Dorinda eine Ehe mit Ihnen die ideale Lösung ist. Sie können sie behandeln, und sie würde sich ständig unter fachkundiger Aufsicht befinden.‹

Ich kann dir nicht sagen, wie verzweifelt ich war. Und dann kam das Schlimmste: Dorinda war schwanger. Ich wälzte mich schlaflos im Bett und überlegte, was ich tun sollte. Wenn Dorindas Kind ein Mädchen war, würde es genauso krank sein wie alle seine weiblichen Vorfahren.

Als Arzt hatte ich die Möglichkeit, Dorindas Schwangerschaft zu unterbrechen. Natürlich beging ich damit einen Mord, aber das war noch immer besser, als ein krankes Geschöpf heranwachsen zu lassen. Schließlich entschloß ich mich zur Abtreibung. Aber mir muß dabei ein Fehler unterlaufen sein, denn ich tötete nicht nur mein Kind, sondern auch Dorinda.

Das ist meine Geschichte, Zippora. Ich konnte das Kind nicht am Leben lassen . . . und dennoch, wer gab mir das Recht zu töten? Damals glaubte ich, das Richtige zu tun. Ich wußte nicht, daß es zu Komplikationen kommen würde. Heute sage ich mir, daß Dorinda auch bei einer normalen Geburt infolge ihrer Konstitution gestorben wäre. Aber das war und ist keine Entschuldigung.«

»Wie sehr mußt du gelitten haben, Charles. Ich bin überzeugt, daß du nichts Unrechtes getan hast.«

»Weißt du – sie besaß ein großes Vermögen, und ich erbte es. Es war allgemein bekannt, daß Dorinda und ich Differenzen hatten. Die Menschen, die sie kannten, begriffen meine Reaktion, denn sie wußten von Dorindas seltsamen Anfällen. Man brachte mir da und dort Mitgefühl entgegen – aber der Makel blieb, denn Dorinda war gestorben durch mich, und ich war nun ein reicher Witwer.«

Wir schwiegen beide eine Zeitlang. Ich hörte geradezu die Menschen über ihn reden, ihn andeutungsweise verdächtigen und immer wieder darauf hinweisen, daß er an Dorindas Tod schuld trug.

»Meine engsten Freunde wußten, daß ich mir nie viel aus Geld gemacht hatte, daß ich überrascht gewesen war, als ich von Dorindas Reichtum erfuhr. Aber das Getuschel verstummte nicht. Es wäre vielleicht sogar zu einem Verfahren gekommen, aber das wußte ihre Familie zu verhindern, die nicht wollte, daß die fatale Erbanlage öffentlich besprochen wurde. Du kannst dir vorstellen, daß mir eine Untersuchung lieber gewesen wäre. Ich hätte zugegeben, daß ich eine Abtreibung vorgenommen hatte, um dem Kind ein Leben in geistiger Umnachtung zu ersparen. Jeder Richter hätte diese Argumentation akzeptiert. Aber so verließ ich London und baute mit dem Erbe das Heim, das ich heute noch führe.«

»Ich verstehe dich und bin froh, daß du endlich gesprochen hast. Du machst dir unnötige Vorwürfe; du mußtest damals eine Entscheidung treffen und hast das Richtige getan.«

»Aber jedes Leben ist heilig, und wir haben nicht das Recht, es auszulöschen. Es ist und bleibt Mord.«

»Dann sanktioniert auch das Gesetz den Mord – an Menschen, die es als Bedrohung für die Gesellschaft bezeichnet. Du hast nichts anderes getan; du mußt deine Handlungsweise in diesem Licht sehen.«

»Das wird mir nie gelingen.«

»Wie viele Leben hast du durch das Wirken in deinem Heim schon gerettet?«

»Du versuchst mich zu trösten. Ich habe gewußt, daß du Verständnis für mich haben wirst. Eines Tages . . .«

»Sprich nicht weiter! Ich kann Jean-Louis nicht noch einmal betrügen.« Und dann erzählte ich ihm von Gerard.

Jetzt tröstete er mich. Er war nicht entsetzt, sondern stellte nur ruhig fest: »Das alles war ganz natürlich. Du bist eine temperamentvolle Frau und brauchst die Erfüllung in der Leidenschaft.«

»Ich habe meinen Mann betrogen.«

»Und du warst deshalb um so liebevoller und geduldiger mit ihm. Niemand hätte ihn besser pflegen können.«

»Weißt du, daß Lottie nicht Jean-Louis' Kind ist?«

»Bist du sicher?«

»Vollkommen sicher. Jean-Louis ist nicht zeugungsfähig. Und kaum war ich mit Gerard zusammen, wurde ich schwanger. Jean-Louis darf es niemals erfahren. Er betet Lottie an und ist stolz auf sie; er hat sich immer Kinder gewünscht.«

Charles ergriff meine Hand und küßte sie. »Wir sind beide Sünder, fühlen wir uns vielleicht deshalb zueinander hingezogen? Wir brauchen einander, Zippora, und eines Tages werden wir für immer vereint sein.«

Er schloß mich in die Arme, und ich klammerte mich an ihn.

Wir wußten beide, daß es unvermeidlich war. Wir kämpften gegen unser Gefühl an, bis unser Widerstand zerbrach. Wir sehnten uns so verzweifelt danach, miteinander glücklich zu sein, und wäre es nur für einen kurzen Augenblick.

Er erzählte mir nicht, daß die Haushälterin an dem Tag, an dem ich neues Laudanum holen wollte, nicht anwesend sein würde. Als ich das Haus betrat, erkannte ich an der Stille, daß wir allein waren.

Er war erregt, beinahe fröhlich, als hätte er alle seine Sorgen vergessen. Seine Stimmung wirkte ansteckend.

»Wir können uns nicht ewig gegen das Unvermeidliche wehren, Zippora«, sagte er.

Ich schüttelte den Kopf. »Ich muß nach Hause.«

Doch er nahm mir den Mantel ab und drückte mich an sich. »Wir tun niemandem damit weh.«

»Ich muß gehen«, wiederholte ich, aber meine Stimme besaß keine Überzeugungskraft.

Ich ließ es zu, daß er mich hinaufführte, mich entkleidete und mich nahm. Wieder überwältigte mich die Leidenschaft, wieder wurde meine sinnliche Lust befriedigt. Und ich wurde damit zum zweiten Mal zur Ehebrecherin.

Nachher lagen wir still nebeneinander, und meine Gedanken wanderten in die Vergangenheit. Die Beziehung zu Gerard war so ganz anders gewesen als das Verhältnis mit Charles. Damals war es eine unbeschwerte, leichtsinnige Affäre gewesen; diesmal war es eine feierliche, ernsthafte Beziehung.

»Einmal wird alles gut werden, nicht wahr, Zippora?« fragte Charles beinahe ängstlich.

Es war ein Versprechen, ein Band, das uns zusammenhielt. Wir wollten Jean-Louis nicht erwähnen, denn wir hätten von seinem Ende sprechen müssen. Aber wir wußten, daß wir für immer zueinander gehörten.

Nachdem der erste Schritt getan war, brannte unsere Leidenschaft lichterloh. Wir warteten nicht mehr auf Gelegenheiten, sondern schufen sie. Es gab die Tage, an denen die Haushälterin ihre Schwester besuchte. Aber wir kamen auch im Wald in der Nähe des Hauses zusammen und suchten versteckte Plätzchen, an denen uns niemand überraschen konnte.

Charles hatte sich verändert, er wirkte fröhlicher, als hätte er wieder Hoffnung gefaßt.

Auch an mir war diese Leidenschaft nicht spurlos vorübergegangen. Isabel beobachtete mich unauffällig und meinte eines Tages: »Du siehst besser aus, Zippora. Ich bin froh, denn du wirktest zuletzt sehr müde und abgespannt.«

»Man gewöhnt sich eben an alles«, antwortete ich und hoffte nur, daß meine Stimme dabei nicht zu fröhlich klang. Ich war zeitweise unglaublich glücklich. Wenn ich dann an Jean-Louis' Bett saß, fühlte ich mich allerdings zutiefst schuldbewußt, obwohl er offensichtlich nichts merkte.

»Du bist so gut zu mir, Zippora«, sagte er einmal, »so geduldig, auch wenn ich es dir nicht immer leicht mache. Aber wenn die Anfälle kommen, kann ich nicht anders. Mein einziger Trost bist dann du.«

Einmal trafen Charles und ich überraschend Evalina im Wald. Wir waren noch damit beschäftigt, welkes Laub von unserer Kleidung zu entfernen, und ich zitterte bei der Vorstellung, daß sie früher hätte kommen können.

Sie rief uns zu: »Heuer wird ein gutes Blaubeerenjahr, sehen Sie sich die Büsche an. Machen Sie einen kleinen Spaziergang? Um diese Jahreszeit ist der Wald am schönsten.«

Funkelten ihre Augen boshaft? Die alte Evalina ließ sich doch nie verleugnen.

»Und wie geht es Ihrem Mann?« erkundigte sie sich.

Hörte ich einen Unterton heraus?

»Es geht ihm im Augenblick recht gut; vier schmerzfreie Tage sind geradezu ein Wunder.«

Sie nickte lächelnd. »Es tut Ihnen gut, etwas an die Luft zu kommen, das braucht man. Auch ich gehe gern spazieren – ich erwarte wieder ein Kind.«

»Herzlichen Glückwunsch!«

»Dann auf Wiedersehen.«

Nachdem wir uns verabschiedet hatten, fragte Charles: »Stimmt etwas nicht?«

»Ob sie uns nachspioniert?«

»Nein, sie ist nur spazierengegangen.«

»Ich muß immer daran denken, wie sie und ihre Mutter mich in Eversleigh beobachtet haben.«

»Sie hat sich verändert, ist eine wirklich gute Hausfrau, ihrem kleinen Sohn eine vorbildliche Mutter und scheint eine glückliche Ehe zu führen.«

»Aber sie hat uns zusammen gesehen.«

»Warum sollten wir nicht auch spazierengehen?«

»Wahrscheinlich macht mich das Schuldbewußtsein so ängstlich.«

Lottie kehrte sehr aufgeräumt aus Clavering zurück. Die Ferien waren herrlich gewesen, und sie erzählte Jean-Louis stundenlang von Sabrina, Clarissa und Dickon. Er hörte ihr gern zu und ihre Anwesenheit heiterte ihn auf.

Die Gouvernante wirkte strenger denn je.

»Miss Carter bemüht sich deshalb gut zu sein, weil sie davon überzeugt ist, daß sie sonst auf ewig im Höllenfeuer schmoren muß«, erzählte mir Lottie.

»Die arme Miss Carter.«

»Warum arm? Sie wird direkt in den Himmel kommen; ihrer Meinung nach kommen alle anderen in die Hölle.«

»Manchmal glaube ich, daß es für Miss Carter eine Enttäuschung wäre, wenn niemand in die Hölle käme.«

»Lottie, hör auf, dir darüber Gedanken zu machen. Wenn du gut, freundlich und rücksichtsvoll bist – und das bist du fast immer – bist du vor dem Höllenfeuer sicher.«

Sie lachte mit mir, aber ich fragte mich, ob Miss Carter nicht zu fanatisch war, um ein junges Mädchen zu betreuen.

Ich hätte gern mit Jean-Louis darüber gesprochen, aber natürlich konnte ich ihn nicht mit solchen Problemen belasten, und wenn ich mit Charles beisammen war, gingen unsere Gedanken in eine andere Richtung. Ich beriet mich mit Isabel über dieses Problem, und sie fand, daß es für Lottie gar nicht schlecht sei, wenn sie sich Gedanken über ihre Verhaltensweise machte.

Hetty kam oft zu uns, um mir zu helfen. Ich gewann sie sehr lieb, denn sie war freundlich und geduldig.

Einmal, als ich unter dem Vorwand, Laudanum zu holen, zu Charles wollte, mußte ich feststellen, daß schon eine frische Flasche im Schränkchen stand.

»Ich wollte Ihnen die Mühe ersparen, selbst in die Stadt zu fahren«, erklärte Hetty. »Ich weiß, wo Sie den Schlüssel aufbewahren, und bemerkte neulich, als Sie Ihrem Mann das Mittel reichten, daß die Flasche beinahe leer war.«

Ich wußte nicht recht, was ich antworten sollte, und fragte mich, was Charles gedacht hatte, als Hetty statt meiner vor ihm stand. Natürlich mußte ich mein Rendezvous mit ihm aufschieben und war böse auf die arme Hetty, die nichts dafür konnte, sondern nur gefällig sein wollte.

Sie war einmal anwesend, als Jean-Louis einen Anfall erlitt und ich ihm die Medizin gab. Als er dann schlief, saßen wir beide im Ankleidezimmer und unterhielten uns leise.

»Das Leben ist traurig«, sagte sie. »Wie anders war Jean-Louis, als ich ihn kennenlernte. Seit damals hat sich überhaupt viel verändert.«

»Aber jetzt sind Sie doch glücklich?«

Sie zögerte. »Ich kann es nie vergessen.«

»Sie müssen darüber hinwegkommen, es ist endgültig vorbei!«

»Nein, solche Dinge brennen sich für immer ins Gedächtnis.«

»Aber es hat sich doch alles zum Guten gewendet. Sie sind mit James verheiratet und haben Ihre Kinder.«

»Ja, aber die Erinnerung läßt sich nicht abschütteln. Manchmal frage ich mich . . . ob ich nicht vielleicht doch bereit war . . .«

»Was wollen Sie damit sagen?«

»Ich ging damals mit ihm in den Garten . . . ich denke manchmal an ihn . . .«

»Dickon! Er ist von Grund aus böse, er ist gewissenlos – und dennoch – er hat mir das Leben gerettet.«

»Sehen Sie, nichts ist tiefschwarz oder reinweiß. Nichts ist ganz gut oder ganz böse. Ich haßte ihn, haßte ihn wirklich, starb beinahe vor Scham, und dennoch . . .«

»Denken Sie nicht so viel über sich selbst nach, Hetty, Sie machen sich nur das Leben schwer.«

Ausgerechnet ich stellte das fest, deren Leben überaus kompliziert geworden war. Was würde Hetty sagen, falls sie durch Zufall erfuhr, wie Charles und ich zueinander standen? Und wenn sie es schon wußte? Wenn wir uns verraten hatten?

Die folgenden Wochen gingen ereignislos dahin. Jean-Louis' Anfälle nahmen an Häufigkeit zu, Charles und ich gingen ganz in unserer Liebe auf.

Der Sommer verging, es wurde Herbst. Meine Mutter schrieb, daß ich ihnen Lottie und die Gouvernante wieder schicken sollte. Es war für das Kind besser, wenn es Weihnachten nicht unter einem Dach mit einem Todkranken verbrachte.

Also fuhren Lottie und Miss Carter nach Clavering, und wir feierten in Eversleigh sehr ruhige Weihnachten. Hetty, James, Isabel, Derek und Charles kamen am Christtag herüber; Jean-Louis fühlte sich nicht sehr wohl und ließ sich nicht in die Halle hinuntertragen, aber alle Gäste suchten ihn in seinem Zimmer auf, und da er schmerzfrei war, wurde es auch für ihn ein schöner Tag.

Evalina war hochschwanger und zog es vor, das Haus nicht zu verlassen. Tom besuchte uns mit dem kleinen Richard, der ein sehr liebes Kind war und uns mit seinem fröhlichen Geplauder unterhielt. Ich fand, daß er Dickon ähnlich sah.

Das Wetter wurde kalt, und es wurde schwierig, die Räume warmzuhalten. In alten Häusern zieht es immer, und Eversleigh stellt da keine Ausnahme dar. Hohe, gewölbte Decken sind ja sehr schön, aber nicht einmal das kräftigste Kaminfeuer kann solche Zimmer wirklich durchwärmen.

Jean-Louis litt unter der Kälte. Nach einer besonders schlechten Nacht im Februar hatte ich die Laudanum-Dosis erhöhen müssen, weil ihm das normale Quantum nicht mehr half. Er war so erschöpft, daß er nur noch flüsterte: »Ich bin froh, daß ich endlich wieder schlafen konnte, denn nur im Schlaf finde ich Vergessen.«

»Ruh dich aus, sprich nicht so viel.«

»Jetzt fühle ich mich wohl. Du sitzt neben mir, und die flackernden Flammen beleuchten dein Gesicht. So sollte es immer sein . . . Zippora neben mir, keine Schmerzen, nichts.«

Er schloß die Augen, dann sah er mich plötzlich an. »Du bewahrst den Schlüssel im Geheimfach auf, nicht wahr?«

Ich war so erschrocken, daß ich nicht antwortete.

Er lachte leise. »Also habe ich richtig geraten.«

»Wer hat dir gesagt, daß sich der Schlüssel dort befindet?«

»Ich bin kein Kind, das man mit Ausflüchten abspeisen kann, Zippora. Ich denke oft, daß es besser wäre, wenn ich so viel von dem Zeug trinke, daß ich nie mehr aufwache.«

»Du sollst nicht so reden, Jean-Louis.«

»Nur noch eine Frage, dann höre ich damit auf. Wäre es nicht besser, Zippora? Gib es ehrlich zu.«

»Nein!«

»Schön, reden wir nicht mehr davon. Du solltest dein Leben genießen, Zippora, nicht deine Zeit in einem Krankenzimmer verbringen.«

»Aber ich gehöre zu dir, Jean-Louis, und ich möchte bei dir sein.«

Er schloß die Augen und schlief wieder ein, und ich betete, daß die Schmerzen nicht wiederkommen sollten.

In dieser Nacht wälzte ich mich schlaflos im Bett und dachte über alles nach – Jean-Louis, Charles, die Tatsache, daß ich eine Ehebrecherin war. Das Leben war so kompliziert, und es war so schwer zu entscheiden, was falsch und was richtig war.

Plötzlich hörte ich im Nebenzimmer ein Geräusch. Jean-Louis stand leise und mühsam auf. Hatte er wieder einen Anfall? Nein, das war nicht möglich, denn dann hätte er nicht die Kraft gehabt, das Bett zu verlassen.

Dann hörte ich Schritte und das leise Pochen seines Stocks. Jean-Louis kam in den Ankleideraum. Er ging sehr vorsichtig und tastete sich im schwachen Licht, das durch das Fenster hereinfiel, weiter. Dann erreichte er den Schreibtisch, öffnete das Geheimfach, griff nach dem Schränkchen und sperrte es auf.

Ich mußte jetzt aufstehen, ihm das Laudanum wegnehmen, ihn beruhigen. Dann dachte ich an sein schmerzverzerrtes Gesicht, an die Jahre, die vor ihm lagen und ihm nichts als Qualen bringen würden. War es so nicht besser?

Er kehrte in sein Zimmer zurück, und ich blieb regungslos liegen. Nur die offenstehende Tür des Schränkchens war ein Beweis dafür, daß ich nicht geträumt hatte.

Im Schlafzimmer atmete Jean-Louis röchelnd. Dann war plötzlich Stille.

Ich stand auf, entzündete eine Kerze und ging zu Jean-Louis hinüber.

Um seinen Mund lag ein glückliches Lächeln; die Furchen, die die Schmerzen in sein Gesicht gegraben hatten, waren weggewischt. Er sah wieder jung und unbeschwert aus.

Jean-Louis war von seinen Leiden erlöst.

X

Erpressung

Ich weiß nicht, wie lange ich so stand und ihn ansah. Ich war betäubt und zutiefst unglücklich. Er war immer so freundlich und gut zu mir gewesen, und wie hatte ich es ihm vergolten?

Ich sank auf die Knie und vergrub das Gesicht in den Laken. In meinem Kopf jagten die Bilder aus unserer gemeinsamen Vergangenheit vorüber, aus der Zeit, in der wir miteinander glücklich gewesen waren.

Als ich mich endlich steif und erfroren erhob, war es beinahe vier Uhr.

Ich mußte Charles kommen lassen, obwohl er für Jean-Louis nichts mehr tun konnte.

Aber ich konnte mich zu keinem Entschluß durchringen. Ich wollte zum letzten Mal mit Jean-Louis allein sein. So blieb ich bis um sechs Uhr bei ihm sitzen; dann klingelte ich.

Die erste, die reagierte, war Miss Carter. Sie hatte die Haare zu zwei Zöpfen gebunden und mit rosa Wollbändchen zusammengebunden.

»Mein Mann ist heute nacht gestorben«, sagte ich.

Sie wurde blaß, schloß die Augen und bewegte die Lippen, als bete sie. Dann erklärte sie: »Ich hole Hilfe.«

»Schicken Sie vor allem jemanden um den Arzt«, befahl ich.

Sie lief aus dem Zimmer, und ich bemerkte erst jetzt die Laudanum-Flasche, die Jean-Louis auf den Tisch gestellt hatte. Ich sperrte sie in das Schränkchen.

Es war eine große Erleichterung für mich, als Charles eintraf.

Er ging direkt zum Bett, musterte Jean-Louis, ergriff seine Hand und schob seine Lider hinauf.

»Er ist schon eine ganze Weile tot«, stellte er fest.

Er beugte sich über den Toten.

»Er hat es getan, Charles. Er holte sich die Flasche aus dem Schränkchen.«

»Ich habe geglaubt . . .«

»Ja, ich hatte den Schlüssel im Geheimfach versteckt, aber er wußte, wo er sich befand . . . es war klar, daß ich ihn dort hineintun würde. Er hat erst gestern abend davon gesprochen, daß es für ihn das Beste wäre. Ich habe ihm gesagt, er dürfe nicht einmal daran denken, aber er war wahrscheinlich schon fest entschlossen.«

»Wo ist die Flasche?«

»Ich habe sie wieder eingeschlossen.«

»Bring sie mir.«

Ich gehorchte, und er schüttelte sie. »Mein Gott, wann hast du sie geholt? Vor zwei Tagen? Die Menge hätte gereicht, um drei Menschen ins Jenseits zu befördern.«

»Er konnte die Schmerzen nicht mehr ertragen.«

»Zippora, wir müssen vermeiden, daß die Leute zu reden beginnen. Es darf nicht bekannt werden, daß er an einer Überdosis Laudanum gestorben ist. Es würde heißen . . .«

»Daß ich es ihm gegeben habe?«

»Du weißt, wie die Menschen sind.«

»Charles, du glaubst doch nicht . . .«

»Natürlich nicht. Ich kann mir vorstellen, wie es geschah.«

»Wenn man es genau nimmt, habe ich ihn getötet. Ich wußte, daß er es tun wollte, und ließ es geschehen. Das ist doch Mord, nicht wahr?«

»Sag so etwas nicht, sei um Himmels willen vorsichtig. Jean-Louis ist tot, weil das Leben für ihn unerträglich wurde. Er litt große Schmerzen, und das wirkte sich natürlich auf sein Herz aus. Er ist an Herzversagen gestorben, und ich hatte dieses Ende schon längere Zeit erwaret.«

Ich sehnte mich danach, daß er mich in die Arme nahm, mich tröstete. Er sah mich traurig an. »Wir werden eine Zeitlang sehr vorsichtig sein müssen.«

Jean-Louis wurde im Mausoleum von Eversleigh beigesetzt. Alle unsere Pächter waren zum Begräbnis gekommen, denn er war sehr beliebt gewesen. »Der arme Herr«, hieß es allgemein, »mußte so viel erdulden. Jetzt ist er endlich erlöst.«

Endlich erlöst – so mußte auch ich es sehen.

Ich kam nur selten mit Charles zusammen, denn ich hatte jetzt keinen Grund mehr, ihn in seiner Praxis aufzusuchen. Gelegentlich sahen wir einander in Enderby und konnten miteinander reden. Einmal trafen wir uns im Wald in einiger Entfernung vom Haus.

»Jetzt könnten wir endlich heiraten«, sagte Charles bei dieser Gelegenheit, »doch wir müssen ein Jahr warten. Und vorläufig ist es besser, wenn wir nicht zu oft miteinander gesehen werden.«

Lottie machte mir Sorgen, weil ihre Trauer um Jean-Louis so maßlos war. Sie suchte nicht einmal mehr Hetty und die Kinder auf. Ich sprach mit Isabel darüber, und sie schlug vor, Lottie in Charles' Heim helfen zu lassen. »Das wäre eine Ablenkung, und Charles braucht ohnehin Hilfskräfte, die die Betten machen, Essen austeilen, saubermachen und so weiter. Wenn Sie wollen, rede ich mit Charles.«

Ich war einverstanden, und das Ergebnis war, daß Lottie und Miss Carter jeden zweiten Tag im Heim arbeiteten.

Diese Betätigung schien Lottie gutzutun, denn sie lebte wieder auf und erzählte mir viel von den Müttern und ihren Kindern.

Aus Clavering trafen häufig Briefe ein. Sie wollten uns besuchen, sobald es das Wetter zuließ. Jedesmal waren direkt an Lottie adressierte Briefe dabei, die sie in ihr Zimmer nahm, um sie dort zu lesen. Wenn sie dann auftauchte, hatte sie strahlende Augen.

Ich befand mich in einer Art Trance. Die Tage nahmen kein Ende, ich schlug die Zeit mit unwichtigen Tätigkeiten tot und sagte mir immer wieder: Auch das wird vorübergehen.

Charles und ich wollten in einem Jahr heiraten. Wir mußten

versuchen, einen Strich unter die Vergangenheit zu ziehen und ein vollkommen neues Leben zu beginnen.

Ende März, an einem regnerischen Tag, kamen Lottie und Miss Carter aus dem Heim nach Hause. Sie waren geritten und dabei bis auf die Haut durchnäßt.

»Du mußt dich sofort umziehen«, sagte ich.

Ich begleitete sie in ihr Zimmer und suchte frische Sachen heraus, während sie aus den nassen Kleidern schlüpfte.

Als ich mich zu ihr umdrehte, sah ich, daß sie eine Goldkette um den Hals trug, an der ein Ring hing. Die Kette kannte ich, denn ich hatte sie ihr selbst geschenkt, aber der Ring war mir unbekannt.

Ich sah ihn mir genauer an; um einen Saphir waren Diamanten angeordnet. Ich warf Lottie einen fragenden Blick zu.

Sie wurde rot. »Ich bin verlobt, und das ist mein Verlobungsring.«

»Verlobt! In deinem Alter!«

»Ich werde an meinem sechzehnten Geburtstag heiraten.«

»Lottie! Was soll das heißen? Wer . . .«

»Er ist schön, nicht wahr? Wir haben ihn gemeinsam in London ausgesucht.«

»Wer?«

Sie sah mich verschmitzt an. »Du wirst überrascht sein.«

»Heraus damit!«

»Dickon.«

»Dickon!« Das Zimmer drehte sich um mich.

»Ich habe dir ja gesagt, daß du überrascht sein wirst. Dickon hat gemeint, daß wir es dir noch nicht erzählen sollen, deshalb trage ich den Ring unter dem Kleid.«

»Aber das ist doch absurd.«

»Warum?«

»Er ist viel zu alt für dich.«

»Das stimmt nicht. Dickon ist gar nicht alt, er ist um zehn Jahre älter als ich, das ist überhaupt nichts.«

»Du mußt ihm den Ring zurückschicken.«

»Das werde ich nicht tun.«

»Dieser Unsinn muß aufhören.«

»Warum ist meine Liebe Unsinn?«

»Das verstehst du nicht.«

»O doch, du hältst mich für ein Kind. Außerdem möchtest du, daß ich möglichst lange als Kind gelte, damit du jünger wirkst.«

»Nein, Lottie, du irrst dich. Von mir aus heirate, wen du willst, aber nicht Dickon.«

»Warum magst du ihn nicht, wenn er sonst überall so beliebt ist? Großmutter und Tante Sabrina fanden es wunderbar, und wir veranstalteten eine kleine Feier, nur unter uns. Sei mir nicht böse, Mutter! Auch wenn ich einmal verheiratet bin, werde ich immer deine liebe kleine Lottie bleiben.«

Ich war so entsetzt, daß ich nicht antworten konnte.

Sie zog die trockenen Sachen an, nahm den Ring von der Kette und steckte ihn an.

»Jetzt müssen wir es ja nicht mehr geheimhalten«, meinte sie.

Ich fand noch immer keine Worte, sondern schloß sie nur in die Arme. Sie hielt es für Zustimmung.

Dann ging ich auf mein Zimmer und schrieb an Dickon.

»So kann es nicht weitergehen! Ich werde nie meine Zustimmung zu eurer Heirat geben, denn Du wirst sie unglücklich machen. Deine Motive sind mir klar; Du betrachtest diese Ehe als Möglichkeit, in den Besitz von Eversleigh zu gelangen. Wenn Lottie Dich gegen meinen Willen heiratet, erbt sie Eversleigh niemals. Zippora.«

Diese Botschaft übergab ich einem Reitknecht mit dem Auftrag, sie sofort nach Clavering zu bringen.

Nach kaum einer Woche traf er in Eversleigh ein. Ich befand mich gerade in der Halle, als er hereinplatzte.

»Du scheinst überrascht«, stellte er fest. »Dabei klang dein Brief recht dringlich.«

»Du willst mit mir sprechen?«

»Mit dir und natürlich mit meiner angebeteten Lottie. Aber zuerst möchte ich mit dir irgendwo reden, wo uns niemand stört.«

»Komm mit ins Wohnzimmer, aber sei leise. Ich möchte vorläufig nicht, daß man erfährt, wer gekommen ist.«

»Du meinst mit ›man‹ Lottie?«

Er setzte sich, schlug die wohlgeformten Beine übereinander, schnippte ein Staubkörnchen von seinem Ärmel und sah mich nachsichtig amüsiert an.

»Ich war entsetzt, als ich erfuhr, was sich in Clavering abgespielt hat«, begann ich.

»Für eine Frau mit deiner Erfahrung bist du sehr leicht aus der Fassung zu bringen, Zippora.«

Die Anspielung war nicht zu überhören.

»Du mußt eines verstehen«, fuhr ich unbeeindruckt fort. »Eine Verlobung zwischen dir und Lottie ist undenkbar.«

»Da irrst du dich. Wir sind einander versprochen, wie es so schön heißt, und wir haben geschworen, daß uns nichts auf der Welt trennen wird.«

»Doch, ich.«

»Das glaube ich nicht, Zippora. Im Grunde genommen bist du sehr vernünftig. Ich bewundere dich, wie du weißt. Zuerst hatte ich zwar den Eindruck, daß du ein bißchen langsam reagierst, aber jetzt weiß ich es besser. Du hast ein sehr gefährliches Leben geführt, und meine Bewunderung für dich ist dadurch nur gestiegen.«

»Schenk dir dein Lob, ich kann es nicht erwidern.«

»Weißt du, daß du sehr undankbar bist? Hast du vergessen, daß ich dir einmal das Leben gerettet habe?«

»Du vergißt es jedenfalls nicht. Und ich bin überzeugt, daß du deine Gründe dafür hattest, mich zu retten.«

»Aber, aber . . . ich mag dich ja. Genauso wie Eversleigh.«

»Du bist ein Zyniker.«

»Ich spreche nur die Wahrheit. Das sollte mir deine Sympathie sichern.«

»Hör mit dem Unsinn auf, Dickon. Bitte erkläre Lottie, daß es nicht ernst gemeint war, weil sie noch ein Kind ist. Stell es als ein Spiel dar. Aber sei behutsam und verletze sie nicht.«

»Es ist kein Spiel. Sie ist zwar jung, und ich muß ihr noch fünf oder sechs Jahre lang den Hof machen. Das halte ich jedoch für günstig. Du hättest Jean-Louis wahrscheinlich nie geheiratet, wenn ihr nicht von Jugend auf davon überzeugt gewesen wärt, daß ihr füreinander bestimmt seid. Genauso will ich es mit Lottie halten. Im Lauf der Jahre werde ich sie immer mehr für mich einnehmen, und wenn sie sechzehn ist, wird ihr klar sein, daß sie ohne mich nicht leben kann.«

»Du willst nur Eversleigh und nimmst an, daß Lottie es erben wird.«

»Natürlich.«

»Wenn Lottie dich heiratet, bekommt sie Eversleigh nicht.«

»Das glaube ich nicht. Du rechnest damit, daß du den Arzt heiraten wirst und nicht zu alt bist, um noch ein Kind zu bekommen. Du könntest es sogar schaffen. Habe ich recht?«

»Nein.«

»Hör zu, Zippora, du wirst uns deinen Segen geben, du hast keine andere Wahl. Erstens mußt du an deinen Ruf und zweitens an den des Doktors denken, der noch wichtiger ist.«

»Vielleicht hörst du jetzt endlich auf, Unsinn zu reden.«

»Es ist kein Unsinn. Ich werde ein bißchen zurückgreifen. Zunächst einmal: Ich weiß von deiner kleinen Affäre mit dem Franzosen. Was wird Lottie sagen, wenn sie erfährt, daß ihr Vater nicht Jean-Louis, sondern ein unbekannter Gentleman war? Zugegeben, er war charmant und attraktiv, aber unsere liebe kleine Lottie ist ein Kind der Sünde, nicht wahr? Und ihre Mutter ist eine Ehebrecherin.«

»Schweig!«

»Ich habe ja gewußt, daß du es nicht publik machen willst. Du hast es sehr gut geheimgehalten, und ich bewundere dich. Aber ich wußte es die ganze Zeit, denn ich bin ein guter Beobachter und habe außerdem meine Spione.«

Natürlich, Evalina! Wahrscheinlich hatte sie gesehen, wie Gerard in mein Zimmer kletterte . . . oder es verließ. Und sie gab die Information an den Menschen weiter, der mir damit den größten Schaden zufügen konnte.

»Das ist noch nicht alles. Du bist nicht die Frau, die demütig erträgt, was ihr das Schicksal auferlegt, du gestaltest dein Leben nach deinen Vorstellungen. Aber dafür muß man bezahlen. Ich weiß von dir und dem Arzt, Zippora, auch wenn ihr euch jetzt noch so gesittet und ehrbar benehmt. Ein Arzt muß einen guten Ruf haben – und es hat schon in der Vergangenheit Gerüchte über ihn gegeben. O ja, ich weiß alles über den Doktor und seine wahnsinnige Frau. Er hat Glück gehabt und ist mit einem blauen Auge davongekommen. Danach entwickelte er sich zum Philanthropen, betreibt ein Heim für gefallene Mädchen und ihre Kinder – ein wirklich edelmütiger Mensch. Und dann verliebt er sich. Der arme Jean-Louis steht ihm im Weg, aber der arme Jean-Louis ist schwer krank. Der Arzt sorgt aufopfernd für ihn, und eines Tages stirbt Jean-Louis. Der Arzt stellt fest, daß er an Herzversagen gestorben ist. Ich habe jedoch den Verdacht, daß eine Überdosis Laudanum seinen Tod verursacht hat.«

»Das ist einfach lächerlich.«

»Ich nehme an, daß man es durch eine Autopsie beweisen könnte. Die Sachverständigen sind sehr kluge Leute.«

»Willst du damit sagen, daß du . . .«

»Ich bin gewohnt, meinen Willen durchzusetzen, Zippora. Ich will Lottie heiraten und Eversleigh übernehmen. Natürlich könntest du dich mir in den Weg stellen, und deshalb führe ich dir vor Augen, wie unvernünftig das von dir wäre.«

»Das ist Erpressung.«

»Mir ist es gleich, wie ich mein Ziel erreiche.«

Ich wandte mich ab, denn ich war zu erschrocken, um ihm antworten zu können.

Dickson lächelte, kalt und unverschämt; er hatte seine Trümpfe aufgedeckt, die er erbarmungslos ausspielen würde, um mich und vor allem Charles zugrunde zu richten.

Charles konnte sich keinen zweiten Skandal leisten. Dann wäre er als Arzt erledigt. Wie konnte ich jemals beweisen, daß Jean-Louis das Laudanum selbst genommen hatte? Dickon stand auf und legte mir die Hand auf den Arm. »Überlege es dir, Zippora. Du wirst dich wundern, was für ein guter Schwiegersohn ich sein kann. Ich habe dich immer gern gemocht. Und jetzt werde ich Lottie mitteilen, daß ich hier bin.«

Ich wußte nicht, was ich tun sollte. Ich konnte Charles nicht damit belasten. Vielleicht würde er sagen: »Lassen wir es darauf ankommen. Erzählen wir selbst Lottie alles und überlassen wir ihr die Entscheidung, ob sie einen solchen Mann heiraten will.«

Lottie war noch ein Kind, und ihr Gefühl für Dickon war bestimmt nichts anderes als Schwärmerei. Aber was konnte ich tun? Und wenn ich sie wegschickte, wenn sie eine ganz neue Welt kennenlernte? Wäre diese Maßnahme geeignet, sie Dickon zu entfremden? Eigentlich hatte ich es schon lange vorgehabt, von dem Tag an, als Charles und ich beschlossen hatten, einmal zu heiraten.

Ich öffnete das kleine Ebenholzkästchen, das ich immer sorgfältig versperrt hielt, und entnahm ihm einen Zettel, auf dem nur »Gerard d'Aubigné, Château d'Aubigné, Eure, Frankreich« stand.

Würde er sich erinnern? Sicherlich. Es war ein Strohhalm, an den ich mich da klammerte. Ich griff nach Tinte und Papier und begann zu schreiben, und dabei überwältigte mich die Erinnerung.

»Wir haben ein Kind«, schrieb ich, »eine reizende kleine Tochter, die sich jetzt in Gefahr befindet. Wenn Du sie auf Dein Schloß einlädst, würde sie die Einladung wahrscheinlich annehmen, denn sie wird bestimmt ihren Vater kennenlernen wollen.«

Dann versiegelte ich den Brief und ließ Jethros Enkel kommen; ich war davon überzeugt, daß ich ihm vertrauen konnte.

Ich erklärte ihm, daß er so bald wie möglich nach Frankreich reisen müsse, daß es sich aber um einen geheimen Auftrag handle und daher niemand erfahren dürfe, wohin ich ihn geschickt hatte.

Er sollte den Brief Gerard d'Aubigné und sonst niemandem aushändigen. Wenn er Gerard nicht finden konnte oder erfuhr, daß dieser außerhalb von Frankreich lebte oder tot war, mußte er mir den Brief wieder zurückbringen.

Die Augen des Jungen funkelten, als ich ihm den Brief übergab. Wie jeder Junge träumte er von Reisen und Abenteuern.

Dickon verließ unser Haus nicht so bald. Ich haßte ihn, weil er unser Schicksal in der Hand hielt. Wie konnte ich Lottie vor ihm retten, ohne Charles zu gefährden?

Ich ritt in die Stadt, denn ich mußte mit Charles darüber sprechen. Er hörte mich schweigend an. »Gibt es denn etwas, das dieser Teufelsbraten nicht weiß?«

»Er hat ja zugegeben, daß er seine Spione hat. Vielleicht hat ihm Evalina erzählt, daß sie uns damals im Wald getroffen hat. Sogar Hetty kann ihm ungewollt etwas verraten haben, denn er hat auch sie bezaubert. Dickon übt eine unheimliche Macht auf Frauen aus. Er würde Lottie unglücklich machen, wenn sie ihn heiratet. Er will ja nur Eversleigh haben, und wenn er das erreicht hat, würde er sich nicht mehr um sie kümmern und ihr damit das Herz brechen. Was sollen wir tun, Charles?«

»Wir können uns zum Kampf stellen.«

»Dann wird er behaupten, daß wir Jean-Louis umgebracht haben. Damit ist deine Tätigkeit als Arzt am Ende.«

»Wir müssen nachdenken; auf keinen Fall dürfen wir jetzt etwas Unüberlegtes tun.«

»Ich habe schon etwas unternommen, Charles. Ich habe Lotties Vater geschrieben und ihn gebeten, sie auf sein Schloß einzuladen. Dadurch ist sie für einige Zeit Dickons Einfluß entzogen.«

»Vielleicht haben wir damit Erfolg. Inzwischen können wir nichts tun als abwarten.«

Ich ritt langsam nach Eversleigh zurück. Als ich das Haus betrat, fiel mir die unnatürliche Stille auf; weit und breit war niemand zu sehen.

Dann blickte ich zum Fenster hinaus und entdeckte den Feuerschein und den Rauch. Ich lief in die Halle hinunter, wo mir eine alte Dienerin in den Weg trat.

»Haben Sie gesehen, das Heim brennt!« rief sie. »Die anderen sind schon alle hinübergelaufen, um zu helfen.«

Ich rannte in den Stall und galoppierte kurz darauf zum Heim hinüber.

XI

Die Entscheidung

Ich konnte nicht glauben, daß es Wirklichkeit war. Es war so unerwartet, so plötzlich gekommen und es hat mein Glück zerstört.

Charles hatte sein Leben geopfert wie ein Held, als er die Frauen und Kinder aus dem brennenden Heim holte. Es war ihm tatsächlich gelungen, die Mehrzahl von ihnen zu retten. Doch er war dabei umgekommen.

Die Forsters brachten mich nach Enderby, denn ihre Trauer war auch die meine. Sie hatten gewußt, wie es um Charles und mich stand, und hatten sich darüber gefreut, daß er wieder glücklich war.

Die Mütter und ihre Kinder wurden in einem anderen Institut untergebracht, denn der Brand hatte das Heim bis auf die Grundmauern zerstört. Durch eine Ironie des Schicksals war Dickon der Held des Tages. Er hatte eine Löschmannschaft zusammengestellt und sich ein paar Mal in das Flammeninferno gestürzt. Überall lobte man seine Tapferkeit.

In den darauffolgenden Tagen konnte ich nur daran denken, daß ich Charles für immer verloren hatte. Unser gemeinsames Leben blieb ein Traum.

Ich kehrte nach Eversleigh zurück und stand vor dem Problem, wie es jetzt weitergehen sollte. Zwar mußte ich nicht mehr auf Charles Rücksicht nehmen, falls ich mich Dickon stellte, aber er konnte mich immer noch erpressen, mich wegen Mordes vor Gericht bringen.

Ich wollte nur eines: Lottie vor ihm retten. Aber wie konnte ich das bewerkstelligen? Wenn ich als Mörderin verurteilt wurde, trieb ich sie dadurch nur um so mehr in Dickons Arme.

Es hatte sich noch eine Tragödie abgespielt, denn am Morgen nach dem Brand stellten wir fest, daß Miss Carter verschwunden war. Man hatte sie kurz vor dem Ausbruch des Feuers im Heim gesehen, also war anzunehmen, daß sie sich unter den Opfern befand. Lottie war sehr betrübt, denn obwohl sie oft über Miss Carter gespottet hatte, hatte sie sie doch ins Herz geschlossen.

Mir stellten sich noch weitere Probleme – was würde geschehen, wenn James Fenton und Dickon zusammentrafen, was unvermeidlich war? Würde James kündigen?

Dann suchte mich Dickon in meinem Zimmer auf. Er war genauso freundlich und lässig wie immer.

»Dieses Feuer war wirklich eine große Tragödie. Das Lebenswerk des Arztes ist in Rauch und Asche aufgegangen.«

»Seine Laufbahn, die du vernichten wolltest, ist damit zu Ende.«

»Ich hätte sie nur vernichtet, wenn er nicht vernünftig gewesen wäre. Ich gab ihm die Möglichkeit, sich anders zu entscheiden.«

»Das Leben bringt so viele Tragödien mit sich. Kannst du uns nicht wenigstens eine Zeitlang in Frieden lassen?«

»Nichts lieber als das, Cousinchen. Wir werden alle glücklich und zufrieden in Eversleigh leben.«

»Ist es dir wirklich so viel wert, Dickon?«

»Seit ich es das erstemal sah, wollte ich es besitzen. Außerdem wäre es nur gerecht, wenn es mir zufällt, denn ich bin der einzige männliche Erbe. Onkel Carl hat nicht richtig gehandelt, als er es dir hinterließ, ohne meine Ansprüche zu berücksichtigen. Ich weiß, daß mein Vater ein verdammter Jakobit war, aber das gilt auch für deinen Großvater. Eversleigh gehört nach Fug und Recht mir, und ich werde es mir nehmen.«

»Indem du Lottie als Mittel zum Zweck benützt.«

»Ich werde ihr ein idealer Ehemann sein.«

»Ich kenne dich, du wirst ihr nie treu sein.«

Er zog die Augenbrauen hoch. »Untreue spielt überhaupt keine Rolle, wenn der Betrogene es nicht erfährt, das wissen wir doch, nicht wahr?«

»Man darf nicht aus Berechnung heiraten. Du hast Lotties Unerfahrenheit ausgenützt und vor ihr den Helden gespielt.«

»Ich bin von Natur aus ein Freibeuter, und Lottie war eine Herausforderung für mich. Schade, daß du deinen Arzt verloren hast.«

»Infolge seines Todes kannst du mich nicht mehr so wirkungsvoll erpressen, denn ich muß jetzt nur noch an mich denken. Es ist mir ziemlich gleichgültig, was aus mir wird. Deshalb werde ich Lottie alles erzählen: daß du mich erpreßt, daß du sie nur heiraten willst, weil sie Eversleigh erbt, daß ich sie dann enterben würde.«

»Und wem würdest du Eversleigh hinterlassen? Einem Außenstehenden? Das bringst du nicht übers Herz, genausowenig wie Onkel Carl. Ich bin der rechtmäßige Erbe; vielleicht bin ich ein Schurke, aber das sind wir schließlich alle irgendwie. Wir sind alle Sünder, auch wenn wir noch so tugendhaft tun. Übrigens: Deine Miss Carter hat den Brand im Heim gelegt.«

»Das glaube ich nicht.«

»Es stimmt aber. Ich hätte sie herausholen können, aber sie wollte nicht gerettet werden. Sie war ja auch eine Herausforderung gewesen, der ich nicht widerstehen konnte. Die steife, tugendhafte Jungfrau.«

»Willst du damit sagen, daß du . . .«

»Richtig, du hast es erraten. Die Dame verlor in Clavering ihre Unschuld. Ich habe so meine Methoden, um tugendhafte Jungfern zu verführen.«

»Du bist ein Teufel.«

»Allerdings. Hinterher hat es mir sogar leid getan, aber sie war einfach zu bigott. Ich mußte meine Methode an ihr ausprobieren. Natürlich war sie nachher davon überzeugt, daß sie in der Hölle landen würde. Sie war ein bißchen verrückt. Einmal, als die

Gärtner in Clavering Laub verbrannten, versuchte sie, ins Feuer zu springen. Damals rettete ich sie und redete ihr gut zu, aber sie war von dem Gedanken an Selbstvernichtung besessen. Natürlich hätte sie nicht so viele Menschen in den Tod mitnehmen müssen, aber ihrer Meinung nach waren alle diese gefallenen Mädchen genauso verderbt wie sie selbst. Das galt auch für den Doktor; sie hat euch beiden in meinem Auftrag nachspioniert. Sie wußte von eurem Verhältnis, sie sah nach Jean-Louis' Tod die Laudanum-Flasche auf dem Tisch, und sie erzählte mir alles. Sie war sehr gesprächig, wenn es um Sünde ging. Sie war eine Fanatikerin. Sie stand mit einem brennenden Holzscheit auf einem Sims, schwenkte es und rief Gott zum Zeugen für ihre Buße an. ›Gib mir die Hand‹, sagte ich, ›ich bringe dich in Sicherheit.‹ – ›Laß mich in Ruhe‹, antwortete sie, ›ich rette meine Seele. Ich büße meine Sünde, indem ich in diesem Feuer sterbe und andere Sünder mit mir nehme‹.«

»Wie schrecklich.«

»Ich hätte übrigens auch deinen Charles retten können. Aber er war wie der Kapitän, der sein sinkendes Schiff nicht verlassen will. Ein edelmütiger Mann. Und dabei ein Sünder, wie wir alle. Wahrscheinlich bildete er sich wie die arme Madeleine ein, daß er mit dem Flammentod seine Sünden büße.«

Endlich kehrte Dickon nach Clavering zurück. Er ergriff meine Hände beinahe zärtlich, als er sich verabschiedete.

»Vergiß nicht, daß du den guten Ruf deines Arztes in diesen Händen hältst, genau wie deinen eigenen. Zerstöre sie nicht. Und vergiß nicht, daß ich immer bemüht sein werde, dir Freude zu bereiten.«

»Das kannst du am besten erreichen, indem du nach Clavering reitest und nie wieder hierher kommst.«

»Eines Tages wirst du anderer Meinung sein. Aber jetzt muß ich mich von meiner süßen Lottie verabschieden und sie meiner ewigen Ergebenheit versichern.«

Wie sehr haßte ich ihn – er sah so gut aus, war so höflich, für viele, die ihm ihr Leben verdankten, war er sogar ein Held. Er hatte überhaupt kein Aufheben um seine Taten gemacht, sie mit einem Achselzucken abgetan, als wäre es etwas Selbstverständliches.

Als er endlich davonritt, sah ich ihm mit unglaublicher Erleichterung nach.

Jetzt waren die Tage lang und inhaltsleer. Ich konnte Isabel und Derek nicht besuchen, denn meine Anwesenheit erinnerte sie an Charles und stimmte sie traurig.

Evalina besuchte mich mit ihrem kleinen Sohn, der ein reizendes Kind war.

»Er ist seinem Vater wie aus dem Gesicht geschnitten«, behauptete sie. Dann sah sie mich voller Mitgefühl an.

»Das mit dem Doktor tut mir leid. Er war ein guter Mensch, ein liebevoller Mann, aber ich war immer der Meinung, daß er zu ernst für Sie war. Sie brauchen jemanden, der Sie zum Lachen bringt, denn Sie sind ein bißchen zu streng. Jemanden wie den Franzosen damals, können Sie sich erinnern?«

Am liebsten hätte ich sie hinausgeworfen, aber ich wußte, daß sie es gut meinte.

James Fenton war sehr bedrückt; diese Stimmung hielt so lange an, daß sie nicht nur durch Jean-Louis' Tod verursacht sein konnte.

Ich fragte Hetty aus, und sie erzählte mir, daß sein sehnlichster Wunsch immer eine eigene Farm gewesen war, die er mit niemandem teilen mußte. »Und jetzt hätte er das erforderliche Geld beisammen«, fügte sie hinzu.

»Heißt das, daß er kündigen will?«

»Wir werden Sie nie verlassen, solange Sie uns brauchen.«

Ich wußte, daß ich sie eigentlich fortschicken sollte, weil sie sich dann ihren größten Wunsch erfüllen konnten. Aber wie sollte ich Eversleigh ohne James leiten?

Ich war verzweifelt. Ich hatte Jean-Louis und Charles verloren, und sogar Lottie war mir entglitten, weil sie nur noch an Dickon dachte. Immer wieder überlegte ich mir, was ich tun, wie ich mich Dickon und Lottie gegenüber verhalten sollte, aber ich gelangte nie zu einem Entschluß.

Dann meldete mir eines Tages ein Dienstmädchen, daß mich ein Besucher in der Halle erwarte.

Als ich ihn sah, erfaßte mich eine Erregung, wie ich sie lange nicht mehr empfunden hatte.

Er hatte sich ein wenig verändert, denn auch er war älter geworden. Er trug eine blendend weiße, gelockte Perücke, so daß seine leuchtenden Augen noch dunkler wirkten. Den federgeschmückten Hut hielt er in der Hand; er war wesentlich eleganter gekleidet als alle Männer in weitem Umkreis.

Ich lief die Treppe hinunter, und er kam mir entgegen, ergriff meine Hände und küßte sie. Ich hatte ganz vergessen, wie er auf mich wirkte. Ich war plötzlich wieder jung, leichtsinnig und leidenschaftlich.

»Endlich hast du mich gerufen.«

»Und du bist gekommen.«

»Hast du etwas anderes erwartet? Noch dazu, wo wir eine Tochter haben?«

»Ich muß unter vier Augen mit dir sprechen, Gerard, denn ich muß dir viel erklären. Bist du allein gekommen?«

»Nein, ich habe zwei Bediente bei mir, die bei den Pferden warten.«

»Ich werde ihnen ein Quartier anweisen lassen, aber zuerst muß ich mit dir reden.«

Ich führte ihn in den Wintersalon und schloß die Tür.

»Warum hast du mich nicht wissen lassen, daß wir eine Tochter haben?« fragte er.

»Wie konnte ich? Mein Mann hielt Lottie für sein Kind und liebte sie sehr.«

»Wo ist sie jetzt? Ich möchte sie sehen.«

»Das wirst du auch, aber du mußt mir helfen.«

»Was ist denn geschehen?«

»Das muß ich dir eben erklären; bitte, Gerard, hör mich ruhig an.«

Ich berichtete ihm so kurz wie möglich. Am schwersten fiel mir, ihn davon zu überzeugen, daß Dickon ein Bösewicht war. Aber schließlich sah er es ein und erklärte ausdrücklich, daß er mir gegen ihn beistehen wolle.

»Natürlich werde ich Lottie sagen, daß du ihr Vater bist. Aber zuerst solltet ihr einander unbefangen kennenlernen, denn ich bin davon überzeugt, daß sie dich mögen wird. Und dann, wenn sie alles weiß, solltest du sie mit nach Frankreich nehmen. Du kannst ja behaupten, daß du ihr deine Heimat, dein Schloß zeigen willst, und du mußt dafür sorgen, daß sie einen möglichst guten Eindruck davon bekommt. Sie muß begreifen, daß es noch andere Dinge gibt als Clavering, Dickon und Eversleigh. Sie soll Menschen kennenlernen, ein Stück von der Welt sehen.«

Ich konnte ihn überzeugen und er versprach: »Ich werde mein Bestes tun.«

»Dann werde ich jetzt dein Zimmer herrichten lassen und Lottie erzählen, daß wir Besuch aus Frankreich haben.«

Natürlich wurde Lottie von ihm fasziniert. Er war noch genauso charmant wie seinerzeit, und die Jahre hatten seine Anziehungskraft eher verstärkt.

Bereits nach einer Woche konnte ich Lottie reinen Wein einschenken. Zuerst sah sie mich ungläubig an. Dieser aufregende, faszinierende Mann war ihr Vater? Er hatte ihr von seinem Schloß, vom Leben am französischen Hof, von Paris, von Frankreich erzählt, und seine Schilderungen waren so lebendig gewesen, daß er in ihr den Wunsch geweckt hatte, das alles mit eigenen Augen zu sehen.

Sie war begeistert, wagte aber nicht, es zu zeigen, weil sie Jean-Louis gegenüber nicht treulos scheinen wollte. Und auch mich begann sie in einem gänzlich neuen Licht zu sehen.

Sie hatte eine wichtige Erfahrung gemacht: Im Leben gab es nichts absolut Gutes oder absolut Schlechtes, kein reines Schwarz oder reines Weiß, und die Menschen waren nicht immer das, was sie zu sein schienen.

Jetzt erst sagte ihr Gerard, daß er die Absicht hatte, ihr seine Heimat zu zeigen. Er wollte wissen, was sie davon hielt.

Es war genau das, was sie brauchte. Ihr Horizont würde sich erweitern, sie würde aus der Enge ihrer Kindheit in die große weite Welt kommen. Sie würde Menschen kennenlernen, die faszinierender waren als Dickon.

Sie war außer sich vor Freude. »Es tut mir so leid, daß ich dich verlasse, Mama.« Das war ihr einziger Kummer. »Du bist dann allein . . .«

»Du wirst ja wieder zurückkommen.«

»Ja, natürlich, ich muß zurückkommen, damit ich Dickon heiraten kann.«

Sie hatte tagelang seinen Namen nicht erwähnt.

Als sie sich verabschiedeten, versprach Lottie, mir zu schreiben und mir von all den aufregenden Dingen zu berichten, die sie erleben würde.

»Auch ich werde dir schreiben«, sagte Gerard, »um dir zu sagen, wie sehr du uns fehlst.«

Ich sah ihnen nach und war zutiefst unglücklich. Gerards Besuch hatte alle alten Erinnerungen aufleben lassen. Ich hatte Jean-Louis und Charles geliebt, aber mein Gefühl für Gerard war von ganz anderer Art gewesen, und seine Anwesenheit hatte es neuerlich in mir geweckt. In ihm fand ich meine Jugend wieder; ich konnte ihn nie vergessen. Ob ich ihn wohl jemals wiedersehen würde?

Die Tage schleppten sich dahin, und mir fehlte Lottie sehr. Beinahe zwei Wochen vergingen, ehe ich von ihr hörte.

Sie war außer sich vor Glück. Sie war in Versailles gewesen, Gerard hatte sie dem alternden König vorgestellt, der freundliche Worte an sie gerichtet hatte, und sie hatte den jungen Dauphin kennengelernt. Wenn sie mir nur das Kleid zeigen könnte, das ihr Vater ihr für die Vorstellung bei Hof hatte machen lassen. Ein so prächtiges Kleid hatte es noch nie gegeben.

In ihrem Brief erwähnte sie Dickon mit keinem Wort.

Gleichzeitig traf ein Brief von Gerard ein. Er war nicht lang, aber so bedeutungsvoll, daß ich meinen Augen nicht traute. Ich mußte ihn dreimal lesen, ehe ich ihn wirklich erfaßte.

Gerard hatte all die Jahre an mich gedacht und war immer wieder in Versuchung gewesen, mich zu besuchen. Es ging aber nicht, denn er war verheiratet. Er war sehr jung verheiratet worden, wie es damals Brauch war. Es war keine Liebesehe gewesen, und er hatte vor seiner Frau kein Geheimnis aus seinen Amouren gemacht. Nur mich hatte er verschwiegen, denn mit mir war es etwas anderes gewesen. Seine Frau war vor fünf Jahren gestorben, und er war jetzt frei. Er war von seiner Tochter entzückt, er wollte sie nie mehr von seiner Seite lassen, und er fand, daß Lottie beide Eltern brauchte. Wir wußten, daß wir zusammenpaßten – würde ich also erwägen, mein Heim in England aufzugeben und Madame la Comtesse d'Aubigné zu werden?

»Du darfst nicht glauben, Zippora, daß ich Dich nur Lotties wegen darum bitte, obwohl ich sie sehr gern habe. Ich möchte Dich bei mir haben, denn ich habe Dich all die Jahre über nie vergessen; das Gefühl, das ich damals für Dich empfunden habe, ist heute noch in mir lebendig. Wenn es Dir genauso geht, dann sollten wir beisammenbleiben. Ich erwarte Deine Antwort.«

Ich zögerte keinen Augenblick. Ich war wieder jung und verliebt und hatte nur einen Wunsch: mit meinem Geliebten vereint zu sein.

Dann dachte ich an Eversleigh, an meine Verantwortung.

Unter der Leitung von James würde der Besitz sicherlich in guten Händen sein... Aber James wollte seine eigene Farm haben.

Und dann wußte ich plötzlich, was ich zu tun hatte.

Ich schrieb an Dickon und bat ihn, sofort zu mir zu kommen. Ich hatte einen Entschluß gefaßt und wollte mit ihm darüber sprechen.

Dann suchte ich James und Hetty auf.

»Ich weiß, daß Sie eine eigene Farm haben möchten, James.«

»Wir würden Sie nie im Stich lassen«, warf Hetty sofort ein.

»Aber wenn ich es Ihnen ermögliche?«

»Wollen Sie damit sagen, daß Sie jemand anderen gefunden haben?«

»Beantworten Sie meine Frage – wenn ich es Ihnen ermögliche, würden Sie sich dann eine eigene Farm kaufen?«

Sie sahen mich verblüfft an.

»Es könnte zu gewissen Veränderungen auf Eversleigh kommen. Ich möchte noch nicht darüber sprechen, ich möchte nur, daß Sie mir die Frage beantworten, James. Würden Sie sich eine eigene Farm kaufen, wenn Sie wüßten, daß Sie mir damit nicht schaden?«

»Sie wissen genau, daß jeder Mann am liebsten sein eigener Herr ist«, antwortete James.

»Mehr wollte ich nicht wissen. Sie waren mir immer gute Freunde, und ich werde Ihnen stets dankbar sein.«

»Was ist denn geschehen?« fragte Hetty. »Sie sehen aus, als hätte sich ein Wunder ereignet.«

»Vielleicht ist das wirklich der Fall. Sie müssen noch ein wenig Geduld haben. Wenn alles gut geht, erfahren Sie es ohnehin sehr bald.«

Dickon war seiner Sache sicher; er war davon überzeugt, daß ich inzwischen vernünftig geworden war.

»Was würdest du dazu sagen, Dickon«, fragte ich, »wenn ich dir Eversleigh übertrage?«

Ich hatte Dickon noch nie sprachlos erlebt; diesmal war es der Fall. Er sah mich mißtrauisch an.

»Ich meine es ernst. Schließlich willst du ja vor allem Eversleigh haben. Du würdest Lottie ohne weiteres für Eversleigh aufgeben, nicht wahr?«

»Was du da sagst, Zippora, klingt recht amüsant, aber unverständlich. Das ist eines der wenigen Themen, über die ich mich nicht lustigmachen möchte.«

»Lottie befindet sich mit ihrem Vater in Frankreich.«

»Was soll das bedeuten, Zippora?«

»Sehr einfach. Du wolltest Lottie heiraten, um Eversleigh zu bekommen. Ich weiß, daß du das Gut ausgezeichnet leiten kannst. Würdest du also auf Lottie verzichten, wenn du Eversleigh ohnehin bekämst?«

»Das heißt, ich soll nicht weiter um sie werben?«

»Das heißt, du sollst ihr nicht mehr schreiben, ihr nicht einreden, daß du sie heiraten willst – und dafür bekommst du Eversleigh.«

»Bitte, erkläre dich genauer.«

»James Fenton will sich eine Farm kaufen. Lotties Vater hat mich um meine Hand gebeten, und ich werde ihn heiraten. Lottie und ich werden dann in Frankreich leben. Deshalb übergebe ich dir Eversleigh, Dickon, denn schließlich und endlich bist du der männliche Erbe.«

Er starrte mich an, dann breitete sich ein Lächeln über sein Gesicht.

»Eversleigh«, murmelte er; seine Stimme klang zärtlicher als je zuvor.

»Du wirst einen Verwalter für Clavering finden müssen, denn du mußt mit Clarissa und Sabrina nach Eversleigh übersiedeln. Du wirst hier das Regiment führen, das ist ja das, was du mit allen Mitteln erreichen wolltest.« Ich lachte plötzlich. »Es ist genau das Gegenteil von belohnter Tugend.«

Er sah mich bewundernd an. »Ich liebe dich wirklich, Zippora.«

Susan Howatch

*Die bewegenden, mitreißenden
Gesellschaftsromane der
englischen Bestseller-Autorin
Ein faszinierendes
Lesevergnügen*

01/7908

01/5715

01/5820

01/5859

01/5920

01/5974

01/6015

Wilhelm Heyne Verlag München